国家出版基金项目
NATIONAL PUBLICATION FOUNDATION

从"平面市井"
到"折叠都市"

新时期文学中的城市伦理研究

江 涛 著

作家出版社

图书在版编目（CIP）数据

从"平面市井"到"折叠都市"：新时期文学中的城市伦理研究 /
江涛著. -- 北京：作家出版社，2021.11
ISBN 978-7-5212-1576-2

Ⅰ. ①从… Ⅱ. ①江… Ⅲ. ①中国文学 – 当代文学 – 文学研究
Ⅳ. ①I206.7

中国版本图书馆CIP数据核字（2021）第217633号

从"平面市井"到"折叠都市"：新时期文学中的城市伦理研究

作　　者：江　涛
责任编辑：郑建华　李　雯
装帧设计：孙惟静
出版发行：作家出版社有限公司
社　　址：北京农展馆南里10号　　邮　　编：100125
电话传真：86-10-65067186（发行中心及邮购部）
　　　　　86-10-65004079（总编室）
E-mail:zuojia@zuojia.net.cn
http://www.zuojiachubanshe.com
印　　刷：唐山嘉德印刷有限公司
成品尺寸：152×230
字　　数：327千
印　　张：22.75
版　　次：2021年11月第1版
印　　次：2021年11月第1次印刷
ISBN 978-7-5212-1576-2
定　　价：88.00元

丛书总序

张志忠

一

呈现在读者面前的这部九卷本丛书，是笔者主持的国家社科基金重大招标项目"世界性与本土性交汇：莫言文学道路与中国文学的变革研究"的最终结项成果。从 2013 年 11 月立项，其间在青岛和高密几次召开审稿会，对项目组成员提交的书稿几经筛选，优中选优，反复打磨，历时数载，终于将其付梓问世，个中艰辛，焦虑纠结，真是不足为外人道也。

"世界性与本土性交汇：莫言文学道路与中国文学的变革研究"课题内含的总体问题是：作为从乡村大地走来、喜欢讲故事的乡下孩子，到今日名满天下的文学大家莫言；作为拨乱反正、改革开放的伟大时代之情感脉动的新时期文学；作为在被西方列强的坚船利炮打开国门，被动地卷入现代性和全球化，继而变被动适应为主动求索，走上中华民族独立和复兴之路的三千年未有之大变局的描述者和参与者的百年中国新文学这三个层面上，在其发生和发展的过程中，做出哪些尝试和探索，结出哪些苦果和甜果，建构了什么样的文学中国形象？百余年的现代进程所凝结的"中国特色中国经验"，如何体现在同时代的文学之中？在讲述中国故事的同时，百年中国新文学塑造了怎样的自身形象？它做出了哪些有别于地球上其他国家、其他民族文学的独特贡献而令世界瞩目？

针对上述的总体问题，建构本项目的总体框架，是莫言的个案研究与中国新时期文学、百年中国新文学的创新变革经验和成就总结相结合，多层面地总结其中所蕴涵的"中国特色中国经验"，通过个案研究与宏观研究相结合的方式展开，研究重点突出，问题意识鲜明。我们认为，莫言的文学创新之路，是与个人的不懈探索和执着的求新求变并重的，是与新时期文学和百年中国乡土文学的宏大背景和积极助推分不开的，而世界文化的激荡和本土文化的复兴，则是其变革创新的重要精神资源。反之，莫言的文学成就，也是新时期文学和百年中国乡土文学的重大成果，并且以此融入中外文化涌动不已的创新变革浪潮。

本项目的整体框架，是全面考察在世界性和本土性的文化资源激荡下，莫言和中国文学的变革创新，总结新时期文学和百年中国乡土文学所创造的"中国特色中国经验"。这一命题包括两条线索，四个子课题。

两条线索，是指百年中国新文学面临的两大变革。百年中国新文学，其精神蕴涵，是向世界讲述现代中国的历史沧桑和时代风云，倾诉积贫积弱面临灭亡危机的中华民族如何置之死地而后生，踏上悲壮而艰辛的独立和复兴之路，以及与之相伴随的民族情感、社会形态的跌宕起伏的变化的。百年中国新文学自身也是从沉重传统中蜕变出来，在急骤变化的时代精神和艺术追求中，建构具有现代性和民族性特征的审美风范。前者是"讲什么"，后者是"怎么讲"。这两个层面，对于从《诗经》《左传》《楚辞》起始传承甚久的中国文学，都是"数千年未有之大变局"，表现内容变了，表现方式也变了，都需要从古典转向现代，表述现代转型中的时代风云和心灵历程。

所谓"中国特色中国经验"，并非泛泛而言，是强调地指出莫言和新时期文学对中国形象尤其是农民形象的塑造和理解、关爱和赞美之情的。将目光扩展到百年中国新文学，自鲁迅起，就是把中国乡土和广大农民作为自己的重要表现对象的。个中积淀下来的，是以艺术的方式向世界传递来自古老而又年轻的东方国度的信息，显示了正在经历巨大的历史转型期的"中国特色和中国经验"，其中有厚重的历史底蕴，就是中国农民在现代转型中一次又一次地迸发出强悍蓬勃的生命力，在历史的危急关头展现回天之力，如抗日战争，就是农民组成的武装，战胜了装备精良的外来强敌。改革开放的新时期，农民自发地包产到户，乡镇企业的勃兴，和农民工进城，都具有历史的标志性，根本地改变社会生活的面貌，改变中国的命运，也改变了农民自身——这些改变，恐怕是近代以来中国最为重要最为普遍的改变。

文学自身的变革，也是颇具"中国特色"的。古人云，若无新变，不能代雄。今人说，创新是文学的生命。这是就常规意义而言。对新时期文学而言，它有着更为独特的蕴涵。新时期文学，是在"文革"造成的文化断裂和精神荒芜的困境中奋起突围。这样的变革创新，不是顺理成章的继往开来，而是在很大程度上另起炉灶，起点甚低，任重道远。由此，世界文化和本土文化资源的发现和汲取，就成为新时期文学能够狂飙突进、飞速发展的重要推力。百年中国新文学的起点，五四新文学运动，同样地不是有数千年厚重传统的古代文学自然而然的延伸，而是一次巨大的断裂和跳跃，它是在伴随着现代资本主义的政治经济扩张汹涌而来的世界文化、世界文学的启迪下，在对传统文学、传统文化的彻底审视和全面清算的前提下，在与传统文化的紧张对立之中产生，又从中获得本土资源，破土而出，顽强生长，创建自己的现代语言方式和现代表达方式的（有人用"全盘性反传统"描述五四新文学，只见其对传统文化鸣鼓而攻之的一面，却严重地忽略了五四那一代作家渗入血脉中的与传统文化的联系）。

我们的研究，就是以莫言的创新之路为中心，在世界性与本土性的中外文化因素的交汇激荡中，充分展现其重大的艺术成就，揭示其与新时期文学和百年中国乡土文学的内在联系和变革创新，为推进二十一世纪中国的文化创新和走向世界提出新的思考，作出积极的贡献。

为了使本项目既有深入的个案研究，又有开阔的学术视野，在个案考察和宏观研究的不同层面都作出新的开拓，本项目设计由点到面、点面结合，计有"莫言文学创新之路研究""以莫言为中心的新时期文学变革研究""莫言及新时期文学变革与中外文化影响研究""从鲁迅到莫言：百年中国乡土文学叙事经验研究"四个子课题。

二

本项目相关的阶段性成果计有报刊论文400余篇，学术论著10部，分别在多所大学开设"莫言小说专题研究"课程，并且在"中国大学慕课"开设"走进莫言的文学世界"和"莫言长篇小说研究"课程，在"五分钟课程网"开设"张志忠讲莫言"30讲，多位老师的研究论著分获省市级优秀学术成果奖，可以说是成果丰厚。作为结项成果的是专著10部，论文选集1部，共计280万字。一并简介如下（丛新强教授的《莫言长篇小说研究》已经由山东大学出版社出版，论文集《百年乡土文学与中国经验》因为体例问题未收入本丛书）：

（一）子课题一"莫言文学创新之路研究"包括3部专著。

张志忠著《莫言文学世界研究》。要点之一是对莫言创作的若干重要命题加以重点阐释：张扬质朴无华的农民身上生命的英雄主义与生命的理想主义；一以贯之地对鲁迅精神的继承与拓展，对"药""疗救"和"看与被看"命题的自觉传承；大悲悯、拷问灵魂与对"斗士"心态的批判；劳动美学及其对现代异化劳动的悲壮对抗等。要点之二是总结莫言研究的进程，提出莫言研究的新的创新点突破点。

李晓燕著《神奇的蝶变——莫言小说人物从生活原型到艺术典型》，对莫言作品人物的现实生活原型索引钩沉，进而探索莫言塑造人物的艺术特性，怎样从生活中的人物片断到赋予其鲜活的灵魂与秉性，完成从蛹到蝶的神奇变化，既超越生活原型，又超越时代、超越故乡，成为世界文学殿堂中熠熠生辉的典型形象，点亮了神奇丰饶的高密东北乡，也成就了世界的莫言。

丛新强《莫言长篇小说研究》指出，莫言具有自觉的超越意识，超越有限的地域、国家、民族视野，寻求人类的精神高度。莫言创作中的自由精神、狂欢精神、民间精神等等无不与其超越意识有关。它是对中心意识形态话语所惯有的向心力量的对抗和制衡，是对个体生存价值和人类生命意识的全面解放。

（二）子课题二"以莫言为中心的新时期文学变革研究"的2部书稿，城市生活之兴起和长篇小说的创新，一在题材，一在文体，着眼点都在创新变革。

二十世纪七十年代末期开始的社会—历史的巨大转型，是从农业文明形态向现代文明和城市化的急剧演进，成为我们总结莫言创作和中国文学核心经验的新视角。江涛《从"平面市井"到"折叠都市"——新时期文学中的城市伦理研究》将伦理学引入文学叙事研究，考察新时期以来城市书写中的伦理现象、伦理问题、伦理呼求，揭示文本背后作者的伦理立场，具有青年学人的新锐与才情。

新世纪以来，长篇小说占据文坛中心，风云激荡的百年历史，大时代中形形色色的人物命运与心灵悸动，构成当下长篇小说创作的主要表现对象。王春林《新世纪长篇小说叙事经验研究》就是因应这一现象，总结长篇小说艺术创新成就的。作者视野开阔，笔力厚重，对动辄年产量逾数千部的长篇作品做出全景扫描，重点筛选和论述的长篇作品近百部，不乏名家，也发掘新作，涵盖力广博，尤以先锋叙事、亡灵叙事、精神分析叙事、边地叙事等专题研究见长。

（三）子课题三"莫言及新时期文学变革与中外文化影响研究"的成果最为丰富，有4部书稿。

樊星教授主编《莫言和新时期文学的中外视野》立足于全面、深入地梳理莫言在兼容并包世界文学与中国本土文学方面表现出的个性特色与成功经验，莫言创作与后期印象派画家凡·高、高更色彩、意象和画面感之关联，莫言与影视改编、市场营销、网络等大众文化，莫言的文学批评，莫言的身体叙事等新话题，对作家和文本的阐释具有了新的高度。

张相宽《莫言小说创作与中国口头文学传统》指出，从口头文学传统入手，才能更好地理解莫言小说。大量的民间故事融入莫言文本，俚谚俗语、民间歌谣和民间戏曲选段的引用及"拟剧本"的新创，对说书体和"类书场"的采用、建构与异变，说书人的滔滔不绝汪洋恣肆，对莫言与赵树理对乡村口头文学的借重进行比较分析，深化了本著作的命题。

莫言与福克纳的师承关系，研究者已经做了许多探讨。陈晓燕《文学故乡的多维空间建构——福克纳与莫言的故乡书写比较研究》独辟蹊径，全力聚焦于福克纳的约克纳帕塔法文学领地和莫言的高密东北乡文学王国的建构与扩展，采用空间叙事学、空间政治学等空间理论方法，从空间建构的角度切入，刷新了莫言与福克纳之比较研究的课题。

李楠《海外翻译家怎样塑造莫言——〈丰乳肥臀〉英、俄译本对比研究》，将莫言《丰乳肥臀》的英俄文两种译本与原作逐行逐页地梳理细读，研究不同语种的文字转换及其中蕴涵的跨文化传播问题，中文、英文、俄文三种文本的对读，文学比较、语言比较和文化比较，界面更为开阔，论据更为丰富，所做出的结论也更有公信力说服力。

（四）子课题四"从鲁迅到莫言：百年中国乡土文学叙事经验研究"是本项目中界面最为开阔的，也是难度最大的。百年中国的现代进程，就是乡土中国向现代中国、农业化向城市化嬗变的进程。百年乡土文学，具有最为深厚的底蕴，也具有最为深刻的中国特色中国经验。从研究难度来说，它的时间跨度长，涉及的作家作品众多，要梳理其内在脉络谈何容易。现在完成并且提交结项的是1部专著，1部论文集，略显薄弱。

张细珍《大地的招魂：莫言与中国百年乡土文学叙事新变》从乡土小说发展史的动态视域出发，发掘莫言乡土叙事的新质与贡献，探索新世纪乡土叙事的新命题与新空间，凸显其为世界乡土文学所提供的独特丰富的中国经验与审美新质，建构本土性与世界性同构的乡土中国形象。

张志忠编选的项目组成员论文集《百年乡土文学与中国经验》，基于 2018 年秋项目组主办"从鲁迅到莫言：百年乡土文学与中国经验"国际学术研讨会的会议成果，也增补了部分此前已经发表的多篇论文。它的要点有三：其一，勾勒百年乡土文学的轮廓，对部分具有代表性的重要作家和作家群落予以深度考察。其二，对百年乡土文学中若干重要命题，作出积极的探索。其三，在方法论上有所探索和创新。这部论文集选取了沈从文、萧红、汪曾祺、赵树理、浩然、陈忠实、贾平凹、路遥、张炜、莫言、刘震云、刘醒龙、李锐、迟子建、格非、葛水平等乡土文学重要作家，以及相关的山西、陕西、河南、湖南、四川、东北等乡土文学作家群落，从不同角度对他们提供的文学经验予以深度剖析，并且朝着我们预设的建立乡土文学研究理论与叙事模型的方向做积极的推进。

三

在提出若干学术创新的新命题新论点的同时，我们也在研究方法上有所探索和创新。务实求真，文本细读，大处着眼，文化研究、精神分析学、城市空间与地域空间理论、城市伦理学、比较文学研究、民间文学研究理论、文化领导权理论、生态批评、叙事学、文学发生学、文学场域等理论与方法，都引入我们的研究过程，产生良好的效果，助推学术创新。

本项目成果几经淘洗，炼得真金，在莫言创作和中国现当代文学的创新经验研究上，都有可喜的原创性成果。它们对于增强文化自信、以文学的方式向世界讲述中国故事和促进中国文学走出去，都有极好的推动作用。对于当下文坛，也有相当的启迪，鼓励作家在世界性与本土性交汇中创造文学的高原和高峰。

我要感谢本项目团队的各位老师，在七八年的共同探索和学术交流中，我们进行了愉快的合作，沉浸在思想探索与学术合作的快乐之中。我要感谢吴义勤先生和作家出版社对出版本丛书的鼎力支持，感谢李继凯教授和陕西师范大学人文社科高等研究院对丛书出版的经费资助，感谢本项目从立项、开题以来关注和支持过我们的多位文学、出版、传媒界人士。深秋时节，银杏耀金，黄栌红枫竞彩，但愿我们这套丛书能够为中国文学的繁荣增添些许枝叶，就像那并不醒目的金银木的果实，殷红点点，是我们数年凝结的心血。

2020 年 11 月 5 日

摘　要 🍃

　　本书是将伦理学引入文学叙事研究，考察新时期以来城市书写中的伦理现象、伦理问题、伦理吁求及其文本背后作者的伦理立场。从社会学来看，二十世纪八十年代是中国城市伦理转型的时间节点，主要表现为市民享乐意识的重建与生存吁求的凸显两方面的伦理诉求。城市伦理的转型既内化为城市叙事转型的动因，也构成了城市叙事外在的表现内容，即重建的享乐意识是中国传统城市叙事中早已存在却长期被遮蔽的伦理现象，而新生的生存吁求则是在市场经济的激发下所催生出的具有普世性的现代市民伦理的个体诉求，二者共同组成了二十世纪八十年代以来城市伦理书写的核心内容。另一方面，根据大卫·哈维的观点，"空间模式与道德秩序环环相扣"，城市空间作为一种实体化的伦理形态，不仅受到了城市伦理的转型影响而呈现出批判伦理学视域下"非正义"化的表征，同时，非正义的城市空间也潜在地影响着市民伦理诉求的现实实践。介于此，本文分为六个部分，除绪论外，正文部分共四章，采用的基本研究策略是，在文学伦理学视域下考察文学书写对象的伦理内涵及其与创作主体的关系，即以文学中的城市空间为基点的现象学研究，到不同空间中不同阶层的市民异同的伦理诉求的转变，再到文学叙事应对城市伦理转型后伦理立场和伦理困境的思辨，具体如下：

　　第一章，借助京都学派对"宋代近世说"的研究，在中国的传统社会中存在着一个偏离于政治社会之外的市井空间，在结构和功能上与黑格尔所论及的西方市民社会有着某种跨时空的相似性，由此论证出具有商业雏形的市井本身内藏着某种属于本土特性又贴合

🌸

西方现代性的伦理特征，这种带有个体享乐意识的市井伦理，迥异于传统伦理的"道义论"，极具私人属性，并且在宋元明话本所开启的市井文学传统中得到广泛传递。然而，这种充满世俗风情的市井伦理叙事却在建国后五十至七十年代的城市叙事中意外"搁浅"，直至八十年代初期才得以复现。本文认为，市井的文学复现，既上承了传统的城市叙事，也下启了后来的都市文学。因此，在对二十世纪八十年代初期的"市井文学"进行细读的基础上，梳理出迥异于五十至七十年代城市书写中具有私人属性的城市空间，以及与之相契合的"市人"的伦理诉求，即享乐意识的重建，它预示着具有主体性的城市伦理叙事正在复苏。然而这种带有克制和礼数的享乐，随着市场经济的发展，在二十世纪八十年代中后期开始膨胀，变成了难以填满的欲望沟壑，这在王朔笔下有着鲜明的表达。同时，盛行一时的"新写实小说"也开始转向了对个人生存需求的伦理凸显。

第二章，空间的分野是二十世纪九十年代以来城市化进程的直接后果，不仅是原有的城乡空间继续对立，更包括了城市内部由阶层所引致的空间分野，以及中心城市与二三线城市之间的空间分野等。若将现实引渡到文学中则必然造成叙事的空间转向和伦理吁求的多元。基于"人是空间性存在者"这一命题，本章主要考察的是文学如何对不同的城市空间进行想象性的建构，即市井空间、异托邦空间和缝隙化空间这三类空间的阐释、塑形和情感体验，并分析和把握其内部异同的伦理诉求。

第三章，基于伦理学研究和批判的对象是对有关正义和善恶现象做道德性评价这一前提，本章是在第二章的基础上将城市视为一种影响正义和善恶的独特、整体的伦理形态，纳入到大卫·哈维的空间学的批判视野内，以探讨城市的空间模式与道德秩序的隐秘关系。首先，通过细读，发现城市书写中的空间形态显影着失序的现象，并引致了"非正义"的伦理导向；其次，结合文本考察空间失序的普遍成因，即政治权力和商业资本主导下的空间构型；最后，以郝景芳的《北京折叠》为个案研究，从空间折叠的伦理隐喻与市民伦理诉求的矛盾两方面揭露由"城"到"人"双重的伦理悲剧。

第四章，二十世纪八十年代是城市滑向"非正义"的时间节点，这在文学城市中一览无余，伦理的转型促使文学在面对现实的同时仍需要符合自身规律的介入角度，因此，作家在面对城市伦理转型的立场和态度就显得尤为重要。因此，本章回归文学研究领域，借用聂珍钊先生所提出的"文学伦理学批判"方法论，考察文学与创作主体的关系，即作家的立场和责任。将二十世纪八十年代以来的城市叙事视为一种新的伦理范式，在面对城市伦理的转型时主要呈现出由矛盾冲突到逐渐认可的特点。因此，本章节从精英立场、市民立场和人类立场三个层面，考察文学作品背后作家的伦理立场、伦理倾向，及其所面临的伦理困境。

余论部分，以"伦理学视野下城市书写的思考和启示"为题，从伦理向度、价值意义和局限反思三个方面对二十世纪八十年代以来城市书写进行相关的梳理和总结，同时，也是对本论文的正文部分所做的总结和归纳。

目　录

绪 论

城市是什么？城市是人造的第二自然，是眼花缭乱醉生梦死的不夜之城，是由钢筋混凝土拔地而起的高耸几何体，它曾是烟雨蒙蒙中裹挟着历史沧桑的六朝古都，它也曾是记忆深处叫卖着冰糖葫芦的市井小城，它以后可能是安东尼·汤森所幻想的公民世代下的"智慧城市"……在文化记忆机制的过滤之下，城市从来就不只是一道冰冷的空间景观，更是"一种道德秩序、一套仪式化的行为、一套习俗和传统"①，它自始至终都与主体的人密不可分。

斯宾格勒有一句名言："世界的历史即是城市的历史。"②如果这是他对世界所做出的判断，那么我们自然可将城市做如下解释：城市不仅仅是一种敞开的、巨大的、具有侵蚀性的物理空间，是人类具有普遍性的居住和存在形式，是一个巨大的文化空间，更作为一种未完成的符号，指向历史中人类文明的来龙去脉。马克思·韦伯在《民族国家与经济政策》中大胆提出了"古代西方文明就其本质而言基本上是城市文明"③，他道出了城市与文明的同构关系。之后，马克思、恩格斯、涂尔干、齐美尔等学者也都一致认同了这一见解，斯宾格勒在《西方的没落：世界历史的透视》中更是明确表示，"民族、国家、政治、宗教、各种艺术以及各种科学都以人类的一种重要

---

① （美）张英进：《中国现代文学与电影中的城市》，秦立彦译，江苏人民出版社 2007 年版，第 4 页。

② （德）奥斯瓦尔德·斯宾格勒：《西方的没落：世界历史的透视》（第 2 卷），吴琼译，上海三联书店 2006 年版，第 83 页。

③ （德）马克思·韦伯：《民族国家与经济政策》，卜永坚译，生活·读书·新知三联书店 1997 年版，第 5 页。

现象——市镇为基础"①，突出了城市之于文明的"子宫"作用。

回到中国语境，在中国的现代化进程中，城市化是中国社会各种乱象的关键符码，它不仅包含了城市本身的进化，也指射了城市作为当下人类的生存空间对前现代的乡土空间的挤压、扩张和吞噬。城市作为现代文明的物理性载体，如同一个不断膨胀的开放空间，它远比封闭静止的田园世界更具复杂性和不可把控性，因此卡尔维诺才会说"所有的城市都是虚构的"，城市的不稳定和不确定性导致了文学的无限可能性：由于城市无时无刻不处在不断流动、扩张和更新的状态，文学对其的表达也就成了"不识庐山真面目，只缘身在此山中"的片段组合。

一、中国现当代城市书写的纵向概观

回看中国近现代文学史便会发现，城市书写往往都与一个特殊的城市——上海，有着千丝万缕的关联。北宋时，上海还只是一个荒凉的渔村，直到元朝才正式设立为上海县，清朝的《松江府志》明确记载着："府城视上海为轻，视姑苏为重。"可就是这样一个在历史上地位轻微的小小"申城"，却意外地成为了近代中国转型的先驱和关键。十九世纪末，沉睡的封建帝国被西方的船只炮弹彻底击碎了天朝上国的酣然美梦，从梦中惊醒的中华民族正一步步地艰难摸索着实现现代民族国家的直通路径。正是在传统向现代过渡的剧烈阵痛中，现代性焦虑成为当时最本质也是最迫切的历史诉求。1842 年签订《南京条约》，上海作为通商口岸被迫对外开放，成为最早实施这一历史诉求的空间场域。据史料记载，当时上海的出版行业十分发达，仅杂志就有一百多种，副刊和小报也多达四十多种。这些出版物绝大多数都被大众文化占领，成为普及、传播城市

---

① （德）奥斯瓦尔德·斯宾格勒:《西方的没落:世界历史的透视》(第 2 卷)，吴琼译，上海三联书店 2006 年版，第 200 页。

文化的大本营。其中，韩邦庆的《海上花列传》、包天笑的《上海春秋》、陆士谔的《新上海》以及"鸳鸯蝴蝶派"等以城市为背景、着力描写上海市民阶层的大众文学受到了广泛的欢迎。随后，初期海派作家中的张资平、叶灵凤承袭了鸳鸯蝴蝶派的创作风格，将笔触伸进了城市的酒店、舞厅、赌场、妓院等消费场合，用充满色欲的语言勾勒着城市人在纸醉金迷的物质生活中的狂放和颓废。而到了三十年代，新感觉派更是将这种颓唐的城市叙事引向了极致。在刘呐鸥、穆时英、施蛰存笔下，上海是一个五光十色、声色犬马的十里洋场，金钱诱惑、性诱惑仿佛成为了上海人最普遍的生存写照。四十年代的张爱玲、苏青是海派的第三代作家，她们的上海书写更贴近新市民的日常生活，以女性的视角通过描写上海普通家庭的命运来感受在这个现代都市里日日上演的浮世悲欢。在具体的创作技巧上，既有传统的词汇和意象，又能在叙述中运用联想、象征、通感，有着明显的西方现代派特征。与新感觉派过于倾向于对西方城市的崇拜所描写的洋味十足的都市相比，她们是立足于中国传统文化来面对和表现处于世界现代化中的中国城市以及都市人的生存状态。海派作家们围绕着声色犬马的欲望都市筑起了自己红尘滚滚的城市想象，物欲的诱惑、漂泊的心灵、虚幻隔膜的人际关系及情感关系等，这些海派们擅于书写的主题仿佛也成为了中国城市书写的标签，并奠定了一种特殊的末世基调，影响着直至今日的城市文学创作。

当然，这种城市文学在现代性发展并不均衡的中国只能算是特例，只存在于"孤岛"式的上海语境里，而真正的文学主流则一直笼罩在"启蒙"与"救亡"双线并行的主旋律下，对城市本身的关注并没有成为作家们在思想意识中最主要的文学抱负，因此，这些海派作家虽然在文学造诣和叙事技法上已是不凡，但却因为他们所关注的城市并不符合中国人深入骨髓的审美偏好和对集体伦理的固有认同，以至于在长时间内对他们的创作都熟视无睹或是评价较低，而城市也迟迟未能进入文学叙事的道德最高点。

当然，即使是在被某种宏大话语所"捆绑"的文学大环境里，城市书写也不仅仅是“商女不知亡国恨”的通俗文学的专属，同样也进入了普罗文学和严肃文学的视野，只是，他们用商业欺诈、阶级压迫、革命斗争取代了通俗文学里的男欢女爱和市民日常，成为城市叙事的主题，叙事立场也由津津乐道的欲望都市转向“主题先行”的资本批判。这无疑丰富了城市书写的维度和深度。其中最为杰出的是茅盾的《子夜》，被喻为“概括中国30年代社会生活的完整面貌的百科全书”。但是，陈晓明也指出：“中国革命的性质决定了中国的文学性质，那就是以农民、农村为叙事主体的文学。”[①]正是在各种各样强大的“革命话语”体系下，对城市本身的关注始终作为一种附庸之物而存在于主流文学之外。

进入当代以后，中国的城市规模、数量、人口、经济结构发生巨变，金耀基概括道，“都市化是‘现代’的一个‘主要变项’”[②]，因此，重返城市叙事理应是文学最切实的任务。但是由于对国家意识形态的信奉和对中庸文化传统的依赖，在面对抉择时，个人主义的不可控性远远超出了历史语境对理性的需求，因此，对集体主义的伦理认同便再次居于统治地位，而计划经济体制则将城市打上了制度化、模式化甚至军事化的印记。因此，三四十年代的欲望都市再也无法进入与“启蒙”和“救亡”相关的意识形态下的城市想象中，故而被划为“资产阶级”写作，从此销声匿迹，城市成为了“共名”时代下工业化国家最美好的符号。“十七年文学”虽不乏涉及“城市”题材的作品，但除了周而复的《上海的早晨》是较全面的城市书写之外，其他的寥寥无几。即便是在文本描写中涉及城市，也只能是反映政治语境中可言说的部分，真正鲜活的城市面貌和市民的生活状态被人为化地隐去，成为了空白。

这种局面一直持续到“文革”结束。政治意识形态严控的局面退场，城市进入经济自由发展的黄金时代。中国城市化进程的迅速

① 陈晓明：《城市文学：无法现身的“大他者”》，选自杨宏海主编：《全球化语境下的当代都市文学》，社会科学文献出版社2007年版，第13页。

② 金耀基：《从传统到现代》，中国人民大学出版社1999年版，第99页。

崛起不仅让二十世纪的繁华大都市上海再次迎来了"自由的荣光"，其他城市也紧随其后得到了迅猛的发展，而越来越多的文学作品也开始选择将城市作为文学版图的图绘画布。二十世纪七十年代末到八十年代，城市书写主要分为四类。一类是如《乔厂长上任记》(蒋子龙)、《沉重的翅膀》(张洁)等改革文学。这类创作并不以正面的姿态去做贴近城市与生活的表达，但从整体上看，城市无疑又是一个隐藏的在场，在集体的默认下得到了统一化的注解，作为国家现代化象征的城市进入文学场域后再次化身为国家宏大政治的想象符号，而不是还原现代城市的基本功能。第二类是八十年代初期的市井文学，代表作家作品是刘心武的《钟鼓楼》《胡同巷子》，陈建功的《鬈毛》《辘轳把儿胡同9号》，邓友梅的《烟壶》，冯骥才的《神鞭》《三寸金莲》等。这类文学所叙述的对象是一种在历史氤氲中被美化的城市。作品中对过去的人事趣味、传统的文化韵味和秩序的描写，与时下的现代都市保持着较远的距离。第三类是徐星的《无主题变奏》、刘索拉的《你别无选择》，以及王朔的一系列体现当下弥漫于城市青年群体中的流行文化和表现城市青年心境的作品。这些作品几乎都拒绝着某种固有秩序，甚至是提前进入后现代社会，以一种"嬉皮士"的风格渲染着城市的种种荒诞。第四类是以池莉、方方、刘震云等作家所创作的新写实小说。这类小说将普通市民的日常生活以"零度叙事"的方式呈现，触及并透视了一地鸡毛式的城市生活的本相，具有一定的现实意义。

　　进入二十世纪九十年代以后，随着科技的突飞猛进，发明创造层出不穷，城市作为具有创造生产能力的经济实体，可以生产一切。同时，城市还凭借着对政治、资本和技术的独占，成为不断扩张的"霸权空间"，面向着乡土社会发动了大规模的"吞并战争"。从此，城市不再只是一种现代性焦虑的想象，而成为确切存在并可感知的庞然大物。据2015年发布的中国社会蓝皮书，截止到该年度，中国城市化率已超过56.1%。数据真实地说明了城市作为有形的实体正在急剧增加，而由实体延伸出来的具有"城市性"的空间意象和意识也大举攻入了文学的殿堂。1994年，《特区文学》推出

从「平面市井」到「折叠都市」

了"新都市文学"，老牌文学刊物《上海文学》也紧随其后，开辟了"新市民文学专栏"，进一步扩大了以城市为中心的文学的影响力，而二十世纪九十年代崛起的"晚生代"们，他们几乎对城市的每个角落都进行了全方位的扫描，在无处不在的物质享乐和泛滥无羁的欲望中发泄着末世里醉生梦死的狂欢，成就了二十世纪九十年代城市文学的一道独特风景线并影响深远。而当都市欲望进入性别领空后，由陈染、林白到卫慧、棉棉们顾影自怜的身体写作走向了极致，城市俨然成为了物欲、情欲、性欲的私人展览场。面对种种纷扰、凌乱的文学现象，李敬泽曾以两个词来概括二十世纪九十年代的"城市文学"（都市文学），即"欲望"和"物质"，这也从侧面反映了看似层出不穷、花样繁多的城市文学，有着题材单一化与价值雷同化的倾向。

新世纪以来，一方面，城市化水平继续高歌猛奏，以每年1%的速度增长，交通愈发便捷，高铁时代的到来，人口流动之速日益加快。越来越多的农村人口涌向城市，试图借助生产和交换所带来的广阔市场寻求自我谋生的机会。于是，城市的生存空间急剧膨胀，而以行政功能为首要属性的城市开始大面积转型，成为了生产、交换、分配和消费的经济空间，城市作为"帝都"式的政治中心的时代一去不复返，"精英"式的文化中心的功能也退居次席，经济属性是决定城市兴衰的关键。另一方面，由于网络技术的更新换代，文学阅读演变成了快餐式消费，青春叙事、网络叙事、美女写作等新的现象和概念将纯文学逼入了无人问津的一隅之地，而文学期刊的全面"转企"更是让精英作家们痛失臂膀，他们对社会的文化领导力逐渐式微。这是城市化所带给新世纪文学的本质性变化。当然，这种变化依然承接着二十世纪九十年代文学的发展脉络，只是生产机制、传播媒介、阅读受众和阅读方式等发生了明显的改变，这是新世纪文学较之于二十世纪九十年代独有的特点。具体到城市文学方面，一是延续了二十世纪九十年代城市文学的叙事风格和审美倾向，二是有了一定的突围和创新，延展了城市文学发展的可能性。

总之，从中国现当代文学的发展史中可以隐约地触摸到城市与文学交织在一起的复杂关系：城市决定着人类现代文化的发展走向，是每个个体与国家主体不可分割的重要部分，同时，城市与文学的关系也一直保持着互相重构的关系，在现代性叙事中，城市几乎成为了文学发展的必然走向。乡土是传统中国的根，而城市是传统在经历了艰难的裂变和阵痛之后所产下的果。让人矛盾的是，传统是我们的根，现代是"他者"的种，追求现代的过程，无疑就是要求我们对传统覆宗绝祀的过程，它是以现代城市对传统乡村的胜利告终的。因此，面对城市，我们总会有一种矛盾的感受：想亲近却又本能地抵触。于是，一方面，城市化进程空前加快，城市人口急剧膨胀；另一方面，我们难以整合出当代的城市文化经验，不知如何表达对当代城市生活的真切理解，甚至出现道德或精神伦理方面的偏差。这也在无形中造成了中国当代文学中的城市书写的多样性和复杂性，因此，有必要对中国当代文学中的城市书写进行深入而细致的研究。

二、城市文学的研究现状

1."城市文学"的定义

城市文学的定义演进经历了三个阶段。第一阶段是二十世纪八十年代的"题材论"。1983 年在北戴河召开了首届城市文学理论笔会，标志着"城市文学"作为一种独特的、迥异于"乡土文学""军事文学""历史小说"等的文学类型而首次受到学术界的重视，并且，这次大会还给出了"城市文学"的初步定义："凡以写城市人、城市生活为主，传达城市之风味、城市之意识的作品，都可以称作城市文学。"[1]言下之意，但凡描写城市的作品皆可称之为城市文学。这是最早关于"城市文学"的定义。然而这种"题材论"

---

[1] 幽渊：《城市文学理论笔谈会在北戴河举行》，《光明日报》，1983 年 9 月 15 日。

并没有让所有人都信服。张韧在 1988 年《开拓》上发表文章便提出了质疑，他认为："城市文学不仅是题材问题，关键在于是以陈腐的传统观念，还是以现代意识去观照正在蜕变中的城市生活和都市人的复杂心态。所以说，现代都市意识是城市文学灵魂。"[1]这篇文章对"城市文学"的研究、发展及转向有着重要的启示作用，他首次强调了"现代意识"之于城市文学的重要性，而不再仅限于题材论。1989 年徐剑艺在著作《城市与人——当代中国城市小说的社会文化学考察》中认为当代意义上的城市小说得以成立的前提便在于"以城市意识来艺术地观照城市、表现城市"[2]。这时，对于"城市文学"的定义已经出现了严重的分歧，雷达也不得不说，"城市文学"这一概念是经不起推敲和质询的[3]。

第二阶段是二十世纪九十年代所提及的"都市文学"。白烨在《关于中国当代都市文学的对话》中提及"都市文学"这一概念："都市文学是指以当下时代为背景、以现代都市为场景，抒写都市生活，塑造都市新人，并揭示出了一定的现代都市的内在情绪和独有的精神风韵的文学写作。"[4]这一概念的提出是对"题材论"的更新换代，它以复杂变化的"当下性"对单纯的"地理性"发动责难，这不仅是从学理的角度对文学概念的重新定论，它更是对时代转型的一种应景式的回应。"都市文学所抒写的题材理所当然地应该是都市生活，这是我们界定'都市文学'这一概念的起点线。也就是说，都市文学首先应该是'都市的'文学，以期在题材上和'乡土的'文学区别开来。但'都市的'文学不一定就是都市文学——逆命题不成立……在理解'都市文学'这一概念的时候，我们并不能把它仅仅看作是'都市的'文学，以期只在题材上和'乡土的'文

① 张韧：《现代都市意识与城市文学》，《开拓》，1988 年第 1 期。
② 徐剑艺：《城市与人——当代中国城市小说的社会文化学考察》，云南人民出版社 1989 年版，第 20 页。
③ 雷达：《关于城市与文学的独白》，《天津文学》，1986 年第 10 期。
④ 杨宏海、白烨：《关于中国当代都市文学的对话》，《文艺报》，2005 年 7 月 26 日。

学相对应，而应更多地把它理解为现代都市意识观照下的文学，以期在文化的指谓上和建立在自然经济基础上的传统意识观照下的文学相区别。"①"都市文学"的提出一方面标志着对二十世纪八十年代以来"城市文学"这一概念的精确化，更是以都市（现代城市）来限定文学，而不仅是简单地以文学来表现都市。1994年《当代文坛》提出了"新都市小说"的概念，它"意在倡导一种现代感的新都市小说。它呼吁作家以强烈的现代意识、自由的表达方式，站在文化的高度观照富有历史前沿气息的现代都市文明，从深层结构把握现代文明和现代人的悖论与选择，摹写都市人的生存状态，展示都市人的心路历程，体验生命本体，寻找精神家园"②。1996年《特区文学》第3期上发表了这样的观点：自1995年，都市开始全面进入文学，这是"1995年中国文坛十大事件之一"。对"都市文学"的定义带动了学院派对其的研究，二十世纪九十年代，一些关于"都市文学"的研究成果也相继出现。戎东贵、黄伟宗、胡良贵等人分别提出了自己关于都市文学的定义和研究策略③。他们都一致认为，只有表现"都市性"的文学才能称之为"都市文学"，并强调"在文化的指谓上和建立在自然经济基础上的传统意识观照下的文学相区别"④。陈晓明还对"都市性"做出了自己的阐释："都市空间构筑的压抑感、孤独焦虑心理、个人与社会与他人的偏离、无所皈依的末世情调等。"⑤

---

① 司徒杰、钟晓毅：《圆梦都市文学》，《广州文艺》，1995年第2期。

② 张惠苑：《囚禁在现代性下的城市文学——对20世纪80年代以来城市文学研究的反思》，《宁夏大学学报》（人文社会科学版），2013年第3期。

③ 详见以下三篇论文。戎东贵的《新时期都市文学的发展和走向》（《当代文坛》，1995年第1期）；黄伟宗、李红雨等的《拉开重构文学格局的序幕——关于"新都市文学"的对话》（《特区文学》，1996年第2期）；胡良贵的《当代都市文学的形态》（《小说评论》，1996年第5期）。

④ 司徒杰、钟晓毅：《圆梦都市文学》，《广州文艺》，1995年第2期。

⑤ 陈晓明：《末日寻踪：在都市与历史之间——一九九〇年〈花城〉中篇小说综评》，《花城》，1991年第5期。

　　不久，学术界就不再满足将"都市文学"视为"城市文学"的子概念来对待，而是希望以此概念取代之，与当下城市发展的速度和进程保持吻合。陈晓明以更为学理化的语言对"都市文学"这一概念进行界定："'都市文学'确实更接近关于城市文学的理想性概念，只有那些描写大都市生活的作品才更能体现城市精神。"①在陈晓明的描述中，所谓"更接近"的根源就在于它比"城市文学"这一概念更具"现代性意识"，是对"城市文学"的发展和超越。学术界对于"都市文学"这一概念的提出与界定，间接上也造成了对"城市文学"的进一步"浓缩"，从而也就在某种程度上限定了它的研究维度。

　　第三阶段是"众声喧哗"的阶段，即学术界尚无一条公认的、具有权威性的对"城市文学"的界定概念，反而呈现出了纷繁多样的命名。比如有相当一部分学者在认同二十世纪八九十年代对"城市文学"概念界定的基础之上，更是加入了诸如"城市身份""城市价值""新媒体""后现代"等标签；再如有的学者从城与乡、现代与传统等二元对立的角度辨析了城市文学和乡土文学的差异："都市小说在某种程度上是对现代化的反思，与乡土小说对传统的反思相对应。"②但是也有相当一部分学者认为，在当下的中国语境下，是很难对城市文学进行内涵界定的，这是因为中国的城市化进程刚刚起步，人们对于城市本身所包含的内涵和外延都未曾彻底了解、领悟和澄清，在这种前提下便贸然对伴随着城市化进程所延伸的"城市文学"进行相关准确且具有深度的理论建构，是不切实际的。因此，陈晓兰就曾一针见血地指出关键性问题："对于城市文学进行限定在一定程度上也会导致部分不具备明显标志的作家被排除在界线之外，从而影响了中国的城市文学研究。"③

---

①　陈晓明：《城市文学：无法现身的"大他者"——全球化语境下的当代都市文学》，社会科学文献出版社 2007 年版，第 3—4 页。
②　苗四妞：《九十年代都市小说命题及其研究价值》，转引自杨绍军：《20世纪 90 年代以来都市文学研究综述》，《云南社会科学》，2005 年第 15 期。
③　陈晓兰：《文学中的巴黎与上海——以左拉和茅盾为例》，广西师范大学出版社 2006 年版，第 11 页。

2. 城市文学的研究综述

城市文学的研究史与对城市文学的命名及发展密切相关。关于城市的叙述在二十世纪八十年代起步，对其的研究范式也还十分单一并存在大量套用西方城市社会学理论的现象。同时，研究者们还不知何为城市意识，只是依据个人兴趣，浅尝辄止地研究。为数不多的几篇论文如晓华、汪政的《一种文学两种文化——论城市和乡村两种文化意识》①，蒋守谦的《城市文学：一个有意义的文学命题》②，张炯的《〈大上海沉没〉与城市文学勃兴》③，这三篇在二十世纪八十年代末发表的文章，从城市文学概念的探索到城市文学本体的发生、发展，再到研究城市文学的方法及意义等多个方面展开了细致的论述，具有较高的学术价值和启示。

进入二十世纪九十年代以后，无论是城市还是城市文学都与二十世纪八十年代不可同日而语。在文学创作方面，以"晚生代"为代表的作家创作了大量与城市密切相关的文本，而对其的研究方法也不再似八十年代那般将西方理论直接拿来套用，而是从本土的实际出发，深入阐发了城市与文学创作之间的关系，由此，城市文学研究也进入了一个崭新的局面。在学术专著方面，杨剑龙的《描绘现代市民社会的世俗人生——新市民小说论》和谢桃坊的《中国市民文学史》是从日常性或世俗性的角度切入城市文学的研究领域，着重探讨城市发展所带来的对市民日常生活影响，属于"城市文学"的研究范畴。而陈晓兰在 2006 年出版的专著《文学中的巴黎与上海——以左拉和茅盾为例》则打破了这种研究范式，她认为，城市文学的研究应该将视野聚焦在文本本身，使研究路径由狭

① 晓华、汪政：《一种文学两种文化——论城市和乡村两种文化意识》《文艺争鸣》，1987 年第 4 期。

② 蒋守谦：《城市文学：一个有意义的文学命题》，《文学自由谈》，1988 年第 1 期。

③ 张炯：《〈大上海沉没〉与城市文学勃兴》，《当代》，1989 年第 4 期。

隘的"城市文学"转向更为丰富的对"文学城市"的研究。次年，张鸿声发表的《"文学中的城市"与"城市想象"研究》更是强调了"文学中的城市"这一研究路径的重要意义，同时提出"城市想象"作为一种新的研究视点对于城市文学研究的启发性价值。李洁非的《城市像框》、谢廷秋的《中国当代作家的城市想象与表述》、曾一果的《中国新时期小说的"城市想象"》、闫立飞的《城市的文学书写》等专著则都是以"城市想象"为基点，"强调城市文化的地位和作用，都市文化对文学的影响，同时又把'城市文学'作为城市文化的反映和组成部分，通过文学来印证、丰富城市文化"①，即在城市文化与文学之间建构一种互动关系——"城市文本与文学文本的共生"②，这标志着城市文学研究开始从一般性的文本研究逐渐纵深化，并借鉴了文化研究的范式。由此我们也可以发现对于城市文学的研究在历经了长时间的摸索、研究、争论之后，开始由"城市中的文学"转向了"文学中的城市"，其研究的着力点也从"城市意识""现代意识""工业生产""消费主义""欲望都市"等社会问题逐渐走向了更为深远的心理和文化层面。

在期刊论文方面，特别是进入新世纪以后，对城市与文学，尤其是城市与当代文学做关联性研究的论文数量开始喷涌而出，而在研究的方向和议题的选择上，也较之前更为分散，呈现出多元化趋向。一是对城市文学的生成、指向，以及向前发展所遭遇的瓶颈等方面所进行的研究。如蒋述卓的《城市文学：21世纪文学空间的新展望》③、陈晓明的《城市文学：无法现身的"他者"》④等，这些文章主要是研究者们从整体宏观的角度对城市文学进行的总体性论述。二是对二十世纪九十年代以来城市文学进行的阶

① 陈晓兰：《文学中的巴黎与上海——以左拉和茅盾为例》，广西师范大学出版社2006年版，第12页。
② （美）理查德·利罕：《文学中的城市：知识与文化的历史》，吴子枫译，上海人民出版社2009年版，第58页。
③ 蒋述卓：《城市文学：21世纪文学空间的新展望》，《中国文学研究》，2000年第4期。
④ 陈晓明：《城市文学：无法现身的"他者"》，《文艺研究》，2006年第1期。

莫言与当代中国文学创新经验研究

段性研究。如杨经建的《90 年代"城市小说":中国小说创作的新视角》①、叶立新的《20 世纪 90 年代城市文学的发展》②等，他们同样采用的是较为宏观的角度，选取城市文学大量爆发的二十世纪九十年代所展开的研究。三是城市文学的"内部研究"。如王丽霞的《多语喧哗的审美状态——九十年代城市小说叙事形态略论》③、杨扬的《城市化进程与文学审美方式的变化》④、徐肖楠的《没有忧郁和优雅的城市叙事》⑤等。这些文章主要是从叙事学和文艺美学的角度发现了城市文学为创作提供了一种迥异于传统乡土写作的审美形态。四是女性与城市之间的关系研究。如郑虹霓的《性别的突围——当下城市文学中的女性形象》⑥、傅建安的《当代城市女性文学与城市文化》⑦、艾尤的《都市文明与女性文学关系论析》⑧、陈晓兰的《穿越时空、性别与城市》⑨等。这些文章以性别出发，探讨了城市文学中的女性意识、性别结构、身体写作等，为城市文学的研究开辟了新的空间维度。五是对城市文化与城市文学的复杂关系的相关性研究。如王斌的《都市文学演进的文化逻辑》⑩、刘中顼的《城市文化个性与城市文学发展的互

从『平面市井』到『折叠都市』

---

① 杨经建:《90 年代"城市小说":中国小说创作的新视角》,《文艺研究》,2000 年第 4 期。
② 叶立新:《20 世纪 90 年代城市文学的发展》,《广东社会科学》,2002 年第 2 期。
③ 王丽霞:《多语喧哗的审美状态——九十年代城市小说叙事形态略论》,《理论与创作》,2005 年第 4 期。
④ 杨扬:《城市化进程与文学审美方式的变化》,《文艺报》,2005 年 7 月 7 日。
⑤ 徐肖楠:《没有忧郁和优雅的城市叙事》,《文艺评论》,2009 年第 3 期。
⑥ 郑虹霓:《性别的突围——当下城市文学中的女性形象》,《当代文坛》,2002 年第 2 期。
⑦ 傅建安:《当代城市女性文学与城市文化》,《湖南城市学院学报》,2004 年第 4 期。
⑧ 艾尤:《都市文明与女性文学关系论析》,《江西社会科学》,2007 年第 7 期。
⑨ 陈晓兰:《穿越时空、性别与城市》,《中华新闻报》,2007 年 9 月 26 日。
⑩ 王斌:《都市文学演进的文化逻辑》,《淮南师范学院学报》,2003 年第 1 期。

动》①等。这些文章从城市化进程和城市文化的双向角度，分析了城市文学与城市文化的关系，从文学文本中审视了城市文化中的消极因素。六是对城市文学作家作品进行研究，这类研究也是最多的一类，具体的文章不再一一列出。这类研究主要是对城市文学有代表性的作家作品进行分析，并对一些特殊文本的影响进行了深入阐述。七是从地域文化的角度介入文学研究中，考察具体的城市的文学书写。如胡滨的《"新都市文学"与深圳文学的走向》②、孔庆东的《北京文学的贵族气》③、刘影的《城市文学的"上海怀旧"之旅》④、樊星的《新时期湖北文学的传统略论》⑤、赵雪晶的《上海：城与人》⑥等论文，皆是以某个具体的城市或地域，考察该城市或地域的文学书写所体现的文化特征。

博士论文方面：大部分博士论文都潜在地深受本雅明对波德莱尔与巴黎的相关研究的影响，引入城市文化、城市社会学视角的研究范式深入考察文学与城市的关系。在这些关于城市文学的博士论文当中，以二十世纪九十年代文学为研究对象的博士论文占据主要篇章：如聂伟的《中国 90 年代都市小说中的民间世界》主要围绕着"都市民间"这一概念具体讨论了二十世纪九十年代以来中国都市文学叙事实践过程中知识分子群体的现代性追求。焦雨虹的《消费文化与 20 世纪 90 年代以来的都市小说》主要在都市文学与都市文化之间建立了关联性，探讨了消费文化与都市小说相互影响、相互阐释到相互建构的互动关系。黄发有的博士论文《准个体时代的写作——20 世纪 90 年代中国小说研究》则对城市文学进行了大致的分类，认为消费文学和文学消费潜移默化地影响着作家的自由创

① 刘中顼：《城市文化个性与城市文学发展的互动》，《湖南城市学院学报》，2006 年第 2 期。
② 胡滨：《"新都市文学"与深圳文学的走向》，《文艺报》，2004 年 12 月 9 日。
③ 孔庆东：《北京文学的贵族气》，《当代文坛》，2004 年第 6 期。
④ 刘影：《城市文学的"上海怀旧"之旅》，《北方论丛》，2006 年第 5 期。
⑤ 樊星：《新时期湖北文学的传统略论》，《扬子江评论》，2008 年第 6 期。
⑥ 赵雪晶：《上海：城与人》，《创作评谭》，2009 年第 1 期。

作，而城市正是这种消费文化繁衍生息的温床，它排挤了精英文化所应该有的价值地位，消解了二十世纪八十年代未完成的启蒙精神。论文作者很明显是站在精英主义的角度对世纪末文学，乃至文化环境等提出了严厉的批判，这与当年王晓明等人发动的"人文精神大讨论"遥相呼应。巫晓燕的博士论文《审美现代性视野下的中国当代都市小说》，以"审美现代性"作为切入文学研究的视角，从现代审美意识、现代审美精神、现代审美形态、现代审美困境四个方面对当代都市小说进行了分析研究，认为都市文学在二十世纪九十年代的强势崛起已经改变了整个中国文坛的格局。徐杨的《20世纪90年代以来都市小说婚恋叙事研究》则是从婚恋这一独特的角度介入都市文学研究，从二十世纪九十年代以来都市小说的婚恋概观、婚恋叙事的人物形象、婚恋叙事的模式、婚恋叙事的文化反思四个方面考察了都市文学中的婚恋问题。冒建华的博士论文《从城市欲望到精神救赎——当代城市小说欲望与审美关系研究》分时期论述了城市欲望与审美之关系：五十至七十年代是欲望的政治化与审美贫困化的时期；八十至九十年代是欲望释放与审美调节的时期；九十年代是市场经济体制下欲望膨胀的年代。王斌的《意义与结构——新时期以来大陆城市小说的现代性诉求》同样是以现代性理论作为城市小说发展进程的主导性因素，认为文学创作在二十世纪八十年代处于整个时代的中心位置，而在二十世纪九十年代则日益地边缘化。作者主要从创作主体的心理学、叙事学、文化学的角度分析了城市小说与现代性的复杂关系。张惠苑的《1980年代以来文学中的城市研究》虽然将研究的对象从习惯性的二十世纪九十年代以来拓宽至二十世纪八十年代以来，但从整个论文的论述过程中可发现，其研究仍然是以二十世纪九十年代以来的城市文学或都市文学作品为主，并且该文主要强调的是地域文化对城市文学创作的影响。论文梳理了中国自二十世纪八十年代以来最重要的城市（北京、上海、武汉、南京、广州、深圳、西安、成都等）在文学作品中的叙述情况，具有较高的学术价值……

综上所述，在这些以城市文学为研究对象的博士论文中，我们很容易发现，他们基本都是在白烨和陈晓明等关于"城市文学"或"都市文学"概念界定的基础之上所展开的研究，如此所选择的具体研究对象的时间节点也就必然地集中在了二十世纪九十年代以来，而极少论及二十世纪九十年代之外特别是二十世纪九十年代之前的城市文学创作。而为数不多的绕过二十世纪九十年代选择其他时段的博士论文有：王兴文的《城市化的文学表征：新世纪小说城市书写研究》是以新世纪小说的城市书写为研究对象，关注"城市化对新世纪小说的形塑与新世纪小说对城市化的表征"[1]的双向建构；孟汇荣的《1980 年代小说中的城市空间生产》则是从空间的角度研究了被学术界忽视的八十年代的城市书写，多层次、多角度地展现了处于社会转型节点中文学对于城市的想象……

三、研究现状的不足与问题的提出

第一，对"城市文学"的概念界定与研究对象的质疑。"消费"是现代城市的特征之一，波德里亚所概括的"消费社会"从某种意义上来说其实就是城市社会，所以对于城市文学的定义与研究总会不自觉地先入为主，在以"消费"以及由"消费"这一原点所辐射的一系列社会观念、意识形态等观照下展开。例如 1998 年，李洁非首次提出一个惊人的见解："中国的城市文学之所以在过去一直没有发育起来，也恰恰在于中国城市社会尚不处在物化状态，商品经济因素虽非毫无，但却是在极低的水平上存在着，故而物的力量远未增长到足以令人压抑、反受其制的程度，相反，倒更多地领受的是物之匮乏。"[2]从中我们可以总结出，发达的商品经济和物化状态是城市文学发育、成长的前提，反之则无城市文学。李氏的观点也

---

① 王兴文：《城市化的文学表征：新世纪小说城市书写研究》，兰州大学博士论文，2013 年。

② 李洁非：《城市文学之崛起：社会和文学背景》，《当代作家评论》，1998 年第 3 期。

得到了葛红兵的呼应："20世纪90年代以前中国是没有真正的城市文学的，有的是反城市文学和拟城市文学。"①其理由也在于二十世纪九十年代之前的中国城市并不存在发达的商品经济和物化状态，也就是说，葛氏所认为的城市文学这一类型真正发生的时间应该是二十世纪九十年代。同时，他还在2001年发表的文章《构建都市精神与发展城市文学》中继续为这种判断做辩护："20世纪80年代以前的中国文学即使是城市人写的，写的也是城市里的事情，但不能算城市文学。"②之所以葛氏认定城市文学发生的时间一定是在二十世纪九十年代也主要是因为，中国城市的商品经济与物化状态在二十世纪九十年代才算真正兴起并迅速炸裂，为城市文学的产生提供了适合的温床。与葛红兵站在同一阵营的李洁非在2002年发表的《都市文学游走在中国现实中》再次谈及：新中国成立后三十年没有一部作品"真正是在演绎'城市'这个概念……只有在商品原则之下，现代城市才表达着它的意志，否则，它的存在是没有理由的……也正是在此背景之下，20世纪90年代有一种叫作城市文学的东西应运而生，来势强劲，一下跃升为我们最重要的文学景观"③。李、葛的研究和结论为城市文学的研究范畴圈定了一个清晰且界限分明的场域，他们主要考察的是当下的社会背景与城市文学间的发生学关系。而陈晓明和白烨则是从文学的审美形态出发，提出了"都市文学"这一概念，他们用了"当下性""压抑感""焦虑心理""末世情调"等词语来概括其特征，在某种程度上也是对李、葛二人观点的遥相呼应，"20世纪80年代之前有都市题材写作，而无都市文学作家。真正意义上的都市文学，我认为还是产生于中国改革开放之后，或者说是在20世纪90年代中国城市化进程加快之后才形成的；而真正意义上的都市作家，也是在这之后才开始完

---

① 葛红兵：《在主流与非主流之间》，《广州文艺》，1998年第5期。
② 葛红兵：《构建都市精神与发展城市文学》，《文艺报》，2001年8月14日。
③ 李洁非：《都市文学游走在中国现实中》，《社会科学报》，2002年2月7日。

全浮现文坛"①。从这些学者的论证材料中我们可以得出一些基本判断：城市文学仅仅是二十世纪九十年代以后的产物，在二十世纪九十年代之前那些关于城市的书写，则被冠名为"非城市文学"或者"拟城市文学"。

　　这样的研究现状与结论背后掩藏着一个普遍先在的事实：现代城市是城市文学得以发育的沃土，而城市文学也必须在叙述中传达现代意识。表面上看，现代意识（现代性）是以城市为描写对象的文学能否进入"城市文学"的必要条件，但从另一个角度来说，它无形当中也必定对城市文学的研究造成一种断代化和狭窄化的限制，其根源归结于西方现代性巨型话语的超然指射。翻阅历史可知，西方城市真正兴起的时间是十九世纪，伴随着工业生产的推进，城市开启了大面积的扩张之路。本雅明将巴黎喻为"19世纪的首都"就基本等同于向世界宣告了"西方中心"的赫然地位，而东方也就自然而然沦为了受西方引领、以西方为目标的"后进生"。当这样的观念成为人们脑海里的必然前提时，许多研究者便不自觉地滑入了"西方中心主义"的陷阱里，如"20世纪90年代以前中国是没有真正的城市文学"这样的观点可谓是"陷阱里的论调"，李洁非所考虑的"工业化和市场经济"全是对西方现代性的比附和参照，正如周宪所说："研究者很容易落入西方现代性理论所预设的种种思路和指向的窠臼，进而忘却了中国问题的差异性和特殊性，满足于以外来理论论证中国问题，最终导致遮蔽中国问题特性而虚假地证明了西方理论的普遍有效性。"②如果我们的研究依然局限于这种"囚禁在现代性下的'城市文学'"的现状里，便有以偏概全、自我禁锢的危险。假设，城市文学是伴随着西方现代性的入侵和现代城市的崛起应运而生，如果采用逆向思维，当市场经济并不成熟，商品经济原则没有完整建立时，城市文学也就无从谈起。可是，这种源自二十世纪九十年代的结论时至今日已是破绽重

①　杨宏海、白烨：《关于中国当代都市文学的对话》，《文艺报》，2005年7月26日。

②　周宪：《审美现代性批判》，商务印书馆2005年版，第49—50页。

18

重。我们知道，城市的形态本身是一个未完成的符号，会在特定的历史阶段呈现出特定的阶段性特征，如果只强调它的现代或后现代特征，通过横向移植来自西方世界的理论进行强行套用，而割断了与传统、与本土的联系，最终只会沦为一厢情愿的自说自话，难以客观和全面。如果将现代性进程视为一条"进化论"的时间轴，那么城市是作为它的载体甚至是结晶而存在，然而却很少有人真正思考，中国历史中的城市是否也曾孕育出属于自身文化语境却又与西方现代性相契合的"现代性"特征？如果有，那么是不是可以以此来重新考察中国自身的"城市文学"？这也便牵涉到对待城市"现代性"问题上我们所应该持有的基本判断，即当西方理论介入的同时，需结合中国的历史和国情，以我为主。

第二，对研究立场与批评立场的疑问。在文化研究尚未形成风潮之前，学术界对于城市文学的研究和批评一直是借助知识分子的精英价值观立场的"小孔"去凝视文学城市整体的"像"。所以，当那些乱花渐欲迷人眼的"乱像"超出了精英价值观所预先设定的律令与标准时，就被冠以"道德问题"和"价值偏差"的标签予以审判。无论是"城市文学"还是"文学城市"，在批评家眼里几乎都是"恶之花"的繁衍场域，是亟待被批判的对象。比如李敬泽就曾指出："20世纪90年代以来，一谈到都市就是两个关键词：欲望、物质，这也成了一种歪曲和遮蔽。一方面它制约了作家的眼光，另一方面，由于这些词是暧昧的、负面的，也使人们习惯以负面的眼光去看那些作品。"[1]李的话透露出了几个方面的信息。首先，九十年代的城市文学过多集中在了对"欲望"和"物质"的书写，从而也使得研究和批评界同样对此投入了过度乃至过分的关注和解读；其次，在李敬泽的言语间还流露出了一种负面的态度，即对"欲望"和"物质"的怀疑和批判。笔者认为这便是前文所提及的站在精英价值观立场上的"小孔成像"所造成的结果。再比如二十世纪九十年代的"人文精神大讨论"，也是典型的知识分子精英价值观的自

---

① 李敬泽：《在都市书写中国》，《当代文坛》，2006年第4期。

从『平面市井』到『折叠都市』

19

为性产物。虽然这场讨论并没有将矛头直接对准城市和城市文学，但从王晓明的《旷野上的废墟——文学和人文精神的危机》一文中也能窥见一些线索。他认为，当前的文学过于肯定社会商品化，而缺少对物质社会的人文批评精神，创作表现出普遍的物质崇拜和精神沦落，这是一种"人文精神的危机"。文中提及的"商品化""物质崇拜"等词语均从贬义的能指居高临下地"唾弃"当时的文学境遇。不过，仔细辨析便可发现，"商品""物质"均是城市的特征和产物，因此，王所顾忌的"文学与人文精神的危机"所针对的在很大程度上就是当下逐渐走向"商品化"和"物质崇拜"的城市书写。"旷野上的废墟"，形象地概括了知识分子眼中沦落的、面目狰狞的城市面貌。诚然，直至今日，大部分学者可能依旧认同他的观点，认为文学一旦开始痴迷物欲崇拜，就意味着人文精神的沦落。然而如若细细咀嚼便可发现，在这单一的判断背后，操控话语权的主体的文化身份以及他们的言说动机，或许便能识破，在"废墟"的镜像之外，那些被遮蔽的历史合理性和所存在的被人津津乐道的误读，特别是缺乏对经济、消费、交往等方面更为学理性的分析和客观性的评价。而要真正客观地去研究和评价城市文学，前提条件必须建立在对城市本身有着正确的认识和理解，即先走进城市，再寻找工具和方法，在此基础之上才能辩证地考察城市文学，或许会有不一样的"风景"的发现。

第三，从整体的研究现状来看，对于城市文学的研究存在着两种研究范式，即"城市文学"的研究与"文学城市"的研究。其中，上文中所总结的研究成果大致可归为"城市文学"的研究范式，它的特点重在阐明由现代城市所生发的城市人物、生活、思想、情感、心理等多个方面在文学审美层面的呈现，强调的是现代城市与文学之间的关系，属于"文学内部"研究的路径，而后者则大致走向了文化研究，为城市文学研究提供了新的学术增长空间。这种研究范式最先是由美国学者理查德·利罕所提出的。他的著作《文学中的城市：知识与文化的历史》是以"外部研究"的方式，通过对笛福、麦克维尔等作家的城市书写的细读，从历史的角度探讨了文学文本中所涉及的从启蒙时期的伦敦到进入后现代以来的洛杉矶等西方城市在文学中的呈现。而另外一位学者麦克·克朗的《文化地理学》更是将文学现象纳入文化研究视野下的经典之作，他以文学作品中所描写到的地理空间为视角，发现了文学之于地域属性间的内在关系。在这本著作中，论者将诸多文学文本与权力、政治、性别、时代、社会、家园等联系起来，说明地理空间并非单纯只是被文学所描绘的物理层面上的实体景观，同时还渗透着社会学与文化学等更深层的内涵和意义。文化研究的引入为中国城市文学研究从"城市中的文学"向"文学中的城市"转型提供了方法论上的启示，特别是列斐伏尔、大卫·哈维以及爱德华·索亚等人的空间理论的介入，使得人们研究城市的方式有了更为直接的基点。

空间，不仅作为"城市文学"与"文学城市"的一个重要连接点，更为文学书写提供了叙事背景、叙事场域、叙事风格、情感营造、意象隐喻等不同层面的发生学效用。考察现有的以空间为基点对"文学中的城市"所做的文化研究的成果①，可发现以下几点不足：1. 缺乏历时性和整体性的把握。几乎所有的研究都会选择某个时间段或某个地域空间进行深入纵向的研究，而无暇顾及横向上的文学内在逻辑，继而难以从整体的历史的向度对城市文学的流变做出合理的解释，更无法对文学创作给出应有的判断和评价，以完成经典化的目标。这也是将文化研究引入文学研究后所面临的通病。例如针对二十世纪九十年代之前的城市叙事，在"城市文学"的研究范式中，由于其缺乏现代"城市意识"，缺乏对"消费"和"欲望"的刻画，缺乏成熟的商品经济和物化状态，从而被冠以"非城市文

---

① 以空间为基点对"文学中的城市"做宏观性文化研究的现有成果主要集中在了硕博士论文，如沈文娟的硕士论文《八十年代以来北京城市空间的多样化书写》、郭海波的硕士论文《新世纪都市文学中"生存空间"的想象和建构》、郭子民的硕士论文《新时期打工文学中的空间意蕴》、赵坤的博士论文《中国城市文学中的建筑书写》、李静的博士论文《空间转向中的当代中国小说研究》、孟汇荣的博士论文《1980 年代小说中的城市空间生产》、郭玉红的博士论文《景观的诗学——20 世纪中国都市文学中的景观书写》等。

学"或"拟城市文学"而丧失了作为城市文学的合法性；在"文学城市"的研究范式中，对其研究虽不乏有价值的成果，但却没能与城市文学的发展谱系建立起相应的关联性，从而易造成一种断代的假象。2. 空间理论的引入作为考察"文学城市"的路径，往往过于集中对文学中的各类城市空间进行相应的"分类—阐释"的研究模式，如孟汇荣的博士论文《1980 年代小说中的城市空间生产》里的"启蒙空间""日常生活空间""文化空间"；沈文娟的硕士论文《八十年代以来北京城市空间的多样化书写》中的"传统空间"和"现代空间"等。这种研究往往只是注重对既有的城市各类空间做现象学、文化学与社会学的阐释，而较少关注城市空间形态的多样化生成的原因，以及所组成的城市空间在秩序结构上是否具备现实的合理性和伦理的正义性。3. 在现有的文化研究的成果中，往往忽略了文学生产过程中作家主体性的作用，文学本身的逻辑特性被悬置。作家如何通过空间生产讲述城市、想象城市、建构城市，作家又何以选择这样的空间形态作为想象和叙事城市的符码，他们的道德立场和审美立场又是什么？这些问题都值得被关注和解答。4. 文学是人学，而文学研究也必须以人为中心。文学所要表现和探讨的也必须是人，是时时在行动的人，是处在各种各样复杂的社会关系中的人。因此，作为人类生存的城市空间，它的价值最终也会在人的精神思想与社会交往中得以体现。在现有的研究成果中，则太过注重对空间本体的研究，而忽视了对空间中的人的关注，空间与人之间的内在联系也并未在现有的研究中得到完整的建构。

综上所述，就目前的研究现状来说，无论是"城市文学"研究还是"文学城市"研究，都存在着各自的问题和不足。为了弥补缺失，本文在借鉴现有的研究策略和研究成果的基础上，试图缝合这两种研究范式"各自为政"的格局，建立相互间的联系，取长补短，以文学研究和文学批评为基点和目标，借鉴文化研究和跨学科研究的方式，最终回到文学本身，完成对城市文学的重新考察、梳理、定位和价值重估。这也便是本文写作之初的设想。那么，首先需要解决的一个重要问题便是，如何能在文学文本、文学研究与文化研究这三种不同的视域中发现一个既具有"破壁"功能又具备一定学术创新性的切入口。考虑到城市本身特有的流变性和未完成性的特征，这个切入口不仅自身必须同样处于流变的状态，而且还能够作为一个放射点，从整体上统筹城市与历史传统、城市与现实社会、城市与城市化进程、城市与人、城市与文学等多重维度的复杂表征。于是，笔者想到了一个词——伦理。

四、相关的研究视角及方法

1. 城市的伦理与伦理的城市

亚里士多德在《尼各马可伦理学》中最先赋予伦理含义："伦理学是关于道德问题的理论，是研究道德的产生、发展、本质、评价、作用以及道德教育、道德修养规律的学说。"也就是说，对伦理的最初界定并没有明确区分它与道德之间的差别，而只是笼统地认为都是教人辨别好与坏、责任与义务的学科。因此，弗兰克·梯利在《伦理学导论》中也继续沿用了亚氏的观点——"伦理学的对象是道德即有关善恶是非的现象"，他确定了伦理学所研究的具体对象。李泽厚先生曾在《伦理学纲要》中总结伦理学发展的历程，认为："伦理学今天实际上也一分为二，即公正、权利为主题的政治哲学—伦理学，和以善为主题的宗教哲学—伦理学。"这是对伦理学这门学科的理论化阐释。所谓的伦理，其实就是指在处理人与人、人与社会的相互关系时，应遵循的道理和准则，而伦理诉求则是指制定某种道德、动机、认同或者是说服受众应该去做某件事的理由，也就是按照伦理的要求去说服受众做事的原因。在中国，"伦理"一词最早出现在《礼记·乐记》中——"凡音者，生于人心者也；乐者，通伦理者也"，指事物的逻辑条理。然而，随着封建社会的发展和成熟，超稳定的社会结构逐渐形成，于是，对"伦理"的解释就不再指向某种思维规律，而被类化为人的道德准则，即"天地君亲师"为五天伦和君臣、父子、兄弟、夫妻、朋友为五人伦，而忠、孝、悌、忍、信则是处理人伦关系的基本准则。由此可知，中国古代之所谓伦理，主要是依靠着先天设定的方式控制、确立人与自然、人与人之间的关系、等级秩序等。

在西方的中世纪，主流伦理思想是在封建专制主义和教会神学的统治下发展壮大，它的基本任务是解释和论证圣经的道德观念和伦理原则的绝对权威性，注重个人对上帝的敬畏和灵魂拯救，最终形成了适应封建领主和教阶统治需要的神学伦理思想体系，而这种伦理体系同样属于道义论的范畴。进入现代以后，传统的伦理思想皆遭遇了来自结构主义及实用主义的挑战而引发道德危机，主要"表现为现代生活世界的道德危机和现代知识系统的伦理学知识的合法性危机两个方面"[1]。这主要是由于个人意识的觉醒，依靠现代科学主义发动了对传统神权的挑战，以及市场经济蓬勃发展僭越了传统伦理规范所追求的美德、戒律和责任的畛域。当尼采宣布"上帝已死"，人类不再相信所谓的宇宙秩序，也不再相信一种客观而且普世地存在的道德，意味着在西方居于一元统治地位的基督教伦理观遭到了解构和亵渎。天主坠落，诸神混战，多元伦理思想百家争鸣，迅速瓦解了宗教伦理在人们心中的主导位置。以市场经济为中心的西方资本主义社会开始大肆追求效益和财富的最大化，特别是进入"后工业"时代，个人利益得到充分重视，而富裕的经济水平和殷实的商品生产更是将人们送入了消费的狂欢节日里。总之，宗教神学走下神坛，个人权利崇尚的道德自主性，以及市场经济追求的伦理世俗化是现代伦理的基本特征，另一方面，现代社会的多元化发展的前提条件源自于社会分工，人类根据自身的能力和要求从事着不同种类的职业，从而原本的"熟人社会"就演变成了以"业缘"为依托的陌生化社会，这种社会形式也是现代城市的内在结构。

本文中所论及的"城市伦理"并不是一个专属的伦理学概念，可理解为"城市的伦理"，主要是指将城市作为道德主体置于伦理

莫言与当代中国文学创新经验研究

① 万俊人：《现代性的伦理话语》，黑龙江人民出版社 2002 年版，第 5 页。

学的视域下，"直面城市社会的道德问题，将城市社会的道德问题作为独立的研究对象，依据城市社会的特质、城市社会结构的特点去研究城市社会的价值目标，城市社会特殊的道德关系，城市社会道德的特征、性质和机制，城市社会的道德规范体系，城市社会道德建构的方式和途径等"①。因此，并不存在从一而终的静态式的城市伦理，因为城市始终处于一个不断流变的状态，所以城市伦理本身就是一个动态的研究对象。而现代城市社会中的主流伦理其实就是市民伦理，它是在城市的内在结构中，即市场经济的基本原则之下，所形成的以个人生存为中心的人们理应遵循的道德和准则，它强调了对个人权利和利益的坚守。

要真正深入地研究中国的市民伦理，就必须了解并尊重中国城市社会特殊的实际状况，即本土的市井传统和现代经济理性主义②共同的合力下，对市民个体乃至城市社会所产生的巨大影响，从而揭示城市伦理的独特结构及其多元诉求。所以，对城市伦理的研究，不仅需要对城市社会中受城市功能转型的影响下人伦关系的考察，更是要将中国现代城市复杂的空间形式置于伦理学批判的视域下，考察作为空间的城市本身与市民个体的伦理关系。

当然，就城市本身而言，也同样是一种实体化的伦理形态，即伦理的城市。莱茵霍尔德·尼布尔（Reinhlod Niebuhr）在其专著《道德的人与不道德的社会》中认为，每一个个体的人，在先天上都是道德的，人的本性使他从最初就具备了一种与其同伴相处的天然联系，即便是在与他人的冲突中，本能冲动也会促使他去考虑他者的感受和需求，因此，人是道德的。但关键问题在于，社会群体作为人的集合却总是会对个人提出各种各样必然的限制，使人类社会永

---

① 杨秀香：《当代中国城市伦理研究》，辽宁师范大学出版社 2004 年版，第 28 页。

② 经济理性主义是马克思·韦伯在《新教伦理与资本主义精神》中所提出的重要思想，主要包括了交换行为、契约原则、生存吁求、货币哲学等，它的功能是"让个体主体摆脱封建的人身依附关系，为个体主体的自由解放和自我实现提供坚实的物质支撑"。

远不可能回避和平衡在物质方面的公平分配问题，由此也导致了利益冲突绝不可能被排除，甚至发生非道德的邪恶与血污，所以尼布尔才认为，作为人的集合的社会，其本质是不道德的。而城市与尼布尔的"社会"大体雷同，城市学家曼纽尔·卡斯特甚至认为城市就是社会的表现，是现代人不能逃避的生存场域，所以，同样作为人的集合形式的城市，必然也会涉及公平正义与权利义务的分配和保障，从而也便容易导致利益的冲突与权力的异化。而列斐伏尔、大卫·哈维等人从空间社会学的角度对城市的介入，为以伦理学来研究城市打开了一片新的天地。

列斐伏尔将城市视为是由不同矛盾和冲突的空间所组成，这种被人为生产出来的空间不仅承载着一定的社会关系，也是人类社会活动的场所，更是塑造人类道德的场域，是人化的空间。"一方面，我们的行动和思想塑造着我们周围的空间，但与此同时，我们生活其中的作为聚集性和社会性产品的空间与场域也以一种我们刚刚开始认识的方式塑造着我们的行动和思想"①，因此，从某种角度上说，城市空间本身就具备了伦理属性，即伦理的城市，是由具有伦理吁求的人所建构的生存场域，所以城市空间的功能理应是以人为本，公平正义地促进人类的生存发展。但是，大卫·哈维在《正义、自然和差异的地理学》《全球资本主义空间——走向一个不平衡地理发展理论》等著作中却提出了一个著名的判断，即"非正义的城市化"（The urbanization of injustice）：由于城市化进程必然会造成城市内部不平等的空间划分、城市与城市之间不平衡的空间差异等，从而也就直接影响了不同空间中市民们正当化的伦理诉求。也就是说，城市空间本身就很可能反过来成为约束人类生存和发展的障碍，特别是当个人的价值追求和伦理吁求得不到外在空间的理解和支持时，人们就会产生极强的空间不适感，若是在城市化进程尚未大规模爆发之前的乡土社会，城乡空间势均力敌，人们对空间不

---

① 转引自陈忠：《空间与城市哲学研究》，上海社会科学院出版社 2017年版，第 64 页。

适感还可以通过空间转换的形式诸如"出走"或"归隐"来解决，而在城市化开启以后，不仅仅是在城乡之间，同时也在城市内部，"中心"与"边缘"的空间格局已然明朗，并且泾渭分明，形成了隔离之势，前者对后者的强势侵袭，逼迫着"空间不适感"的人们无路可逃。可以说，哈维是将城市视为一种空间性质的伦理实体来考察和研究，并得出最终的结论：城市化进程就是一场非正义、非道德的"地理学景观破坏"。这一结论本身就是在做最基本的伦理判断。因此，在考察城市内部已然形成的伦理现象时，决不能忽视有着伦理属性的城市空间对城市的伦理现象和市民的伦理诉求的直接影响。

2. 伦理的文学和文学的伦理

从宏观的角度来说，伦理学其实是一种既有普范性又有流变性的道德哲学，它是以具体的善恶是非等道德现象为研究对象，旨在考察道德现象背后的规范、缘由等，而文学是作家对生活的体验，对人生的思考，包含着一定的价值取向和意识形态的渗入。从文学的发生学谈起，文学最初产生时的功能完全是以伦理道德为目的，而并非审美。贺拉斯在《诗艺》中提出的"寓教于乐"指的就是文学艺术应该通过其形式美而向读者传达劝谕的道德教化。在中国，考察文学与伦理之间的关系由来已久，从孔子的"兴、观、群、怨"说到"文以载道"，都足以说明文学创作与伦理道德之间有着密切的联系，谢有顺曾谈到"文学是关于人的伦理的文学，也是关于生命伦理的文学"[1]，任何思想和观念都渴望在文学中完成符合要求的道德观念和伦理秩序，以实现社会劝谕的功能。因此可以说，作者通过文学的方式建构对世界的想象，其中必然涉及伦理道德的表达，"文学伦理是文学与道德的结合，从文学史来看，是历史话语、文化话语、审美话语的综合，其中包括人类的道德感情、道德观念

---

① 谢有顺：《中国小说叙事伦理的现代转向》，复旦大学博士论文，2010 年。

和道德生活。当人成为书写的对象，就要涉及人与人、人与物、人与自我的关系，它天然成为了各种道德关系的载体，在伦理学的视角下，文学的审美韵致和人性求善与合秩序性需求表现出善美一致性"①。

鉴于此，伦理学研究、批评文学也就成为对作品所彰显的时代精神、伦理秩序、伦理思想等做出客观、历史的评价的方法论。国内第一部以伦理学理论为基础，以文学为研究对象的理论专著是乔山的《文艺伦理学》（1997年），他是从伦理与文学、伦理与创作、伦理与批判等的关系入手对文艺伦理学进行了基本的学科构建。而刘小枫的《沉重的肉身——现代性伦理的叙事纬语》首次提出了"现代性伦理"的概念，专指的是人民伦理和个体自由伦理间的冲突和悖论。他认为，时下人们正在身不由己地从人民伦理中挣脱出来，转向个体自由伦理的认同。真正将"文学伦理学"作为一种文学批评的方法论而提出是《外国文学研究》的主编聂珍钊先生于2004年所完成的。他首次系统提出"文学伦理学批评"并建构了一个相对完善的理论框架。"文学伦理学批评"是以伦理学为理论基础，以文学为批评对象，其内容主要包括了作家与文学创作的关系、文学作品本身、读者与作品的关系以及如何从伦理学的角度对作家和作品的道德倾向做出评价这四方面。这种批评方法有别于传统的文学研究或文学批评，它坚持用现实的道德价值观对当前文学描写的道德现象做出价值判断。2005年第1期的《外国文学研究》便开辟了一个"文学伦理学批评笔谈"的专栏，刊登了六篇国内学者有关文学伦理学批评的文章。聂珍钊教授的《关于文学伦理学批评》一文在肯定了文学与伦理之间存在密切联系的基础上，对文学伦理学批评的范畴进行了界定：首先，文学伦理学批评研究的对象必须是文学；第二，文学伦理学批评是对文学所描述的世界进行伦理和道德的客观考察并给以历史的辩证阐释；第三，文学伦理学批评主

---

① 成海鹰：《文艺伦理还是文学伦理——论文学伦理成立的基础》，《湖南师范大学学报》，2009年第1期。

要是作为一种方法论应用于文学研究中，它重在对文学的阐释。以上皆说明，文学伦理学批评是指文学意义上的批评方法而不是社会学意义上的批评方法，"它的主要目的在于阐释建构在伦理与道德基础上的种种文学现象，客观地研究文学的伦理与道德因素，并讨论给我们带来的启示。简而言之，就是要求用伦理学的方法解读文学"①，同时，在解读的过程中，要重点关注的是文学的社会责任、道德义务等伦理价值。

五、研究的对象、目的及意义

1. 论题的研究范围

以文学伦理学研究中国的城市书写是本文的总体研究路径。要实践这一路径，首先需要确定的是更为具体的研究对象。当我们从习以为常的现代化、现代意识等为城市文学"勾勒"和"塑形"时，却往往忽略了一个重要的前提和线索，那就是市民社会与城市文学的关系。"市民社会"（civil society）一词最早出现在亚里士多德的《政治学》中。根据亚氏的古典市民社会理论可知，具有政治性公共领域的公民社会是他所判定的市民社会，他看中的是城市的政治属性赋予市民与之同一的政治权力。然而，现代市民社会相较于亚里士多德或是西塞罗理想的城邦国家或政治共同体却有了颠覆性变化。十八世纪的法国大革命终结了欧洲中世纪的黑暗，以利己主义为根本又相互协作、相互依赖的市民社会开始萌芽。黑格尔是首个提出现代市民社会的学者，他认为"各个成员作为独立的单个人的联合，因而也就是在形式普遍性中的联合，这种联合是通过成员的需要，通过保障人身和财产的法律制度，通过维护他们特殊利益

---

① 聂珍钊：《关于文学伦理学批评》，《外国文学研究》，2005 年第 1 期。

和公共利益的外部秩序而建立起来的"①。黑格尔论及的"市民社会"必须存在于市场经济社会中。首先，这是因为只有市场经济社会的存在才能满足黑格尔更看重的市民作为独立个体所追求的利益的重要性，而不是以国家政治为本位；其次，只有在相对独立的市场经济社会环境中才能衍生出维系成员需要、保障成员利益的法律制度和伦理规约。从西方市民社会的发展历程来看，无论是亚里士多德、西塞罗还是霍布斯、洛克、卢梭等人研究的古典市民社会，都强调国家或是政治共同体，也意味着市民是国家政治空间的依附者，而黑格尔所提出的"现代市民社会"的产生，意味着市民由政治的"依附者"变成了独立的群体，即市民阶层的诞生，而市民阶层的日常生活和伦理诉求又是西方早期城市文学（市民文学）所主要关注的对象。由此，我们便可以得出一个结论：市民社会的产生是城市文学赖以生存的前提和基石。

　　而在当代中国的"共名"时代，同样出现了一个与西方中世纪相似结构的政治共同体，市民生活与市民意识被国家政治所压抑，市民社会并未独立，直到二十世纪八十年代才与政治国家呈现分崩离析之势。黑格尔第一次明确提出现代意义的市民社会，也正是由于市民社会从政治共同体中分离，变成一个独立的存在。紧随其后的马克思很快就将市民社会归入经济基础的范畴，认为市民社会中人的伦理关系是市场交换关系。因此可以说，现代城市的形成，最重要的契机便在于市民社会从政治国家中分离，成为一个相对独立自主、有着自身伦理形态的空间场域。而二十世纪八十年代则可视为是中国的市民社会与政治共同体分道扬镳的时间节点，城市的功能由此拉开了从政治中心向经济中心转型的序幕。因此，本文大胆放弃学术界通常将城市文学研究的焦点所集中的二十世纪九十年代，而选择将时间点前移至二十世纪八十年代，一方面是由于二十世纪八十年代被统称为"后革命"时代，由"城"到"市"的转型迫使政治

---

① （德）黑格尔：《法哲学原理》，范扬、张企泰译，商务印书馆1982年版，第173页。

意识形态退却，使得文学对被压抑已久的市民社会的关注逐渐显山露水。另一方面，二十世纪八十年代作为中国社会的转型年代，本身就具备了特殊的时代意义，从城市书写来看，既接续着传统的叙事风格，表达着本土城市独有的历史文化底蕴和空间镜像，又连接着现代，孕育着伦理流变的土壤，因此笔者认为，将城市文学研究拓展至二十世纪八十年代，可以有效地缓解当下城市文学研究所暴露的"脱域"问题。

2. 研究的目的和意义

首先，需要明白的是，以伦理学研究城市文学并非只是简单地考察文本中所描述的人伦关系和道德行为，现代伦理学认为，社会秩序是基础伦理价值，社会正义是核心伦理价值，而人类幸福则是终极伦理价值，因此以伦理学研究城市，必须以"城市，让生活更美好"[①]的人本理念为核心宗旨，如何建构平等、正义、善和幸福的城市为目标，考察和批判文学城市中的伦理秩序是否符合伦理学的终极价值建构。所谓的"伦理秩序是一个规范系统，能够给人提供稳定的秩序与稳定的预期，人们借助这种规范系统能够实现自己的目的"[②]，这就包括了作为承载着人类社会活动和关系的空间的城市自身的规范问题，以及这种规范对人类个体的伦理吁求和交往秩序的影响，从而调节各种不同的空间形态下秩序之间的矛盾和冲突。因此，研究文学中的城市伦理的最终目的，不仅仅是旧伦理学所期望的"建立一种调整人与人之间的关系、维护社会秩序和培养有道德的人"，更是为了使城市成为和谐有序的伦理实体，从而在功能上最大限度地满足人类日常生活的利益诉求，即正义和"城市善"的实现，最终使其成为人类身体和精神的归属家园，即幸福的获得，这才是研究城市伦理的根本意义。

① 陈袁园:《城市空间的道德价值》，苏州大学硕士论文，2016 年。
② 谢军:《以权利为基础的市民社会伦理秩序》，《中国政法大学学报》，2011 年第 6 期。

其次，如果细化到具体的文学研究中，自建国以降，中国城市经历了由"城"到"市"的现代转型，并引发了伦理秩序和道德观念的变革，主要是指现代伦理对传统伦理的冲击乃至颠覆，其中的利弊得失如人饮水冷暖自知，需具体问题具体分析。因此，以伦理学考察二十世纪八十年代以来城市书写的伦理问题，可以获得一条直接且具体的观察渠道，更清楚地了解城市的转型给社会伦理带来了怎样的影响，以及在这种影响下人们纷繁复杂的生存方式、生活习惯、人际关系、伦理诉求和社会道德，从而引发人们对于现有的伦理秩序和道德观的深刻而冷静的反思和自省，同时，因市民的伦理诉求问题所引发的诸如道德品行的式微、法律理性的缺席、生态伦理的危机，以及空间的非正义表征等社会问题的揭示，也具备了一定的社会警示效用和启发意义。

最后，二十世纪八十年代以来的城市文学展现了不同于乡土文明的城市生活、城市文化和现代审美，为文学的发展提供了不可或缺的经验，它结束了二十世纪五十至七十年代对政治伦理奉为圭臬的局面，即将政治意识形态推行的乌托邦式的伦理认同内化为共同的信仰和习惯，转变为对"利己主义"的私人性伦理的回归，表现了二十世纪八十年代以来城市世俗化的人生百态。作家的伦理立场也由集体主义的道德激情和对资源共享、价值共识的同一性社会空间的永恒向往，转向了对私人吁求的客观表达。但是，由于潜在的精英伦理，作家们的城市书写并没有真正入驻城市却又霸占了制高点，从而导致作者的叙事伦理立场与现实的城市伦理之间有着难以弥合的缝隙和悖论。因此，以伦理学介入文学，考察城市书写背后的伦理立场、伦理倾向及其所面临的伦理困境，便能对城市文学做出更为辩证的评价。本文的研究目的是希望能为城市文学提供一种新的研究和批判的方法，既可考察文学城市中不公平、不正义的伦理现状，亦可反思城市文学的局限，继而引导和提升城市文学的社会价值和美学意义，从而实现"城市文学"和"文学城市"两种各自为政的研究范式的"破壁"。

第一章　市井传统与城市书写
—— 一种"现代性"伦理的发现和流变[1]

芒福德在《城市发展史》中提出建议："在我们时代，城市如要进一步发展，必须恢复古代城市所具有的那些必不可少的活动和价值观念。"[2]他似乎十分惋惜在现代化进程中城市所失去的一切。事实上，从古代过渡到现代，无论是现实世界还是文学世界，城市历史的流变绝不是一个二元对立或物极必反的进化传说，即便是城市内部的生产关系、社会组织、群体身份等都发生了不可逆转的变革，以至于文化体系与伦理秩序也都随之被改写被颠覆，但还是有一些来自过去的"活动和价值观念"会在大浪淘沙的历史风云中"苟延残喘"下来，获得相应的时代合法性，比如本章要讨论的"市井"，以及与市井相关的"附属品"。

"市井"，是中国城市的重要组成部分，有着深厚的历史文化积淀。《管子·小匡》中提到"处商必就市井"，泛指市井的商业买卖属性；《史记·平准书》也说"山川园池市井租税之入，自天子以至于封君汤沐邑，皆各为私奉养焉"，又特指了商业买卖的店铺或是市场，提及了"市井"的物理空间；另一种解释是李白在《行路难》诗之二中写到"淮阴市井笑韩信，汉朝公卿忌贾生"，指的是居住在城市大街小巷，穿梭于日常生活中的流俗之人，是对市井人身份的指认。总之，所谓的"市井"一定是指城市中商肆集中的地方，而俗语说的"市井风情"则是指一切与"市井"有关的人和事

①　本章有部分内容发表于《烟台大学学报》2018 年第 1 期，江涛：《论80 年代初市井文学的重启与"市井传统"的现代性发现》。

②　（美）刘易斯·芒福德：《城市发展史——起源、演变和前景》，宋俊岭、倪文彦译，中国建筑工业出版社 2005 年版，第 580 页。

所组成的城市景观。在相当长的一段历史时光里，"市井风情"就是中国城市体征的灵魂，而文学对于市井有意或无意地捕捉，在无形当中汇成了中国文学的一大干流——市民文学[①]，也形成了中国最早的城市书写中的"市井传统"或"市井意识"。

一、中国的市井传统与西方的市民社会之比较

从城市的起源来看，中西城市截然不同。西方城市的产生机制是"因市设城"，即人们为了经商的方便，聚集在同一地方完成手工业制作到贩卖等一系列的商业活动，久而久之形成了以商品经济关系为主旨的城邦，"每一个城邦对于周围地区来说都是一个市集，农夫们在那里卖掉他们的产品，换取钱来支付他们的赋税和租金……"[②]中国古代城市与之南辕北辙，其产生机制为"因城设市"。"城者，所以自守也"，"市，买卖所之也"（《说文》），二者有着完全不同的意义指向。前者是统治者维护自身政治利益的权力实践空间，以高高的围墙圈一块可守的城池，即可宣示自身的神圣之权，也可稳定民众、安抚民心，它强调的是一种与权力息息相关的政治属性。而"买卖所之"的"市"，从一开始就没有得到重视，它没有固定的空间场所，甚至不在城中，与城的关系在长时间内处于分离状态，直至西周才逐渐"由市入城"，有了固定的空间和短暂的时间，与"城"合并形成了具有完整的政治、军事、经济和文化功能的"城市"。

古代城市"是部落和部落联盟的政治军事中心，国家产生以后，

① 钟敬文在《话说民间文化》中提及了中国文学的三大干流——上层文学、俗文学和农民文学，其中俗文学又称市民文学。PS：这一概念并非西方市民社会中衍生的市民文学，它只是中国社会中特有的市井文学。

② （法）保罗·贝罗克：《城市与经济发展》，肖勤福等编译，江西人民出版社1991年版，第52页。

莫言与当代中国文学创新经验研究

是国家首脑和地方官吏的政治军事中心"①，这是它的主要功能，《吕氏春秋》早已言明"筑城以为君，造郭以为民"，因此，即便"市"已入"城"，作为政治和军事中心的"城"对于商业贸易的"市"也是极度控制和约束的。长期的"重农抑商"背后，隐藏的不仅仅是统治阶层对普通民间商人的打压和排挤，更透露出封建社会严苛的、不容挑战的伦理秩序。"普天之下莫非王土"，至高无上的权力占有可获得与之相匹配的生产资料及财富，因此在"金字塔结构"（金观涛语）的封建等级秩序中，位居塔尖的便是皇族，他们拥有最高的权力和最多的财富，居中的是维护塔顶权力的儒臣、吏员和军士，他们与皇族共同构成了权力阶层，而底层的便是作为"民"的沉默的大多数。这种严格的等级划分一方面带来的是身份的贵贱之分，这是"虚"的一面，而"实"的一面则意味着财富的多寡之别。董仲舒的《春秋繁露》之"服制""度制"篇清楚地记载着"衣服有制，宫室有度，畜产人徒有数，舟车甲器有禁……虽有贤才美体，无其爵不敢服其服；虽有富家多赀，无其禄不敢用其财"，说的是封建社会中，从吃饭、穿衣、住房到交通工具等都有一定的标准和规范，视为礼，意思是下层阶级绝对不能拥有与之身份不匹配的财富。所谓的尊卑有道不仅仅是指权力的拥有，财富也是判定的标尺。因此，这也就从侧面解释了"城"之所以对"市"排挤的原因：自由的商品贸易（"市"）极有可能让底层商人获得超越其自身身份的巨大财富，这便打破了尊卑贵贱的固有秩序，变成了"尊卑无道"，有违儒学思想中的纲常伦理，也是对权力阶级的僭越和亵渎。所以，五伦之序的伦理设计与公认的"权力继承制"都是为了保证社会各阶层的人敬畏于宗法权威而相对安分守己，以平衡传统社会中利益的分配格局，它所带来的"恶果"便是使个体的人丧失了主体性和独立性，而沦为格局秩序中的一枚棋子。

---

① 王守中:《关于中国古代城市起源的两个问题》,《山东社会科学》,1992 年第 1 期。

说到底，"市"不融于"城"，"经济"不融于"政治"的实质也是为了维护中国封建社会的超稳定结构。西方中世纪社会中也曾出现过与中国封建社会类似的超稳定结构，不同的是中国封建时代的社会体系是以血缘为纽带的宗法伦理和以皇权为中心的政治伦理的双线并行，而中世纪的西方则依靠的是至高无上的宗教道德来维系教会的权力，执行"一种不仅超越人类个体而且也超越人类总体的天意、上帝或理性"①的伦理体系。因此，中世纪的西方城市犹如一个"巨型教堂"，"市"的功能淹没在宗教神学虚伪的伦理规劝中。但是需要重点注意的是，西方城市由于"市"的先天发达，培育出了一批具有个人意识的市民阶层，当他们在财富和权力的争夺战中与宗教的矛盾日益突出时，反抗也就在所难免。十二世纪产生于市民阶层的"市民文学"就是以批判教会和僧侣，呼吁平等、自由为旗帜的城市文学，它作为一种新的文化现象，标志着代表广大市民阶层吁求的城市伦理的崛起。反观中国封建时代，因为"市"的先天贫弱（主体意识薄弱）和来自乡土宗法伦理的过于发达（主体沦为血缘关系和类血缘关系的附庸），自古就导致了个人对家族、群族、皇族的无条件臣服，形成了固有的君权至上和父权至上的伦理秩序。另一方面，独尊儒术后，宗法伦理与统治阶级所推崇的政治伦理相互融合，内化为一种万世一系的集体无意识，最后在这几大合力之下共同衍生出了一个社会基层组织与政治国家精神原则高度一体化的"金字塔结构"，无论历史如何翻转反复，结果也不过是个体身份的置换和权力的更迭，而"金字塔结构"从未破除，"市"的力量永远处于边缘地带，受到压抑，因此也难以产生培育出西方市民社会的沃土。

所谓的市民社会被认为"既具有社会学和历史学的意图还具有道德和哲学的蕴含、既是指高度概括的结构又是指极为具体的结构、既是设域于国家与社会之间的三分观念又是指国家与社会相对

---

① 李泽厚：《伦理学纲要》，人民日报出版社2010年版，第22页。

抗的二分观念"①，它是西方文明的产物，对西方的现代化进程起着至关重要的作用和意义。当西方汉学界和中国学者们企图对这一概念进行征用并研究历史中国和当下中国时，都会产生同一个疑问："中国存在过市民社会吗？"

按照查尔斯·泰特在《呼吁市民社会》中的观点，市民社会产生的最低标准必须是存在着一定数量的不受国家权力政治控制和影响的民间组织。然而有趣的是，在看似等级分明的"金字塔结构"的内部却也衍生出了一个与西方市民社会类似的"市井社会"，它产生的时间大致是在唐末宋初。盛唐时期，都会长安城规模宏伟，城建整齐划一、布局严谨且结构对称，犹如一个巨大的棋盘，内藏着一套与欧洲中世纪相似的城市制度：坊与市受到政治的控制而呈现出相分离的状态。坊是市民的住宅区域，高耸的坊墙围成一个封闭的空间，坊内没有消费场所，人们想要买些生活必需品只能在固定的时间去固定的地点——"市"里购买。"市"同样也是一个由高墙围成的封闭性空间，"凡市，以日午击鼓三百声而众以会。日入前七刻，击钲三百声而众以散"，也就是说人们入市买卖和出市回家都有着严格的时间限制，甚至连市中货品的价格，也不能由商人自行决定，而由政府委任的市令所认定。这套严格的开闭市制度便是"坊市制"，坊与市的分离具有明显的行政干预色彩。到了唐末宋初，这种制度被逐渐打破，坊墙的倒塌打通了封闭的坊与市。当高墙市门、鼓钲锁钥化为了瓦砾废铁后，一排排临街而建的民居、店铺拔地而起，于是，出现了"夜市千灯照碧云，高楼红袖客纷纷""水门向晚茶商闹，桥市通宵酒客行"的城市景观和城市生活。如《都城纪胜》记载的临安城："自大内和宁门外，新路南北，早间珠玉珍异及花果时新、海鲜、野味、奇器天下所无者，悉集于此；以至朝天门、清河坊、中瓦前、灞头、官巷口、棚心、众安桥，

---

① （美）黄宗智：《中国的"公共领域"与"市民社会"？——国家与社会间的第三领域》，程农译，转引自邓正来、（英）J.C. 亚历山大编著：《国家与市民社会：一种社会理论的研究路径》，中央编译出版社 1999 年版，第 428 页。

食物店铺，人烟浩穰。其夜市除大内前外，诸处亦然，唯中瓦前最胜，扑卖奇巧器皿百色物件，与日间无异。其余坊巷市井，买卖关扑，酒楼歌馆，直至四鼓后方静；而五鼓朝马将动，其有趁买早市者，复起开门。无论四时皆然。"严苛隔绝的时空概念在这座开放性的市廛中得到瓦解，商业经济的发达不仅遍布街巷、深入坊区，且给人营造出了一种"不夜城"的感觉，人们可以自由开店，销售任何政府管制品之外的合法商品，同时，在商业贸易之外，集人情冷暖、悠闲娱乐为一体的，被西方称为"线性开放式"的市井空间已然形成，弥漫着人伦的和合意象。李杨在《"帝国梦"与"市井情"——〈清明上河图〉中的中国故事》中做出过如下论述："宋以前的中国城市只是'帝国'的投影。中国古都的建设总是以皇宫为基点，到后来修筑城墙，建立皇城，渐渐形成'左祖右社'的礼制建筑格局，把'天下'浓缩于京城，用建筑传达意识形态。通过都城礼仪化，达到皇权礼仪化，将实体权威转化为礼仪权威。宋代城市的突破则在于开启了这种城市世俗化的进程。"①从他的描述中可知，宋代之所以作为现代性进程开端的时间节点在于它开启了一个由"城"到"市"的转型之路，皇权功能开始弱化，世俗民情空前发达。这似乎为我们提供了一个新的启发：在发达的商业文明与迎合平民趣味的城市文化之中衍生出了一个远离庙堂、在野的"市井"空间，它与现代"市民社会"类似，极具民本主义的诱惑力，并且衍生了属于自身文化体系的"现代意识"。

李杨从唐宋的城市空间和建筑的转型中发现了中国现代性开启的端倪，而一些海外的汉学家（如美国学者施坚雅）也坚信，宋朝一定发生了一场具有现代意义的"城市革命"，这场"城市革命"将政治干预让位于集市贸易的自由发展，最直接的后果便是城市商业经济的繁荣与世俗文化的发达。这从陡然增多的商业机构，诸如

---

① 李杨：《"帝国梦"与"市井情"——〈清明上河图〉中的中国故事》，《海南师范大学学报（社会科学版）》，2012年第2期。

塌房、垛场、会子务、簿记、珠算等业务的兴起中可见一斑，也足以奠定中国的城市市廛由古代向近代转型的基础。日本京都学派的中国学研究者内藤湖南在日本《历史与地理》第9卷第5号上发表的《概括的唐宋时代观》中认为：唐代是中世纪的结束，而宋代则是近世的开始，接近于西方的文艺复兴时代。他的根据之一首先是"贵族政治的衰颓和独裁的兴起"，这也是世界史中由中世向近世转移的普遍现象。"君主在中世居于代表贵族的位置，但到了近世贵族没落，君主再不是贵族团体的私有物，他直接面对臣民，是他们的公有物"[①]，而宋代以后，贵族的世袭特权被废除，任何人无论贵族还是平民，要担任要职，都必须由君主来认命，这便削弱了贵族的势力，与此同时，"人民的地位亦有显著变化"，他们获得了财产私有权，并经王安石变法，又取得了土地私有权。权柄从贵族手中逐渐下移，也预示着新的力量的崛起。[②]第二是来自于城市空间结构的转变，如宵禁废弛、坊市瓦解、城市"公共空间"的扩大，消解了政治的独占地位而突出了"市"的功能，从而促进了城市经济的自由发展。第三，在文化方面，无论是思想、文学还是绘画，都不再以服务统治阶层为绝对要义，而是益以迎合平民趣味为趋归，在形式表达上也更为自由。因此可以认定，内藤的"唐宋变革论"是从封建社会的内部发现了中国自身的现代性孕育。学者宫崎市定继承并发展了内藤湖南的观点，对宋代的社会经济做了考察，进一步论证了"宋代近世说"的合理性。从宋代开始，人们不仅拥有土地使用权，还能行使土地买卖权，如若将土地投入买卖市场，也便等同于同时转让了土地所有权，而这一规则的确定无形当中等同于是具有现代雏形的契约行为的实践。实际上，京都学派的观点主要突显了宋代城市已经初具"现代意义"的商业功能，他们认为这种变革与西方意义上的自由、民主等概念接近。另一方面，

---

① 李华瑞：《20世纪中日"唐宋变革"观研究述评》，《史学理论研究》，2003年第4期。

② （日）内藤湖南：《概括的唐宋时代观》，选自刘俊文主编、黄约瑟译：《日本学者研究中国史论著选译》，中华书局1992年版，第10—18页。

宋代还将城市中的非农业人口——"坊郭户"单独列籍，承认他们的市民身份，这更为市井空间中的主体生成提供了契机。同时，城市居民还享有着高度的结社自由，宋代笔记《东京梦华录》《繁胜录》《梦粱录》《武林旧事》《都城纪胜》记录的"社"就有上百种，如蹴球的"齐云社"、唱曲的"遏云社"等，这些"一定数量的不受国家权力政治控制和影响的民间组织"成为了中国早期"市民社会"的民间机构。此外，学者罗威廉在其文章《晚清帝国的"市民社会"问题》中也发现了晚清社会与西方市民社会之间有着惊人的相似之处。首先，二者内部都蕴藏着资本主义萌芽，即同时都拥有着一个"规模很大且具自我意识的城市商业阶级的高度商业化社会"；其次是都有着各自的制度化的公共资金、公共事业和公共管理；再次是民法和法律保障的"坚实的财产权"……①只是，这样的类比在很大程度上只是一种跨时空的人为性比附，这个经由学者们建构出来的所谓中国的"市民社会"并不具备西方市民社会"对抗或抵御暴政、集权式统治的必要手段"。基于这一点，有学者提出了研究中国的"公共领域"与"市民社会"必须跳出从西方经验里抽象出来的国家与社会的二元对立模式，"转向采用一种三分的观念，即在国家与社会之间存在着一个第三空间"②，因此，结合京都学派的宋代"城市革命"与有情的"市井"的发现，笔者认为，市井空间作为城市内部独立于"庙堂"与"广场"之外的第三种存在，有可能承担着中国的"第三空间"的功能与价值，它与哈贝马斯在讨论同资产阶级公共领域的"自由民主"模式相对应的另一种模式即"平民公共领域"（the Plebeian Public

---

① 邓正来、（英）J.C. 亚历山大编著：《国家与市民社会：一种社会理论的研究路径》，中央编译出版社 1999 年版，第 401 页。

② （美）黄宗智：《中国的"公共领域"与"市民社会"？——国家与社会间的第三领域》，程农译，转自邓正来、（英）J.C. 亚历山大编著：《国家与市民社会：一种社会理论的研究路径》，中央编译出版社1999 年版，第 420 页。

Sphere）① 以及汉娜·阿伦特所提出的"社会领域"（the Social）②
十分类似，特别是在城市完成了由"城"入"市"的转型之后，
传统的市井空间不仅得到了重视，其本身也发生了结构性转型。

当然，需要重申的是，这个所谓的"市民社会"（市井）与黑
格尔、马克思的西方市民社会也并不能贸然地画等号。它的特殊之
处就在于，既依托于封建社会，受其控制，却又自发产生了超越封
建社会的、属于自身的现代性。正如前文所说，中国城市中"市"
的发展积贫积弱，难以形成属于自身的结构体系并统一发出振聋发
聩的声音，其内部的伦理诉求也只是停留在小农社会中对衣食住
行、休闲娱乐等日常生活方面的追求，属于对形而下的低层需求
的满足，无力上升到政治、经济和文化等更高层领域，因此也就
难以缔结成以契约关系为核心、以法治精神和民主意识为保障的
市民共同体。另一方面，"市井"虽产生于封建社会的内部，却不
是作为"反封建"的、具有进化论意义的新体系而存在，它来自
于底层市民的日常生活，抵达的也是底层市民的喜怒哀乐，缺少
西方成熟的市民社会该有的深刻性和超越性，因此"久经市井文
化熏陶的人，常常会视野狭窄、目光短浅，他们的世界观和价值
标准常常显得零碎、多变而不成系统"③，这也是"市井"备受诟
病的地方。

但是无论如何，市井空间带动市井文化的繁荣为市井文学的
丰收提供了肥沃的厚土。袁行霈在《中国文学概论》中将中国文学
按照主题大致分为四类：宫廷文学、士林文学、市井文学和乡村文

---

① "平民公共领域"是哈贝马斯在 1999 年再版的《公共领域的结构转
　型——论资产阶级社会的类型》序言中提及的，是法国大革命时
　的雅各宾党阶段和宪章运动，它"标志着小市民和下层市民生活历
　史的一个特殊阶段"，与日常生存与生活有着密切关联性。
② "社会领域"是汉娜·阿伦特在《人的条件》的"社会的兴起"一
　节中提出。"社会"是一个"非私亦非公"的领域，主要由生产和交
　换构成的市场交往领域，是人与人之间以生产为纽带的共同体缔结，
　而这种结合必须"服务于自然的生命过程"，是以个人的生存为目的。
③ 周时奋：《市井》，山东画报出版社 2003 年版，第 143—144 页。

学。其中的市井文学便是依托于城市而产生、发展的文学形态，它通常所表现的是封建社会中后期，适应城市居民需要而产生的一种文学。作品大多取材于日常的城市生活，以小商贩、工人、雇员、贫民、商女等市井细民为描写对象，表现他们的悲欢离合、七情六欲，在琐碎的现实人生中反映市民阶层的思想和愿望。从作者的身份构成来看，最初市井文学的作者大多是一些"教书先生"，他们没能通过科举获得功名成就进入上层社会，只能沦落到社会下层，深受市井意识的浸染从而成为了市井文学最初的代言人。

宋元明话本是市井文学的代表。据文献记载，这种文学艺术源起于唐代"百戏"中的"说话"，即一种以白话、俚语为主要形式的表演而普遍被世人所接受。而至于唐以前的小说体裁，多出自于文士名家之手，辞藻华丽、叙述婉转，用词精炼的文言句式加上宏大叙事的结构使得唐传奇并未真正流入市井百姓中。到了宋代，一方面随着市井空间与市井社会的初具规模，市井百姓作为一个基数庞大的群体，衍生于其中的世俗文化愈演愈烈；另一方面，有人认为，宋代文言文学处在唐传奇的巨大阴影里，无法望其项背，只能逐渐式微，而另一种话本小说却得到了迅速发展。诚如鲁迅先生之言："宋一代文人之为志怪，既平实而乏文彩，其传奇，又多托往事而避近闻，拟古且远不逮，更无独创之可言矣。然在市井间，则别有艺文兴起，即今所谓'白话小说'者是也。"[①]语言的转向，绝不仅是文言到白话的简单演绎，从文学艺术上说，是高雅的艺术语言到粗浅通俗的大众语言的转型，从社会学的角度来看，则象征着话语权的更迭，即市井本身作为一种潜在的力量，有了新的言说权力。市井作为一种文化立场，代表着一种传统的市民精神在皇权文化与农耕文化的双重夹击之下，正在崛起。这种宋代话本其最大的特点就是以市俗民情为基调，贴近城市生活，表现形而下的市井风情、市井欲望，与"国家—政治"层面的宏大叙事相去甚远，而是

① 参见《中国小说史略》，《鲁迅全集》（第九卷），人民文学出版社 1998 年版，第 59 页。

专门表现饮食男女，在庸俗、冗长的生活中品味人生的"小叙事"。这种叙事风格如涓涓细流隐藏在了只讲柴米油盐、吃喝玩乐，拒绝教化、启蒙、思想的民间生活里，在勾栏瓦舍小巷深中讲给"引车卖浆者"听，它构成了中国文学的另一大传统。北宋词人柳永曰："东南形胜，三吴都会，钱塘自古繁华。烟柳画桥，风帘翠幕，参差十万人家。"繁华似锦的都会在北宋已然出现，何况后来的明清乃至中华民国，尽管世事起起伏伏，但商品经济的潜在发展却从未戛然而止，甚至愈演愈烈，而带有浓厚市井意识、贴近市井百姓日常生活的文学创作也随之水涨船高。在唐传奇中，就已初见市井风俗的篇章，到了宋元话本与宋杂剧中则出现了大量描写市井之徒爱恨情仇、悲欢离合的风潮，经由明代的"三言二拍"（冯梦龙所编纂的《喻世明言》《警世通言》《醒世恒言》与凌濛初编纂的《初刻拍案惊奇》《二刻拍案惊奇》），以及清代的《金瓶梅》等市井文学日渐成熟，后又在民国时期的"鸳鸯蝴蝶派"、张恨水、老舍、张爱玲、苏青、予且、汪曾祺等人笔下，市井风情的神髓发扬开来。这些市井文学是带有市井意识的通俗文学作品，几乎都聚焦在城市的大街小巷、酒楼茶寮、妓院戏园、赌场闺阁等日常生活空间中，无限制地贴近市井细民的日常欲念，强调文学的消遣娱乐功能和今朝有酒今朝醉的快乐原则，是市井小民们自娱自乐的方式，它们依靠着浅显、大众、时尚等特点，建立了广泛的读者群。

　　总之，市井文学作为中国文学的传统之一，所形成的市井意识，既远离"庙堂"之高，也弃"彼岸"之远，追求的是一种现世的个性自由与当下的享乐闲适，这一点虽极具古典传统的审美情趣，但对私欲的褒扬、对现世的认同也在某个层面上契合了现代市民社会所要求的"占有式的个人主义"（麦佛森）。换句话说，传统的市井空间在某种层面上具备了孕育现代市民社会所需的"土壤"，反之，假设如果中国存在市民社会，或即将步入市民社会，那么也必然具备了市井的特征和属性。可以说，"市井"是中国城市书写的灵魂，无论时代如何斗转星移，表现市民日常生活、文化心理、价值取向等市井伦理的城市书写已成为一种文学传统，并能在不同时代的话语空间和价值体系中，长盛不衰，人潮迭起，而它本身所蕴含的一种独特的现代性，是需要被重新认识和评估的。

二、市井的搁浅与"人民梦"的替代

"市井伦理"归根结底是一种天下熙熙皆为利来、天下攘攘皆为利往的"利己主义"，它不同于封建宗法伦理体系或是政治伦理体系中"出于义务心、为义务而义务"[①]的义务原则，因此很难符合权力阶层把控社会、维护统治的基本要求，难以成为主流的伦理观念。但是，存在即是合理，马克思在论述人类生存与历史产生的关系时发现了一个重要的前提："人们为了能够'创造历史'，必须能够生活。但是为了生活，首先就需要吃穿住行以及其他一些东西。因此第一个历史活动就是生产满足这些需要的资料，即生产物质生活本身。"[②]也就是说，所有表面光鲜宏大的"义务论""道义论""利他原则"等官方伦理话语，都必须以对生活本身的满足为前提，即"利己主义"的实践过程。对这一过程的重视也就等于变相承认了人类的生物性事实，而市井文学的长盛不衰也正是因为其所呈现的"市井伦理"贴合了对人类生物性（衣食住行、情感、欲望等）的关怀，包含着此岸的幸福温度，这也是"市井文学"兴盛的原因之一。

当市井文学伴随着城市的发展逐渐壮大之时，却在新中国成立之后长达二十多年的时段里戛然而止。这段时间无论是城市还是乡土，特殊时代本身所蕴含的重大而统一的主题完全无缝地拼合了地域空间的差异而呈现出雷同的倾向，整个国家都弥漫着对共产主义理想国的自发性追求风潮。它以一种超越一切的集体意识形态将

---

① 王海明：《伦理学导论》，复旦大学出版社 2009 年版，第 58 页。
② 《马克思恩格斯选集》（第 1 卷），人民出版社 1995 年版，第 79 页。

"想象的共同体"强行现实化，以"自为性"①的方式缔结了类似于艾弥尔·迪尔凯姆所提及的"机械团结"的社会秩序。所谓的"机械团结"指的是"共同信仰和习惯、共同仪式和标志基础上建立起来的社会联系，这种团结之所以是机械的，是因为其中的成员在主要方面几乎是同一的，他们无意识地联合在一起，相对自足地生活"②。艾弥尔·迪尔凯姆虽然将这种模式定义为农村社会的伦理秩序，但对于二十世纪五十至七十年代的中国城市而言，与农村一同处在铁板一块的政治意识形态的"权威性价值引导"之下，个人的离心力与国家集体意识所产生的向心力呈现为此消彼长的拉力关系，社会团结的发展方向与个人主体的生长方向背道而驰，当这种社会团结发展到极致的时候，从属于个人主体的离心力也就荡然无存。所谓"皮之不存，毛将焉附"，当个体的主体性被来自社会的"机械团结"侵占之后，市民和市民社会也就不复存在，而依托于市民社会的市井文学和市井意识也就相应地被一种政治意识形态所打造的"人民梦"所替代。

"人民"与"市民"是两个完全不同的主体概念，所形成的空间维度也有所区别。前文提到，"市民"是市民社会的主体构成，它的空间维度是基于"市"而存在，即居住于城市、依靠市场经济获取私人生存、满足私人需求的群体，他们对城市空间和市民社会有着很强的归属感。而"人民"并不是来自现实的主体生成，而是政治共同体下的群体想象，它的空间维度与具有政治属性的"城"类似，是在政治信仰高度统一的"机械团结"社会中衍生出的集体身份，权力政治对这一集体赐名为"人民"，它不仅与市场经济没有直接联系，更是杜绝经济链条对个人身份的区别和裁决。由"人民"组成的政治共同体摆脱了封建时代"金字塔式的超稳定结构"而升级为理想化的平权社会，资源共享与集体利益成为最普遍、最理想的道德激情。

"人民"对"市民"的强行替换，最直接的表现是公有制和计

---

① "自为性"是指以人为设计的方式通过权威性的价值引导或带有强制性的手段来达成伦理秩序或伦理关系的生成与缔结。

② 康少帮、张宁：《城市社会学》，浙江人民出版社 1986 年版，第 6—7 页。

划经济对私有制的取缔，这在某种程度上也意味着象征着政治公共领域的"城"再一次对市民社会和私人领域的"市"进行了有效的剔除。此时，有关城市的文学作品中，对市井社会和市井意识的书写销声匿迹，昔日海派文学里灯红酒绿的十里洋场和市井烟火的弄堂小巷被大量象征着国家工业化的工厂、工地、车间等公共场景所取代，城市书写窄化为一种工业想象。在权威的革命话语笼罩下，这种城市工业化叙事被寄予了国家现代化振兴、实现共产主义的政治目标，除此之外，与市民社会相关的诸如市民立场、个体利益、私人追求等则被冠以错误的价值追求而受到批判。如《霓虹灯下的哨兵》中的陈喜，在进入霓虹灯闪烁的十里洋场后开始嫌弃过去的着装，觉得妻子缝制的布袜既土气又寒酸，就给扔掉了，而换上了时髦的花袜。妻子春妮独白道："他是把部队的老传统扔掉了，把老区人民的心意扔掉了，把他自己的荣誉扔掉了"，"我多么为他难过，党培养他这么多年，没倒在敌人的枪炮底下，却要倒在花花绿绿的南京路了！"马克思认为，"城市本身表明了人口、生产工具、资本、享乐和需求的集中"①，陈喜的行为属于个人的"享乐和需求"，这在市民社会里既合情又合理，一旦遭遇政治共同体却只能被定性为"精神的沦落"，这里面潜藏着一条"铁血定律"，即高层需求对低层需求的同化。马斯洛将人类的需求分成生理需求、安全需求、情感需求、尊重需求和自我实现需求，五种需求像阶梯一样由低到高呈塔状结构，满足低层需求是追求高层需求的基础和前提，它们共同组成了完整的人格。但是，由于"人民性"通过政治意识形态的手段从外界直接向个体灌输了最高层的自我实现需求，并以强调集体立场的高度统一所打造的身份同一性而形成了一种无形的"社会联盟"，因此，它不仅不会与低层需求之间构成自下而上的塔状结构，反而会呈现出自上而下的趋同结构。一旦低层需求被特殊强调，就会被来自高层需求的"社会联盟"扣上"沦落"或是"禁忌"的帽子。再比如《千万不要忘记》中的丁少纯，他是一

① 《马克思恩格斯全集》（第 3 卷），人民出版社 1965 年版，第 57 页。

个爱穿漂亮衣服的"落后青年"，由于爱好与岳母讨论吃穿这样基本的生活内容，而被父亲视为是"堕落"；《年青的一代》中的林育生，只不过下班后听听音乐、看看小说、逛逛公园，同样被视为"落后"；《幸福》中的沪新机器厂青年工人王家有，因为喜欢跳舞厅、溜冰场和咖啡店，也遭到厂里老师傅们嫌弃；《穿米黄色风衣的青年》也毫不留情地将"穿风衣""搽花露水""抹珍珠霜"等个人行为视作颓废空虚的指标……这些"审判"的背后，其实是"人民性"对"市民性"的排挤："人民性"控制的高层需求以绝对权威之势逼迫低层需求必须与之保持步调一致，但无论是生活中的吃穿用度还是业余时间的休闲娱乐，都是对低层需求（市民性）的必要满足，所以高层需求便总会借由父亲、师父这样父辈级的人物作为"道德的审判者"，及时加以规约和引导，将误入歧途的低层需求重新拉回统一的步调中。

于是，从唐宋时代开启的市井传统，在风雨飘摇的历史长河里几经沉浮，却在建国后演变成了难以言喻的"禁果"，要么被作家忽略式地搁浅，如《火车头》《乘风破浪》等作品所表达的，工作的目的和意义不是为了追求个人生存的满足，而是为了支援祖国建设，为集体和国家做贡献（人民性）；要么被当成反面教材，受到批判和规训，代表人物有陈喜、丁少纯、林育生等。即便是由低层需求所正常生发的高层需求也不被允许，如《海港》中的韩小强，原是一名高中毕业生，却被安排去做装卸工的工作，问题就出在他认为这份工作只是简单的体力劳动，自己的文化知识完全可以有更大的用武之地，于是衍生出了做海员这样的理想。这个理想虽然符合当时"以国家为己任"的价值观念，契合当时的政治伦理对主体的要求，但它是从主体内部自然生发的复合型理想，既满足个人需求也符合社会理想。关键问题是，社会已经提前预设了他的工作是装卸工人，他没有充分认识到这份工作的重大意义，反而任由心声，在无形当中违反了政治伦理的绝对权威，他也难逃被认定为"落后青年"的命运。

所以学者罗岗就曾将共和国第一个三十年的文学视为是把日常生活不断地推向高处、推向政治领域和意义生产领域的历史过程，在这一过程中，"个人很渺小，集体很伟大；私很渺小，公很伟大；功利思想很渺小，理想主义很伟大；享乐很可耻，牺牲很高尚；消费很可耻，劳动很高尚"[1]。由于国家通过强烈的政治意识和集体意识将不同类型的主体缔结为同质性的"人民"，并依靠着超验准则的道德戒律严格控制私人领域的低层需求，并视之为一种"无价值"定论，从而也就直接否定了市民社会的存在意义，于是，重视个体的存在价值和意义的市民文学自然也就失去了它的根基和传承的空间。

三、"有情"市井的文学重现

二十世纪八十年代初期，文坛出现了一批"风俗文化小说"，以刘心武的《钟鼓楼》《胡同巷子》，陈建功的《鬈毛》《辘轳把儿胡同9号》，邓友梅的《烟壶》，冯骥才的《神鞭》《三寸金莲》以及陆文夫的《美食家》等为代表的作家作品，伴随着"寻根文学"的狂潮，以"寻找民族文化精髓，以获得民族精神自救的能力"[2]为目的而声势浩大，成为不可忽视的文学思潮。不过，与韩少功、郑义、扎西达瓦等作家纷纷潜入原始荒蛮的边地和乡土中探索民族文化心理不同的是，将叙述焦点集中在城市的刘心武们的创作，却更像是对市井传统的再回首，在古色古香的城市想象中复现了久违的市井空间和市井伦理。

我们知道，无论是古代的市井文学，还是二十世纪八十年代的"京味小说""津门文化小说""小巷人物系列"，它们都与"城市文学"有着较远的距离，甚至被指责包裹着"复古"的倾向，从而受到来自"城市文学"或是"现代性书写"的断然拒绝，如张清华曾在采访中对这类小说评价道："邓友梅、陆文夫、冯骥才等人

---

① 罗岗：《现代国家想象与20世纪中国文学》，上海人民出版社2014年版，第533页。

② 李庆西：《寻根：回到事物本身》，《文学评论》，1988年第4期。

写了一些关于老北京、苏州、旧天津的人与事，有比较浓郁的民俗气息，被称为'风俗文化小说'，但似乎还没有明显的现代性意味。"①如果只是从单一的文学本体论判断，几乎合情合理，但需注意的是它出现的时间点是在百废待兴的二十世纪八十年代初期，一个无比重要的转型年代，因此文本中看似复古的"市井"本身也就蕴含了多重时差和视差而呈现出另一种意义。如果与二十世纪五十至七十年代的城市书写这个"他者"进行横向比较，那么这种看似与古代市井文学雷同的"风俗文化小说"就不仅仅是一次时空的对接，更承载着源自于自身内部、符合历史进化论的"多元现代性"的意义。因此，关键问题在于，如何在文本中发现"市井"本身所具备的现代性？如果成功解决这一问题，或许也就有可能为中国文学的"市井传统"谋取一张进入"现代"和"城市文学"的通行证。

1. 市井空间的复现与另一种"现代性"的发现

毫无疑问，中国城市的功能总是畸轻畸重，特别是在建国后的二十年间，"城"对"市"的完全"阉割"使得"社会成员、社会力量被政治化，被纳入到意识形态斗争的行列……市民的命名和定位已失去了根据性和意义"②，而被凸显着政治立场和群体主义的"人民"所替换，城市中的人际伦理关系也相应被进行了政治意识形态化的处理。直到 1978 年十一届三中全会召开，才彻底终结了"以阶级斗争为纲"的指导思想，并重新确立了以经济建设为中心的社会主义发展方向和"以人为本"的重要指导原则，而这一切也为"市"的归来创造了前提。从当下回望这段历史转折点，它不仅仅是国家政策的一次重要转向，更是带来了广泛影响。对于城市书写而言，一方面，政治意识形态的式微为文学回归自身提供了契

---

① 张清华、曾娟：《文学的巨人时代可能一去不返——文学评论家张清华谈中国文学生态》，《投资时报》，2014 年 8 月 30 日。

② 孙先科：《"新写实"小说中的市民与"新市民"形象及其意识形态》，《天津文学》，1996 年第 8 期。

机，另一方面，城市始终是文学书写不能绕开的重镇，当政治之城的主题走向了历史的尽头，所谓"礼失求诸野"，来自"野地"的市井便获得了再次进入文学法眼的机会。而当时的现实是，从政治共同体下劫后重生的"城"正经历着向"市"过渡的阵痛，政治伦理的隐去遗留下的伦理空洞因经济发展的滞后而没能得到市民伦理有效而及时的填补，因此，一些作家只能退回传统城市本身，回到一直存在却在长时间内受到忽略的"市井"中吸取养分，通过"空间生产"的方式建构了以地域性和民间性为依托的城市形象。

"所谓城市，系指一种新型的具有象征意义的世界，它不仅代表了当地的人民，还代表了城市的守护神祇，以及整个井然有序的空间。"[1]城市通过空间组合显示自身意义，而作家对空间的选择、组合和塑形不仅是自身写作意志的体现，更是"社会变化、社会转型和社会经验的产物"[2]。谢有顺在其博士论文中提到"叙事伦理的根本，说到底就是一个作家的世界观"[3]，而作家的世界观又与社会意识形态息息相关，因此，作为城市象征本体的空间，不仅体现了作家书写城市的叙事伦理，更是社会伦理的镜像聚集。对于读者而言，对城市的认识、记忆也不是通过抽象的文化精神作为媒介，而是借助空间中的特色建筑、地理标识和民俗文化等最真实的情感体验，在心理层面建构起关于城市的具体形象，所以对空间的感知也成为了读者的城市经验。另一方面，列斐伏尔在《空间与政治》中提及，"空间并不是某种与意识形态和政治保持着遥远距离的科学对象（scientific objects）。相反地，它永远是政治性和策略性的"[4]，在他眼中，空间生产的实质就是政治意识形态的物化过程，

----

① （美）刘易斯·芒福德：《城市发展史——起源、演变和前景》，倪文彦、宋俊岭译，中国建筑工业出版社1989年版，第27页。
② （美）爱德华·W.苏贾：《后现代地理学：重申批判社会理论中的空间》，王文斌译，商务印书馆2004年版，第121页。
③ 谢有顺：《中国小说叙事伦理的转向》，复旦大学博士论文，2010年。
④ （法）亨利·列斐伏尔：《空间政治学的反思》，转引自包亚明主编：《现代性与空间的生产》，上海教育出版社2003年版，第62页。

这种观点在二十世纪五十至七十年代的城市书写中得到有力的佐证。以北京书写为例，1949年以后，北京作为政治文化中心被天然地赋予了本雅明式的"光晕"（Aura）效用，成为一批文学作品歌颂和憧憬的对象。朱寿桐先生曾提出过一个"识名描写"的概念，即"一个城市的文化能够看得见摸得着想得到的首先是它的各处地名、各个景名、各条街巷名所代表的一长串历史、一系列记忆，当这些地名、景名、街巷名被识名性地描写出来的时候，其所代表的历史与记忆自然就鲜活地呈现在人们的眼前，人们不禁感到无比亲切，而且也感受到其中必然包含的特定的文化韵味"①。在二十世纪五十至七十年代，单一化的政治伦理要求文学对城市空间的描写必须履行国家现代工业化的象征义务，从而在整体上敦促城市叙述成为一种国家叙述，于是在这种刚性的政治策略下"新北京"的颂歌嘹亮唱响。天安门广场、人民英雄纪念碑、中南海红墙外等指射革命历史和记忆的识名性建筑自然而然也就成为了出现频率最高的空间意象。然而，当政治"光晕"隐退解体，让位于另一种"新意识形态"（王晓明语）的自由发挥时，象征着北京形象的"革命建筑"被旧城墙、四合院、大宅门、胡同、茶馆、戏园等古色古香的空间意象所取代，一个流露着城市韵味、凝聚着历史遗风的市井之都再次浮出了历史的地表。那些仿佛来自遥远的市井空间的识名性意象看似指射传统的载誉归来，但是却又能在"红色叙事"的"他视角"下显示出属于自身的"现代美感"，同时，也预示着作家书写城市的叙事伦理开始发生转型。

1.1 娱乐空间

娱乐是人类日常生活中必不可少的生理需求，就如一日三餐一样习以为常，无论豪门贵族还是市井小民，享乐意识都是一种普遍风习，所谓"太平父老清闲惯，多在酒楼茶社中"，描写的就是太平年代市井空间里的享乐之风。在西方伦理学史上，古希腊的快乐

---

① 朱寿桐：《论现代都市文学的期诣指数与识名现象：兼论上海作为都市空域的文学意义》，《社会科学辑刊》，2009年第3期。

学派认为人类及时的享乐便等同于人的幸福和美德，是一种基本的伦理诉求。只是古往今来，这种平易俗常、松弛舒张的日常娱乐却从未入得精英叙事或宏大叙事的法眼，甚至总是受到严厉的批判，"晚近士大夫习于声色，群以酒食争逐为乐"，是对知识分子沉迷于酒色等享乐行为的斥责，而老舍也曾在《四世同堂》中半是谴责半是惋惜地写到了整日追逐享乐的旗人们。韦伯将现代性视为是一场"祛魅"，是脱圣入俗的过程，享乐意识作为一种形而下的日常体验，它与形而上的意义追求和精英阶层的感时忧国几乎"水火不容"。当享乐意识与现代性相遇，它被用于祛"精英之魅"而意外地获得了合法性，因此，在现代性叙事中，世俗化的心理成因——享乐意识，不仅得到了作家们的正视，更有甚者以俗为雅，将其作为一种人生态度加以歌颂，比如二十世纪八十年代的"市井小说"所体现的风俗文化就是普通百姓在日常生活中最单纯的享乐追求。

城市是提供享乐的温床，城市的空间组成除了国家机器之外，提供享乐的娱乐空间也是重要的一环，甚至是整个市井空间的标签。以邓友梅《烟壶》中的一段文字为例：

> 最出名的去处有城西的钓鱼台，城北的土城，城南的法藏寺和天宁寺。这几个地方为何出名呢？原来土城地旷，便于架起柴火来吃烤肉；钓鱼台开阔，可以走车赛马；法藏寺塔高，可以俯瞰瞭望；而天宁寺在彰义门外，过珠市口往西，一路上有好几家出名的饭庄。乌世保要去天宁寺，为的是回来时顺路可以去北半截胡同的"广和居"，那里的南炮腰花、潘氏蒸鱼，九城闻名。

"清明上河图"式的全景笼罩将北京城多达十几处的地标建筑以画卷的形式巨细靡遗地铺陈开来，展示了一种与二十世纪五十至七十年代截然不同的城市画风。这些识名性的空间意象除了传递老北京特有的皇城气派，其背后所勾连的更是一种休闲帝都的文化印记，彰显着市井社会的"心态""道德秩序""习俗传统"，它将象

莫言与当代中国文学创新经验研究

征着国家和群体憧憬的"新北京"又重新拉回了平头老百姓们真真切切生存过、体验过的"旧北京"的历史记忆里。在邓友梅的北京想象中，他所选择的识名性建筑全是百姓们日常生活的休闲场所，承载着传统而有趣的娱乐活动，这与十七年文学中的"北京形象"形成了鲜明的反差。这些建筑是独立于政治国家之外的公共空间，空间属性不再是红色革命的伟岸憧憬，而是体现着芸芸众生娱乐休闲的需要。黑格尔在《法哲学原理》中提出市民社会是"需要的体系"：市民社会是满足个体利益需求的联合，"在市民社会中，每个人都以自身为目的，其他一切在他看来都是虚无"[1]，他强调的是市民社会维护和满足私人权利与私人福利的功用。那么，"以自身为目的"自然也就包括了日常生活中那些基本的休闲娱乐，比如"烤肉、赛马、俯瞰瞭望和聚餐"，这些行为活动除了有愉悦自身的功能之外，并无更高级的超越意义，因此可以说，邓友梅笔下的识名建筑是作为一种主体的"需要的体系"而存在，它在某种程度上似乎与西方的市民社会发生了时空上和结论上的某种关联和重叠，即都是独立于抽象的政治国家之外，关注具象的个体权益的实体空间。类似这样的实体空间还有很多，比如刘心武《钟鼓楼》里面提到的"老人俱乐部"，住在钟鼓楼附近的退休老人们在下午的固定时间，会去东墙根下晒晒太阳，聊聊天，以及陈建功笔下的9号院（《辘轳把儿胡同9号》）、理发店（《鬈毛》）、文化站（《找乐》）等，这些地方也都是市井百姓们日常休闲、消磨时光的娱乐空间，也是他们最根本的"需要的体系"的实践场域。

再如汪曾祺在1986年发表于《北京晚报》的小说《安乐居》，描写的就是胡同深处的小酒楼。每一位去安乐居的食客都有着固定的时间和几乎一致的消费内容，谁都不会暴饮暴食，亦不会偶尔为之。比如安乐居是十点半开门，老李就会准点进门，坐在靠窗户的东头座位，一年三百六十五天天天如此，喝酒也只喝最便宜的一毛

① （德）黑格尔：《法哲学原理》，范扬、张企泰译，商务印书馆1982年版，第197页。

三的酒，这种简单的享乐同样满足于"需要的体系"。与之雷同的还有《那五》中的广安居、《豆豉记》中的天福居、《轱辘把儿胡同9号》中的小酒铺等，这些空间几乎都与日常的饮食有关，充分反映了一个古往今来永恒不变的命题——"民以食为天"。所谓食、色，性也，孔子在《礼记》中曰"饮食男女，人之大欲存焉"，饮食，往大了说是民生，但二十世纪八十年代的城市书写，对饮食的涉猎却是极尽可能地往小了说，往细了说，往本质说。文本中时常出现的酱肘子、炒肚肝、潘氏蒸鱼等，这些带有明显地域风格的料理与民生的温饱无关宏旨，也不是都市上层阶级用金钱堆砌的锦衣玉食，它们只是单纯地用于满足市井细民的味蕾（人之欲），别无他用。作者花大量笔墨去雕琢饮食，即便是想将之作为一种文化品位凸显，但说破天也只是一种"人之大欲"的精细化描写，强调的依然是一种个体的、世俗化的追求。所谓的"世俗化"（secularization），在韦伯、涂尔干那里是用来考察现代性与宗教变迁的关系，查尔斯·泰勒继承了前人的研究结论，并将"世俗化"扩展到了"世俗主义"，并认为是现代民主国家追求"自由、民主、平等"，而美国人类学家阿萨德也在《世俗的形成》中认为，"世俗化"的过程就是确立"现代性"合法地位的过程，以实现所谓"主权个人"（sovereign self）本质上的自由与责任。那么，对美味饮食的享乐追求绝不仅仅是为了体现老北京人悠然自得的生活情状，内里也隐藏着重视人之大欲、褒扬世俗现代性的另一张不为人知的脸孔。

　　另一方面，小小的娱乐空间与费孝通在论述乡土社会时概括的"熟人社会"也有雷同之处，空间里的人全都是热络的熟人，彼此间相处和谐融洽，食客们胡侃乱吹，分享着各自的食物和趣闻轶事。但是，与熟人社会有所不同的是，娱乐空间里的交往模式，热情中又有着克制，平等中也暗含着礼数。如《安乐居》中，食客们都很关心老吕找老伴儿的事，但由于他不愿意多提，大伙儿也就十分知趣地不再多问，反倒还安慰了几句。这种在人际交往中对隐私的注意，与其用传统文人所讲究的崇礼解释，不如说是一种个人意识的自觉，是对个体的尊重，也是对"小我"的重新发掘，与阿萨

莫言与当代中国文学创新经验研究

德所强调的"主权个人"不谋而合。同时,这些小酒坊(娱乐空间)虽没有夺人眼球的门面装潢,里面的酒食皆属家常,食客也都是街坊邻里,但也无法掩饰其本身的消费属性,来这追求享乐的人需支付一定数额的金钱,这也就区别于乡土式的"熟人社会"而呈现出较为现代的一面。当然,这种市井空间里的商业属性与波德里亚所研究的"消费社会"差异显著,市场经济与物质资本并未显山露水占据主导地位,日常的习惯性找乐仍是主流,赵园将之概括为一种"合理的享乐",所谓"合理"就在于浅尝辄止,没有欲壑难填,更多的是一种漂浮于日常之中的自娱自乐,是日积月累的生活习惯。这也是市井空间的特征,它连接着传统,也指向着现代,既有着熟人社会的内核,也暗藏着消费社会的轮廓,以及对个人主体性的重视。

1.2 居住空间

城市是立体、多元的,与静逸、平面的乡土空间往往相去甚远,包含着生产空间、公共空间和居住空间等多重属性,而空间中的人,往往又可分为社会中的人和个体意义上的人。从城市生活的常态来说,"社会人"主宰着城市的生产空间与公共空间,而居住空间则是人类安置身体的场所,它与个体意义上的人关系紧密。"我们每个人同我们出生、成长的地点,以及曾经居住和目前居住的地点保持着密切的联系和深厚的感情"[1],这种联系与感情是人类与城市的交集中仅存的唯一私密细语。巴什拉在《空间的诗学》中最先注意并着手研究的空间场所便是家宅(居住空间),"家宅是我们在世界中的一角,是形象的载体,它给人以安稳的理由或是幻觉"[2]。家宅,充当着人类的庇护空间,是保护着自我的非我,能给予人"主要的、可靠的、直接的幸福感",这是它的原初性,并

---

① (美)安东尼·奥罗姆、陈向明:《城市的世界——对地点的比较分析和历史分析》,曾茂娟、任远译,上海人民出版社2005年版,第5页。

② (法)加斯东·巴什拉:《空间的诗学》,张逸婧译,上海译文出版社2009年版,第16页。

且富含着鲜明的私人印记。具体可表现为三方面：首先是一种身份的认同感，即"我是谁"。对家宅的拥有，拥有何种家宅，直接对应着人的身份、地位。其次是归属感。所谓家宅，是先有"家"后有"宅"，"宅"是一个实体的物理空间，可指房子、公寓、宿舍、大院、府邸等，而"家"却是涵盖着血亲伦理的虚拟空间，可指家庭、家人，是人与人之间的某种情感联系。"回家"，回的不是冷冰冰的物理空间，而是人类对情感的归属本能。第三是主体感。城市中的生产空间和公共空间都有着各自约定俗成的秩序规范，国家机器或意识形态规约着空间的位置、面积、设计、功能等，而居住空间的私有性决定了其内部的一切秩序取决于个人的生活需求和审美需求，因此家宅的整体特性，无论是认同感、归属感还是主体感，都体现出了强烈的私人属性，"在其中，人们被他们的需要和需求驱使而一起生活"。

然而在二十世纪五十至七十年代，私人属性的家宅并不符合政治伦理全面覆盖下对国家主义的集体想象，从而极少出现在文学书写中。通过阅读文本即可发现，对城市中家宅的描写几乎凤毛麟角，即便某些文本中有所提及，也是极尽可能地利用宏大的公共性和群体性去消解家宅天生所具备的私人性，如《锻炼》中的姚家、《年青的一代》中的林家等。这些看似私人化的家宅却基本不会出现对个人物品的陈设描写，只能出现类似于通过玻璃窗映入眼帘的车间房顶，以及一排排整齐划一的厂房和烟囱等这样的场景，换言之，在文本中，居住空间只是作为连接生产空间和公共空间的中介，而人对家宅的认同感、归属感和主体感是被作者人为离席的。《乘风破浪》中的李家兄弟，他们在家宅里的对话从来就无关家宅的原初性，谈的都是"炉外脱硫"的工作问题，作者通过"空间错位"的方式巧妙地置换了居住空间与公共空间的性质；要么就将居住空间全部归于资产阶级名下，以奢靡的物化描写体现出他们的精神空虚和思想腐败，最后给予来自人民正义的批判，如《上海的早晨》中对资本家徐义德充斥着各种古玩和私人饰品的书房的描写，完全契合了徐义德附庸风雅、空虚无聊的精神世界。"家宅空间对人心灵而言是一种深入的刻印，它包含着人的所有习惯、所有价值体现，以及空间与人的各种相互作用"①，然而，利用公共性或政治性对居住空间进行"去家宅化"的城市书写，一方面简化了城市多元性的体征，统一到意识形态斗争的行列，另一方面也割裂了"存在的延展"，以家国同构的绝对权威将古今城市的"魂"（市井空间）挤入了历史的地表之下，从而造成了城市书写与传统之间的"断裂"。

这种"断裂"直到二十世纪八十年代才得以恢复。在"新京味小说"中，不仅恢复了对家宅的深入描写，甚至还将其作为一种文化形式予以褒扬，如刘心武、叶广芩等人就以四合院为文化载体，彰显着"旧北京"的地域特征。四合院曾被喻为是"中国建筑类型之总根源"②，从建筑学的角度来说，四合院这种北京中、下层阶级的一般居住样态，更多是出于实用性的考虑，而作为景观符号的四合院，则承担着文化意义的所指。

"四合院"属中国传统建筑，它的建筑伦理意蕴主要是依据儒家思想中"以仁释礼、仁礼合一"的"礼"字。这个"礼"深深影响着几乎中国所有的传统建筑，主要体现在两个方面："一是形成了严格的建筑等级制度；二是在建筑的群体组合形制和空间序列上形成了中轴对称、主从分明的秩序性空间结构。"③《钟鼓楼》里写道："它是坐北朝南的，这是四合院最理想、最正规的方位……这院门的位置体现出封建社会中的标准家庭（一般是三世同堂）对内的严谨和对外的封闭。"④这段关于"四合院"的空间描写就明显恪守着"礼"的遗风。所谓的"对内严谨"，指的是四合院内部的设计"记载着中国人传统的家族观念和生活方式"⑤，凝结着传统家

---

① 宋雷等：《都市家宅之空间诗意》，《山西建筑》，2011年第7期。

② 高巍等：《四合院——砖瓦建成的北京文化》，学苑出版社2003年版，第4页。

③ 关于"礼"对中国传统建筑的影响，详见秦红岭：《建筑的伦理意蕴——建筑伦理学引论》，中国建筑工业出版社2006年版，第61页。

④ 刘心武：《钟鼓楼》，人民文学出版社1985年版，第193页。

⑤ 中国古镇游编辑部：《中国古镇游自助旅游地图手册2015全新升级》，光明日报出版社2014年版，第440页。

族社会刻板严苛的生活秩序和相对的人情世故，而"对外封闭"则显示了它的私人属性。赵园认为"四合院是伦理秩序的建筑形式化，其建制的形成，有功能性的，亦有伦理原则出发的考虑"①，这种"伦理原则"具体体现在内部的陈设布置。"四合院的所谓'合'，实际上是院内东西南三面的晚辈，都服从侍奉于北面的家长这样的一种含义。它的格局处处体现出一种特定的秩序、安适的情调、排外的意识与封闭性的静态美。"无论是正厅、偏房、厢房、公共领域或是式样、方位、大小、装饰等，都与封建家庭内部的等级秩序和相应的礼制匹配，体现出传统家族长幼有序、兄友弟恭的人际依存和人情熨帖。因此可以判定，这种旧式的居住空间所依据的伦理原则实际上是一种乡土社会中的血缘宗法伦理，是前现代的文化印记。

但是，刘心武也写道："市民们至今并无在房管部门出租的杂院中自由建造正式住房的权利，但在房管部门无力解决市民住房紧张的情势下，对于北京市民自六十年代末、七十年代初掀起的这股建造'小厨房'、并在七十年代末已基本使各个院落达到饱和程度的风潮，也只能是从睁一只眼闭一只眼到心平气和地默许。'小厨房'在北京各类合居院落（即"杂院"，包括由大王府、旧官邸改成的多达几进的"大杂院"和由四合院构成的一般"杂院"）雨后春笋般地出现……"②"小厨房"对传统四合院的改造，将原本在空间等级秩序上泾渭分明的院落改建成相对拥挤、可供更多人居住的"杂院"。表层上看，是对居住空间的整改，"改变了北京旧式院落的社会生态景观"，然而牵一发而动全身，最终也影响到空间内部人与人之间的交往形式和生活方式。③

刘心武在1981年发表于《十月》第2期的作品《立体交叉桥》

① 赵园：《北京：城与人》，北京大学出版社2002年版，第103页。
② 刘心武：《钟鼓楼》，人民文学出版社1985年版，第85页。
③ 传统的四合院多数情况下都是一家（或一个家族）一户的居住形式，二十世纪五十年代以后，北京的外来人口与日俱增，一家一户的四合院根本无法抵抗住人口大规模的侵入和渗透，原本独门独户的院子便同时入住了好几家，甚至好几十家住户，这就是所谓的大杂院。

就描写了一个距长安街三百米远的小胡同中的大杂院。院落在几十年前是一家客栈，所以里面塞满了几间排房，而如今便成了北京底层市民们落魄的家。侯家九口人就挤在一间只有十六平方米的住房里。小院西屋那间不足十平方米的房间内则住着父母兄妹共六口人的钱二壮一家。拥挤的住房条件，让他们不得不占用外边的公共空间接出一间房，才能勉强住下这么多人。因此，可以想见，大杂院内邻里之间的私密性较差，家长里短的声音足以穿透临时住房的阻隔，他们吃的是典型的家常便饭，呼出的也只能是家常之味了，索然寡味透顶，闻到就烦了，这便是市井之气。四合院向大杂院的演变，所颠覆的是"京师屋制"原本的伦理结构和文化结构，改变了以血缘宗法为根本的家族伦理，走向了并不常见的城市"熟人社会"。这种"熟人社会"与费孝通所提及的"中国传统社会有一张复杂庞大的关系网"的熟人社会有着细微的差别。乡土空间中的"熟人社会"亦称为"人情社会""关系社会"，为人处世多以感情的亲疏程度任性而为，更别说责任、权力、法理意识对人的规劝，在公共事务中，论资排辈、徇私枉法、阿党相为的现象更是屡见不鲜。而大杂院中的"熟人社会"不过是一种熟络的邻里关系，是由于特殊的时代背景和生活环境所引渡的特殊的人伦关系。住户来自天南海北，职业和性情也千差万别，"混杂"的居住身份所拼贴而成的居住空间原本应该是陌生化社会，但由于被改造后的四合院本身就是弹丸之地，私密性极差，住户们抬头不见低头见，久而久之，也便难免打破陌生而走向熟络，所以，这种熟络并非建立在血缘和地缘基础之上的"人治社会"，而是一种建立在情感基础之上的市井社会，"其成员之间的互动（interaction）是直接的、不假思索的。互相间的交往大多是在本能和情感的领域内进行的。社会控制大多是顺应着个人的影响和公众情感产生而进行的。它是个人的生活习惯的产物，而不是抽象的原则和理性规章"[1]。

---

[1] （美）R.E. 帕克、E.N. 伯吉斯、R.D. 麦肯齐：《城市社会学——芝加哥学派城市研究》，宋俊岭、郑也夫译，商务印书馆 2012 年版，第 25 页。

1.3 "狂欢"空间

二十世纪八十年代的"市井小说"中，冯骥才的"津味小说"也是首屈一指。值得一提的是，其他小说中对市井空间的复现还需借用二十世纪五十至七十年代城市书写这个"他者"来反证其"现代性叙事"，而冯骥才所展现的市井空间却有着近似于巴赫金在研究拉伯雷时所提及的"狂欢"效应。

由附属于北京的码头孕育而成的天津城，其最迷人的历史阶段应该是清末民初之时，"那是这个城市的转型期，随着租界的开辟，现代商业进入天津跟本土的文化相碰撞，三教九流都聚集在天津，人物的地域性格非常鲜明和凸显"①。从历史背景来看，此时的天津已经开启了向现代性转型的前奏，而冯骥才的《怪世奇谈》三部曲②就花了大量的笔墨去描写这段转型期天津的风土人情、规矩讲究。

> 三月二十二，照例是娘娘"出巡散福"之日。
> 这天皇会最热闹。津门各会挖空心思琢磨出的绝活，也都在这天拿出来露一手。据说今年各会出得最齐全，憋了好几年没露面的太狮、鹤龄、鲜花、宝鼎、黄绳、大乐、捷兽、八仙等等，不知犯哪股劲，全都冒出来了。百姓们提早顺着出会路线占好地界，挤不上前的就爬墙上房。有头有脸的人家，沿途搭架罩棚，就像坐在包厢里，等候各会来到，一道道细心观赏。③

天津皇会在康乾盛世时登上历史舞台，名声日隆，到 1936 年向世人谢幕，退隐到历史幕墙的后面，其间在天津社会生活的舞台上断断续续地表演了近三百年，影响华北，波及福建，知名度可谓

---

① 冯骥才、周立民：《冯骥才周立民对话录》，苏州大学出版社 2003 年版，第 203 页。
② 即《神鞭》《三寸金莲》《阴阳八卦》。
③ 冯骥才：《神鞭》，百花文艺出版社 2016 年版，第 7 页。

高矣。皇会是以民间祭祀天后娘娘诞辰所举行的盛大庆典活动为中心内容，既是规模庞大的迎神赛会，也是大规模的庙会，集丰富多彩的广场艺术与商品经贸活动于一体，不仅充分显示出天津市民对民间神祇的尊崇，而且对天津文化也产生过深远的影响。天后娘娘其实就是缘起于福建的天后妈祖，到了天津以后便改了称呼，叫娘娘。不仅如此，天津市民还进一步将神祇市井化，实现了市民信仰与神祇信仰的融合。"天津人尚红，过年尤甚，传统来自天后身穿的红衣。红衣的含义有二：一是辟邪，故此红灯照运动中女人通身穿红衣，谓之能避枪炮；二是吉庆，天津女子过年和出嫁时，穿戴物品一律用红，窗花、门联、福字，处处也都用红。辟邪吉庆就是娘娘祛灾降福之意，无论辟邪还是庆吉，都是向往热烈美满的生活，此风一直延续至今。火辣辣的红色给天津人血液里注进炽烈的温度。"[1]由此可见，天后妈祖已经深远地影响到了天津市民的生活起居，成为他们的信仰主宰，这也就造就出了皇会活动时庄严与热闹并存、敬仰与戏谑交融、神祇与世俗混合的节日狂欢景象。

皇会主要是每年的农历三月二十三日，天津民间为庆贺天后娘娘圣诞，以香会和歌舞会为班底组成"娘娘会"，一边演出一边行进，间或暂停于一地演出，向圣驾驻跸地点进发。隔日返回天后宫，场面热闹纷繁。巴赫金在研究拉伯雷时发现了中世纪和文艺复兴时期的民间诙谐文化，认为："整个诙谐形式和表现的广袤世界与教会和封建中世纪的官方和严肃（就其音调气氛而言）文化相抗衡。这些多种多样的诙谐形式和表现——狂欢节类型的广场节庆活动、某些诙谐仪式和祭祀活动、小丑和傻瓜、巨人、侏儒和残疾人、各种各样的江湖艺人、种类和数量繁多的戏仿体文学等，它们都具有一种共同的风格，都是统一而完整的民间诙谐文化、狂欢节文化的一部分和一分子。"[2]而冯骥才笔下的皇会，与西方狂欢节时在广场

① 冯骥才：《天后宫与天津人》，选自《关于艺术家》，江苏文艺出版社1995年版，第246—247页。
② （苏）巴赫金：《拉伯雷研究》，李兆林、夏忠宪等译，河北教育出版社1998年版，第4—5页。

上的庆祝活动有几分类似。在皇会节日的前几日就会有大规模的社会总动员，市民们都是自发参与、自觉互动，就连平时大门不出二门不迈、深居闺阁或终日围着灶台打转的妇女，在此时此刻，也可暂时脱离家庭的羁绊与礼教的束缚，乐呵呵地迈出闺阁，相约三五知己，摇到大街上看热闹，实现平素难以实现的心中愿景。皇会不分城乡，不分阶层，不分民族，不分富贱，不分老少，不计性别，只论自觉与自愿，来的都是客，全凭脸一张。因而，出皇会时每每呈现观者如潮，万人空巷，"连宵达旦，游人如狂"的壮观景象。

大卫·哈维认为："巴尔扎克无法将巴黎当成死物（如奥斯曼与福楼拜往后做的那样）。巴黎拥有人格与身体。"[1]在冯骥才的笔下，天津也同样拥有着自身的"人格与身体"，是宗教权威与市井文化相交融后的产物。冯骥才在研究天津地域文化成因时"发现全部奥秘竟然深藏在一座古庙——天后宫"[2]，"天后宫"本就是一种外来的宗教文化，却意外地在天津被市井百姓们当作权威来信仰和膜拜，并衍生出了与之呼应的皇会，那么，在皇会的热闹与狂欢景象的背后，其实体现着一种以天后宫为源头，以市井空间为新的土壤和平台的混合型的城市文化精神，这便构成了天津城的"人格与身体"。这种充满了狂欢节色彩的市井空间和市井文化与刘心武笔下的和合崇礼有着明显的不同，它不仅打破了阶层、性别、年龄等界限，更是扩展了市井的"疆土"，提供了一种具有超越性的伦理诉求的现象。

2. "市人"的伦理诉求

在二十世纪八十年代风靡一时的"市井小说"所描写的那些

---

① （美）大卫·哈维:《巴黎城记:现代性之都的诞生》，黄煜文译，广西师范大学出版社 2010 年版，第 60 页。

② 冯骥才:《天后宫与天津人》，选自《关于艺术家》，江苏文艺出版社1995 年版，第 246 页。

世俗化的市井空间中，生活着一群务实圆通、忍耐顺应的市井细民。如汪曾祺笔下的多是些不问时事，只知柴米油盐的市侩角色，有开药店的、开餐馆的、卖米的、卖水果的、理发的、修车的、杀猪的……邓友梅笔下更多的是身怀特殊技能的能人异士，如擅于做书画买卖和识别品鉴的八旗子弟，也有会造假的画儿韩；另外，还有冯骥才笔下的民间侠客；陆文夫笔下的知识分子、资本家；刘心武笔下的老工人等。这些市井细民们虽然身份庞杂，但却又有着大体的群体性特征。刘心武在《钟鼓楼》中有一段考察北京市民的描写："这里说的市民不是广义的市民——从广义上说，凡居住在北京城的人都是北京市民；这里说的市民是指那些'土著'，就是起码在三代以上就定居在北京，而且构成了北京'下层社会'那些最普通的居民……要准确一点地表述，就应当这样概括他们的特点：一、就政治地位来说，不属于干部范畴；二、就经济地位来说，属于低薪范畴；三、就总体文化水平来说，属于低文化范畴；四、就总体职业特征来说，大多属于城市服务性行业，或工业中技术性较差、体力劳动成分较重的范畴；五、就居住区域来说，大多还集中在北京城内那些还未及改造的大小胡同和大小杂院之中；六、就生活方式来说，相对而言还保留着较多的传统色彩……"①这样的概括虽仅限于北京，但也基本为二十世纪八十年代"市井小说"甚至是直至今日的市井小说的人物群体特征给予了基本的定位——"下层社会"，笔者想借用"市人"②一词概括。

我们知道，二十世纪五十至七十年代的城市书写中，城市空间的合法性主体构成只允许"革命人民"的存在，表面上，他们成分

---

① 刘心武：《钟鼓楼》，人民文学出版社 1985 年版，第 11 页。
② "市人"即为市井细民，他们与"市民"的区别可简述为，前者是建立在一种传统文化空间中的伦理主体，受地域文化的影响较深，而后者则是现代概念，具有普遍性特征，是建立在商业经济关系之中，立足日常生活权利与个人生存权利，具有现代契约精神的伦理主体。

单一，但却具有鲜明的开放性特征，不单纯指向城市中的某一类阶层或群体，而是用相同的政治意识形态强行缝合了人与人之间、阶层与阶层之间的差异，所以，"人民"内部，其实是一个"阶级荡平，寒素上遂"的政治利益共同体，人人皆平等，没有剥削与被剥削，完整而和谐。反观刘心武所提及的"下层社会"，却悄然间破坏了政治坐标内的平等，从内部直接瓦解了"革命人民"这一政治共同体，在无意识中又回到了阶层区分的社会结构里。中国传统的儒家思想把"社会分为两个阶层：在上的阶层是君子，其职责在劳心，治人而食于人；在下的阶层是野人，其职责在劳力，食人而治于人。前一阶层是统治者，即君臣，后一阶层是被统治者，即民"[①]。刘心武对北京"下层社会"的考察和二十世纪八十年代"市井小说"中人物形象的趋同性选择和塑造，基本符合了儒家所定义的"治于人"阶层，但是需注意的是，儒家思想的"二分法"是政治伦理与品德伦理双重标准下的产物，萧公权说"故孔子之理想君子，德成位高"，即"治人"与"治于人"两个阶层的身份差异在于品德的高低，品德高者，熟通经典，自然能进入政治权力的上层，反之则沦为被统治的下层。所以在传统的儒家思想的视野下，"下层社会"其实是一群在政治与德行上的双重失败者，而二十世纪八十年代的"市井小说"所描写的"下层社会"，却有意淡化了来自儒家思想对其的贬低性评价，无论是刘心武、邓友梅还是陆文夫，他们都将写作重心立足于"下层社会"中的个人日常生活，并站在市井的内部辅以一种超然的闲适和道义加以美化和赞颂。《烟壶》中落魄的八旗子弟乌世宝，原本出身武职世家，却整日游手好闲，后被人陷害引发牢狱之灾，他的人生前半段是一种典型的沦落式轨迹，后来却又因机缘巧合认识了聂小轩，并掌握了烟壶的内画技术与"古月轩"瓷器的烧制技术，从此便开启了传奇性的技艺生涯。在作品中，除了展现大量封建社会末期熟透到极点的市井文化

① 曾春海、尤煌志等：《中国哲学概论》，吉林出版集团有限责任公司2009年版，第200页。

外，邓友梅更是借此修正了传统的主流文化对于中下层市井文化的误解和贬斥。他将市井文化正直的一面赋予了一位远离权力中心、处于被压迫地位的民间艺人，并从小小的民间艺技上升到"爱国主义"和"民族主义"的高度，"烟壶虽小，却渗透着一个民族的文化传统、心理特征、审美习尚、技艺水平与时代风貌"，这里，代表着世俗的市井人物与市井文化，承载起了过往从未承担过的责任与意义。

再如陆文夫的《美食家》，作品中写到了大量的苏州美食，从主食、卤食、小吃到菜肴，仿佛是一部有关苏州饮食文化的"食谱大全"，但是在食物的背后，却也流露出了作者的情感倾向。"吃"本身属于常人的生理需求和生活现象，但在《美食家》里却成为了极致化的诉求，变成了一种渗透着民族灵魂的"吃的艺术"。朱自冶是一名彻头彻尾的"吃货"，他出身资本家，每日过着寄生虫般的生活，想尽各种办法品尝美食，没有美食就像是"丢了魂一样蔫头蔫脑"。高小庭曾投身于革命，擅用政治伦理思考问题，因此他憎恨朱自冶只懂得吃喝享乐。当他重回苏州后，想当然地把日常生活视为革命的敌人，发表"反吃喝宣言"，实行饭店"大众化"，最终也导致了人们生活的枯窘，甚至差点毁了苏州的饮食文化。作者巧妙地设置了二人之间在观念、行为与人生际遇上的对立，实则想表达的是市井伦理与政治伦理之间的相互博弈。朱自冶无疑是一个享乐主义者，他好吃懒做，视"食"如命，为了美食，他能与孔碧霞结婚，也能为了一时的苟安不顾夫妻情义，代表的是市井民间立场，就是这样一个"既令人反感又令人神往，既庸俗龌龊而又光彩夺目"的市井小民形象，最后却成为了远近闻名的美食家，还当上了烹饪协会的会长。而高小庭虽出自市井却走入了革命，是政治立场的代表，他对饮食文化的破坏虽符合当时的政治合法性，却不符文化合法性，他的行为影射的是中国十多年来"左"倾幼稚病和实用主义的危害，最终他从反对美食到推崇美食，从憎恨朱自冶到反思自己，暗喻的是文化的胜利，是市井民间的胜利。因此可以想见，在陆文夫笔下，饮食作为一种传统文化，作为一种代表市井社

从『平面市井』到『折叠都市』

会的伦理诉求，所承载的却是"拯救"与"修复"民族创伤的宏大意义。

　　将这些二十世纪八十年代的市井人物与二十世纪五十至七十年代的"革命人民"进行横向对比便很容易发现，在过去，人们的私欲被禁锢在国家预先设定的"计划"中，不能有半分越轨之举，伦理诉求只能是一种义务型的政治伦理，后来，"计划"虽被破除，但百废待兴的现实环境并不能承担起私欲茁壮成长的培养皿，所以人们虽放弃了按照政治伦理的标准自我约束、缔结社会关系，却也不能随心所欲、为所欲为，而是回到现实的日常生活里，迷恋着古玩器物，享受着珍馐美味，追求着民间艺技，也满足于个人的婚恋爱情……总之，他们在远离政治的市井空间里建构起了一方烟火世界，他们的伦理诉求也绝不能简单地概括为回归传统而敷衍了事，更深层的含义有可能体现了一种让人易忽略的现代意识。

　　"现代性是一种世俗化了的圣经信仰，彼岸的圣经信仰已经彻底此岸化了。简单不过地说：不再希望天堂生活，而是纯粹凭借人类的手段在尘世上建立天堂"[1]，卡林内斯库也曾指出现代性与世俗主义有着密切的联系，而世俗主义的发展又包含了个人意识的苏醒，"把个人当作自己主人的信条"[2]而不是寄托于某种宏大、未知的理想国的想象中，或是彼岸世界的追求中。在文本中，乌世宝对烟壶的痴迷，朱自冶对美食的享受，都是以个人为中心的追求，是停滞在当下的、世俗化的现实体验，也是建立在个人相对独立的主观感受基础之上的伦理诉求，这种诉求有别于政治伦理主宰下的"单向度社会"，展现了一个有情的烟火世界，也为现代社会中丰富多样的人类发展提供了重要的启示和意义。

①　（美）列奥·施特劳斯：《现代性的三次浪潮》，选自汪民安、陈永国、张云鹏：《现代性基本读本：上》，河南大学出版社 2005 年版，第158 页。
②　（英）R.H. 托尼：《宗教与资本主义的兴起》，赵月瑟、夏镇平译，上海译文出版社 2006 年版，第 8 页。

有意思的是，文本中的市井人物虽破除了二十世纪五十至七十年代对"革命人民"这一伦理主体的迷信，体现出了独具一格的现代性意义和接近市民阶层的诸多要素，但他们却并不是真正意义上的现代市民，所体现的伦理诉求也不是真正的市民伦理。市井空间本身是一个远离政治，且连接着传统和现代的独立空间，它虽具备一定的商业性质，如《美食家》中所涉及的饮食业、《烟壶》中提及的文物买卖业等，但却并没有建构起一条完整的现代城市的商品经济链，也没有催生出以消费活动为唯一导向的市民阶层，就像冯骥才《阴阳八卦》中的惹惹大少爷经常说一句话"我就喜欢能人"，见到奇人能人就要拜师。在码头上混生活，靠的就是"硬碰硬"的本事和手艺，而不是权势和财富，这便是天津码头的社会现实与生存规则，即"手艺人靠的是手，手上就必得有绝活儿"。他所展现的市井生活其实是一种"本事和手艺"的奇，以及某种道德义务的伦理秩序，而不是以经济为唯一的秩序标杆。真正的市民社会在马克思看来，是远离政治社会之外，有着经济基础作为支撑的独立存在，市民社会中人际交往关系的实质是以商业市场为依托的交换关系，商业是手段，商业也是目的。反观这些市井人物，乌世宝虽学会了烟壶的内画技术与"古月轩"瓷器的烧制技术，但却不是为了发家致富，而是将之作为一种民间文化来传承（《烟壶》）；朱自冶是一个"奥勃洛莫夫"式的人物，他虽是资本家，但却只爱品尝美味佳肴，后涉足饮食业，却也不是为了挣钱，而是将美食作为人生的最高理想；陈建功笔下《鬈毛》的剃头匠、刘心武笔下《钟鼓楼》的修鞋匠、汪曾祺笔下《异秉》的王二等也都是依靠手艺生存的普通人，他们摆摊也不是为了赚钱，反而经常会做出一些与正常的商业活动和目的背道而驰的事……在这些人物行为中，市民社会的商业关系被作者刻意地淡化或抽离，然后利用传统儒道文化中某种超然的精神品格、价值追求予以有效填补市井本身的混沌和粗俗，使得看似冗长、平庸的市井空间和人物多了一抹来自民族风俗和美德的亮色，从而达到某种提升意义或者"变相批判"的效果。①

　　总之，我们必须承认的一点是，二十世纪八十年代的"市井小说"并没有触及真正的市民社会，更无从谈起建立完善的市民意识和市民伦理，它只是在与政治分道扬镳后重返市井传统，在一个人间有情的市井时空里重拾了中国城市自身的价值和意义。在这样的城市中，我们自然看不到桑内特笔下西方城市中启蒙理性与宗教神学之间的矛盾和冲突，也找不到"后宗教时代"里，马尔库塞与本·阿格尔集中批判的科学工业与消费主义对市民的异化的任何迹象，更无法寻觅到齐美尔式的"物"与人的疏离，但是在另一个东方领域下，城市书写对市井的回归却祛魅了传统文学中士大夫的"感时忧国"，也扭转了想象的共同体中政治伦理的"唯我独尊"，它展示了世俗生活里普通人的喜怒哀乐，是对日用伦常的理解与认同。从文学传统上来说，当邓友梅、冯骥才穿越历史时空，不遗余力地复现清末时期古朴醇厚的京津氤氲时，当汪曾祺、陆文夫用一支民俗的画笔描摹着街头巷尾一砖一瓦、一颦一笑的世情百态，以及那些"草民的韧性、知天命、乐观、自娱自乐，同时也是屈辱、顺民、有限满足与安于现状"②的人性人情时，我们又恍然忆起了二十世纪三四十年代以萧乾、老舍为代表的京派文学遗风。

---

① 　市井社会与常人的日常生活紧密相连。在西方哲学中，胡塞尔将日常生活与科学世界相对立，并轻视日常生活的世界为前科学的世界；海德格尔的存在主义也将日常生活视为全面异化和有待批判的，日常生活中的"常人"经常处于混沌和沉沦的状态；列斐伏尔从既然状态和应然状态两个层面来界定日常生活，一方面，日常生活是人的感性存在方式，是总体的人的总体生活方式，这是日常生活的应然状态，而另一方面，日常生活又是乏味、阴暗、同样行为的重复，这是日常生活的既然状态。日常生活批判的意义就在于突破既然状态达到应然状态。由此可以得出结论：形而下的日常生活往往被视为是一种低级的层次，需要受到来自更为高级的科学世界、"诗意地栖居"、应然状态的批判，而本文提及二十世纪八十年代的"市井小说"却用了一种传统的也是虚拟的"棋王式"的精神追求对日常生活进行了文化人类学意义上的提升，从而达到了相应的效果。

② 　王一川、唐宏峰等：《京味文学第三代——泛媒介场中的 20 世纪 90 年代北京文学》，北京大学出版社 2006 年版，第 174 页。

莫言与当代中国文学创新经验研究

这些市井小说从一开始就舍弃了"伤痕文学""反思文学"拨乱反正的主流话语，而是展现了一个充满烟火气息的"市人"社会，"市人"们的日常生活、情感经历、语言对白皆成为一种独特的审美意蕴，而在叙事风格上也直接对接了明清世情文学"极摹人情世态之歧，备写悲欢离合之致"的精华，绕开了主流话语与精英叙事，从市民绵密、真切的生命景观入手，也极大地影响了后来的城市书写。

此外，市井本身所蕴含的现代性，即是中国不借助西方"他者"的参照与影响所自发形成的现代性动因，实则是一种人文主义情怀，这种平民美学在封建时代被皇权遮蔽，被文人轻视，在近现代又被启蒙理性所压抑，被民族国家的巨型话语所挤压，被各种各样的"历史目的论"排斥，终在二十世纪八十年代借着"寻根"的东风重新起航。不管怎样，被压抑的市井不仅是传统中国城市的代言，更以一种巨大的包容性和可阐释空间接续了来自西方和现代等他者的无缝介入，城市书写的市井转向，终于在摆脱了各种权威话语的"压抑"后，从市民自身切入日常生活，而角度的转换势必也会带来生存体验和伦理诉求的巨大变革，特别是当传统市井遭遇现代市民社会之后。因此汪曾祺十分重视市井文学的创作，他说："'市井小说'没有史诗，所写的都是小人小事。'市井小说'里没有'英雄'，写的都是极其平凡的人。'市井小说'嘛，都是'芸芸众生'。芸芸众生，大量存在，中国有多少城市，有多少市民？他们也都是人。既然是人，就应该对他们注视，从'人'的角度对他们的生活观察、思考、表现。"①

四、从"美学市井"到"现实市井"

"市井"并不只是传统社会的"土特产"，在现代社会中依然有

① 汪曾祺：《蒲桥集》，上海三联书店 2018 年版，第 344 页。

着它鲜活的一面，当市井撞上现代，它的社会意义也同时得到了修正和延续。最鲜明的变化首先在于，从"流俗之地"与"流俗之人"演变成"由市民为主的街坊邻居所构成的生活社群与街道组织社区逐渐成为新的城市社会单元"①。二十世纪八十年代末，传统的计划经济全面倒向了自由的市场经济，体制的转型使得社会经济活动不再完全受制于政府的主导而导向了市场，这不仅提升了市场经济自由运转的能力，也赋予了城市社会更多自由的公共空间与私人空间。在这种情况下，政治国家之手掌控一切社会资源的时代一去不复返，而由市场交换关系所支配的"需要的体系"逐渐从国家的遮蔽下脱颖而出，这是否预示着一个黑格尔、马克思甚至是葛兰西式的"市民社会"即将到来？而在城市书写中，原本属于自身传统、属于中国城市"魂灵"的市井，又与之有何内在的关联性？

1."一地鸡毛"式的此在之烦

在二十世纪八十年代的"风俗文化小说"那里，市井是作家们寄托美好的人文想象与美学情操，承载着传统文化精粹的负载空间，它缔造了一个"富有秩序的传统城市，是建立在农业文明基础之上，以儒家的伦理思想和礼仪制度为主体，'儒、道、释'合流的'市井'社会结构，它有一套清晰、理性的日常伦理体系，规范着人们的行动、举止和思想"②。因为这一点，市井叙事依然可以保留着前现代的伦理立场，采用的是"展示"（showing）一座城市，而不是"讲述"（telling）的手法③，因此，它所体现的市井意识只能算是一种弱化的现代性萌芽，而在经历了二十世纪八十年代后

① 唐伟：《小说湖南与当代中国：湘楚文化视野下的 1978—2013 湖南小说研究》，吉林大学博士论文，2014 年。
② 曾一果：《中国新时期小说的"城市想象"》，北京大学出版社 2014 年版，第 148—149 页。
③ （以色列）里蒙·凯南：《叙事虚构作品》，姚锦清等译，生活·读书·新知三联书店 1989 年版，第 193 页。

期到九十年代初期"新写实小说"自然主义式的创造性发挥，儒道精神对市井的美化修饰已经彻底被胡塞尔式的日常生活拉下了神坛，无论是池莉的《烦恼人生》《不谈爱情》《太阳出世》，刘震云的《单位》《一地鸡毛》《官场》，还是方方的《风景》、李庆西的《人间笔记》、李国文的《没有意思的故事》等，作家笔下的市井已经失去了刘心武、陆文夫们的闲适和恬淡，滑向了庸常人生。他们笔下的人物根本不会像二十世纪八十年代初期市井小说里的人物那样每天定时定点地出现在安乐居喝酒吃饭侃大山，也不会执着痴迷于烟壶或是美食，一心一意追求着道家式的文化体验，而是挣扎在了原生态的日常琐事之中，忍受着挥之不去的生存烦恼从生活的四面八方全面袭来。这样的市井，美丑共存，善恶互动，社会与人生呈一片驳杂的原色。

　　曹文轩在《二十世纪末中国文学现象研究》中指出，"'鸡毛'这一意象倒可以作为新写实主义的总体象征"[1]，从渗透着民族文化的"烟壶"到"盖着一堆鸡毛睡觉"，城市里的市井细民们正式从美学的"文化市井"跌入了残酷的"生存市井"里，"新写实"作家们用事无巨细的笔触对下层市民们的生存环境、生存心理、生存伦理等方面进行了零度感情的描写，在不动声色与细水长流的日常生活中将市井里的"此在之烦"原封不动地呈现。《烦恼人生》是"新写实小说"的开山之作，池莉用"记流水账"的方式讲述了普通工人印家厚一天的生活流程。他本是一位善良忠诚、懂得现代化技术的钢铁工人，年轻时也曾心怀梦想，但随着人到中年，来自家庭生活、工作的压力和无法处理的情感矛盾彻底磨平了当初的人生理想，他只能在拥挤的住房、微薄的工资、孩子的啼哭与日常的琐事中消磨时光，忍受困扰。小说是从印家厚在半夜听到孩子掉下床的声音后惊醒开篇。醒来后的他要立马为儿子煮牛奶，哄他起床，然后排队上厕所和洗漱，再急急忙忙地背着儿子去挤公交，赶

---

① 曹文轩：《二十世纪末中国文学现象研究》，作家出版社 2003 年版，第 122 页。

6 点 50 分的渡轮，最后必须要在 8 点之前到达工厂。中午去食堂的路上，他的女徒弟雅丽向他表白；食堂吃饭时在蔬菜中又发现了条肥肥的虫子；工会组长为一个工人的结婚来收账，而自己的老岳父生日临近，想买礼物奈何囊中羞涩。下午下班后，需要接儿子，再搭渡轮、挤公交、回家吃饭；刷碗时又听到了自己所借住的房子即将被拆的消息，接着又是洗衣服。等把一天要完成的事情全部做完之后，躺在床上已是 23 点 36 分，老婆又告诉他，明天表弟会来武汉，要在家里接待……印家厚闭上眼睛回想起一天所发生的林林总总，对自己说："你现在所经历的这一切都是梦，你在做一个很长的梦，醒来之后其实一切都不是这样的。"印家厚在一天的结尾也是小说的结尾处的独白值得回味，他将这一团麻的日常生活幻想成了一场冗长的梦，所有的生活烦恼、家庭琐事、工作杂事都会随着梦的逝去和人的苏醒而消失殆尽，梦与现实在他的自我安慰中错了位。心理学认为人都拥有十六种防御机制（Psychological Defense Mechanism），印家厚属于典型的逃避型和自骗型消极心理防御机制的结合，它能让人在受到压力和挫折后减轻和免除心理压力，并在短时间内恢复心理平衡，这是印家厚用以抵抗"此在之烦"的方式。然而除了最后一处，在关于梦的叙述中，还重复出现过五次[1]，这五次的梦均是他逃离当下、进入"诗意地栖居"境界的想象路径，但结果始终逃不掉被来自现实的声音所惊醒的厄运。王一川将印家厚的现实生活与梦给予他的心理安慰喻为"平民实境与精英梦境的分裂"[2]。他认为印家厚的所有烦恼均是"不甘心这种卑微体验，而是无比怀念过去的精英理想"[3]，所以，在这场看似充满对立的

---

[1] 五个梦分别为：1. 开篇就写了睡梦；2. 回笼觉做了关于家庭的梦；3. 在渡轮上和诗一首获得了称赞后，竟幻觉出一个人人平等互爱的乌托邦；4. 见到朋友来信而勾起了"少年梦"；5. 在回家的渡轮上又沉入了梦乡。

[2] 王一川：《重复模式与日常生活——几部"新写实"小说中的市民形象》，《求是学刊》，1997 年第 5 期。

[3] 王一川：《重复模式与日常生活——几部"新写实"小说中的市民形象》，《求是学刊》，1997 年第 5 期。

"分裂"的判断中却蕴藏着列斐伏尔式的"日常生活批判"的哲学意识，这种意识极为薄弱，它以隐藏的姿态躲在"精英梦境"（可解释为知识分子超越日常的精英理想）的背后，通过白日梦和意淫的形式向着一地鸡毛的"平民实境"发出了微不足道的反抗，之后又在现实的纷扰中继续沉沦下去。

"隐藏的批判"可视为"新写实"小说"羞于启齿"的文学策略，然而笔者更关心的却是，在传统文学中原本淡泊闲适抑或藏污纳垢、情欲弥漫的市井社会又是如何被拖入了海德格尔所言的"烦的结构"中？文学市井的转型契机和根本缘由又是什么？带着疑问试着总结印家厚的烦恼人生，或许能发现端倪。他的烦恼人生主要来源于具体的现实困境：狭窄的住房，微薄的工资，上有老下有小的艰难处境，每天上下班长达两个多小时的拥挤的公共汽车和轮渡，以及被人诬陷，被领导批评……这些烦恼最终与文本中的"六个梦"之间形成了一个角力，而"六个梦"的实质，其实是一种知识分子的精英意识的本能憧憬（王一川的观点），这种意识本身就与大众化、世俗化的市井伦理之间存在着无法弥合的间隙，前者主张批判性与超越性，后者只肯定并强调活在当下，由此可推论出，在"新写实"小说中，原本人间有情的市井沦为琐碎无情的荒原的主要原因，可归结于主体身份与空间环境的冲突：知识分子→市民阶层（精英理想）→现实日常。

王安忆曾对市民阶层做过如下总结："市民阶层是城市的主要角色，市民阶层是社会最最稳定的阶层，他们靠天吃饭。市民阶层好在不会沉沦，他永远知道自己要做什么，这救了他。但他的眼光也只看得很近，因此他不会升华，因为在精神上没有太多的要求。"[①]然而无论是印家厚，还是《一地鸡毛》和《单位》里的小林，抑或《生活无罪》中的何夫、《行云流水》中的高人云……他们都不是王安忆笔下"正版"的市民阶层，而是一群城市中的知识分子，是曾经在启蒙话语与政治国家话语体系下最主要的生力军。无奈的

① 王安忆：《城市与小说》，《文学评论》，2006年第5期。

是，几十年的"左"倾思想所导致的社会正义的丧失和人性价值的崩塌尚未完全修复，又伴随着国家转型被丢入了一个完全陌生的、社会整体价值和语境都在迅速变迁的商业时代，知识分子成为最无辜的"受害者"。他们与政治意识形态长达数年的契约宣告破产，在"庙堂"与"广场"两排挤的情况下只能被迫落难生活的荒原，满身疲惫、各怀心事地回到市井日常里面对现实。而现实市井在这样一群有着人生抱负却又提前夭折的知识分子眼里，本身就不具备太多诱惑力，甚至是曾经被批判的对象，所以，当他们真正进入市井，先在的精英理想依旧尚未散去，心中的落差也便不言而喻。市井本身原有的诗意、趣味也就在精英意识的介入后消失殆尽，由淡雅变得粗俗，由祥和变为庸常。只是知识分子们心里却依然怀念着万丈光芒的激情岁月，"被抛入"（海德格尔语）固然心不甘情不愿，因此个中滋味，也就颇具荒谬和悲凉。所以笔者认为，知识分子的"烦"，首先是源于其身份的特殊性。

如果说市井的"失落"是由于主体身份与空间环境的冲突所引致的在精英理想下的"小孔成像"，那么这个"像"的本质在经历了不同时代的不同叙述后，依旧是原来的形态吗？它内部的道德价值和伦理秩序是否发生了质的转型？笔者以方方于1991年发表的小说《行云流水》为例。与《烦恼人生》里的印家厚不同，主人公高人云的职业是大学老师，属于高级知识分子，并非一般技术工人。我们知道，传统的市井原本是指城市中的流俗之人，粗俗鄙陋抑或行为狡诈，明代薛论道在《水仙子·卖狗悬羊》曲"貌衣冠，行市井，且只图屋润身荣"，说的便是城市中那些穿戴整齐，行走在街市之中，装模作样，不求上进，只想着居住豪华之所，却又难被人高看一眼的市井之徒，即便是刘心武们笔下的"文化美学市井"，也有着明确的指向——城市中的"下层社会"，他们的主体身份与流俗的市井相得益彰。但是，在二十世纪八十年代末九十年代初，城市社会的全面商业化已经将原本政治空间与市井空间二分天下的城市空间重新分裂和重组，以生产、交换、分配和消费一条龙为内容的经济空间横空出世，并以一种主流意识形态的方式流入了政治空间与市井空间。另一方面，一些学者在研究市井时认为其本身就具有"宏大规模和可拆解性"①，雷同于陈思和所研究的"民间"的"藏污纳垢"性，因此，与生活密切相关的经济意识形态便能长驱直入地入侵市井并融于其中，最终影响到了新的伦理秩序的重新分裂和重组。所以，高人云受到学生的奚落，受到发廊女的嘲讽，甚至受到他的两个孩子对他的职业的不屑和藐视……从道德和人格方面来说，高人云热爱工作，热爱学术，真诚对待学生，也不逃避家庭责任，他不像传统知识分子那样轻视市井的日常生活，反而积极地去适应和认同，会为白糖从原先的八毛一涨到一块六，猪肉从一块多涨到四块二而斤斤计较，那么他所遭遇的不公正，恐怕原因并不在自身，而在于时代的嬗变和市井本身的嬗变改变了城市的人伦关系。我们知道，以前的市井空间是传统的熟人社会，人伦关系是以情相交，但是，经济的入侵导致了金钱成为了新的秩序的评价标尺，"以钱相交"的"经济哲学"取代了传统的价值标准，并暗示了一种新的伦理秩序的悄然崛起。它将昨日还在道义与温情中绵延的"市井风情录"遗留在了"此情可待成追忆"的缅怀岁月里。张欣在 1989 年发表在《青年文学》上的小说《格格不入》中描写的一个片段就充分说明了"经济哲学"已经成为了市井社会中最现实、最有效的工具。毛梅梅为了让自己的孩子能够读上一个好的幼儿园，找到了她父亲曾经帮助过的老部下的儿子，希望能通过这层关系得到帮助。但是对方却完全不顾上一代人之间的感情，开口便索要不菲的钱财，这里，经济因素充当阶级和身份的唯一定性标准已成为了市井社会最大的变数，无论是家庭内，还是社会中，人心逐渐被铜臭所腐蚀，金钱的欲望冲破了人们心中对有情的"市井"的最后一丝坚守，而传统的"市井社会"也便慢慢走向了更为现代的"市民社会"。

---

① 李杨:《"帝国梦"与"市井情"——〈清明上河图〉中的中国故事》，《海南师范大学学报》(社会科学版)，2012 年第 2 期。

2. 日常生活里的市井智慧

现实的市井社会，金钱决定市民的尊严，这是"烦恼人生"最终极的因果缘由，且具有普遍性，不仅知识分子会为了"五斗米而折腰"，市井小民们也形成了一套有着自身群体特性的"拜金心理"，并以此作为他们为人处世的动机之一。二十世纪四十年代的张爱玲就曾在《金锁记》中塑造了一个经典的市井小民形象——曹七巧。所谓"金锁"，意为被金钱的枷锁锁住而变得爱财如命，这是曹七巧所信赖的"金钱法则"——对钱财的占有。爱财，自然是市井小民们普遍的共性，他们没有"君子爱财，取之有道"的道德良知，但也不会如曹七巧般疯狂地自我敛财，毕竟他们的眼界狭隘，也无曹七巧的心力，但是，他们的优势却在于谙知世事，懂得以官职、衣冠、钱财取人，媚富贱贫，趋炎附势。谚语有曰，"看见大，得拜拜；看见小，踏一脚"，指的就是市井小民恬不知耻的势利一面。《行云流水》中的发廊小姐，她明知高人云生活拮据，也便敢大胆嘲讽他，害得他落荒而逃，这便是典型的势利小人的形象；再如《不谈爱情》中吉玲之母，她知晓庄建非家庭条件十分优越，便想尽各种办法帮助女儿捕获他的心，而当他们的婚姻出现问题后，吉玲母又恢复了邋遢懒散的本来面目，为了维护女儿的利益与自己的面子，充分表现出了小市民尖酸刻薄、得理不饶人的脸孔。在他们的身上，似乎都能够看到一种不同于精英智慧的"市井智慧"。

市井之地，原本就是社会底层、三教九流们互相交流、生活的空间和场所，它的群体构成以草根底层、功利小民为主体。这些人与沦落市井的知识分子的"他者"身份不同，他们的人生主场就是市井这片天空，因此并不存在主体性与客观环境之间的冲突，当他们在面对日常生活及人际关系时，往往会以一种狭隘的利己主义作为为人处世的基本原则，并衍生为一套趋吉避凶的"市井智慧"，以应对各式各样一地鸡毛般琐碎杂乱的生活乱象。方方曾说过，"生活环境和时代背景对人的影响很大，主要对人的性格、思维方式、心态有影响"①,她的代表作《风景》,以一个死人的视角讲述了一对挣扎在城市的流民杂住区的夫妇的生存图景。他们栖息在汉口市江边一间只有十三平米的"河南棚子"里,还生下了七男二女,生存空间的极度狭窄和恶劣,使得夫妻打架、父子斗殴、兄妹吵架等成为常见的人伦风景。父亲是这个家庭的权威,他动不动就打老婆,打孩子。老七就是在这样一个潦倒、破败的家庭中长大成人的,他憎恨这样一个无道的家庭,为了摆脱这个家,为了进入上层社会,老七不惜和一个比他大了八岁而且还不能生育的女人结了婚,这便是他的"市井智慧"。他的父亲,以前从未正视过他,甚至还怀疑他不是自己的种,可当得知他飞黄腾达之后,也便不再怀疑,还逢人就夸自己的小破房子的睡床底下硬是睡出个人物来。后来七哥每次回家,"狂妄得像个无时无刻不高翘起他尾巴的公鸡之状态,父亲一反常态地宽容大度"。父亲态度的转变便是他的"市井智慧",因为他知道如今眼前的这个老七已不再是当年那个受控于自己绝对权威下的市井小孩,他已经脱胎换骨,拥有了他这一辈子都触不到的上层社会的身份。德波顿在《身份的焦虑》中认为"身份"在"狭义上指个人在团体中法定或职业的地位,广义上指一个人在他人眼中的价值和重要性"②,也就是说,身份其实是指人在客观社会中的位置,而决定位置的标准并非一成不变,而是会随着时代的发展而流变,如最常见的政治标准、权力标准、经济标准等,这属于不同类别的社会评价体系。具体到文本中的"身份",则可细化为"他者"眼中的"利己主义",即父亲眼中"老七"对他的"价值和重要性"。父亲在外总会向熟人炫耀老七住过晴川饭店,出门坐的士,他的脸上"充满了慈爱和骄傲之气",这便是老七"身份"所带来的附加值,于父亲而言便是"价值和重要性",而父亲的"市井智慧"就是能够本能地根据老七身份的变化决定自

---

① 丁永强:《新写实作家、评论家谈新写实》,《小说评论》,1991 年第 3 期。

② (英)阿兰·德波顿:《身份的焦虑》,陈广兴、南治国译,上海译文出版社 2007 年版,第 5 页。

身的态度和行为，体现的是一种典型的精明圆滑。

"市井智慧"不仅仅是市井细民们在日常生活中的本能，即便是在与知识分子的直接 PK 中，也往往能战无不胜。《不谈爱情》中的吉玲出身于市井之地花楼街，她在与知识分子出身的王洛的直接对弈中几乎大获全胜。王洛与庄建非谈恋爱时，只知追求那些不切实际的浪漫而不懂脚踏实地的生活，而吉玲虽没文化且作风粗俗，但却懂得生活，在她离家出走的那几天，庄建非连饭都吃不上，生活完全被打乱。通过这篇小说，池莉似乎想传达一种现实：知识分子的智慧是一种远离生活的智慧，一旦进入市井生活的领地，恐将一无是处，而以吉玲为首的小市民们的"市井智慧"得以在与知识分子的直接 PK 中获得最终的胜利，也在于它立足于生活，是从现实的日常生活层面中总结出来的，自然也便能在市井生活的主战场上战无不胜。那些落入市井生活的知识分子，就如同《小姐你早》的戚润物，在遭遇生活的变故时计无所出，最终在小市民李开玲的劝导下才逐渐开始对生活有了新的认识，愈发像个小市民那样"聪明"起来，并伺机报复丈夫。这个故事最有趣的地方就在于，它反转了常规的从古至今就流传下来的结构逻辑，即不再是知识分子居高临下地对小市民的启蒙，而变成了小市民利用市井智慧在生活场中"反启蒙"了知识分子，这代表着市井伦理在文学场域中的全面获胜。

林语堂曾指出："中国人的人生智慧就在于摒除那些不必要的东西，而把哲学上的问题化解到很简单的地步——家庭的享受，生活的享受，同时停止其他不相干的科学训练和知识的追求。其结果是，生活的目的仅是生活本身，而不是什么形而上。"[1]林先生道出了中国人入世务实的特性，相比起西方人热衷于对虚无的"彼岸世界"的尊重和追求，中国人更注重此时此刻最为真实的当下现实。而后，李泽厚在《中国古代思想史论》中也谈论过中国人的文

① 林语堂：《生活的艺术：一个准科学公式》，陕西师范大学出版社 2006 年版，第 11 页。

化思想是"实用理性和乐感文化"①，因此可以说，无论是胸怀国家与民族的政治情怀，还是精英思想下的启蒙主义，都有着明确的实用指向，是属于形而上的智慧。而所谓的"市井智慧"，与前者的差别在于，它是绝对的利己主义，且属于生活层面，是上不了台面的小聪明，并非对于人类群族具有启发性的大智慧，是不值得赞颂的。如鲁迅《故乡》中所描写的豆腐西施，就是一个著名的市井小民形象，她的"市井智慧"表现在不讲道德、物质实利，为了从"我"家捞点东西，变着法儿地吹嘘拍马，还恶意诋毁闰土，把虚情假意当作情感表现，把小偷小摸当成聪明才智。她的形象十分滑稽，被形容为"像一个画图仪器里细脚伶仃的圆规"，可见鲁迅对她这类市井小民的鄙夷。但是，在"新写实小说"里，出身下层社会的小市民们的"市井智慧"却不再是作为被刻意批判的对象，反而还会成为一种"反政治""反精英"的对立面而被征用。方方就在《一唱三叹》中利用这些利己的小聪明讽刺了一把"高大上"的传统道德伦理。"我"的婆婆盈月和吴妈同是高等师范学校毕业，性格却截然不同。吴妈是道德的楷模，她的丈夫常年在外地做勘探工作，她仅凭一己之力将四个儿女抚养成人，并响应国家号召，将儿女们统统送去祖国的边疆支援建设。而"我"的婆婆盈月却相反，她的二儿子计划和女友一同支边，她便拿出市井无赖的那一套，以命要挟他们留下。这原本是一场国家道义与市井智慧的比较，代表国家道义的吴妈获得了众人点赞，被赋予了"英雄母亲"的称号，而自私、市侩的盈月受到了非议。只是最后的结局却是，人到晚年，英雄母亲吴妈落得晚景凄凉，儿女不在身边，生活拮据，而盈月却儿女绕膝，颐养天年。二人最终的境遇其实也暗暗透露了作家方方的伦理倾向：吴妈是中国传统的"义务论"的实践者，其背后支撑她的是一种宏大的政治伦理，而盈月的"市井智慧"虽自私自利，为人所不屑，但却活得舒心，活得自在。吴妈在最后说道："如

---

① 李泽厚：《中国古代思想史论》，天津社会科学院出版社 2003 年版，第 288—289 页。

果让我重活一次，我一定要把儿子都留在身边。"①她的后悔等同于宣判了"市井智慧"的大获全胜，同时也暗示了"现实市井"的伦理流变：与宏大政治渐行渐远，与现实利益越靠越近；与传统的道德美学渐行渐远，与当下的经济哲学越靠越近；与理想渐行渐远，与生存越靠越近……

3. 生存意识的介入与伦理身份的转型

作为二十世纪八十年代城市书写的两大先行者，"市井小说"与"新写实小说"尽管在观照对象上趋于一致，以市井社会与市民生活为书写对象，体现出了"俗文学"特征，但在审美情趣、叙事风格、思想观念上皆相差甚远。从前文的论述中可知，二十世纪八十年代初的"市井小说"演绎的是一个礼大于天的人情社会，无论是刘心武、邓友梅的北京，冯骥才的天津还是陆文夫的苏州，城市皆成为了文学想象中世俗化、享乐化的"美学市井"，而在这一方水土之上生活于此的人的精神气质，也具备了某种传统的，甚至是乡土式的审美情韵。而"新写实小说"对于中国当代城市书写而言，却开启了由一个诗意的"美学市井"向"现实市井"跌落的序幕，并以"零度叙事"的方式揭示了"现实市井"中"一地鸡毛"式的此在之烦。

如果说在印家厚的个人意识中，与精英理想相去甚远的市井生活不过是一场永无止境而又杂乱繁琐的梦，他依然愿意在心中保留着这种幻想，而同为知识分子的小林（《一地鸡毛》）却已从梦中苏醒，回到现实。当他面对与印家厚如出一辙的生活困境时，摸索出了一套贴近"市井智慧"的生存法则：国家前途与理想使命全是"假大空"，于人于己都毫无意义，只有自己真正"混上去"才最切实际，而要"混上去"，就必须从日常琐事做起，舍弃精英理想的追求，从心理到行为都必须完全服从于当下。小林的"觉悟"完全体

① 方方：《一唱三叹》，《广州文艺》，1992 年第 1 期。

现了一个城市"生存者"的伦理诉求和行为姿态。从知识分子到"生存者",不单纯是简单的身份转型,更标志着一次社会、个人与城市三者关系的重组。

陈思和曾经用由"庙堂"到"广场"再到"岗位"的历史性的命运变迁来形容知识分子的历史转型:"失落了的古典庙堂意识、虚拟的现代广场意识和正在形成中的知识分子的岗位意识。"[1]"庙堂"象征着知识分子所依附的"政统","广场"是知识分子安身立命的"道统",而"岗位",陈思和将之理解为是知识分子的"学统",也就是说,在陈先生的观点中,"岗位意识"所指向的是一种孤独的精英意识。换句话说,即便知识分子沦落到不得不面对纷扰的市井生活,也应该坚守住一份"学术责任"(非社会责任)。需要注意的是,陈先生在强调知识分子的"岗位意识"(学术责任)的时候,却忽略了它存在的前提,是必须建立在生存的基础之上。张清华曾用"从'群体'到'个人',从公共空间到私人空间,从群体共振到个人体验,从关注社会历史到关注个人生存,从关注外部世界到关怀自我内心等等一系列的传递"[2],概括了二十世纪八十年代末期到九十年代人们(知识分子)的处境。他已经清楚地意识到了"个人生存"已经成为时代的核心焦点。所谓"生存"是"生活"+"存在"的组合,在过往的城市书写的经验中,人们存在于城市中,却很少将城市作为一个生存系统去生长、适应和进化,他们更希望跻身于传统庙堂抑或现代广场去实现某种大于个体的人生价值,而生存本身的价值和重要性,是被人为地忽视和遮蔽的。然而当社会转型,城市回归生命系统,抽象的伦理道德与家国责任的标榜无法承担起新的人本主义时代的到来,个人生存的伦理命题被重新激活。在这样的大前提下,原本是从中国特殊的政治体系中延伸出来的"岗位"也便获得新的意义:"如果说传统社会伦理生活的基础是家族生活,

① 陈思和:《陈思和自选集》,广西师范大学出版社1997年版,第176页。
② 张清华:《中国当代先锋文学思潮论》,江苏文艺出版社1997年版,第264—265页。

那么，现代社会伦理生活的基础就是职业生活。"①

在现实的城市中，市民无法从土地中进行农业生产来满足基本的生存问题，而是依赖于工商业，在企业、事业单位、工厂中所设置的各种岗位来维持生计。因此，"岗位"就成为了现代市民的主要谋生手段，具体是指"在机关、团体、法人、企业等非自然人的实体或其下属部门工作的地方，也指工薪阶层上班的地方"。人们在岗位中工作，付出体力或脑力劳动以换取工资（金钱）在城市中生存，这便是最基本的"岗位伦理"。只是，在二十世纪五十至七十年代的城市书写中，"岗位伦理"曾被政治伦理图解为"以国家为己任"的义务论：市民们在岗位上工作的目的不是为了挣钱生存，而是为了建设祖国，实现社会主义理想蓝图。如《乘风破浪》中的李少祥说的："国家的事，咱们工人不多操点心，那推给谁？"而在"新写实小说"中，同为"岗位人"的小林却远没有这种胸怀家国的崇高精神。他虽为大学生，也曾怀抱着与李少祥相似的理想与追求，可是进入了国家机关后，却马上认清了现实与自我的关系。岗位只不过是一个能够满足他养家糊口需求的地方，绝无伟岸宏大的意义所指，而自己也不过是城市中千千万万个借助"岗位"这个工具而谋生的生存者之一，他必须不断努力奋斗，抓住入党和晋升的一切机会，只有这样，才能改善个人的住房问题、工资问题、福利问题，乃至生活问题。这很残酷，却无比现实，它将从前岗位所散发的光晕色彩通通祛魅，并毫无违和感地融入到了凡俗、琐碎、不具备任何超越属性，只指向主体本身的市井日常里。再如《不谈爱情》中的知识分子庄建非，他与吉玲之间的婚姻并无爱情作为感情基础，可有可无，但是当他的单位有一个公派去美国学习的机会摆在他面前时，他又不得不为了得到这个名额而假装维系早已支离破碎的婚姻。这非正身之士之所为，而是仰禄之士的做派。"仰禄之士"在传统历史文化中一直是被批判的群体，庄建非出身

---

① 樊浩：《中国伦理精神的现代建构》，江苏人民出版社1997年版，第527页。

于书香世家，作为知识分子的他的这种行为更不容于传统道德的悠悠之口，正如荀子曾曰："彼正身之士，舍贵而为贱，舍富而为贫，舍佚而为劳，颜色黎黑，而不失其所，是以天下之纪不息，文章不废也。"然而，如果从现代伦理学的角度重新审视庄建非，他的做法却又有一定的合理性。现代伦理学认为："人本身之所以是最高价值，则是因为人本身或者每个人是社会的目的；而社会则不过是为人本身或每个人服务的手段而已。"①这种观点颠覆了荀子的"士君子与学和道义的关系论"，将"人以社会为目的"修改为"人是社会的目的，社会是人的手段"，而"岗位"又是现代社会的产物，是小林与庄建非们不可或缺的谋生手段，因此，他们采用"非道德"的方式在岗位中谋取个人利益，也就"情有可原"。

当为国为民的"岗位意识"转型为以个人生存为目的的谋生意识时，这在某种层面上便与市井社会和市井伦理所强调的对个人浅层次需求的重视之间达成了珠联璧合的默契，一切与生存、享乐无关的价值判断与理想追求，都在"活着就好"的市井社会里失去了本身的意义。

《冷也好热也好活着就好》中的武汉城是全国闻名的火炉城市，酷热难当，但即便是这样的环境里，市井百姓们依然生活得有滋有味：王老太在楼梯口坐在小板凳上择菜；公共厨房里几家女人挥汗如雨地忙碌着饭菜；太阳西沉，大街两旁的竹床上躺满了乘凉的人，"鸿运扇搁竹床一头，电视机搁竹床另一头。几个晒得黑鱼一样的半大男孩窜来窜去碰得电线荡来荡去……"②这幅典型的市井民生图中，清晰地透露着市井伦理的两大吁求倾向——"生存"与"享乐"，它们是市井生活里亘古不变的主题：为柴米油盐而忙忙碌碌，为生活琐事而喜怒哀乐。作家"四"在文中最后的出现十分突兀。大伙儿都讨厌他的酸文假醋，猫子却很喜欢与他说话，因为他是猫子的调侃对象。当"四"很认真地对猫子讲述自己构思的作品时，

①　王海明：《伦理学原理》，北京大学出版社 2009 年版，第 236 页。
②　池莉：《冷也好热也好活着就好》，选自《一冬无雪／池莉文集 2》，江苏文艺出版社 1995 年版，第 339 页。

猫子却听到一半就睡着了。这个情节在这幅市井风情画中极具反讽意味。一个忙着生、忙着乐的市井社会里，思考着"诗和远方"的作家，只能是一道格格不入的风景，沦为他人茶余饭后的谈资和笑柄。而池莉的另一篇作品《你以为你是谁》，更是设置了一个道貌岸然的虚伪的知识分子的形象，将嘲讽推向了极致。住在汉口洞庭小市民圈里的李教授，仗着自己是知识分子的身份便总瞧不起其他"生存者"，用他老婆尤汉荣的原话就是"需要找到崇高的借口才能实际地生活"。他看不起工人出身却因承包餐馆而发家致富的陆武桥，每当陆武桥经过他家的窗口，他都会很鄙视地低声说道："不就是为了几个臭钱不就是有几个臭钱吗？除此之外，小子，你还有什么？"就是这样一个自命清高的人，也会时不时地接受陆武桥的邀请，参加一些公款吃喝的饭局；陆武桥约他上门凑角打牌，他还会装腔作势地骗陆，说自己有篇论文要翻译成英法两种文字，要拿到联合国宣读。但是当陆武桥将一千块钞票放在灶台上后，他又不得不低下佯装高贵的头颅。在池莉笔下的李教授身上，几乎无法再找到"正身之士"的傲然正气，而是被一股油头粉面的"市井智慧"所笼罩。他虚伪至极的言语和行为背后，也显露了他为人处世的基本指导方针：一切都以"享乐"（公款吃喝）与"生存"（见钱眼开）为基准。

"生存意识"对市井的介入，对于城市书写有着非比寻常的意义。一方面，开启了有情的"美学市井"向失落的"现实市井"转向的事实，即剥离了市井社会最后一层的"文化外衣"，彻彻底底地将之视为众人生存的利益场域。对比同以"市井苏州"为对象的陆文夫与范小青的写作，便能清晰地看到时代的转向。陆文夫认为："苏州不是政治经济中心，没有那么多官场倾轧与经营的风险；又不是兵家的必争之地，吴越以后的两千三百多年间，没有哪一次重大的战争是在苏州发生的；有的是气候宜人，物产丰富，风景优美。历代的地主官僚，富商大贾，放下屠刀的佛，怀才不遇的文人雅士，人老珠黄的一代名妓等，都喜欢到苏州来安度晚年。"① 所以他笔下的苏州是传统、和谐、秀美的，如精心建造的园林，古典、朴素的吃喝玩乐，深宅大院里的富裕人家，街头深巷里的市井小贩，纱厂里工作的技术工人，共同渲染出了一座多姿多彩、充满着雅趣和俗趣的"市井之都"，同时也是传统文化之城。而范小青的创作则正好相反，是典型的"去文化"写作。她一再强调自己的"小市民"身份，并认为陆文夫笔下的苏州是一种传统文人视野下的城市想象，而自己笔下的苏州只是现实中市井细民们的生存之所。《裤裆巷风流记》中的卫国、阿惠等人就是在苏州小巷中的平头老百姓，小巷并没有陆文夫所描写的那般充满诗情画意，而是他们赖以生存的生活空间。即便是范小青于1997年发表的《城市民谣》中，小市民钱梅子对于每天上下班都要经过的古城景点长街，没有半点认识，"竟不知道长街是美的，还是丑的"②，因为对于她来说，无论是早上忙着去上班，还是下午下班后忙着回家做饭，都是为了自身能在这座城市中生存，因此，无论是长街还是小巷，对于市井生存者而言，是美是丑，都毫无意义。所以，从陆文夫到范小青，从有情的"美学市井"到生存的"现实市井"，也暗示了文学倾向与作家立场的转向：从精英的、文化的、情怀的审美想象转入了世俗的、去文化的、生存的现实凸显。

　　另一方面，对于市井百姓而言，生存压力的介入，不仅强化了他们的个人权利意识，甚至还成为了后来都市经济发展与民间资本累积的原动力，为真正的"市民群体"的成熟确立了基本的前提条件。池莉的《生活秀》中所描写的武汉吉庆街就是一个典型的市井百态的浓缩体。来自市井之流的来双扬依靠着吉庆街的市井娱乐功能，发展成自己乃至全家人的生存依靠。她十六岁开始便在吉庆街摆出了街上第一个个体摊位，卖油炸臭干子养活了她和她的弟弟妹妹，小生意做得红红火火，后来也引发了整条街人的纷纷效仿，最终发展成当下繁荣的市井商业街。来双扬是一个精明能干的女子，

从「平面市井」到「折叠都市」

---

① 陆文夫：《美食家》，选自《陆文夫文集·第二卷》，古吴轩出版社2009年版，第12页。

② 范小青：《城市民谣》，花山文艺出版社1997年版，第16页。

相比起只想安稳度日的市井小民，她敢为人先，具有商业头脑，原本应该有可能有一番作为，但最终也只能落得身不由己地活着，崩溃地活着。康德认为，人的存在"自身是个目的，并不是只供这个或那个意志任意利用的工具"[①]，来双扬自始至终都受困于养家糊口的家庭责任，被血浓于水的亲情伦理所"绑架"，她的"市井谋生"并非以自身为目的，因此她的八面玲珑，也只能在吉庆街发挥用武之地，停留在市井深处，难以进入更为宽广的市场经济社会中，成为真正的现代市民，而只是一个"有限"的生存者。与其类似的还有刘恒笔下的张大民（《贫嘴张大民的幸福生活》）。原本在一间工厂工作的张大民乐天知足，积极对待生活，他的所谓"贫嘴"（市井智慧）总能让他忘却现实的窘境，沉浸到幸福生活的市井美梦中，是典型的无现代权利意识与个人意识的"市人"形象。但是，突如其来的下岗却让他体会到了从未经历过的现代市民才会有的生存危机。他开始满大街地推销暖瓶来谋生。此时的张大民已经与来双扬一样，成为了"现实市井"中的生存者，他们要在逆境中生活下去，就必须自食其力，依靠着商业活动（卖暖瓶、卖油炸臭干子）来满足最基本的生存需要。这种对日常生活的自主性经营，已经具备了部分现代市民伦理的诉求，在本质上有助于提升个人权利意识的成长。然而可惜的是，个人意识的激发最终受限于市井伦理中天生的"合理的享乐"，张大民最终也只能做一个"有限"的生存者。他一家一家地进行推销，当一个厂长买了他许多暖瓶之后，他就特别地满足。从这里便可以看出，张大民从未想过如何更合理地去推销暖瓶，他没有任何完整的挣钱计划与商业意识，只是得过且过，这只能证明他的伦理诉求还只是停留在了对某种"虚幻的幸福"与"虚化的价值"的眷恋中。他的儿子曾问他："爸，人活着没意思怎么办？"他回答："没意思，也得活着，别找死。"在他看来，生命的意义就是活着。活着就是幸福，"知足适度"的道德追求，

---

① 转引自罗国杰主编：《人道主义思想论库》，华夏出版社1993年版，第449页。

终将他定位在了"市井空间"中最后的，也是最为传统的"市人"身份。

4. 隐在的"精英意识"：市井内外的"顽主""流氓"们

在"新写实小说"那里，"现实市井"一方面主要是通过沦落的知识分子与小市民们庸常、算计、沉沦的日常生活来表现，所涉及的城市空间也基本只集中在了工作岗位与家庭邻里两大范围；另一方面，"零度介入"的叙事方式也从侧面证明了作家们的创作视线与态度的"下移"，"对现实无条件的认同、妥协与维护共同谱写了新写实的主调，归根结底，新写实是一种惰性的文学"[①]，这是学者申霞燕对"新写实"所提出的批评。因此可以判定，"新写实小说"笔下的"市井"虽真，也为"市井传统"续写了新的意义，但以这样一个单调、灰色的"现实市井"企图去涵盖复杂多变的城市现状，则明显难以立足，只能称之为"现实的一种"。自古"艺术源于生活而又高于生活"，生活本身的多姿多彩与人心的丰富多元在"新写实小说"中，却只是归于单调枯燥的生活平面，美与丑、善与恶的伦理判断几乎失语，只剩下一具蝇营狗苟的人面皮囊，这种书写态度透露出了一种潜在的城市书写的危机，它暗示着曾经源远流长、生机盎然的"市井传统"在二十世纪八十年代后期逐渐走向了暗淡无光。不过值得一提的是，与"新写实小说"几乎同时登上历史舞台的王朔，却很好地弥补了"新写实"的单一和平面，并及时终止了文学无限度、无休止的"日常下沉"。他一方面丰富了"市井人物"单一的形象类型，不再拘泥于书写那些被日常生活与市井伦理所操控而毫无还手之力，只能随波逐流的小市民、小职员，塑造了一系列"别人笑我太疯癫，我笑他人看不穿"的"顽主"和"流氓"形象；另一方面，在他看似玩世不恭的文学态度中，

[①] 申霞燕：《消费、记忆与叙事——新世纪文学研究》，中国社会科学出版社 2011 年版，第 296 页。

却又暗示着一种与众不同、表里不一的"精英态度"，这种态度与二十世纪九十年代以后的城市书写存在着难以言说的关联性和启发性，因此，诚如刘心武所言，王朔是"对当代都市生活写得最好的作家"[①]。

南帆在评价王朔小说中的人物时说："多半是市井中的准痞子。"[②]"顽主"与"流氓"这类人物形象出自王朔之手，他们与"新写实小说"中受困于岗位竞争和生活压力的小市民们有所不同的是，多为大院子弟出身[③]，大院，是特殊年代城市中的一种特殊的空间形式，本身就象征着一种权力等级关系，它独立于市井空间之外，胡同里的普通市民们，是禁止随便进入大院的，因此两种空间之间，彼此互为封闭，它内藏着一种身份差异。大院里的子弟们，他们的成长并不会接触到小市民们那种琐碎的"市井智慧"，而是深受毛泽东思想的影响，原是革命旗帜最杰出的接班人。在建国后的第一个三十年间，中国的社会模式是一种极致化的权力政治的建构模式，这种模式并不能有效地巩固国家权力体系，相反还会使得国家权力处于日渐衰落中，因此从 1978 年开始，权力政治模式开始裂变。首先是邓小平提出了对执政党与国家领导制度的改革意见，紧接着便是计划经济体制的变革，促使人们开始思考权柄的下移，也就是政治对于经济控制的松动具有的积极效果。再接下来便是对政治体制的改良，促使人们看到权力政治的弊端，看到权力政治与权利政治互动的必要性和重要性。[④]因此，从权力政治到权利政治，直接导致了社会阶层的重新洗牌。那些依附权力政治的社会

---

① 刘心武、张颐武:《刘心武张颐武对话录——"跨世纪"的文化瞭望》，漓江出版社 1996 年版，第 63 页。

② 南帆:《文学的维度》，上海三联书店 1998 年版，第 120 页。

③ 王朔的小说，如《动物凶猛》《看上去很美》等作品中，可以清楚地看到大院这种象征着特殊权力关系的物理空间是如何影响到孩子们对自我身份认同的。

④ 参见李忠杰等:《社会主义改革史》第四编"改革的全面高涨"第十三章"中国的改革及其伟大成就"第五节"政治体制的初步改革"，春秋出版社 1988 年版，第 565—569 页。

阶层，在这之前，有着强烈的身份优越感，社会地位显著，并形成了一种看不见却可感知的"权力关系链"，但是，当权利政治逐渐受到重视，并以维护普通市民的权利为目的时，从大院中被迫离境的他们，优越感也就变得模糊，"权力关系链"被解除，而改革开放带动经济发展，也使得社会阶级分层不再以政治身份作为唯一标准，一些个体户通过经济上的成功已然在新的秩序里抢占了先机，而他们本可以在权力政治模式下仰仗着家族特权而参军，寄希望获得仕途前程，但却因权力更替，城市伦理急速变迁而戛然而止。经济意识形态已经代替政治伦理侵入了城市的每个角落，而在本质上与商业经济有着亲缘关系的市井社会也得到了支持，迅速扩张，因此，当政治意识形态的优势不再，即便是根正苗红的他们，在一同跌入以财富决定论为最高伦理标准的市井社会或市民社会后，他们的身份不仅失去了往日的优越感，反而还成为自身拉不下脸面的累赘。因此，当他们沦落至城市底层，便整日出入歌厅、赌局、饭馆，用享乐人生的消极方式来掩饰身份的沦落和群体性焦虑，实则内心犹如在海上偏航的小舟，不知何去何从。还需仔细分析的是，这些旧日的"王孙贵族"们几乎与知识分子一同沦落，但二者却又为何会呈现出大相径庭的态度和行为呢？（前者是拒绝，后者是认同）笔者认为，首先，知识分子与政治意识形态的关系从来都只是一种"依附"关系，二者虽关系紧密，但知识分子终究是作为政治的"他者"而存在，相互之间的间隙明显，所以当小林们进入市井日常后，他们虽饱含失落，但却能迅速理解、吸收"新意识形态"（王晓明语）的意义，转型为新环境中的"生存者"，而"顽主"们，曾经是权力政治的"嫡系亲属"，昨日的满门荣耀并不是说忘记就能忘记，说释怀就能释怀，所以他们在突然之间必须要面对庸常的市井生活时，只会本能地拒绝它。

这些"顽主们"既没有正当职业，亦无远大理想，只是终日在市井内外犹如旧时的纨绔子弟，游手好闲，仿佛成为了赫尔岑定义的"多余人"，既不满于现状，也不愿改变现实，最终选择了看似惊世骇俗、其实只不过是条"折中"的路：沉迷于日常享乐，却又死扛着决不妥协，死要面子活受罪，以求得"世人皆醉我独醒"的自我感觉。其实，在每个时代的转型之处，都会出现类似的"多余人"，如魏末晋初的竹林七贤、明末清初的江南文人、沦陷时期的"孤岛文学"等，他们虽不像于观（《顽主》）、方言、刘炎（《一点正经没有》）、高洋、冯小刚（《玩儿的就是心跳》）等人依靠着狂妄、偏执、玩世不恭，去应对时代的"礼崩乐坏"，但对过往世界的留恋与不甘，对现实伦理秩序的蔑视、鄙夷，对世俗享乐一如既往的沉迷却几乎如出一辙。他们用夺人眼球的"异端性"向世人证明，他们才是时代的先驱者，是文艺复兴时的但丁，而事实是，在他人眼里，他们不过是失宠的"红二代"，是被罢黜的王孙。身份的落差是这群人为什么会独行于市井内外，却从不亲近的原因，他们只是用伪装的桀骜不驯来掩饰内心的失落。《一半是火焰一半是海水》中的张明，一边嘲笑着接受大学教育的宁馨儿，另一边又不断标榜自己也曾是大学生；一边与妓女玩着敲诈勒索游戏，另一边也会暴打欺负胡亦的流氓……他说："我不喜欢晴朗的早晨，看到成千上万的人兴冲冲地去上班、上学，我就感到形孤影单。白天我没什么事可干，也没什么人等我，我的朋友们都在睡觉。"[1]从张明的独白中可发现，他并不是印家厚、小林这样的市井生存者，而是生活在市井内却又对整个秩序规范不屑一顾的游戏者。他从学校退学，从单位辞职，从社会的生存伦理与秩序中抽身离去，看似不想与世俗同流合污，但自始至终也无法明哲保身，因为他还必须在城市中生存。所以他总是用一些不正当的手段去挣钱谋生。但意外的是，他挣钱的目的却不是为了享受物质的快感，而是全部用于缴纳律师函授班的学费。可以想见，在张明的内心深处，依旧渴望有正常的工作和生活。所以在他身上，体现着"顽主"们的普遍心境，那就是矛盾，正如书名"一半是火焰一半是海水"，终究是两难全的极端。最后，张明因长期从事非法活动，落入法网。与他相似的还有《橡

---

[1]　王朔：《一半是火焰一半是海水》，樊涛陶编：《精编王朔作品集》，新疆人民出版社 2003 年版，第 157 页。

莫言与当代中国文学创新经验研究

皮人》中的"我"，也是趁着改革开放，走私骗人，私生活相当混乱。"我"总是在这种稍纵即逝的感官刺激中麻痹自己。当然，"我"也并非一无是处的小混混，当"我"发现与"我"有合作关系的小贩被老林欺负后，内心的正义感油然而生，便狠狠报复了老林。从这个片段也可看出，"我"并非罪大恶极、无药可救之人。

严格地说，王朔笔下所谓的"新兴市民阶层"并不具备群体代表性，尽管他们对精英文化的排斥有着向市井文化靠拢的趋势，但"顽主"们游戏人生的态度和粗俗的语言狂欢，只能说明他们都是些溢出常人生活轨迹的城市"流氓"群体。王朔曾在《顽主》中骄傲地喊出"我是流氓我怕谁"的口号，这里的"流氓"不过只是一种虚张声势的伪装，并非传统认知中的无赖和行为不检点者，晓生做出过如下解释：

> 这些人都玩得特纯清、特真诚，不同于那些蛮不讲理、动辄喝酒抢板砖的流氓痞子，他们流氓得特有原则，痞子得特有风度，还有那么股小布尔乔亚的温情味，玩得潇洒，耍得浪漫。说他们是流氓，那也是王朔把流氓给理想化了。①

换句话说，王朔式的"流氓"实则是城市中的"稀有动物"，尚不能代表真正的市民阶层，甚至连传统"市人"（市井细民）都算不上。这是因为他们从未把马克思所言的"市场交换关系"当成自身的伦理诉求。尽管也有像《顽主》中开设"三 T 公司"，但一来，这种公司并非正儿八经的公司，其业务是"替人解难，替人解忧，替人受过"，二来，公司也并非以挣钱营利为根本目的，而是"顽主们"在服务过程中所享受到的超越世俗限制的快感，这才是他们的目的，依旧可划为"游戏人间"的层面。另一方面，"顽主"

---

① 晓生：《我是流氓我怕谁——王朔批判》，书海出版社 1993 年版，第 27 页。

们也都本能地拒绝庸常的市井生活。虽然王朔在写作过程中，平民化气息十分浓厚，但却没有市井小民们那种物质、势利、斤斤计较的"市井智慧"，而总是摆出一副瞧不起世俗生活的高傲态度。并且，这些人似乎个个神通广大，无所不能。他们经常往返于北京、广州这样的一线城市，住一流的宾馆，享受高档会所的服务，倒卖各种商品捞钱，戏耍知识分子，私生活混乱。"顽主"们与生活在社会底层的市井细民有着本质的差别，后者的生活更多的是平凡的人生，是柴米油盐酱醋茶，不会有太多感官的刺激与人生的奇遇；而王朔小说中的人物形象，明显自带一种来自军区大院的"傲人气质"，明显是与在市井中长成的普通百姓有所不同，从这个层面上来说，王朔的创作缺乏真正的市民意识。蔡翔曾指出，这群人基本都是在十年"文革"中成长起来的部队干部大院的子弟们，"文革"的动乱教会了他们一种"流氓"的痞性，整日游手好闲，投机倒把，天南地北地胡说八道。可以断定，他们只是特殊年代特殊群体下的特殊产物，从社会学的角度来审视他们这一群体便可发现，社会特征过于明显，并不具备普遍性。

　　但是，这并不能否定王朔笔下这些"顽主"与"流氓"形象不具备城市书写的现实意义。首先，王朔的创作对应了城市从政治之城向市民之都转型的趋势。他笔下所描写的人物有干部、工人、民营企业家、军人等常见的城市职业者，也有诈骗犯、走私贩、失足女、痞子等在城市中从事非凡工作的人，王朔通过描写这群底层人物的喜怒哀乐，展现了一个大众文化为主流、市场经济为主体、个人意志为主要意志的新兴市民社会。因此可以说，王朔的叙述从侧面上表达了新时代城市社会人群中涌动的一种普遍情绪，即对固有的伦理秩序和价值体系的反感和抛弃，这种情绪的无限放大，在某种程度上为市民身份意识的确立扫清了障碍。这是其一。其二，在二十世纪九十年代，学界曾发生过一场激烈的"人文精神"大讨论。王晓明等人发表的《旷野上的废墟——文学与人文精神危机》一文中指出了当下文学创作上的"媚俗"与"自娱"倾向，其中，王朔成为了众矢之的。但王朔本人却对这些批判不以为然，他称这些人

莫言与当代中国文学创新经验研究

为"假崇高道德主义理想主义者"。在《选择的自由与文化态势》这篇对话中，王朔自辩道："有些人呼唤人文精神，实际上是要重建社会道德，可能还是一种陈腐的道德，这有可能又成为威胁、窒息人的一种武器，如果是这样的人文精神，那我们可以永远不要。"①这段话，显而易见地体现了王朔对人文精神的怀疑。他不认为所谓的社会道德是一种绝对的权威或超意义的存在，他质疑现有的所有道德体系的合法性与合理性。以这样的态度与他的创作进行人为性的关联和对接，那么，二十世纪九十年代对于王朔的批判，也就可能存在着"误读"的可能。

表面上看，王朔的作品充满了颓废、戏仿和玩世不恭，确实有着消解意义的世俗化倾向，但这并不代表作者的道德观也是下沉和缺席的，也可能预示着是道德体系的重生。当过去既有的有关正义、价值、善恶、伦理、意义等一切话语结构都不值得被信任时，就需要重新去判断，去解构，去建构。因此，"顽主""流氓"们身上所体现的最重要的意义，就在于对固有的、墨守成规的现实秩序提出了毫不留情的嘲弄、破坏和解构。他们拥有绝对的主体意识，随心所欲地把握自己的命运，不是像过去的"人民"和现在的市井细民们那般，自上而下地接受某种意识形态和伦理秩序的安排。他们用嚣张的游戏态度把按部就班的城市系统踩在了脚下。其中，其实隐藏着一种更为高级的"精英意识"。这种"精英意识"不是既有概念中与庙堂精英、广场精英和岗位精英所匹配的意识，而是一种敢于质疑一切、嘲讽权威的批判精神。因此，根据王朔在"人文精神大讨论"中的自我发声，我们有理由相信，他所强调的"人本身"绝不是那种形而上的、抽象的"人"，而是当下市民社会中，有着各自的内在需求和自由选择的个体。而当下的文化、观念、秩序都不是以重视和服务"人本身"而存在，所以王朔才借用那些张牙舞爪、游戏人间的"顽主"，用一种极端的方式表达他的不屑一

---

① 王朔的观点请参见王晓明主编：《人文精神寻思录》，文汇出版社1996年版，第84—89页。

顾，这绝对是一种有策略性的"精英主义"的表达。他们所有的价值反叛，目的相当明确，那就是对正统的权威话语系统的激烈否定，这一行为的背后不是一时的感性之作，而是有着策略性极强的理性思维的支撑，他所期望的，是建构一种全新的、能给人带来全面发展的健康价值体系。当然，在文本中，王朔并没有能力，也无法去建构那种理性的"不陈腐的道德"和更完善的、服务"人本身"的伦理秩序，所以也就只剩下了解构的狂欢，而缺乏真正有效建构的尝试，这是他的文学创作中最大的弊端，不过这并非本文所关注的焦点。总而言之，王朔的城市书写已经渐渐脱离了"市井"的范畴而走向了以市场交换为核心的市民社会，仅从市民社会的建构与市民身份的确立方面来说，他的城市书写，起到了至关重要的作用。

第二章　市民伦理的文学介入
——空间折叠下的城市景观与人伦吁求

　　笼统地说，二十世纪八十年代的城市书写主要是以政治的"他者"——市井社会为依托，依靠自觉的文化理想与非自觉的"本土现代性"，谋划了一场对政治伦理祛魅化的文学运动。但是二十世纪八十年代末九十年代初，"新写实"与王朔的横空出世，却也暗示了借助市井空间表达文化理想精神的式微。伴随着文化的下沉，另一种新意识形态又在迅速崛起，这是一体两面的。1994年，在《文艺争鸣》与《钟山》杂志联袂推出的"新状态小说"和《佛山文艺》《上海文学》推出的"新市民小说"中，市民的日常生活已经全面沦陷在"新意识形态的笼罩下"，实用主义的生存哲学和消费主义的享乐风潮成为一种全新的城市伦理而被作家们普遍书写。这一文学转向的首要原因，是因为一个辉煌、迷幻，充满激情与欲望的"通属都市"的时代大驾光临了。"通属都市"（Generic City）是库哈斯所提出的概念，即一切"通属"，兼容并包，乃天下熙熙皆为利来的流动场域，它特指的是一种无个性、无历史、无中心、无规划的大型都市将成为未来全球所有城市发展的楷模。在二十世纪的最后十年里，中国城市紧跟世界步调，发生了令人炫目的变化，不仅是"北上广深"这样的一线城市全速迈向了全球化，一大批二线城市甚至是小城市、小城镇都跟着"鸡犬升天"，得到前所未有的发展。城市空间与景观设计以令人瞠目结舌的速度朝着通属城市的模样全速前进，特别是在改革开放尤其是1992年"春天的故事"之后取得了足以炫耀于世的成就，这便是中国至今为止最浩瀚的工程——城市化。所谓的城市化最早始于十八世纪工业革命，是在科学技术的推动下所展开的一场社会性的时代变革。城市化问题远远

从『平面市井』到『折叠都市』

不只是一个普遍意义上的人口转化问题，在其过程中会不可避免地引发城市社会结构与伦理关系的裂变与重建。城市化在追求经济利益的过程中，既具有组合和维系城市结构的原发力量，也具有离散和消解这一结构的系统力量，具体主要表现在城市空间的重构与市民社会的分化，以及相应的伦理诉求的转型。

城市化的狂飙突进敦促着城市书写的迅速转型。如果说二十世纪八十年代的城市书写主要是对"市井传统"与"市井意识"的回归与重启，从自身的角度凸显了另一种迥异于西方现代性的"本土现代性"，那么进入二十世纪九十年代，城市的多元化书写似乎在某个节点突然"炸裂"，"成群结队"的作品生产像极了流水线上层出不穷的商品，一部接着一部地被印刷、被出版、被兑换成人民币，研讨会与争论战也跟着此起彼伏、喋喋不休。城市书写就在这一片泥沙俱下的消费主义、红尘滚滚的大众文化和物欲横流的商品意识中冲出了"市井传统"的包围圈，奔向了多元的天空。巴什拉的鸿篇巨制告知了我们，我们从未生活在一个同质的、虚空的空间里，相反，我们生活在一个充满各种性质、各种幻觉、各种感受的空间中。"我们第一感觉的空间、幻想的空间、情感的空间保持着自身的性质。这是一个轻的、天上的、透明的空间，或者这是一个黑暗的、砂砾的、阻塞的空间。这是一个高空，一个空间的顶峰，或者相反，这是一个低空，一个烂泥的空间。这是一个能够像活水一样流动的空间，这是一个能够像石头或水晶一样不动的、凝结的空间。"[1]巴氏以现象学入手，讨论了人类生存空间的不同现象，即空间的分野。他所论及的空间分野实际上是一种对空间的不同的情感体验，然而对于城市来说，空间分野不仅仅是巴氏的情感体验，更是一种可观看、可触及甚至可反馈人类自身的现实。列斐伏尔在1974 年出版的法文著作《空间的生产》中将城市视为是"资本与权力合力运作的空间"。事实上，对空间的征服与整合是通属城市扩张与发展自身的主要手段，他认为"空间不仅仅是社会关系演变

① （法）福柯:《另类空间》，王喆译，《世界哲学》，2006 年第 6 期。

的静止的'容器'或'平台'，相反，当代的众多社会空间往往矛盾性地相互重叠，彼此渗透"①。空间的生产与空间的分野并非水到渠成，而是有着复杂的深层社会动因。单纯从现象学角度来说，空间的生产与分野是通过景观建筑来实现，而分野之后又代表着新一轮的城市伦理和秩序，简而言之，就是一种空间分野后在其内部所形成的伦理形态。

从文学现象出发，空间的转向是二十世纪九十年代以降城市书写的一大特征。城市是人类生活的空间，文学与城市空间相互因借，用各自的方式记录时代的变迁。人类在自己想象的城市空间里生活，城市空间也会以独特的方式影响人类的伦理道德与价值取向，因此，基于"人是空间性存在者"这一基本命题，考察文学对空间的建构或许是把握复杂的市民社会的流变线索的有效路径。同时，王晓明曾以上海为例，阐述了二十世纪九十年代以来城市的市民阶层发生的变化："经过十五年左右的'市场经济改革'，从原有的阶层中间，至少已经产生了四个新的阶层：拥有上千万或更多的个人资产的'新富人'，在整洁狭小的现代化办公室里辛苦工作的'白领'，以及'下岗''停工'和'待退休'之类名义失业在家的工人，和来自农村、承担了上海的大部分非技术性体力工作的男女'民工'。"②而邱华栋也曾写过这样的北京："三元桥及其延伸地区是当代北京一个最逼真和浓缩的景观，社会分层从大官大款大腕到高级欢场女郎以及中级市民，到低级站街女、民工，这里的生存景象的多层都是不互相沟通和流动的，彼此井水不犯河水，共存共荣地生活着。"③如果说市民社会的层级分野，是以社会经济链条为绝对权威后，在单一化的市井内部进行社会力量的重组，那么城市化

---

①　包亚明：《上海酒吧——空间的生产与文化想象》，选自王晓明主编：《在新意识形态的笼罩下——90年代的文化和文学分析》，江苏人民出版社2000年版，第127页。

②　王晓明：《在新意识形态的笼罩下——90年代文化和文学分析》，江苏人民出版社2000年版，第4页。

③　邱华栋：《北京的显性和隐性生活》，《中国作家》，2006年第10期。

必然也会在物理空间上做出同步的反应，从而实现了舍勒所谓的"市民精神改塑了社会秩序"的现象。基于以上两点，笔者对二十世纪九十年代以来的城市书写进行梳理后发现，作家对于城市的空间分野至少呈现三种类型：连接传统与现代的市井空间、"漂浮"在上的城市"异托邦"，以及失衡的"缝隙化空间"。即黄怡在其专著《城市社会分层与居住隔离》中所比喻的金字塔形的社会结构的分化形态，"我国社会中一个明显的上层（upper class）与下层（lower class）已经形成"①，而这些不同的"城市地形中蕴含了许多有关社会秩序、社会控制、政治权力和文化优势的信息和线索"②。可以说，二十世纪九十年代以来的城市书写，实则是在空间"三分法"的三重影像下完成的另一种"小孔成像"，而笔者最终所关注的，便是在这一幕幕混杂的城市乱象中，文学如何把握城市，把握市民，把握二者错综复杂的关系。

一、市井的时空位移与城市书写的"市井性"延续——以贾平凹之西京、金宇澄之旧上海及"二何"③之长沙为例

卡尔维诺在《看不见的城市》中提出过"孪生城市"，"每一座城市都像劳多米亚一样，旁边就有另外一座城市，两座城市的居民有着相同的名字：这是死者的劳多米亚，是墓地。不过劳多米亚的独特之处在于她不仅是双胞胎，而且是三胞胎，即还有第三个劳多米亚，那是尚未诞生者的城市"④。如果将市井视为中国城市的

① 黄怡：《城市社会分层与居住隔离》，同济大学出版社 2006 年版，第 111 页。
② （英）约翰·伦尼·肖特：《城市秩序：城市、文化与权力导论》，郑娟、梁捷译，上海人民出版社 2015 年版，第 454 页。
③ 指何顿、何立伟两位作家。
④ （意大利）伊塔洛·卡尔维诺：《看不见的城市》，张密译，译林出版社 2012 年版，第 143 页。

劳多米亚，那么它在二十世纪八十年代的文学想象中，便徜徉在了北京城古朴的钟鼓楼旁和"结构啰嗦"的大杂院内，低吟于上海狭窄冗长的弄堂深处，隐藏在苏州的茶肆园林和小巷深宅中，也混杂于武汉三镇的吉庆街与江汉路上……自二十世纪九十年代后，这些记忆里的流俗之地、烟花之所，逐渐被越来越多高耸入云的摩天大厦，纵横交错的街道与立交桥，以及整齐划一的住宅小区等第二个新生的劳多米亚推进了历史的墓地。"如果说，七八十年代之交，'现代化'还如同金灿灿的彼岸，如同洞开阿里巴巴宝窟的秘语；那么，在八九十年代的社会现实中，人们不无创痛与迷惘地发现，被'芝麻、芝麻开门'的秘语所洞开的，不仅是'潘多拉的盒子'，而且是一个被钢筋水泥、不锈钢、玻璃幕墙所建构的都市迷宫与危险丛林。"[1]现代性焦虑所急速催生的城市化，以"空间生产"（space produce）的方式逼迫着物理性的现实市井与社会性的文化市井逐渐萎缩、老化、变形，甚至消失，好比《张大民的幸福生活》中被实践改造的北京城，传统的市井空间被拆除，平民张大民也被迫从"熟人社会"的大杂院迁入了封闭的小区公寓里。居所的位移使市井中特有的既公共又私有的"前空间"[2]在现代化、科学性、结构性的城市翻新与规划中，被千篇一律的七彩霓虹与巍峨耸立的都市丛林所代替，它的消失暗示着情感建构的"熟人市井"被埋葬在了冰冷的都市丛林深处。如果说城市化的启动对市井空间的破坏是一场"外在形式的变革"，那么主体自愿或非自愿地离开旧有秩序，怀揣着去城市深处寻找"鲤鱼跃龙门"的梦想，则预示着市井

---

① 戴锦华：《想象的怀旧》，《天涯》，1997年第1期。
② "前空间"指的是某种公为私用的生活空间，比如池莉笔下所描写的公共厨房、公共厕所、窗外的走廊或过道；刘心武、刘恒笔下四合院、大杂院中被据为私用的公共区域；王安忆《本次列车终点》里搭在"天井"里的违章建筑等。这些"前空间"表面上为住户们公有的空间，但因各自的私立，都想着据为己用，从而会引发各种小矛盾。但如果真赶上谁家出了事，邻里之间也会彼此照应。因此"前空间"作为"公共领域"的存在，是市民们彼此平等交往、沟通的场所。

伦理在实践内容上的被篡改。这"一变一离",共同组成的拉扯角力几乎要废掉了作为传统城市魂灵的市井,将一个只"属于经济基础范畴的市民社会"(马克思语)召唤而来,所以卡尔维诺说:"生者的劳多米亚越是发展,死者的劳多米亚也越要扩展到墓地墙外的地方。"①具体到城市书写中,前文已做出论述。市井本身是独立于政治主导结构之外的"他者"维度,并以一种弹性的空间收纳着被主流结构"驱逐出境"的人,中国的市民社会如果是以市井为雏形,那么,它在遭遇城市化以后,以其自身的本来面貌进化到现代色彩的市民社会的这一过程中,会在文学想象中呈现出哪些结构性的变化?这是本节所关注的焦点。

1. "鬼市""当子",及空间"脱域"的人伦吁求

在现代市民社会下,市井果真销声匿迹了吗? R.E.帕克曾指出,"城市是一种心理状态,是各种礼俗和传统构成的整体,是这些礼俗中所包含、并随传统而流传的那些统一思想和感情所构成的整体。换言之,城市绝非简单的物质现象,绝非简单的人工构筑物"②,而是一种"特殊的文化形态"。戴维·英格利斯在分析文化与日常生活时指出了一种特殊的文化形态,"将至今还是分离的——或者相对分离的——文化模式、观念、品味、风格以及态度交织在一起"③,这种"交织"的复杂形态却又十分意外地吻合了二十世纪九十年代中国的现实城市与虚拟城市(文学中的城市)所呈现出历时性的共时混合的空间表征。只要细致地阅读二十世纪九十年代以来的城市书写便可发现,承接着传统的市井空间从未遭

① (意大利)伊塔洛·卡尔维诺:《看不见的城市》,张密译,译林出版社 2012 年版,第 143 页。
② 转引自陈立旭:《都市文化与都市精神:中外城市文化比较》,东南大学出版社 2002 年版,第 2 页。
③ (英)戴维·英格利斯:《文化与日常生活》,张秋月、周雷亚译,中央编译出版社 2010 年版,第 164 页。

到文学场的遗弃，而是因为遭遇了"一种持续的大都市的知识霸权"①而发生了地理学意义上的空间位移，即以一种边缘化的空间场域出现在作者虚拟的城市非中心区域（都市边缘或二、三线城市中），并且还有可能与兴起的消费主义形成表面分离内里交织的复杂结构。因此我们可以看到，二十世纪八十年代末以来的城市书写发生一些特别的变化，即围绕着"北京—上海"为绝对中心的城市书写发生了想象对象的空间地理学位移，越来越多的城市进入了文学想象的版图，比如池莉、方方的武汉，何顿、何立伟的长沙，迟子建的哈尔滨，曹征路、宁肯的深圳，贾平凹的西安，刁斗、双雪涛的沈阳，慕容雪村、鄢然的成都，甚至是田耳虚构的莞城等。由一线城市向正在城市现代化改造的"后起之秀"的新兴城市的空间转向，确实是值得深究的现象。对于这一现象，其实不难解释。现代地理学认为，空间的位移最基本的意义在于将视野"脱出"现代化场域，直面挑战的是"进步就是迈向现代化、西化和都市化"的历史观。②因此，它包含着一种利用非现代空间抵御现代入侵的隐性策略。贾平凹的西京书写便是这一策略的最好实践者。《废都》《白夜》《土门》《高兴》这四部作品都是以古都西安为原型的城市书写，在叙述中展现出西京城特有的景观、日常与人文等描述性的语言中，映入眼帘的便是一个充满古韵、带有市井色彩的"次现代化、次西化和次都市化"的非中心城市，主要体现在建筑空间与人伦道德两方面的描写。

　　西安，古称长安，地处关中平原西部，北濒渭河，南依秦岭。独特的地理位置使其先后成为了十三个王朝的帝都，同时也是中华文明和中华民族的重要发祥地之一，是丝绸之路的起点。在散文

---

① （英）雷蒙德·威廉斯：《大都市概念与现代主义的出现》，选自《现代主义的政治——反对新国教派》，阎嘉译，商务印书馆2002年版，第55页。

② （美）琳达·麦道威尔：《性别、认同与地方——女性主义地理学概说》，转引自陈惠芬：《空间、性别与认同——女性写作的"地理学"转向》，《社会科学》，2007年第10期。

《西安这座城》中贾平凹写道："整个西安城，充溢着中国历史的古意，表现的是一种东方的神秘，囫囵囵是一个旧的文物，又鲜活活是一个新的象征。"[1]历史的辉煌并不能为当下的西安人延续曾有的"荣耀"，反而会在冥冥之中流露出"我祖上曾经阔气过"的阿Q式的悲凉。政治、经济、文化中心的远离，让西安在现代化进程中"家道中落"，另一方面却又为曾经远离庙堂、在野的"市井"提供了自由发展的可能性。

1993年《废都》刚一推出，就引发了极大的争议。诗人周涛曾给予过褒义的评价："《废都》的构架和语言，承继了民族文学传统之血脉，吸收当代生活之情味。凡开卷者，莫不受其牵引，甩不开，放不下。"而评论家孟繁华先生却在《拟古之风与东方奇观》中严厉地批判道："《废都》是明清文字遗风的拙劣承接。是典籍拼接的一个范本……"[2]虽然直到当下，我们似乎可以认定当时有关《废都》的评论和争议都存在着不客观乃至偏颇的一面，并且诸如当年提出过批评意见的孟繁华和陈晓明先生等，也都开始反思对《废都》的评价并号召重估它的文学史价值，但就当时的语境出发，出于不同立场对《废都》给出的截然相反的定论中，还是能显而易见地发现某些共性特征，可概括为"承接传统"。所谓的"传统"在希尔斯看来，是一种持续三代人以上的"文化范式"[3]，《废都》所承接的传统除了古典文学的审美形式与"前现代"的文化立场等体征之外，还暗藏着一种较少受人关注的"文化范式"，它不仅仅跨越了N代人以上，还足以代表着中国城市的魂灵，那便是文本中所建构的城市形态。

从文本中对于西京城的想象方式来看，"识名描写"是贾平凹

① 贾平凹：《贾平凹文集——散文（二）》，陕西人民出版社2008年版，第288页。
② 孟繁华：《拟古之风与东方奇观》，选自刘斌、王玲主编：《失足的贾平凹》，华夏出版社1994年版，第50页。
③ （美）E.希尔斯：《论传统》，傅铿、吕乐译，上海人民出版社1991年版，第20页。

建构西京城外观轮廓的主要手段。从钟鼓楼到有着巨大钟表的报时大楼；从古城墙到标志性建筑的大雁塔；从唐朝的清虚庵到气功大师云集的孕璜寺；从华清池到天马乐园；从专售书画、瓷器的仿唐建筑街到专营全市乃至全省民间小吃的仿宋建筑街，再到集中了所有民间工艺品、土特产的仿明、清建筑街……每一个重要的建筑节点犹如简·阿斯曼（Jan Assmann）所研究的文化记忆里的固定点，它的维度不会随时间的变化而变化，并保存着"记忆形象"（figures of memory）的永恒性。可以说，识名性建筑的散点透视将贾平凹所想象的西京作为一个巨型的文化记忆空间记录成册，这些标示性的建筑符号所承载的是历史性，意义化的文化精粹的所指，符合原型西安的官方形象。但是，贾平凹在描写城市内部肌理的时候却没有选择官方符号性的标示建筑，而选择了大量来自民间的市井空间。

　　城东门口的城墙根里，是西京有名的鬼市，晚上日黑之后和早晨天亮之前，全市的破烂交易就在这里进行……早先这样的鬼市，为那些收捡破烂者的集会，许多人家自行车缺了一个脚踏轮、一条链子，煤火炉少一个炉瓦、钩子，或几枚水泥钉，要修整的破窗扇，一节水管，笼头，椅子，床头坏了需要重新安装腿儿柱儿的旧木料，三合板，刷房子的涂料滚子，装取暖筒子的拐头，自制沙发的弹簧、麻袋片……凡是日常生活急需的，国营、个体商店没有，或比国营、个体商店便宜的东西，都来这里寻买。但是随着鬼市越开越大，来光顾这里的就不仅是那些衣衫破烂的乡下进城拾破烂的，或那些永远穿四个兜儿留着分头背头或平头的教师、机关职员，而渐渐有了身穿宽衣宽裤或窄衣窄裤或宽衣窄裤或窄衣宽裤的人。他们为这里增加了色彩亮度，语言中也带来许多谁也听不懂的黑话。他们也摆了地摊，这一摊有了碧眼血口的女人，那一摊也有了凸胸撅臀的娘儿。①

　　以上文字是《废都》中描写的西京城城东门口的"鬼市"。在这一段细碎的话语中，我们几乎看不到乡土中国本应有的血缘亲情，也感受不到来自乡土社会最为热衷的权力崇拜与权力指令，反而流露出的是一种不同于"乡土衍生物"的市场机制。我们知道，"市井"中的"市"，本身与商业活动密切相关，在古代是指街市、城邑中的货物交易场所。只是在很长时间内，政治权威对社会的绝对把控严重限制了本该属于市民经济的自由空间，从而导致"市"的力量和规模极其贫弱，因此，在传统的市井文学中，并没有太多的作品去发现和重视商业活动本身以及与之有直接关联的商人们的故事②，更多的是表达一种平民区内烟火气息的世俗生活与审美化的地缘空间，它突出的只是"市井"中的"井"③，既可藏污纳垢，也可文化精粹，二十世纪八十年代初期的"市井小说"正是这一代表。而紧接着的"新写实小说"虽同样描写市井百态，但它的现代性在于接续了"市井小说"对私人空间与市井伦理的重新发掘，更在于剥离了一个有情的"市井想象"，从日常生活的细枝末节着手，在重视个体生存和个体需求的现代伦理价值观中重新树立起了全新的市民形象，即一切以个体生存为目的、以个体生存为前提的市民。这种"现实市井"的主体对象，在某种程度上并没有足够的能力与机遇进入结构性的"政治—经济"权威中一展拳脚，而是企图

---

① 贾平凹:《废都》，北京出版社1993年版，第146—147页。

② 《中国历代商人白话小说》(冯梦龙、凌濛初、吴沃尧、姬文等著)，中国书店出版，是国内第一套集中反映古代商人经商谋略的书籍，共五册。分别是1.《巨富》，是自"三言二拍"中精心选取的最经典的经商故事。2.《掘宝》，是自明清九部小说中选取的记载古人营商之法和经营技巧的小说。3.《胡雪岩外传》《发财秘诀》，前者再现红顶富商的奢华生活；后者堪称晚清商场"厚黑学"。4.《市声》，讲述生意历史，毕现商人群相。阿英先生曾给予极高评价。5.《交易所现形记》，讲述上海"信交风潮"故事，是第一部中国现代金融业小说。

③ 相传古制八家为一井，"井"，可引申为人口聚居之地。

莫言与当代中国文学创新经验研究

以某些难登大雅之堂的"市井智慧"，抓住"政治—经济"权威的"小尾巴"，并以此来作为满足在日常生活的水平面上安逸地生存的基本伦理诉求。从这层意义上来说，他们以及他们所生活的"市井"，格局始终太小，只是围绕着"家庭生活"与"岗位晋升"①两点一线。并且，从二十世纪八十年代的社会经济分配制度来说，整个市井空间除了如陆武桥（《你以为你是谁》）这样的"先觉者"依靠敏锐的经济嗅觉发家致富之外，大部分市民依然是靠着"社会主义二次分配"制度生存，即社会主义结构性的"政治—经济"权威的外延系统。因此，他们依靠着固定的工资与福利，虽无法飞黄腾达，但也不至于流离失所、饥寒交迫，典型的比上不足比下有余。所以在"新写实小说"中，对"市井"的商业属性甚少提及。而贾平凹的《废都》却很好地弥补了这一缺陷，真真实实地展现了一个"交换之地"的市井空间。

　　所谓"鬼市"，是典型的商业交换之所，据史料记载，发迹于清代中晚期后，在北京城内自发形成的一种夜间集市。当时的一些皇室贵族的纨绔子弟，将家藏古玩珍宝偷出换钱；一些鸡鸣狗盗之徒也将窃来之物趁天黑卖出，古玩行家经常会来捡漏。北京的"鬼市"主要集中在天桥、西小市、朝阳门外等区域，解放后随着计划经济的实施被彻底取缔，直到1992年又自发恢复。每个星期六的下午就有北京郊区或者周边的天津、河北等地的小商小贩驱车前来潘家园对面的华威桥旁工地占据一块地方，等到第二天凌晨就开始挑灯叫卖，购销两旺，俗称"华威桥鬼市"。为何老北京人会称其为"鬼市"？其一，假东西、来路不明的东西、非法的东西较多，鱼龙混杂；其二，开市的时间是天黑前到凌晨，只要天一亮，整个

----

① 即"岗位晋升"与"金钱崇拜"。首先，新写实小说所写到的"岗位"基本上都是小林、庄建非、印家厚等人的工作单位，即为事业单位，具体是指由政府利用国有资产设立，接受政府领导，表现形式为组织或机构的法人实体，因此可以说是一种政治力量的社会化、市场化的延伸。至于"金钱崇拜"也并非商业活动中的金钱交易，而是底层市民们唯利是图的生存态度。

"鬼市"就像幽魂一样散了，来无影去无踪，既无人组织亦无人管理，完全依靠着自发形成的市场机制而存在。在《废都》中所出现的"鬼市"，几乎就是京城"鬼市"的翻版，里面交易的物品千奇百怪。帮助牛月清打理书店与画廊的洪江，他的一个远房亲戚就在城东门口王家巷里开办了一家废品收购店，专做鬼市上的买卖，利润也相当可观，而经常去"鬼市"淘货的人，贾平凹概括为"那些衣衫破烂的乡下进城拾破烂的，或那些永远穿四个兜儿留着分头背头或平头的教师、机关职员"，可归于刘心武写到的"下层社会"。他们本身便是市井空间的主体构成，没有上层社会的钱权实力，也缺乏现代知识分子的理性精神与法律意识，先天的"市井智慧"培养了他们的精明、圆滑、世故，生存与生活的经验教育了他们对实惠、实用的重视，因此，"鬼市"这样一个物美价廉、物超所值的交易市场自然也就成了他们的聚集地。他们根本不会理会所购买的物品是否来路正当，是否有质量保证，钱物交换是否合法，而只会图眼前的个人利益，各取所需，在最基础、最简单的商业经济关系与买卖契约关系下获取各自利益的最大化，从而完成一次又一次的市场交易，这便是商业市井的一大特征。

当然，在《废都》中，除了西京东城那暗无天日的"鬼市"之外，城北的"当子"也是一个类似的市场交易场所。庄之蝶被孟云房带来的娟姐儿弄得心烦意乱，就让孟云房带他去一个从未去过的地方散散心。于是孟云房便带着他去了城北角的"当子"。

> 那里是一个偌大的民间交易场所，主要的营生是家养动物珍禽，花鸟虫鱼，包括器皿盛具、饲养辅品之类。赶场的男女老幼及闲人游皮趋之若鹜，挎包携篮，户限为穿，使几百米长的场地上人声鼎沸，熙熙攘攘，好一个热闹繁华。庄之蝶大叫："这就是当子呀?!"孟云房说："别叫喊出来让人下眼瞧了，你好好看吧。这里当子俚尚诡诈，扑朔迷离，却是分类划档，约定俗成的。三教九流，地痞青蛇，贩夫走卒，倒家禅客，什么角色儿

都有。"……①

　　这段文字所描写的"当子"，其实就是一个专门经营花鸟鱼虫的民间市场，在西安的俚语中又称"档子"。它的原型是西安内莲湖区、城内西北角庙后街中段路北的"西仓"。"西仓"是当地非常有名的"鸟市"，在清朝末年就已经存在，直至今日还依旧盛行，有着上百年的历史。至于为什么要叫作"当子"或"档子"，一般有四种说法。

　　1. 西仓集市内，空间十分狭小，每个小摊都紧挨着另一个小摊，逛起来就像是一个又一个的隔档，所以有人称它们为"档子"。

　　2. 最先来这摆摊的小商贩们，都是挑着担子把货品带过来的，担子担子，念多了就成了"当子"或"档子"。

　　3. 这里物品真伪难辨，来买东西的人稍不留神就可能会上当受骗，因此取了谐音叫"当子"。

　　4. 最后一种说法比较有趣。西仓位于教场门南边，教场门在清朝的时候是旗人子弟练功习武的地方，这些当时的"官富二代"们喜欢玩鸟逗蛐蛐，总是鸟笼、蛐蛐筒不离手，只是在习武的时候必须全力以赴，于是就让跟班们拿着鸟笼、蛐蛐筒在校场的栅栏外等着，因此就有了"档子"。跟班们有时也闲着无聊，就把主子的宠物拿出来较量、比较，慢慢地便发展成为了交易，这就是"西仓档子"的由来。

　　"当子"与"鬼市"都是民间自发形成并延续至今、具有商业属性的市井景观。不同的是，"当子"是在上午八九点钟为最热闹的时候，巷子里挤满了人，热闹非凡。二十世纪九十年代，"当子"刚开始还只是"鸟市"，以卖花鸟鱼虫为主，随着时间的推移，每逢集市，许多小商贩们也都会过来"凑热闹"。由于不需要缴纳任何费用，渐渐地这儿就成了小贩们最好的交易市场，所售卖的物品也从花鸟鱼虫扩展到了古玩、物件、字画、旧书籍等其他业务。因

从『平面市井』到『折叠都市』

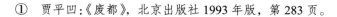

① 贾平凹：《废都》，北京出版社1993年版，第283页。

此，"当子"比起"鬼市"来要"光明"得多，同时也要"高级"得多。"鬼市"所卖的商品基本都是市井细民们的生活必需品，它的市场交换关系是建立在小市民们最起码的生存基础之上，是对小市民们基本需求的满足，而"当子"，则满足的是小市民们在生存之外的日常享乐需求。日常享乐，本就是市井传统的微表情，而"当子"里卖的物品大部分为生活"消遣品"，市井百姓们经常成群结队地逛"当子"，其实也不一定是真的需要购买什么，不过是一种生活的享受、消遣，就像庄之蝶那样，在"当子"里看看鱼，斗斗蟋蟀，慢慢地也就忘却了之前的烦恼。"当子"虽小，但却是市井社会的缩影，里边"三教九流，地痞青蛇，贩夫走卒，倒家裨客，什么角色儿都有"。如果说随着时代的发展，位于中心地域的国际大都市会持续不断地以空间生产的方式扩张，逐渐吞并已经位移到边缘地带的市井空间，而市民们的享乐仪式也逐渐被逛商场、穿名牌、追逐时尚所代替，那么在贾平凹的"废都想象"中，却依然保留了叫卖声、烟火味、世俗气所组成的市井记忆，这才是中国城市自身的传统，才是市民们真正的生活。当如今的生活节奏愈发加快，有时候不妨慢下来，去"当子"里逗逗鸟，赏赏花，观观鱼，喝喝茶，也别有一番味道。

此外，贾平凹还描写过专门售卖旧民俗物件的城隍庙市场：庄之蝶要过生日，牛月清就跑到城隍庙给他买红衬衣红衬裤。城隍庙其实也是一个市场交换场所，里面卖的东西都是一些民间风俗、宗教活动所需的物品，从婚丧嫁娶的各种物件到逢凶化吉的配饰衣服，应有尽有……这些民间的、传统的、简易的市场交换场所皆可证实贾平凹笔下西京城的市井属性，他在《老西安》中写道："西安的街巷布置是整齐的井字形，威严而古板，店铺的字号，使你深处在现代却时时提醒起古老的过去，尤其那些穿着黄的蓝的灰的长袍的僧人，就得将思绪坠入遥远的岁月。"①笔者无意怀疑贾平凹在

① 贾平凹：《老西安》，选自《贾平凹作品》（卷17），译林出版社 2012年版，第 149 页。

二十世纪九十年代这样一个都市化进程刚刚步入正轨的春日年代里建构一个与时代气息极为不配的"老西安"（西京）的动机，也无心留意他"城籍农裔"的身份会给城市书写带来怎样的文化取向，笔者所关注的是，贾平凹对城市特定空间的描写与内部客观人伦的呈现，这二者之间所带有的"裂缝"的拼合与结构的反差。

《废都》的问世，结束了贾平凹的"商州情结"，作者转而走向城市。西安作为西北第一大城市，其现代化程度虽无法与沿海都会比拟，但也并非全为前现代的"处女地"，唯一的解释只可能是作者在自己的文化记忆与城市想象中有意地选取了那些代代相传却又沦落边缘的闹市与街巷里弄。这便很容易就被人打上"复古"的标签，比如，他所描写的西京城充满了古代资本主义萌芽期那颓废淫靡的市井之遗风，再如《废都》与古典小说雷同的叙事结构，被喻为是"招魂写作"①，甚至还被人批评是对《金瓶梅》的拙劣仿制②。没错，贾平凹的城市书写，十有八九都充斥着饭局、牌局、调情、床笫之事等饮食男女、酒色财气的世俗生活，对市井空间的渲染与对现代城市的屏蔽，也都直指他与明清市井传统的一脉相承。因此，说《废都》是一部拟古的"世情小说"确实不足为过，可谓是毋庸置疑。但请注意，在这一幕幕对古代市井空间与生活的"模拟"背后，所呈现出的客观人伦，却又反常规地极力渲染着现代经济大潮下的物欲裹挟、沉渣泛起与世纪末的伦纲崩坏，这是不是可视为是《废都》的当下性表征？

大卫·哈维认为，城市空间不是被动的人类活动的容器，而是特定社会关系的载体，它直接参与特定社会伦理关系的建构。因此，如果仅仅是"鬼市""当子"等这些粗陋的市场，抑或双仁府一带低洼区、道北的棚户区等市井流俗之地，又怎可能衍生出四大名人在市场经济与商品浪潮中的多副面孔？小说中所谓的四大名

---

① 王亚丽:《"老西安""古典"传统与"招魂"写作——论贾平凹的西安城市书写》,《文学评论》, 2015 年第 1 期。

② 王鹏程:《一件拙劣的仿制古董——由读〈金瓶梅〉对〈废都〉艺术性的质疑》,《名作欣赏》, 2009 年第 22 期。

人，绝不是古代的市井之徒，吴亮认为他们是"坐井观天的旧文人"①，但是，清朝诗人黄景仁有一名句"百无一用是书生"道出了旧文人卑微的社会地位，即便是他们今后踏入仕途或是成名成家，也必须依靠的是自己的真才实学，而反观西京四大名人，他们之所以成名，受人尊崇却并非靠才学，而是搭上了市场经济的顺风车，利用交换原则，大发横财，所以他们绝不是什么旧文人，而是时代的弄潮儿，有着现代市民的心理机制。画家汪希眠依靠仿制名家名画大发横财，他是四大名人之首，原因是四个人中间他最有钱。书法家龚靖元写得一手好字，"一张条幅一千五，一个牌匾三千元"，却是个十足的赌徒。阮知非原是剧团演员，趁着改革开放的春风拉了一帮人搞歌舞演出，发财之后又开了舞厅，过着奢华的生活。至于主角庄之蝶，作为人大代表，他有社会地位，"名人"是一顶熠熠发光的帽子，为他在西京带来了无数的好处。黄厂长的"101"农药的宣传材料便来找他，字数不多，但价值五千。黄厂长借助他的名声打开销售渠道，而他也能获得实际的利益，二者各取所需；在与景雪荫的官司中，庄之蝶不惜贿赂白玉珠，为打赢官司，他不惜把柳月送给市长的残废儿子；龚靖元的儿子龚小乙请求庄之蝶救出蹲班房的父亲，而庄之蝶为了让自己的画廊一举成名，完全不顾昔日友情，让人低价从龚小乙那儿买走了龚靖元几乎所有的字幅，最终气死龚靖元。由此可见，庄之蝶为了自己的利益，可以什么都不管不顾，在他的眼中，世界就是一个大交易场，什么都可以交换，只要有需求。事实上，这四大名人所谓的名气声望全都是建立在殷实的经济基础之上，暴富与名望又提供给了他们追求声色犬马、享乐纵欲的前提和可能。说到底，他们的确是一群城市里的生存者，他们的伦理诉求并非取自传统市井，而是深受比市井更为现代的城市经济大潮的冲击。这种冲击实在太过于猛烈，以至于改变了他们作为人文知识分子的精神结构，使他们成为了只讲利益

---

① 吴亮：《城镇、文人和旧小说——关于贾平凹的〈废都〉》,《文艺争鸣》，1993 年第 6 期。

和享乐的市民阶层，他们的伦理观便是立足于市场经济所提供的商品交换关系。这也就解释了他们何以会追求物欲横流和纵情纵欲的城市生活，而不是简单地像"新写实小说"中满足于眼前，沉沦于柴米油盐和吃喝拉撒的市井细民。这其实也便是市井与城市的差异之一，即现代市场与消费主义的成熟与否，决定了客观的人伦吁求是"合理的享乐"还是物欲的生存。因此，将《废都》仅仅定性为是对古代"世情"或"艳情"小说的模拟，显然是不够全面和准确的。在它拟古的市井背后，所盛放的却是现代城市的生存法则，是时代精神与市民伦理在市井空间里的人为介入。《废都》所刻画的处处追逐钱权与色欲，在城市中展开殊死搏斗的拉斯蒂涅似的人物（四大名人），准确地来说，只能是在消费主义全控下的通属城市才会孕育，他们能在市井空间里飞黄腾达、作威作福，更深一层的隐喻恐怕是源自于现代消费空间对传统市井空间的先天优势与后天的"挤压"。

2. 时间位移中的市井空间——在日常伦理中重审 "另一种上海" 形象

城市始终处在不断的"更新换代"中，飞速的现代化进程与日新月异的科学技术给人们的日常生活和伦理诉求带来便利的同时，也逐渐给城市抹上了趋同性的暧昧色彩。克劳斯·黑尔德在《生活世界现象学》序言中说，"现代的生存似乎已经分裂为在一个带有自然科学技术理性烙印的世界及其组织中的无精神生活和在一个历史地和个人地成长起来的世界及其文化产物中的充实的此在"[1]，特别是身在上海这样的国际大都市中，就像置身于速度化、物欲化、冷漠化的钢筋水泥的丛林中，每一景每一物都光鲜亮丽，却又无比相似，让人应接不暇，它终究越来越进化为黑尔德所言的那个

---

① （德）克劳斯·黑尔德：《序言》，选自（德）埃德蒙德·胡塞尔：《生活世界现象学》，倪梁康、张廷国译，上海译文出版社 2005 年版，第 2 页。

"此在"。这便是现代性与城市化的弊病：裹挟了自由自在的生活，通通卷入了"过于巨大的城市的危机"[1]中，这种"危机"便是城市记忆的集体断裂。

我们对城市的认识如同"一千个读者就有一千个哈姆雷特"，总有各式各样千差万别的画面想象。多年以前，在我们的记忆源头，城市的景观与生活的滋味是多姿多彩的，三五成群的大人们摇着蒲扇在院子里乘凉聊天；孩子们你一口我一口分享着乳酪色的雪糕；大杂院或者里弄深处传来了某户人家炒菜声，扑鼻的香味仿佛弥漫于整个世界；并不平整的街道上，人们慢慢悠悠地骑着永久牌自行车从眼前路过……市井是城市昨日的容颜，是原型，所有人对于城市的最初记忆几乎都是来自市井生活的点点滴滴，因此市井怀旧也便成了城市书写的一大分支，是城市人共同的文化记忆。当代的市井怀旧，最早是在二十世纪八十年代的风俗文化小说中复现。那样一个充满了个人化、民间化、边缘化、有情化的"美学市井"，冲淡了以政治化伦理为绝对律令下城市的宏大意义，重塑了一种拟古性的城市记忆。然而，随着现代性进程的加速，"美学市井"也在城市化过程中向"现实市井"滑落，而在二十世纪九十年代以后，又发生了地理学意义上的空间位移。但这只是其中一种，还有另一种文学市井，藏身于历史学意义上的时间位移里，在一种怀旧的时间氤氲中，将那些在二十世纪上半叶早已离我们远去的城市记忆，再一次地复现在我们的眼前：迟子建的《白雪乌鸦》《起舞》等勾起了我们关于乱世中的哈尔滨的城市回忆；方方的《武昌城》《水在时间之下》是以武汉的悠久历史为背景；王安忆的《长恨歌》《富萍》、金宇澄的《繁花》则诉说着旧上海的繁华一梦……不同于二十世纪八十年代初期市井小说对"重义轻利"的义务论的宣扬与对传统文化精华的追求，二十世纪九十年代的市井怀旧，却是在以一种时间回退的方式，进入宏大历史的内部，寻觅着市井小民们

① （意大利）伊塔洛·卡尔维诺：《看不见的城市》，张密译，译林出版社 2012 年版，第 7 页。

个人化的生存图景。

卡尔维诺说:"无论如何,今日的都市更具魅力,因为只有通过她变化了的今日风貌,才唤起人们对她过去的怀念,而抒发这番思古怀旧之情。"①卡氏的话似乎道出了二十世纪九十年代以来城市书写中怀旧之情的缘由。一方面深受二十世纪八十年代中后期新历史主义思潮的影响,另一方面,也是通过空间怀旧的方式,抵抗着趋同性的"通属城市"对历史与文化记忆的侵蚀,正如詹姆逊的理论一样,怀旧也是后现代的症候之一,在全球性的通属城市与消费文化的席卷下,城市空间趋于雷同,人群不能再凭借着传统的认知记忆感知自己所处的位置和空间,更不知该何去何从,所以,詹姆逊才认为必须借助"认知地图"来重新寻找和确认我们曾经熟知的城市。

上海是最早步入现代的"通属城市",在有关上海的历史叙述中,它都是以"雄奇"的品格和"通向西方的甬道"的形象示人。这个空间场域内发生过上海滩传奇,也弥漫着十里洋场的醉生梦死,还是政客要员或金融界铁腕人物钩心斗角一决雌雄的大舞台……从"新感觉派"到《子夜》,上海的形象从来不缺乏波谲云诡、恢宏壮观的一幕,但是,王安忆的横空出世,却又呈现出了另一种"弄堂上海"。弄堂,是王安忆文学世界的母体空间,也是历史和文化记忆中的"认知地图",王安忆在记忆里按图索骥,建构了一个被埋藏在历史洪流深处的市井上海。在过去的上海书写中,除了张爱玲在内的海派笔下留下过浮光掠影之外,弄堂文化很难成为上海书写中的城市主体和表现的对象。然而,从上海弄堂里走出的王安忆,却借着弄堂这一方天地,不仅将市井生活在有关上海的"倾城想象"里旧事重提,并且以弄堂为上海的核心场域,重构了被遮蔽的城市空间,而金宇澄在2015年获得第九届茅盾文学奖的长篇小说《繁花》,也便是沿着这一路数成就了"另一种上海"的

"集大成者"。赵园曾指出："我越来越期望借助于文学材料，探究这城的文化性格，以及这种性格在其居民中的具体体现。"①通过对《繁花》的研究，一个比史料记载更为清晰、细致的上海形象在历史的缝隙处缓缓溢出。

《繁花》的怀旧时间是二十世纪的六十至九十年代，作者巧妙地以双线并行的叙事结构交替穿插了两条线：一条是 1960 年到"文革"结束，另一条是 1980 年改革开放至二十世纪末。以这两条线为轴展开的叙事维度是两个不同的时空领域，即政治伦理的"共鸣"时代与市场经济的转型时代。两条时间之轴本不存在交集，但相同的市井空间却让彼此有了可言说的联系。

首先，在叙事的形式上，金宇澄与一般的城市书写的叙述立场有很大的不同，他是以一个位置极低的说书人姿态，不紧不慢地讲述着滚滚时代洪流之下市民们细小而微的情感和日常纠葛。说书，是一种诞生于春秋时期，传统的口头讲说表演艺术形式，是市井百姓们创造的一种口头文学。"十里长街市井连，月明桥上看神仙"，随着唐末宋初时期坊市制度的打破，市井文化得到了全面发展，而说书也随之开始盛行，各地说书人都以自己的母语方言对市井百姓们讲述着不同的故事，其内容往往也与市井文化息息相关，可以说说书这门艺术，其形式源自市井，内容与取材也来自市井，受众更是市井大众，彻头彻尾是一门市井艺术。而阅读《繁花》，就像是听了一场酣畅淋漓的说书会，大量的人物对话与密集的故事情节，按照一定的节奏不紧不慢地娓娓道来，既不说教，也不批判，既贴近百姓生活，也会在某个点、某个场面设置几个"逗哏""捧哏"，跳出读者的期待视野。可以说，这部作品通过对形式与语言的上海化、市井化处理，重新唤醒了人们对于上海的市井记忆。其次，"识名描写"的方式，似一幅"普通的城市标准地图"，辅以语言和形式的市井化处理，更是强化了读者的怀旧记忆，在读者的观念与想象间，树立了一座完整的上海市井空间形象。"《繁花》是一部

① 赵园：《北京：城与人》，北京大学出版社 2002 年版，第 1 页。

地域小说，人物的行走，可找到'有形'地图的对应。这也是一部记忆小说，60年代的少年旧梦，辐射广泛，处处人间烟火的斑斓记忆……"单行本中，插入了二十幅图，其中四幅地图、六幅建筑图，均为识名坐标，这些图中的空间区域皆为几位主人公居住、生活的范围，里面既有"上只角"的花园洋房、拉德公寓、皋兰路尼古拉斯东正教堂，也有"下只角"的老弄堂、带着腐臭味的工厂、拥挤杂乱的棚户区等，共同组成了一幅完整的上海图景。对于上海空间的怀旧书写，文坛上往往有两派"各自为政"：一派是以陈丹燕为首的对上海三四十年代"洋场身份"的怀旧，另一派则是以王安忆为领军人物的对弄堂、石库门、棚户区的市井怀旧。金宇澄的怀旧不仅仅将两派整合，更修改了这股怀旧之风里的刻板定势，即"上只角"不再是"十里洋场"和"海上传奇"，"下只角"也失去了《长恨歌》里"避难所"的情调，还原了一个无比真实的市井上海。

当然，以上都是《繁花》文本"外延结构"所表现出来的"市井特征"，只能算是"噱头"，吴语写作前有光绪年间张南庄的《词典》，后有1938年周天籁的《亭子间嫂嫂》，而以"识名描写"著称的"市井怀旧"更是在二十世纪八十年代初期的风俗文化小说中屡见不鲜，《繁花》的这些外延"噱头"就并不足以成为本节单独讨论它的理由，那么《繁花》是否还有更为特别的文学意义？

张屏瑾评论道："在《繁花》里你读不到任何装模作样的门槛，它对这城市每一位居民的前世今生开放，也因此，它勾连起了这座城市的前世今生，是在多种空间的碰撞和挤压之中酿成的自然史。那些随时光飘逝而去的旧日街道的气味和影子，酿成了一种特殊的日常伦理和美学，《繁花》对这种伦理和美学有充分的写实。"[1]"日常伦理"是市井空间本该呈现的原色，它更接近民俗学的范畴，是街谈巷议的世俗，是反反复复的岁月累积，是历史中"无名无姓"的众人在日常活动中发生、确立、遵守的伦理观念、

---

① 张屏瑾：《日常生活的生理研究：〈繁花〉中的上海经验》，《上海文化》，2012年第6期。

准则和规范，能够有效地维系人类社会的正常运转，赋予日常生活以意义，具有塑造和建构日常生活的功能。然而在二十世纪五十至七十年代，日常伦理被政治伦理所拒绝，二十世纪八十年代，精英主义与文化思潮对生活的介入，日常伦理也并没有得到太多的重视，只有在二十世纪八十年代后期的"新写实小说"里，这种"原色"才真正得以在"现实市井"中浮出历史地表。然而有意思的是，二十世纪九十年代以降，作为市井原色的日常伦理，却又被作家们视为一种新的方法或视角，伴随着怀旧之风，再次重返历史地表，以重审"共鸣"时代下属于市民自身的城市史。

王安忆是日常伦理的认同者。从《长恨歌》到《富萍》再到《妹头》，一场场繁华上海的遗恨和旧梦，被她一点一点用日常与市井的素材筑成。怀旧，在上海的市井小巷中如风拂絮，风过无痕，而有那么一些人，就如同这无痕的风，是历史的洪流里"失声"的边缘人，他们的存在，他们的意志，他们的伦理诉求，似乎都与这座城市的来龙去脉，与时代的前进方向了无瓜葛。但王安忆却说："我个人比较喜欢边缘的人物，他们不是被格式化的，不作为社会的潮流。你很难把他们归纳到任何一种思潮、生存形态里去，他们就是独自的一个。"她所认同的"声音哲学"，是在城市波涛汹涌、开天辟地的洪荒之音之下，市井百姓们低吟的涓涓细流。

上海的弄堂是性感的，有一股肌肤之亲似的。它有着触手的凉和暖，是可感可知，有一些私心的。积着油垢的厨房后窗，是专供老妈子一里一外扯闲篇的；窗边的后门，是供大小姐提着书包上学堂读书，和男先生幽会的；前边大门虽是不常开，开了就是有大事情，是专为贵客走动，贴了婚丧嫁娶的告示的。它总是有一点按捺不住的兴奋，跃跃然的，有点絮叨的。晒台和阳台，还有窗畔，都留着些窃窃私语，夜间的敲门声也是此起彼落。还是要站一个至高点，再找一个好角度：弄堂里横七竖八晾衣竹竿上的衣物，带有点私情的味道；花盆里栽的凤仙花，宝石花和

青葱青蒜，也是私情的性质；屋顶上空着的鸽笼，是一颗
空着的心；碎了和乱了的瓦片，也是心和身子的象征。①

　　《长恨歌》的开篇，像极了《清明上河图》的一处聚焦镜头下
的文字版，王安忆也爱站在高处凝望老上海的石库门。弄堂，是上
海独特的一种居住形式，它的空间设计既有正大光明的公共区，也
有窃窃私语的藏污纳垢之所，更设计了私密性的空间。据统计，截
止到 1949 年新中国成立时，弄堂占上海市整个居住面积的 63.5%
以上，是典型的上海市井空间。在王安忆的笔下，弄堂，似乎是女
性化的。"上海弄堂的感动来自于最为日常的情景，这感动不是云
水激荡的，而是一点一点累积起来。这是有烟火人气的感动。那一
条条一排排的里巷，流动着一些意料之外又情理之中的东西，东西
不是什么大东西，但琐琐细细，聚沙也能成塔的。那是和历史这
类概念无关，连野史都难称上，只能叫作流言的那种。"②王安忆深
知，历史与政治、精英与意义始终都是男性所全权参与和建构的意
识形态，女性并没有话语权和参与权，如果将男性意识与女性意识
做一个历史化和空间化的横向对应，无疑，男性是属于"城"，而
女性则属于"市"（市井）。古代的市井，受政治伦理与精英文化的
压抑而显得细碎、薄弱和保守，就如同女性的身体，不具备强力
的攻击性，却又温柔多情，有着"城"所不能比拟的包容性。王
琦瑶是来自上海弄堂的女儿，她人生中第一次走出弄堂进入社会是
1946 年。那一年她十八岁，正值青春年少，含苞待放，并当选了
上海小姐。不久后她便与国民党高官李主任入住了爱丽丝公寓。只
可惜好景不长，李主任遭遇空难后，无依无靠的王琦瑶只能重回了
弄堂，靠学过的一点护理知识给人打针维持生活。纵观王琦瑶一生
的生命轨迹，可清楚地发现弄堂与她的内在关联，不仅是抚育她成
长的母体空间，更是她"躲避历史的激进化和意识形态控制的最后

---

①　王安忆：《长恨歌》，作家出版社 1996 年版，第 5—6 页。
②　王安忆：《长恨歌》，作家出版社 1996 年版，第 4—5 页。

场所"①。王琦瑶蛰居在市井的底层，市井亦如孕育她的母体，即便是在风云际会的乱世中，她亦能在里弄的深处，依靠着一只火炉、几个朋友、一点零食构筑自己的安稳人生，明哲保身，平安度日。由此可见，在王安忆时间位移里的空间怀旧中，其实可类比为一种在回退的时间中回归母体的"反都市""反历史"写作。"母体"可指弄堂，也是市井，但这只是文本表象化的能指，内里的所指，最终指向的其实是市民个体。我们知道，历史始终是"大写"的意识形态，所以在历史中永远找不到任何有关市井，有关小民，有关日常的只言片语，王安忆选择以市井重返历史，也便意味着她重拾了个人话语，重拾了日常伦理，重拾了个体的生存，从而修改了宏大的、冰冷的历史而让之获得了温度，这才是王安忆写作的动机和目的。

陈思和在研究海派文学时发现了两种传统，即"一种是以繁华与糜烂同体的文化模式描述出极为复杂的都市文化的现代性图像，即突出现代性的传统；一种是以左翼文化立场揭示出都市文化的阶级分野及其人道主义的批判，即突出批判性传统"②。然而张爱玲的横空出世却同时击碎了前人的两大传统，她以一种描写市井人生的叙事开创了海派文学新的传统空间。这种传统被王德威认为是"以五四叙事与左翼叙事为他者的日常生活叙事"，而李欧梵则将张爱玲划入了"颓废"艺术的国度，认为其所展现的灰色调的、了无生趣的市井景观在某种程度上成为了反现代的"审美现代性"。通常情况下，学术界都将王安忆视为接班张爱玲的作家。当然，从世俗性写作的角度来说，王安忆确实与张爱玲如出一辙，都以上海小市民的日常生活为对象，表现他们纷纷扰扰的市井人生。但王安忆却绝不沾染"颓废艺术"，也不似张爱玲那般传奇，而是多了一份对美好人性的坚守。但是，让人遗憾的是，无论是张爱玲的"颓废市井"还是王安忆的市井怀旧，她们并没有以一种平视的视点来

---

① 陈惠芬：《空间、性别与认同——女性写作的"地理学"转向》，《社会科学》，2007年第10期。
② 陈思和：《论海派文学的传统》，《杭州师范学院学报》，2002年第1期。

感受市井本身，更多的是以旁观者的姿态想象市井。再次以王安忆的《长恨歌》为例。王琦瑶虽来自市井，但她并没有真真正正地感受市井，更像是在演绎市井，市井空间只是作为她躲避政治洪流的避难所存在。小说中，王安忆刻意选择记录那些点点滴滴的生活之事，对日常伦理的绝对认同导致了她极少提及大历史，甚至回避市井之外的世界，只是有选择地触及一些大历史的边边角角，然后在一个适当的位置下力证一种独立于历史之外的日常伦理的精髓，而这种精髓在她看来，就是上海这座城市最内里的、恒久的底蕴——"外头世界的风云变幻，于它（生活）都是抽象的，它只承认那些贴肤可感的"①，这就如同伊格尔顿在《审美意识形态》中写到的"理性殖民化"所无法抵达的"感性空间"：无论是风起云涌的革命时代还是太阳之下并无新事的日常岁月里，市民百姓的日子总归能够安稳地过下去，这便是具有"惯习"意义的日常伦理。

但是，市井社会果真是全当如此吗？她的《启蒙时代》似乎为此做出了延宕而矛盾的阐释。所谓"启蒙时代"是指多重价值的话语体系对南昌这样一个满脑子都是阶级斗争思想的人的思想启蒙，这构成了小说的主线。这些话语中有陈卓然的政治话语，"小老大"的浪漫思维，顾老先生的民间立场，嘉宝等人的情爱启蒙，以及高医生等人的科学话语。王安忆并没有偏向任何话语立场，而是在多重话语思想的交织下编制出了梦幻的、自由人道的"市民社会"理想。但有意思的是，她对马克思的市民社会的解释借陈卓然之口理解为一种小市民的日常生活，即庸常的市井社会，而这，便是人类生活的最高理想，我们需为之付出革命的代价。且不说王安忆对市民社会的理解存在着严重的误读，她将革命与所谓的市民社会（市井）强行结构为因果关系，便充分暴露了她对于市井上海存在着过度认同与美化的嫌疑。结合两部作品可发现，王安忆在《长恨歌》里的市井怀旧与在《启蒙时代》中对日常市井的美化与认同的背后，

---

① 徐春萍：《我眼中的历史是日常的——与王安忆谈〈长恨歌〉》，《文学报》，2000年10月26日。

却暗藏着作者一种"国之理想"的抱负，她对市井百姓的认同或者崇拜，其实是寄希望于将她心目中的市井作为一种理想化的社会形态推广到国家与时代里，而上海，恰巧是她栖居的理想在场罢了。

但是，金宇澄却不同于王安忆。《繁花》的问世，有效地填补了张、王二人与市井上海之间的视差，以更为醇正浓厚的"沪味"与贴近历史肌理的姿态临摹了过去的旧上海。他承接了王安忆对日常伦理的赞颂，并将其发扬光大。但与之不同的是，王安忆选择在历史事件的边角处美化市井日常，并将之视为一种时代与国家之理想，而金宇澄却从未回避历史事件，而是如临摹者一般如实地刻画了时代政治对日常生活的渗入，以及日常生活所做出的反应，但却没有像《启蒙时代》般强调诸如平等、自由等美好理念与人之权利的关系，更不会代入作者的主观立场，去憧憬一个理想的现代市民社会蓝图。他实事求是，面对"不雅的底层，对这些男女人物，不美化，也不贬低，不做解释和评价"①，他的目的不过是用来重审已经定格成型的上海史，使一些"无声地带"重新发声，而日常伦理只是他的方法，就像有学者指出的："通过移情设计的方式，将当下的情境投射到历史年代中，达到一种历史经验的非历史的重组，并将革命和社会主义的震荡所造成的都市发展的断裂从集体的记忆中抹去。"②

《繁花》中的单数线是以二十世纪六十至七十年代的上海为时空背景，这必然会牵涉到当时对举国上下都影响深远的政治事件——"文革"。作品对"文革"效应的叙述不似《长恨歌》那般避重就轻，而选择直面"文革"的发生带给上海普通市民日常生活的影响。因此，在金宇澄以日常伦理为切入点的怀旧叙事中，"文革"也就被解读成了一种自然史意义上的盲目的、不可揣测的灾难，作品写到了"文革"中的抄家。抄家指由中央"文革"领导小组直接指导、由红卫兵来执行的一项重要工作，具体是指红卫兵们

---

①　张竞艳:《金宇澄:用言语照明世界》,《出版人》,2014 年第 4 期。
②　黄继刚:《空间的现代性想象:新时期文学中的城市景观书写》,武汉大学出版社 2017 年版,第 143 页。

以"破四旧"的名义实施的"造反运动"。这原本是一场全国性质的政治运动事件,但在金宇澄笔下,却演绎得十分的市井化、生活化,裹挟着市井之徒的公报私仇和污言秽语的闹剧。沪生是抄家的执行者。他的同学收到密报:"有一个香港小姐,一直穿黑包裤,平常只穿小旗袍,屁股包紧,尤其是穿香油纱小旗袍,浑身发亮,胸部一对大光灯。"另一个同学就怂恿沪生"采取行动",于是他们三人就去"大世界"抄家。在抄家的过程中,沪生的同学与花枝招展的香港小姐间的"沪骂"使抄家变得市井味十足,而围观的群众看得也是津津有味。

　　弄堂里,人越围越多,楼上有几只紧身裤、奶罩飞下来,有人撩起来,挂到香港小姐头上,又滑下来。正是中午,马路附近吃猪油菜饭、吃面条的客人,也端了碗来看。工人师傅拎过一块牌子,空气里一股墨臭,上面写:黄金荣姘头,下作女流氓董丹桂。挂到香港小姐头颈里。工人师傅说,"大世界"搞过三趟大扫除,最后一趟,扫出一万三千只蟑螂,这次是第四趟,捉出这只女流氓。大家拍手。太阳毒晒,一群人让开,女青年低头出来,手拿一把剪刀,交到沪生手里,退下去。沪生蹲下来,照淮海路方式,朝香港小姐裤脚口剪了一刀,一扯,裤子裂开一点,同学抢过来,用力朝上一扯,全部扯上去,撕开,再剪,再扯,大腿上荡几条破布,旁边两只奶罩,同学也剪了几刀。大家热烈拍手。一个师傅拉过沪生说,先让大家认真批斗吧,三位革命小将,请到4号里,吃一点便饭。沪生跟同学,走到正抄家的4号后门,黄鱼车里,摆了单位食堂的搪瓷饭菜碗,红烧大排,炒长豇豆,咸肉冬瓜汤。三个人端了搪瓷碗就吃。沪生对同学说,我总算是见识到了,啥叫真正的对开,当面对杀,一般人挡不牢。同学不响。沪生说,"方块豆腐干",厉害的。同学不响。沪生说,我要是打头冲进去,肯定是要逃的。同学不响。周围冷清，人人到前弄堂看热闹，一阵阵起哄声音传过来。同学放下筷子说，其实，我已经闷了好几年了，最受不了有人骂我穷瘪三，"我不禁要问"了，人人是平等的，这只死女人，过去骂我，也就算了，到现在还敢骂，我不掼这只凳子，算男人吧。①

　　这段话将沪生同学怂恿沪生去抄家的原因道出。不过是一些日常里鸡毛蒜皮的事所引发的私愤，却假借"革命"之名去泄愤，这是非常"市井"的做法，它将小市民斤斤计较、狐假虎威、世俗粗陋的一面在"文革"这个凸透镜下表现得淋漓尽致。"文革"这一政治事件似为小市民固有的日常陋习提供了一个"造反有理"的合法平台，这是其一，是"顺时针思维"，即通过"文革"事件表现市井的原色。其二，如若采用"逆时针思维"，从市井原色中反看"文革"这一历史性的政治事件，那么它本身所具有的"正义性"与政治权威性也便得到世俗性的消解，这也是二十世纪九十年代以来城市怀旧书写的策略之一，即以"欲望书写"代替了"革命书写"。

　　我们知道，二十世纪五十至七十年代的城市伦理其实是一种乌托邦式的政治伦理，它不以市民的真实生活与私人需求为中心，而是用政治理想代替市民伦理，以求得在物质和精神层面上建构同一性。这段历史是被政治塑形的历史，市井被严重压抑，但这并不表示小人物的日常伦理诉求真的就彻底缺席了，因此，作家们选择从这些不为人所重视的"细部"去把握和理解城市，从个人体验去安排人生、判断是非和立场，也就是对小人物的日常伦理诉求的恢复。《长恨歌》里王琦瑶和她的闺蜜蒋丽莉就形成了鲜明的对比。蒋丽莉按照律令般的政治伦理设定人生，信奉风云际会的"革命"与"解放"，但她却从未享受过"被解放"的人生，而王琦瑶却借着市井弄堂做保护伞，维护了自身的自由，把自己的生活小空间安排得极为妥帖和舒适。从这里便可以看出作者的情感倾向：立足于

①　金宇澄：《繁花》，上海文艺出版社 2013 年版，第 116 页。

市井立场，表达普通小市民们不被政治与历史影响的生命力。这是王安忆对宏大历史的消解策略。而金宇澄，却以直面历史的方式，表现了小市民们在宏大历史的压迫下的生存韧劲。阿宝曾说："'文革'最难得的镜头，真不是吵吵闹闹，是静，是真正的静。"[①]这个所谓的"静"，笔者认为，便是一种细水长流的日常伦理。

阿宝是小资产阶级的后代，在"文革"时被抄了家，祖父、娒娒被前来抄家的工人们虐待、侮辱，思南路的房子也全部变了样，他们一家顿时沦为了人人可欺的"底层"，最后还被"发配"去了沪西曹杨工人新村，成为了工人，住的房子是赤贫阶级住的"两万户"。"文革"破坏了他们原有的平静生活，但他们没有变得自怨自艾，反而更充满活力地继续生活。从吃穿用度到日常交往的语言和行为，都尽显小市民本色。从表面上看，政治事件对阿宝一家的影响是颠覆性的，他们的生活在进入工人新村后，各种生活的琐事、烦心事搅扰不断，生活似乎陷入了一个极为不安稳的环境里。然而在这不安稳的背后，却也有出人意表的宁静时光。"吃了夜饭，万家灯火，阿宝走出一排排房子，毫无眷恋，眼看前方，附近是田埂、几棵杨柳，白天，树下有螳螂、小草，蝴蝶飞过，现在漆黑。阿宝闭眼睛，风送凉爽，树叶与蒿草香气，大蒜炒豆干、焖大肠的气味，工厂的化学气味。等到夜深返回，整幢房子静了，家家开门过夜，点蚊香，熏艾蒿，走廊闷热黑暗。"或许，市井风情的美学意义便在于此，无论世道有多么兵荒马乱，生活如何充满艰难险阻，小市民们总会想尽办法地将如履薄冰的日子过得庸常而宁静。这便是《繁花》所展示出来的日常伦理的本相——顺应着历史的洪流，不回避，亦自我地生存。

然而，日常伦理并非只有"静"，所谓的"静"往往是日常生活的介入者站在后来的视角中回看这段往事所得出的某种"涛声依旧"式的美学感受，静，并非真实的市井之声。王安忆把市井作为躲避历史洪流的避难所，所以她的市井体验似乎只有细水长流的

---

①　金宇澄：《繁花》，上海文艺出版社 2013 年版，第 431 页。

"静"，但金宇澄的市井上海却是"动静结合"，纷扰不断的：

> "两万户"到处是人，走廊，灶披间，厕所，房前窗
> 后，每天大人小人，从早到夜，楼上楼下，人声不断。木
> 拖板声音，拉胡琴，吹笛子，唱江淮戏，京戏，本滩，咳
> 嗽吐老痰，量米烧饭炒小菜，整副新鲜猪肺，套进自来水
> 龙头，嘭嘭嘭拍打。①

以上同样是金宇澄对于工人新村"两万户"的描写。从阅读感官上就远不是阿宝所体会到的日常伦理的"静"，而是一种喧嚣、杂乱的"动"。事实上，日常生活在莫里斯·布朗肖眼里："无论它的其他方面是什么样子的，日常都有这样的一个本质的特征：它不容许任何约束力的存在。它四处逃逸。"②这说明在日常生活中，除了生存与生活这最基本的伦理诉求外，没有更为高级的准则作为限定条件，因此才会酿成了它的"动荡不安"：居住空间的杂乱无序必然会对人际伦理产生影响，于是就有了独守空房的银凤勾引小毛那段丝丝入扣的描写，最终还被二楼爷叔偷窥到，并一一记录，引发了后面的纷扰。这种市井之"动"似乎人人都习以为常，与其说这是外部的空间环境所导致的伦理坍塌，不如承认市井本身就是一个肮脏的藏污纳垢之所。市井之人的日常伦理始终以私欲满足为最终目的，这就决定了"美德"这种想象式的伦理规约只能在市井中处处碰壁，从而导致了"动"的发生，这才是真实的市井自身孕育的状态。

言而总之，在以地图式的叙事展现怀旧时光里上海的一景一物、一砖一瓦的《繁花》中出现了一百多个人物，他们虽身份各异，看似皆为时代下的边角料，却又与时代一衣带水，拼凑在一起，便组成了一幅完整的上海景观图。无论是出身"下只角"的小毛，还

① 金宇澄：《繁花》，上海文艺出版社 2013 年版，第 138 页。
② 转引自（英）本·海默尔：《日常生活与文化理论导论》，王志宏译，商务印书馆 2008 年版，第 4 页。

是来自"上只角"的沪生、阿宝等，每一个人都流露着特定年代里上海市民独有的韵味，从生活起居、饭局闲聊到七情六欲、命运流转，他们都是从个体的日常吁求着眼，建构自己的理想人生，在寻觅个体的价值寄托的同时，也为个体的日常吁求找到合理满足的渠道。金宇澄用一种纯正的上海腔调，在历史的怀旧时光里，重新发现并肯定了市井社会里日常伦理的"诗意"与"史意"，呈现出了一种成色古旧却蕴含自身现代性的市民意识，既有对市井传统的继承，也有对历史叙事的突破，更为城市书写拓展了新的空间维度和美学意义。

3. 被挤压的市井与小市民的伦理诉求

市井作为中国城市的传统之魂，是独立于政治意识形态与精英文化两大主流之外的第三种维度，凝聚着千百年来普通市民共同的性格与精神。另一方面，它本身具备的"个性自由、闲适享乐"的世俗化的"多元现代性"与自给自足的商业属性，却又犹如一块极具弹性、包容性与诱惑力的"黑洞"，能够迅速吸收西方现代市民社会精神，并与之融合、相互渗透，形成混合式的城市空间与城市文化。布迪厄曾指出，"在高度分化的社会里，社会世界是由大量具有相对自主性的社会小世界构成的，这些社会小世界就是具有自身逻辑和必然性的客观关系的空间"[1]，而这个空间就是所谓的"场域"。如果将"市井"视为场域一种，那么它不仅仅是纯粹的、具有空间效应的物理范畴，更是充满着独特文化形态的社会范畴，甚至是隐性遗传的心理定势。

从历史上看，市井是中国城市中较为特殊的生存空间，从古至今，它接纳、收留、庇护着的是既无政治资源又无经济优势的平民布衣，是三教九流、五行八作之人的汇集之所，因而衍生出了一种

---

① （法）皮埃尔·布迪厄、（美）华康德：《实践与反思——反思社会学导引》，李猛、李康译，中央编译出版社1998年版，第134页。

悠然自得的享乐意识。这种享乐意识作为中国平民（市人、市民）的集体无意识，可视为布迪厄"场域"理论中的一个核心词——惯习。惯习（habitus）与习惯（habit）不同，它是一种倾向系统，"首先表达的含义是一种组织化行为的结果，与结构的意义相近。它也指一种存在方式、一种习惯性的状态（尤其是身体的状态），特别是一种嗜好、爱好、秉性倾向"[①]，"这种倾向系统来自通过个人的社会化而实现的社会结构的内化（被结构的结构），另一面也通过指导人们的实践再生产着社会结构（具有结构能力的结构）"[②]。简单地说，惯习，是结构中的人们在长期的社会实践中所形成的"稳定的品位、信仰和习惯的总和"，也就是一种恒定的文化心理定势，其本身就起着一种隐在的"场域"功能，无论是在何种时代之下，都有着能够在"第一空间"与"第二空间"的分裂中重构观念化的"第三空间"[③]的能力。因此，即便是二十世纪九十年代以来的城市书写不得不遭遇波德里亚所预言的"消费全控社会"，但先在的市井意识（市民的享乐意识）非但不会被其终结，反而会与新的意识形态（消费主义）以及新的"场域"（通属城市）发生混合，获得新的使命与意义。所以，综上所述，尽管作为"场域"的市井空间，其自身逻辑与列斐伏尔的都市化空间相悖，会受到来自物理空间的征服和整合，但独特的惯习（享乐意识）本身所具备的超强适应力，却又能在新的都市化空间中获得一种超时空的契合性，即对"第三空间"的重构，由此，即便是身在全球化的大都会中，来自于市井意识的惯习，以及契合于它的"第三空间"（想象中重建的

[①] 转引自郭海青：《试述布迪厄关系主义视角下的场域惯习理论》，《武陵学刊》，2008 年第 5 期。

[②] 张晨：《城市化进程中的"过渡型社区"：空间生成、社会整合与治理转型》，广东人民出版社 2014 年版，第 235 页。

[③] 爱德华·索亚曾提出"第三空间"理论，所谓第一空间指物质性的空间实体，第二空间是人类对空间的认知和想象，第三空间即超越二元论关注空间的综合性意义，强调在都市化进程中重构都市风景和日常生活。参见包亚明：《后大都市与文化研究·前言》，上海教育出版社 2005 年版。

市井空间）依旧如鬼魅般在现代市民的伦理诉求中如影随形。

以何顿与何立伟的长沙书写为例。散文作家叶梦评价何顿的小说时指出："何顿的关于长沙市井的小说，就像长沙火宫殿的臭豆腐一样，成为一个城市市井精神的地理标志。"[1]而何立伟也曾在《出入都正街》中写道："我非常痴迷长沙的市井文化，活泼响亮，生机勃发，长沙大街小巷的生活日常，无不充盈了本土市井文化的热力与喧嚣。"[2]笔者认为，他们提及的"市井精神"或是"市井文化"可理解为一种长沙市民的娱乐之欲，即一种"惯习"。

长沙，又称"星城"，想必笔者不需花费多余的言语来重申这座已在大众心中留下刻板印象的城市。湖南卫视作为风靡全国十多年的星级卫视之一，在二十世纪九十年代便以主打"全民娱乐"的治台方针起家，这一策略不仅吻合普通市井百姓多年来的市井"惯习"，更是巧妙地契合了商品经济时代将会逐渐走向尼尔·波兹曼预言的"娱乐至死"的趋势，从而湖南卫视一炮而红，深入人心。而长沙也正是借助本土媒介崛起的东风，成为了大众想象下的"娱乐之都"。长沙人爱玩，在长沙，除了那深受少男少女们喜爱的想唱就唱的霓虹舞台，还有五一大道想买就买的商场与超市，步行街想吃就吃的地域美食，以及住宅区内随处可听到的"麻将的哗哗声和突然炸开来的喧闹"。在"娱乐之都"土生土长的湖南籍作家何顿与何立伟，他俩笔下的长沙虽不能与上海、北京这样的国际大都会相提并论，但也没有贾平凹笔下的西安那般散发着从历史风尘中走来的拟古化的市井气息。长沙夹在武汉与广州之间，既有着似池莉、方方笔下武汉城"码头文化"的五方杂处、不拘形迹的性格特征，也有着类似于张欣、张梅笔下广州城霓虹璀璨、物欲横流的商业空间。所以在"二何"笔下，我们既能够读到天心阁、橘子洲头、黄泥街、跛子街火宫殿等地域性质的建筑与空间的识名描写，也能够触及如港岛夜总会（《我们像葵花》）、蒙娜丽莎酒吧（《短暂》）、

① 叶梦:《"百漫图"系列之四——何顿》,《长沙晚报》,2009 年 6 月 8 日。
② 何立伟:《出入都正街》,《长沙晚报》,2016 年 1 月 28 日。

华天酒店（《黄泥街》）、五一路的蝴蝶大厦（《只要你过的比我好》）、鸿运歌舞厅（《弟弟你好》）等现代化的建筑与空间。仔细分析这些建筑空间，它们皆是长沙较为普遍的娱乐休闲与消费场所，出入其中的大部分都是长沙的升斗小民。"二何"将这些现代化的建筑空间作为场域的"第一空间"，通过对市民休闲娱乐之欲的细致描摹，消解了读者在认知与想象中对"第二空间"都市化、现代化的想象，从而在文学中建构了一个贴近平民百姓日常生活肌理的"第三空间"。这一空间由平民化、娱乐化的"酒吧文化""夜总会文化""茶楼文化""麻将文化"等所组成，充分展现了普通百姓与现代都市化融合后的悠闲娱乐的伦理吁求。其中，"麻将文化"相比起其他大众流行文化更具地方市井色彩。

学者李银河曾写道："凡到过成都的人，都会对那里人对麻将的迷恋留下深刻印象。大街小巷，到处支起牌桌；男女老少，全都如醉如痴。那是全中国人们生活的一个缩微景观。"[①]但长沙较之于成都，有过之而无不及。麻将对于长沙，就犹如冰糖葫芦之于北京，是城市空间与文化符号的固定搭配。麻将场上风云变幻，要求"牌友们"思维缜密，纵观全局，拥有超强的注意力和推断能力，要做到吃碰果断，出手为定，精力集中。这是对打牌者的要求。另外，麻将桌也是一个"麻雀虽小五脏俱全"的交往世界，俗话说"牌品如人品"，牌场上鸡毛蒜皮之人，牌桌下也绝无坦荡之行。有人不紧不慢，有人火急火燎，有人爱生闷气，有人爱动肝火，有人欠债不还，有人当定"冤大头"，这一招一式，全是市井百姓们最真实也是最个性的写照。以此识人，绝对可靠，难怪胡适会说："女人们以打麻将为家常，老人们以打麻将为下半生的'大事业'。"[②]可见麻将对于中国市井小民们在日常生活的娱乐项目中占据着重中之重的位置。

麻将桌虽小，但也可窥见人生，"打麻将是背景，社会问题是

①　李银河：《麻将与民族性》，http://www.xici.net/d181446605.htm.

②　胡适：《麻将》，http://blog.sina.com.cn/s/blog_3e3633eb01017ixi.html.

核心"。何顿的《无所谓》中描写了李建国与以前的大学同学之间的麻将之战。他们奋战厮杀了一个多小时就李建国一人没有开和，他很是郁闷，心生不满，然而这种不满的根源却并不是不开和，不开和只是导火线，深层原因是社会地位的悬殊与心理上的落差。李建国在大学时代品学兼优，博览群书，大家都认为他在将来是能成为将军或是省长之类的潜力股。然而世事多变，市场经济的到来改变了城市中人们企图通过文化谋取生存与发展的固有路径，财富成为了时代主宰，成为了进入上层社会的入场券。而在赚钱这方面，李建国并不擅长，他先是从一名大学教师沦为没有职称的中学教师，又从中学教师沦为了同学手下的打工仔，最后变成了鱼贩子，他的人生轨迹就像是从高空坠落的抛物线。与他打牌的同学们在校期间都不如他，但毕业后却都混得比他好，这才是他的心中郁结。小小的牌局虽是四人面对面坐着打发时间的一场游戏，但毕竟也会关系到胜负输赢，难免会牵扯进日常情绪，体现出惯常的生活形态。

何立伟的中篇小说《天堂之歌》也写到了打麻将。唐眯子的麻将室是频繁出现的空间意象。追根溯源，麻将室源自于古代市井中的赌场，据《列子·说符》记载，大梁一姓虞的富豪不但自己嗜好博戏，而且每日在家临街的楼上开设博局招赌，四方赌徒闻风而来，这应该是中国最早的赌场。当时赌场里的项目繁多，有斗鸡、走犬（跑狗）、六博、弈棋、投壶等，而麻将（原称马吊）这一项目却是在明清时期才开始出现，并迅速风靡全国。值得注意的是，古代的赌场多半是官家或富商开设，并以营利为目的，而新中国成立后，随着计划经济的推行，赌场早已被取缔，而麻将馆兴起的时间应该是在市场经济转型以后，并且现代法律也有明文规定：合法的棋牌室等娱乐场所只能进行少量财物输赢的娱乐活动，不能涉及赌博等大金额的钱财交易，因此也就成为市井小民们消遣娱乐、打发光阴的场所。小说中，余天华还未出现之前，写到了朱昌茂与叶胖子的对话，朱昌茂做了一个手摸麻将的动作，并嘱咐叶胖子把牌友余天华叫上。话锋一转，余天华登场的第一幕便是在唐眯子的麻将室，与三个堂客大杀四方。而这间麻将室里一共开了六桌，"烟雾腾腾地，基本上都是些没事可干的中年男女，一边搓麻将一边嘻嘻哈哈，除了坐着打的，还有站着看的，显得蛮热闹"①。打牌和看牌的人基本都是些下岗在家、没有正当职业的无业游民，他们闲来无事只能跑到麻将室里搓麻将打发时间，如果遇到像余天华这样的"一躁就乱放炮"的"施主"那便求之不得，还能赢些小钱。前文提到，"下岗"是国家一次重大的社会改革，是对"人民"这一政治群体的"去政治化"仪式，也是二十世纪九十年代城市内部阶层分野的直接导火线。一些人抓住了机遇，另谋出路，在新的领域获得财富与地位，而另一些人则注定无法攀入新的经济秩序中成为新富人阶层，被挤入城市的下层，终日游手好闲，便钻研起了"麻将经"。余天华有些与众不同，他以前是学校老师，受过高等教育，后转型为烟酒批发的生意人，并非一般升斗小民。他之所以终日沉迷于麻将并非无所事事需要依靠打牌来消遣无聊的日常生活，而是将搓麻将当成了一种人生爱好，就如同王一生之于下棋，朱自治之于美食，而他酷爱麻将，即便自己的养女顺妹子知道自己不是余天华与郭淑香的亲生女儿后如同变了一个人，整日闷闷不乐，余天华也依然跑去麻将馆嘻嘻哈哈地搓麻将，丝毫不在意。"这个世界何以解忧？照余天华看来，只有呷酒同打牌"②，麻将是他作为城市生存者之外的娱乐方式，与二十世纪八十年代市井小说中经常出现的主人公们对某种文化雅趣的追求有所不同，是剥离了文化精粹主义后，最接地气的享乐，也是最为"市井"的伦理诉求。以往，余天华还经常与朋友叶胖子、李昌茂打牌，可自打自己在下河街的生意越做越冷清后就不愿意再和这些有钱的朋友打牌，反而经常泡在唐眯子的麻将室里，他的这一心态的转变似乎也透露出一个细节：麻将虽为市井之物，满足人们休闲娱乐之小欲，但打牌的对象，打牌的空间场所却并不单纯。与杨胖子、胡广生等生意人打麻

---

① 何立伟：《天堂之歌》，选自《跟爱情开开玩笑》，新世界出版社2002年版，第46页。
② 何立伟：《天堂之歌》，选自《跟爱情开开玩笑》，新世界出版社2002年版，第47页。

将，是在叶胖子的家里，用的是"颗粒好大的麻将"和带抽屉的牌桌，吃着叶胖子老婆奉小梅做的马里奥糕点；在麻将室里，却只能"搓两块钱一片筹的麻将"，并且"烟雾腾腾，喧声沸沸"。二者的环境一个天一个地。再来看唐眯子的麻将室位置，坐落在五一路快要拆迁的巷子里，拆迁办的人评价这条巷子的原话是"这巷子太破旧了，有碍观瞻"。麻将馆老板唐眯子声称自己在巷子里住了五十年，如果要拆，就"必须赔偿一套四室一厅的房子，还要在城里头的"。从这些对话中可以获得一些信息，他们的麻将室应该位于老城区内，它没有如天心阁、马王堆这样富含历史文化象征的"城市记忆"，可以在城市化进程中成为必要的"历史地段"（Historic District/Historic Site）而得以保留，它是被拆除的对象。即便未被拆除，像麻将室这样的市井娱乐空间也不一定具有合法性。

何顿的《发生在夏天》是一部围绕着麻将室展开的小说。二牛是一个市井混混，八年前他所在的陶瓷工厂倒闭后，因没有文凭无法就业，而沦为无业游民。整日无所事事的他，最常去的地方就是麻将馆。书中的麻将馆与《天堂之歌》类似，都位于旧巷子内，但不同的是，这家麻将馆老板的舅舅是派出所副所长，靠着这样的背景，吸引了隔壁几条街的人都来这里打牌娱乐，因为他们知道警察不会来这查处。由此可见，麻将馆这类市井休闲场所是司法机关重点监控的对象，它的合法性相当暧昧。二牛时常囊中羞涩，去麻将馆无非是等手气差的人输得丧失信心后就有可能叫他"挑土"（即替人打牌，赢了算别人的，输了也算别人的），这时二牛就会高兴地坐上去，非常谨慎地替别人挑土，赢了钱，那些人还会打赏他十块。这个麻将馆中，还有一桌是街上的小老板们打的大麻将，输赢常常上百，二牛有时也会帮这桌人挑土，如果赢钱了，还会分得五十块钱的油水钱，既打发了时间，又赚了钱，何乐不为。这部小说中，二牛与余天华不同，他俩皆是麻将馆的常客，但余天华爱好麻将主要是为了消遣烦恼人生，为自己冗长、平庸的市井生活找些刺激和乐趣，而二牛却是用麻将来麻痹自己，浪费生命。或许，那些整日出没麻将馆的人都是一个又一个的二牛，他们仿佛与社会完全脱轨，被抛弃的生活里就只剩下了聚众打牌，没有更高级的追求与能力，甚至连欲望都没有，就如同麻将馆老板的派出所副所长舅舅说的："不让他们打麻将，他们又没有别的事做，不就多了人去偷去抢？那不是给政府添麻烦吗？"[1]话虽很滑稽，却又流露着些许的反讽。麻将馆存在的价值和意义，不过就是为了防止一堆社会闲人去扰乱城市社会的正常运转，而特意开辟的一个收留他们的专属空间。与麻将馆类似的还有茶馆：

> 在幸福街和吉祥街的拐角上，有一处茶馆。所谓茶馆就是提供三教九流吃茶和闲聊的场所。……吃茶的人都是左近街上的一些无业游民，主要是年轻人，当然还有老头和中年人。他们一早去喝茶，不是为喝茶而去，而是为了有个共同拥有的场所聊天南海北的事情。每当大家把见闻说完之后，归宿当然是玩牌赌博了。[2]

提起茶馆就不得不联想到老舍笔下的裕泰茶馆。何顿笔下的茶馆与老舍笔下的茶馆既有相同之处也有迥异之别。相同之处在于，都为大众百姓经常出入的市井之所，是休闲享乐的地方。迥异之别则在于，老舍笔下的茶馆是一个"社会浓缩体"，除了三教九流之人，也有常四爷这样的八旗子弟、办工厂开银号的秦仲义、维新的资本家等非市井人物，最重要的是，小茶馆隐喻着大社会的变迁，能从中感受时代的转型，更可窥见人生百态；然而何顿笔下的茶馆犹如前文论及的麻将馆，却似乎是一处被时代所遗弃的"他者"空间，除了市井的平庸，就只剩下了一群蝼蚁般碌碌无为的小市民们。从伦理学的角度来说，市民社会理应提供一个较为完善的"公平"与"公正"的社会体系，以最大程度去保障市民们所理应享受的权利与应尽的义务，确保他们最基本的伦理诉求得到合法的满

① 何顿:《发生在夏天》,《作家》,2004 年第 6 期。
② 何顿:《我们像葵花》,湖南文艺出版社 2010 年版，第 159 页。

足，这其实也是黑格尔、马克思对市民社会理想化的建构模式。然而现实的情况是，高速的城市化所带来的直接后果便是对传统的市井空间的大量"掠夺"与现代空间的大规模生产，却往往忽视了新的空间生产与旧的市民之间理应保持的关系与伦理诉求的契合度。政治关系与经济财富犹如两大屏障，阻碍着一批旧的市井之徒们进入新的空间秩序中，因此，那些被无情抛弃的底层市民们，只能留在被越挤越小、越挤越窄的市井空间里，无所事事，斤斤计较，将原本只是娱乐休闲之欲当作了唯一能够满足的生存之欲，这恐怕是对这个所谓的市民社会的最大讽刺。

　　"留守市井"的李建国、二牛、余天华等人终日以麻将为乐，而从市井中走入都市的人，是不是就能脱胎换骨？他们的言语行为、思想意识是不是都已然抹掉了市井的痕迹呢？"二何"的许多作品中也都写到了一个不同于旧的"市井长沙"的"都会长沙"里的新面貌和新景观，如《我们像葵花》中的电影院和桌球室、《我不想事》中的洗浴城、《生活无罪》中的琴岛俱乐部、《北方落雪　南方落雪》中的夜总会等。这些新兴的娱乐空间几乎难掩"西方气味"，甚至接近于包亚明在研究上海消费空间与文化时所提及的"飞地"①，然而有意思的是上海的"飞地"是一种中西文化的"时空分延"（安东尼·吉登斯语），但长沙的"飞地"却是都市与市井相互交错的"时空分延"，即作者对"第三空间"的想象。何立伟的《北方落雪　南方落雪》中写到了长沙市内最为火爆的红灯笼夜总会。这原本并非市井场所，而是都会里的消费娱乐空间，但是，他却写到里面"节目庸俗，充满市井趣味，然而这并不妨碍它生意红火，更不妨碍坐在里头的男男女女一边嗑瓜子一边喜笑颜开"②。可见，这所夜总会依然是靠着很市井、很低俗的内容吸引着发家致

①　关于"飞地"的解释请参考包亚明的文章《上海酒吧：空间的生产与文化的想象》，选自王晓明主编：《在新的意识形态的笼罩下——90年代的文化和文学分析》，江苏人民出版社2000年版，第122页。

②　何立伟：《北方落雪　南方落雪》，选自《跟爱情开开玩笑》，新世界出版社2002年版，第107页。

富的市井之徒们前来消费娱乐。无独有偶，何顿在《荒原上的阳光》里也写到了港岛夜总会，"是长沙市的暴发户和什么公司的总经理来体现自己的价值和倾泻苦恼的地方……"①这些消费者无非是些冯建军（《我们像葵花》）似的人物，他们投机倒把，追逐浮生色相，不过就是市井之徒的现代升级版，被先天的"惯习"（市井享乐欲望）所裹挟，在进入都市后，与声色犬马的都市娱乐一拍即合，从而也就有了"二何"笔下看似浮华梦幻却又无处不在的透露着市井化倾向的消费场所。

事实上，"二何"笔下"混杂性"的长沙并不是中国城市的特例，而是普遍现象。不仅仅是长沙，池莉、方方的武汉，贾平凹的西安，甚至是王安忆笔下的上海这样的一线城市、国际大都会中，市井成分如同城市基因般无处不在。市场经济改变了人伦关系，从传统的"熟人社会"走向了以职业生存为中心的市民社会，但是作者们对生存意识的重视与强调却并没有放在首位，更多的是如王安忆般"把人生往小处做"②，沉迷在日常生活的吃喝玩乐中，从而也就造成了城市书写一个普遍的错位：空间的现代化与人伦的市井化。

几乎所有的城市都已经或正在将带有市井气息的闾巷房屋夷为平地，代之而起的是以消费为中心的都市奇观。密斯·凡德罗说："建筑是用空间的语词构思的时代的意志。"二十世纪九十年代以来城市空间的重塑，所体现的"时代意志"便是企图抹去市井本身所承载的贫穷落后、低俗平庸的记忆，而拥有现实的合理性，这是中国人普遍的现代性焦虑，更是一种隐在的权力对城市空间的塑形。然而在感性层面上，市井气息并不会随着物理空间被一点一点地挤压而趋于消失，即便是在都市丛林中，也依然残存着市井深处那份不可名状的消遣与享乐的欲望。不仅如此，二十世纪九十年代以来的城市书写中，依然还保存了大量的地方方言、迥异的地域文化，以及旧的习俗习气，都可证明城市书写的"市井性"成分。例

① 何顿：《荒原上的阳光》，光明日报出版社1997年版，第13页。
② 王安忆：《长恨歌》，作家出版社1995年版，第218页。

如何顿笔下的星城长沙，已初见现代都市规模，但何顿却依然沿用特属于现实市井的粗粝质朴的艺术形态去勾勒这座城市表象化、平庸化的日常生活。在语言上也经常使用未经修饰、原汁原味的长沙俚语，比如"老子崽不找一个情人""老子一通晚没睡觉，累醉了"等来还原一种实实在在的"在场性"。在何顿、何立伟的城市想象中，我们仿佛看到了中国二线及以下城市的现状，即在紧跟城市化进程的冰山一角之下，是以市井意识、市井文化为底色的另一种风景，它既熟悉，又稍显陌生。

二、飘浮的"昆赛"[①]——文学双城记之"魔都"与"帝都"

王安忆的《纪实与虚构》中，主人公"我"的母亲认为上海的弄堂是"卑鄙龌龊的地方"，"它集中了上海这城市的所有罪恶：偷窃、行盗、拐卖孩子。还有桃色事件，只能培养市侩之子"[②]。这里可以清楚地感受到，"我"的母亲对弄堂的审视和鄙夷。基于她的立场，我们有理由相信，一个凌驾于弄堂之上的"上海"正在居高临下地俯视着市井的上海。《长恨歌》里弄堂女儿的王琦瑶，在自己最青春的年华里参加选美大赛，目的是渴望摆脱平淡的生活，走出弄堂。由此可断定，烟火人气的市井空间之上，还存在着一个更大、更为高级的空间，它现代、富饶、文明，飘浮在旧上海的上空，照耀着市井的窘迫，这便是"通属城市"的上海。

库哈斯的"通属都市"等同于"都市"（city），它与"城市"

------

① 昆赛，系 Quinsai 的音译，《马可·波罗游记》称这是一个极富丽的城市，并解释 Quinsai 的意思是"天上之城"——选自（意大利）伊塔洛·卡尔维诺：《看不见的城市》，张宓译，译林出版社 2012 年版，第 85 页。

② 王安忆：《纪实与虚构》，选自《父系和母系的神话》，浙江文艺出版社 1994 年版，第 97 页。

（urban）的区别在于其更具国际性和现代感。城市是现代文明的物化形式，是政治、经济、文化的汇集之地，但却并不一定是社会结构的中枢空间，而"都市"（city），不仅指的是一个人口至少在二百万以上的物理空间与累积大量资本的经济实体，还指向具有决定性的文化力量和向中小城市乃至农村地区的辐射作用，"大都市的新生活方式与观念一出生就是世界文化的主流话语，并迅速淹没了不同国家和地区固有的、数千年的'地方经验'和'价值传统'"[①]。可以说，全球化的脚步造就了一个个空间同一性的国际大都市，而文学与都市的关系却又是一种复杂的双向建构关系，即文学对都市现象的表述和都市对文学创作的影响。在这一过程中，中国经验（如市井传统）也势必会受到来自"通属城市"强烈的冲击。

笔者需再次强调的是"市井"与"通属城市"间的区别与联系。首先，"市井"一般是指下层社会里的市民们所生活、居住、娱乐的空间，而"通属城市"主要指政治、经济、文化、建筑、交通等都极度发达的大城市。通属城市不是无缘无故就拔地而起，它与经济意识形态的推崇有着直接的因果联系。"经济意识形态重新生产了一个和经济有关整一性的空间，它将作为空间形象的整个中国，基本上改造成了一个经济型的空间形象，这个空间形象同样具有相当程度的绝对主义色彩"[②]，这种"绝对主义色彩"的通属城市也就相应地具备了"霸权性"和"侵入性"。从进化论的角度来说，通属城市与市井的关系其实是时间关系，即时间之箭的前端承接着传统的市井，而尾端则指向现代化的通属城市。但从社会学的角度来论，无数的历史常识皆可证明，任何时代的社会转型和变革都不可能一蹴而就，从"市井"过渡到"通属城市"，也绝不会在短时间内就形成非此即彼的格局，因此我们经常会看到，在二十世纪九十年代以后的城市中，民工们简易的棚房与高墙围住的豪华楼宇

---

① 刘士林：《中国都市文化研究三题议》，《中华读书报》，2006年4月12日。

② 敬文东：《太过坚强的空间和过于脆弱的意志》，选自《灵魂在下边》，河南大学出版社2009年版，第169页。

遥遥相对，"中南路腆着肥硕的肚子一派金碧辉煌地成为市民的荣耀时，中北路却灰头土脸地藏在中南路的背后，大气不敢出一声"（方方《中北路空无一人》）等这样具备霍米·巴巴所言的"混杂性"特征的独特景观。两类空间看似处于同体时空下的同一平面，但二者的关系事实上却是一个上下结构或包含关系，可视为场域里"社会小世界"与"社会世界"，并且，前者是以一种时间与空间的优越性潜移默化地侵蚀、扩张、挤压着后者，比如王安忆的《上种红菱下种藕》中的柯桥镇，不过是一个小小的小城镇，却也有着与通属城市相同的景观：到处挂满了巨大的平面广告图，豪华高档的酒店、大型商场和西餐厅……市井，已经走失在了地理学和历史学意义上的空间位移中。另一方面，现代性焦虑又一直是中国作家们黏在内心深处的疤痕，而对现代性的物化形式的"通属城市"的内部想象，也就自然而然成为作家们文学版图中不得不扩充的重镇。

1. 建构异托邦的 Logo 意象群

上海，从来都有两副尊荣，白鲁恂说："在两次世界大战之间，上海乃是整个亚洲最繁华的国家化的大都会。上海的显赫不仅在于国际金融和贸易，在艺术和文化领域，上海也远居其他一切亚洲城市之上。"[1] 拥有"十里洋场""东方巴黎"美誉的"魔都"上海，似乎从它崛起的那天起就"背负"了一个巨大的、西方式的消费 Logo，这也便决定了它从一开始就是以"鸿篇巨制"的形式出现在任何人的意识想象中。

当剥离出已然式微的政治伦理向度下的上海书写后，我们发现，二十世纪九十年代以来关于上海的文学书写中再次复现了与上世纪"新感觉派"极为相似的"昆赛"，只不过由当时红极一时的舞厅、赌场等为代表的 Logo 意象变成了一套沙朗·左京的"后现

---

① （美）白鲁恂：《中国民族主义与现代化》，《二十一世纪》（香港），1992 年第 2 期。

代朦胧空间"（postmodern liminal spaces）。"外滩，上海的标志、心脏和边缘，那个被不厌其烦地四处展示的建筑群……外滩好像它是一个标志性的一个景观，好像是一个象征意义上的上海的心脏。但是我觉得上海的这个心脏好像是挂在这个身体的外边的……一个新的城市已然呈现，金茂大厦、世纪大道、中央公园、浦东机场这些标志性的景观，无不含有巨大的和对未来无限憧憬的器官，它们的金属式的冰冷闪光，散发着网络和太空时代的遥远而迅疾的气息，它把人们的生活从过往的琐碎历史中连根拔起，甚至脱离日照的温暖和潮汐的疯狂支配，以摆脱引力的能量向着未知的、宇宙般的、莫名其妙的生活迸发……"①作为土生土长的上海人，孙甘露在《一个人与一座城市》中对上海的感受却出人意料地充满了"此地即他乡"的疏离感，着实让人诧异和震惊。事实上，当一个来自市井里弄的你，置身于繁华的十字街头，你确实无法相信那些"纷繁的景观和娱乐活动形成的令人眩晕的盛况"②会是生养我们的故乡；当你面朝拔地而起的酒吧、饭店、咖啡厅、高档会所、高楼大厦、精美别墅等新鲜而陌生的城市时，你又是否恍惚觉得自己只不过是本雅明在《查理·波德莱尔：资本主义盛期的抒情诗人》中所诉说的"城市漫游者"？ "城市的历史陈迹似乎只是对于贫穷落后的记忆的载体。因此，通过空间纹理的重新织造来抹掉这些不愉快的记忆也就拥有了现实的合理性"③，这段话戳中了消费主义驱使下空间生产的实质。上海，作为白鲁恂另眼相看的国际金融都会，历史陈迹的市井里弄自然只能在怀旧的文学时光中才能慢慢发酵，散发韵味，而来自现代性焦虑催生出的新上海书写却早已被梦境般的建筑景观与消费空间所刷屏，开始想象着一个飘浮在上、无与伦比的乌托邦

① 孙甘露：《此地即他乡》，《语文教学与研究：学生版》，2010 年第 1 期。
② （英）玛格丽特·克劳福德：《大耶购物中心里的世界》，见汪民安、陈永国、马海良：《城市文化读本》，北京大学出版社 2008 年版，第 234 页。
③ 倪伟：《空间的生产与权力敞视——透视当代中国的城市广场》，选自王晓明主编：《在新意识形态的笼罩下——90 年代的文化和文学分析》，江苏人民出版社 2000 年版，第 107 页。

形象，它无时无刻不在散发着物欲的荷尔蒙气息。然而有趣的是，如此梦幻般的上海又的的确确真真实实地存在于现实社会中，有着可触及的物理空间和现实体验，它剔除了孙甘露的"故乡感"，实现了一个只有在想象中才会出现的"异托邦"。

　　什么是"异托邦"？笼统地说，"异托邦"是"乌托邦"的现实存在。在曼海姆的理论体系中，他将乌托邦定义为是对现实社会的超越，即一种未来的理想境界，这奠定了乌托邦作为一种"虚拟"的所指存在。它拒绝着现实世界的社会秩序和伦理规范的进入，更重要的是，它没有一个真实的场所，只存在于人们在想象中建构的一个类似于超越当下的社会空间，它是一种理想化的可能性。因此福柯才认为："乌托邦究其本源是指世界上并不存在的地方，而异托邦则是现实中实际存在的空间，是与现实对立的地方，它们在特定文化中共时性地表现、对比、颠倒了现实。这种类型的空间是外在于所有空间的，即使也许可能指出它们在现实中的位置。因为这些空间绝对有别于他们反思和言说的场所，为了与乌托邦（utopias）相区别，我把它们称为异托邦（heterotopias）。"[1]迄今为止，关于福柯的"异托邦"并没有太多明了的、清晰的说明和阐释，而只存在着一些共识可供笔者借用。首先，也是最重要的一点是，乌托邦是一种不存在的理想境界，没有真实的存在位置，而异托邦是存在于现实中的乌托邦，"世界不只存在一种文化，多元文化的情形就是'异托邦'"[2]。那么，作为一个多元文化杂糅而成的"混血儿"，上海早在二十世纪三十年代就已初具异托邦特征，这里包含了福柯关于异托邦的六种可能性说明：有着堆积记录线性时间、浩如烟海的文物与资料的博物馆和图书馆；有着在不同民族、不同时代承载着相对不变的文化功能的墓地；有着在同一真实空间中包含着不同

①　Michel Foucault：*"Of Other Space"，Diacritics*，Spring，1986，　转引自汪行福：《空间哲学与空间政治——福柯异托邦理论的阐释与批判》，《天津社会科学》，2009 年第 3 期。
②　尚杰：《空间的哲学：福柯的"异托邦"概念》，《同济大学学报（社会科学版）》，2005 年第 3 期。

矛盾和冲突的多维空间的电影院和戏院；有着把整个世界浓缩在一个大空间内，并在中央有着一个起支配作用的喷泉水池的私人花园；有着与传统的庆典节日相联系，并提供人们聚众狂欢的如外滩、游乐园等这样的公共空间……这一切都在上海这座东方城市上实现了。上海作为中国最早的殖民地之一，西方殖民者们用了一种"反转殖民"的方式，在遥远落后的东方上海建造了一个可与西方现代都市媲美的不夜之城：歌舞升平的舞厅、车水马龙的南京路、沪西地区的日本赌场、被誉为"凝固的音乐"的外滩……这些"东方飞地"对于旧上海的市井小民来说，便是难以企及却又真实存在的异托邦空间。而如今，那些由西方殖民者们创造出来的完美、精细、有序，似西方空间的增补空间，非但没有减少，反而随着国家的经济转向、城市化的兴起和新意识形态的普及，契合了二十世纪七十年代末以来四个现代化宏伟蓝图带给人们的西方想象，于是，在国家话语、后殖民话语的共同合力中，完成了属于我们自己，却又带有西方魅影的本土异托邦的转嫁。因此，孙甘露对于上海"此地即他乡"的感受，实则是对异托邦的切身体验。

1.1 "类狂欢"的情欲空间与自由的"市场交换"

在福柯的"异托邦"的理论中，殖民话语和后殖民话语是一个重要的特征："在某些情况中，在地球空间的全面安排方面，殖民地起了异托邦的作用。"[1]如果说上世纪的"新感觉派"与张爱玲小说中的上海体现的是一种殖民话语下的异托邦，那么，在二十世纪九十年代以来的上海书写中，则描写了另一种具有"后殖民"性质的异托邦，是由酒吧、咖啡厅、酒店大堂、高档会所等所组成的异托邦。这些新兴的建筑景观和消费空间不再是殖民者们修建在异国他乡的异托邦，而是由本国的城市规划者们在经历了狂飙突进的西方狂想曲后，自主创造出的贴近西方、追逐西方的实践空间，是半原创的舶来品，异域风情是内部的基调。弗朗西斯·约斯特认为："最广义的异国情调来源于种种心理感受。它通常表达人们想要躲

① （法）福柯：《另类空间》，王喆译，《世界哲学》，2006 年第 6 期。

避文明的桎梏，寻找另一个外国的和奇异的自然环境的愿望。它有助于滋养一个人的最美好的梦想，这个梦想是遥远的、陌生的和神秘的。"①而以酒吧、咖啡厅、酒店大堂、高档会所等组成的Logo意象群，它们共同体现的功能则刚好满足了这一美好的梦想，是梦想的现实存在："这里的灯光是幽暗的，但是并不带有暧昧的气息，反而是带有刻意营造的痕迹，那青灰色的壁砖，天花板上垂吊下来的古香古色的圆形灯笼，桌台上摆放着的中间点着蜡烛的仿古煤油灯盏，你仿佛是置身欧洲，置身于一个种族、文化和你截然不同的国度中，但又不是，那几个从眼前掠过的黄皮肤侍者无时无刻不在打破你的幻觉。"（《下一站酒吧》）怀旧的器物编排似乎与异族的历史文化有所勾连，使踏足者沉浸在没有冲突和硝烟的历史过往中，它暗示着一场浮华肆意的富人时间正在上演。

这类异托邦空间的Logo意象群在叶立新看来，"不单纯是一个空间意义上的物质消费场所，而且是一个文化消费场所，是一个表达人类隐秘生活状态和情感的文学场景，这个场景可以集中地表达人对欲望的追逐，而其中暧昧不明的人和氛围以及音乐、酒精都共同指向了寻求追逐欲望过程中的刺激、消解追逐欲望过程中的焦虑以及放纵和抚慰情感的作用"②，因此，它们不单单是一个空间概念，而是一个集欲望追逐和身体狂欢的理想天堂，它们被生产出来，到处充满着人工的痕迹。那些人为播放的嘈杂音乐，那些人为设计的灯光、舞台，那些人为提供的酒精与零食，都有着非凡的魅力，能够屏蔽现实世界的一切，造就一种迥异的、属于异托邦空间的全新时间。波德里亚认为："这种时间在经济上是非生产性的，但却是一种价值生产时间——区分的价值、身份地位的价值、名誉的价值。因此，什么也不做（或者不做任何生产性事情）变成了一种特定活动……事实上，时间在这里并不'自由'，它在这里被花

① （瑞士）弗朗西斯·约斯特：《比较文学导论》，廖鸿钧等译，湖南文艺出版社1988年版，第138页。

② 叶立新：《卑微的幻想，放纵的欲望——试析当下都市文学中的酒吧意象群》，《当代文坛》，2003年第5期。

费，而且也没有被纯粹地浪费，因为这对社会性个体来说是生产身份地位的时刻。没有人需要休闲，但是大家都被要求证明他们不受生产性劳动的约束。"[1]因此，在这样的异托邦空间中的人际关系与交往形式，自然便与传统的茶馆、戏院等市井娱乐空间中的截然不同，你很难想象，在市井娱乐空间中人与人之间的交往会产生一种奇妙的、不可名状的情感欲望，而异托邦却往往呈现的是一场欲望的盛宴。人们来到这里消费、娱乐，追逐声色犬马与片刻的温存，同时也能变相地得到一种对于城市身份的自我认同，即城市人在实践享乐意识的另一种伦理关系。放浪形骸、秘而不宣抑或虚情假意的人们，统统在这里组成了偶然的、临时的、碎片化的伦理关系，这种人与人之间的临时关系在居伊·德波眼里是被生产出来的景观化，而在王安忆笔下，则隐喻了中西文化的不对等。

王安忆的《我爱比尔》中，比尔是师大艺术系女大学生阿三的美籍初恋男友，大学时，阿三不惜被开除也要和比尔在一起，与比尔分手后，她又结交了法国人马丁、陌生的美国老头等不同国家、不同身份的外国男性，而她如同上了发条的机器马不停蹄地周旋在各种男性身边也不过是因为痴迷当初与比尔在一起的异国情调。很多人都认定了这是"一个第三世界的知识女性自我认同的故事"，女性是第三世界的隐喻，阿三不断追逐西方男友的过程，同时也是"被殖民"与"堕落"的过程。但是，却少有人注意到阿三与之经常出入的"飞地"之间微妙的关联性。小说中写到的很多宾馆、酒店大堂、咖啡厅等均可视为是一种后殖民话语下的消费异托邦，"外头还是甚嚣尘上，进了门便是另一个世界。气息都是不同的，混合着奶酪、咖啡、植物油，还有国际香型的洗涤用品，羊毛地毯略带点腥臭的味道"，这是阿三对淮海路上的侨汇公寓的直观感受，有着明显的异托邦特征。她的喜怒哀乐如同变温动物极易受

---

① （法）让·波德里亚:《消费社会》，刘成富、全志钢译，南京大学出版社 2000 年出版，第 176 页。

到空间环境的影响，以至于后来在一定程度上像毒瘾一样痴迷着这类空间。她和比尔在一起时经常无目的地在上海街边漫游，最后总会"走进某个宾馆，在那咖啡座喝饮料"。分手后，为了对抗灵与肉的空虚，阿三终日沉迷于酒店大堂的咖啡座，"外国人，外国语，灯光，烛光，玻璃器皿，瓶里的玫瑰花，积起一道帷幕，遮住了她自己"，也滋生了她的情欲，于是，异托邦空间成为了她施展东方魅惑和猎取西方男性的欲望空间。当然，有着市井崇拜情结的王安忆断不会瞧得上这种所谓的消费异托邦，她说："一个女孩子在身体与精神都向西方靠拢的过程中毁灭、自毁。"[1]换言之，这些灯红酒绿，充满了异国风情的消费异托邦，在她的眼里不过是毁灭人生的洪水猛兽。最终，丧失了主体性的阿三堕落成了一名劳改女囚，在表层上，是她的身体与精神的毁灭，在内里，还裹挟着另一层隐喻：曾经云水激荡，"酿成了一种特殊的日常伦理和美学"的老上海，被琳琅满目的、代表着"通属城市"Logo的消费异托邦，不断挤出了现实空间，躲入了历史的隧道，而上海的这一转型，无疑是一个城市"身体与精神"的自我毁灭。

王安忆对于消费异托邦持审判态度，那么卫慧、棉棉乃至新世纪以来的潘向黎、安妮宝贝等人则主动投身其中，追逐着异托邦内浮光声色的感官刺激与蠢蠢欲动的欲望蔓延。在她们的笔下，消费异托邦其实就是利用了现代科学技术打造的"非地方"。所谓的非地方"是指当代世界上，交易与互动是发生于匿名个体间的区位……在这些空间里，我们个人的社会属性和我们的社会群体成员身份，变得毫不相干"[2]。酒吧、咖啡厅、舞厅这样的消费场所，与传统市井里的茶馆、戏院、酒馆、麻将室等有着天壤之别。表面上看，这些空间场域的功能是为人们提供娱乐休闲和人际交往，但是，后者在外观形式上通常崇尚自然，设施简单，不以奢靡、现代

① 王安忆、刘金冬：《我是女性主义者吗？》，《钟山》，2001年第5期。
② （英）琳达·麦道威尔：《性别、认同与地方——女性主义地理学概说》，转引自陈惠芬：《空间、性别与认同——女性写作的"地理学"转向》，《社会科学》，2007年第10期。

的装点为指向，而且前来消费、娱乐的人多为市井酒肉之徒，有些人和合崇礼、悠然自娱，有些人则低俗平庸、恶语相向，但归根结底也不过是一个简单的"熟人社会"，而前者却是信息交流、时尚新潮、欲望膨胀的场所，是集大众文化、消费文化、身体文化为一身的都会空间，因此它象征着身份、品位和现代。更重要的是它提供给一群空虚压抑、孤独隔绝"午夜幽灵"们一个短暂相聚的平台，在里面，人与人之间不必相识，更无需了解，在陌生、嘈杂的环境中依靠着空间的暧昧气氛和匿名化的交往模式，便能迅速催化欲望的荷尔蒙并给予最大限度的满足。葛红兵的《沙床》就写道，"我刚来上海，没什么朋友，只能整天泡在酒吧里"，酒吧成了"我"临时的家。"所有的酒吧都能在城市最阴暗的一隅，呈现出一派歌舞升平的肥皂剧气氛。BLUES 那著名的蓝色霓虹灯远远望去就像一个甜蜜的杨梅大疮"[1]；"一律是灯红酒绿，满屋子的烟雾、香水味儿，女人的眼风，黑发红唇或红发黑唇的时髦女人，加一打或温柔如水或冷酷如铁或愚蠢得要命的男士，在黑灯瞎火中推推搡搡、拉拉扯扯、吱吱呀呀，连酒吧最角落里的老鼠都周身洋溢着颓废、糜烂的气息"[2]，这是卫慧笔下的酒吧，感官画面颓废而热烈，是一个宣泄欲望、令人无法自持的花花世界。《水中的处女》也是以酒吧作为故事的起点。画家在酒吧中见到了一个女人，并把她带回家做自己的模特，预备为她创作一幅名为"水中的处女"的画，然而画还没有完成，女人便不再出现，于是画家每天都会去酒吧等待女人的再次出现。即便后来画家短暂地去另一个城市旅行，也习惯性地会去酒吧，只是因为"在酒吧里他找到了一股熟悉的气味，温暖而无意义的气味"，它是颓废的，但却如毒瘾难以戒掉。与卫慧齐名的棉棉同样是酒吧文化的痴迷者。《告诉我去下一个酒吧的路》讲的是一种"酒吧人生"，"我"的人生时光便是在"酒吧—大街—酒吧"三点一线中慢慢消磨；小说集《啦啦啦》也多以酒吧为背景，

---

① 卫慧：《蝴蝶的尖叫》，湖南文艺出版社 1999 年版，第 34 页。
② 卫慧：《像卫慧那样疯狂》，珠海出版社 1999 年版，第 80 页。

"在 DD'S（上海的一间真实酒吧）人们的眼神空洞而无表情，我在他们脸上看到自己。工作紧张和手无寸铁的人都来这里，他们来这儿干什么呢，我们一起寻找，在汗水与音乐中我们找到了答案……"（《美丽的羔羊》)。棉棉所寻找的答案是什么？我认为，应该是情欲。

　　以酒吧为首的情欲空间的内部，绝对是一个有别于日常秩序的另类空间，自然没有传统的伦理道德与社会准则对主体的约束，是一个充满了梦幻色调的异托邦，并且，它与巴赫金"狂欢"理论最初产生的空间场域——广场的形式雷同：城市中按部就班生活的人们在狂欢节那天将被束缚在各种伦理秩序中的身体抽离，进入广场，便可"在狂欢广场上发生了自由随便而毫无顾忌的亲昵接触"①。酒吧亦是如此。卫慧的《纸戒指》中写酒吧里的圣诞狂欢夜，"对于一些过着凡庸生活却憎恶凡庸的人们，狂欢的节日就如同仅作一日游的诺亚方舟，载着他们淹入快乐的海洋……年轻的肢体上下左右飞舞，构筑成欲望的迷宫，四周充满了细腻而黏稠的某种液体的味道。我们一无所有，只有几个臭钱！一个小青年在我边上嚣叫，便有几个朋友打扮的同伴附和着狂吠起来，我们要爱！要被爱！要造爱！我们喊着口号，显得才思喷涌、触类旁通"②，字里行间，涌动着一种末日的癫狂气息。身体需求是唯一的伦理准则与信仰，在酒吧里可以肆无忌惮，可以为所欲为，可以忘乎所以，所以，她们笔下的酒吧，经常会见到不可思议的一面：酗酒、虐恋、吸毒、性、SM、失控……需要辨别的是，作为城市中具体化的消费异托邦的空间形态，酒吧的无逻辑、无准则的狂欢模式是其特征，类似于巴赫金所研究的广场，但它又缺乏广场的平等与自由，即，并非所有人都能出入酒吧这类城市空间，"那些出入酒吧的常客，男的（通常是洋人）有大把的钱及文化资本，女的则有着迷人的身体，他们又都是感性的动物，这种资源互补的格局使酒吧

①　（日）北冈诚司：《巴赫金——对话与狂欢》，魏炫译，河北教育出版社 2002 年版，第 285 页。
②　卫慧：《纸戒指》，《小说界》，1996 年第 4 期。

从「平面市井」到「折叠都市」

成为一个闹哄哄的自由市场，日复一日地上演着资本与身体之间的交换"①。这里，"自由市场""交换""资本"与"身体"是四个显眼的关键词:"自由市场"代表着一种"类狂欢"式的空间形式，"交换"是这个空间形式最基本的伦理准则，"资本"与"身体"则为进入其中的必要条件，从而组成了一个麻雀虽小五脏俱全的社会网络图。最后，笔者想要为这幅社会网络图补充最为重要的内核性关键词——"情欲"，它是这场完整的"市场交换"形式中最终所要满足的目的。

酒吧空间的人伦关系图:

1.2 迷宫式的物欲空间:"闯入者"及非生存场域

赵园在其专著《北京:城与人》中有一小节专门比较了上海与北京，认为二十世纪的三四十年代，上海与北京是中国城市文化的两极，"北京是一个巨大的古董，早就铸成了一体的，上海却是大拼盘、不同材料的合成(而且非化合而成)物，自身呈'时空交错'"②。上海，在蒋光慈的革命文学和新感觉派缔造的摩登世界中，总是在政治漩涡的中心和消费都市的高床软枕中来回徘徊。表面上看，二者谬以千里，但归根结底，后者才是问题的"原罪"。李欧梵在《上海摩登》中说上海是"罪恶的渊薮，外国'治外法权'所辖治的极端荒淫又猖獗的帝国主义地盘，一个被全体爱国主义者

---

① 倪伟:《论"七十年代后"的城市"另类"写作》，《文学评论》，2003年第 2 期。

② 赵园:《北京:城与人》，北京大学出版社 2014 年版，第 230 页。

所不齿的城市"[1]，之所以"不齿"是因为由西方资本势力缔造的异托邦，衍生出了一种迥异于北京的病态的消费文化，极大地篡改了中国原有的城市伦常，赐予金钱在城市中所向披靡的权力，而市民们不断地受到这样的社会与文化的熏陶和塑形，很自然地沦为了感官情欲的"瘾君子"，不再是生产者与战士，因此才有了左翼革命的爆发，利用政治魔术与民族主义清理藏匿在上海内部的"城市原罪"。有趣的是，今天的状况仿佛是当年的昨日重现。在政治伦理与民族大义相继退潮后，消费都市伴随着意识形态的转型开启了华丽的复兴，而二十世纪九十年代以来的城市书写便是在这种复兴、崛起、狂飙的文化氛围下，建构起了似曾相识的"昆赛"空间。然而北京之所以与上海截然不同，分别为城市文化的天平两极，是因为从北京的历史上看，它不具备上海的"原罪"，与珠光宝气似"暴发户"的上海相比，北京更像是从传统中走来的"土财主"，有着自己厚重的历史尊严和独特的文化品位。王安忆在谈到上海与北京时，提到了小和大的差别，"北京的马路、楼房、天空和风沙，体积都是上海的数倍"，"北京的天坛和地坛就是让人领略辽阔的，它让人领略大的含义……上海的豫园却是供人欣赏精微、欣赏小的妙处，针眼里有洞天"。王安忆是从一种小市民的感性体验中所得出的结论，她所感知的北京，依然保留着"帝都"的威严与豪气，所以它内部的建筑空间也便借着历史文化的折射而彰显出了北京的"大"。这是北京的传统容颜，是第一个劳多米亚，不过，它正在逐步地走向人们记忆里的墓地中。

事实上，从当下整个北京的城市发展趋势来说，昔日"帝都"的容颜虽在"认知地图"与"识名建筑"中依旧风韵犹存，但又似乎出现了第二个劳多米亚的魅影，它是另外一个北京的形象，有着另一个克隆版的"上海"容颜：三里屯酒吧群 VS 衡山路酒吧一条街，燕莎购物中心 VS 徐家汇商业区，北京国贸大酒店 VS 上海浦东丽

① 李欧梵：《上海摩登——一种新都市文化在中国 1930—1945》，毛尖译，北京大学出版社 2001 年版，第 4 页。

思卡尔顿酒店，北京欢乐谷 VS 上海迪士尼，北京中国尊 VS 上海中心大厦……上海的消费异托邦几乎都能在北京找到雷同的复制品，这预示着赵园的预言——"经济改革最终拆毁着两极格局"①，已然应验。置身于北京，会感觉世界上的任何城市都是相似的，它宣告了一种"无地域性"城市的诞生，就如同《看不见的城市》中写到的："人在旅行时会发现城市差异正在消失，每座城市都与其他城市相像，它们彼此调换形态、秩序和距离。"②上海与北京正在手拉着手肩并着肩，共同走向多元复合和交错重叠的"通属城市"。不仅如此，随着经济的全面发展与城市化的加速进行，广州、深圳，乃至一些二线城市也都紧跟上海和北京的步伐，开启了梦幻般的城市"易容"之路。

郭敬明在《小时代 1.0 折纸时代》的开篇就写道："旋转的物欲和蓬勃的生机，把城市变成地下迷宫般错综复杂。"③"迷宫"一词最早出现在古希腊神话中，指的是结构复杂的洞穴或建筑物，基本等同于人的居住空间。在迷宫内部很难找到去往出口处或从入口到达中心的道路，它与生俱来所具备的路障与禁忌使得内部的人无法随心所欲，因此，这一意象的所指经常隐喻某种未知的混乱、神秘、诱惑、冒险和危险。"通属城市"是由各种同时具有想象和真实双重属性的建筑景观堆砌而成的异托邦，摩天大楼的兀自矗立、购物天堂的人满为患、酒店与餐厅的星罗棋布、街道与立交桥的纵横交错，构成了它的整体面貌，每一个进入异托邦的人如同迷宫探险般必须顺着被指定的路线行走，否则只能处处碰壁，因此，"通属城市"其实也等同于一个巨大的迷宫，它能利用建筑景观展开它的"七十二般变化"，往往让人措手不及，但无论迷宫都市怎样变换面孔，万变不离其宗的依旧是消费文化逻辑在背后隐隐作祟。本雅明说："这个时代是一个大规模工业化的不适于人居住的令人眼

① 赵园:《北京:城与人》，北京大学出版社 2014 年版，第 233 页。
② （意大利）伊塔洛·卡尔维诺:《看不见的城市》，张密译，译林出版社 2012 年版，第 139 页。
③ 郭敬明:《小时代 1.0 折纸时代》，长江出版集团 2008 年版，第 5 页。

花缭乱的时代。"①千篇一律的物化景观、商业空间、制式社区，取代了市井空间里熟悉的文化理想与人情熨帖，折射出了一种道德待定、物欲横流的狼藉乱象。以上文中提及的"酒吧"为例，在上海书写中，有着异域风情的酒吧是陌生化、狂欢化、市场化的情欲空间，日常的人伦关系在情欲空间中自动失效，演化为一种资本与身体的交换模式，而北京书写中亦是如此。徐坤的《春天的二十二个夜晚》中就有一章专门命名为"酒吧地图"，作者以图画式的方式逐一介绍了北京酒吧的特点。"如果你不到这里，不曾在'尼琪娜'酒吧的二层里俯瞰过北京三里屯11月份北风呼号时热气腾腾的夜色，没看见过这么多不明身份的先生小姐子夜时分在这里香艳袭人摩肩接踵，那可能真就以为北京人民都蜷缩在一个个拥挤不堪的胡同院落里，守着老婆孩子睡下了。"②酒吧作为一种消费异托邦的Logo，在很大程度上与传统的生存、娱乐空间相悖，这种相悖不仅仅是物理空间的直接博弈，还有着隐藏于无形中的两重伦理道德间的对抗，所以与其说是酒吧导致了男女主人公的婚变，不如说是以情欲为核心的市场交换伦理催生了传统家庭伦理的破灭。

当然，情欲空间不过只是"小巫"的异托邦，"大巫"的异托邦建构还在于一种让人目不暇接的物欲空间的轰炸式描写。邱华栋的北京书写早已被学术界定义为"城市病理学的讲述"③，几乎没有人从异托邦的角度解读过邱华栋。笔者发现，在他的文本创作中，始终都围绕着一个有别于传统"帝都"、飘浮在上的"异质空间"展开，这个空间是"在我们之外吸引我们的空间，恰好在其中对我们的生命、时间和历史进行腐蚀的空间，腐蚀我们和使我们生出皱纹的这个空间"④。在这层意义上，对于邱华栋笔下的人物来

① （德）本雅明：《发达资本主义时代的抒情诗人：论波德莱尔》，张旭东等译，生活·读书·新知三联书店1989年版，第307页。
② 徐坤：《春天的二十二个夜晚》，春风文艺出版社2002年版，第201页。
③ 邱华栋：《我的城市地理学和城市病理学以及其他》，《南方文坛》，1997年第5期。
④ （法）福柯：《另类空间》，王喆译，《世界哲学》，2006年第6期。

说，飘浮在上的"昆赛"北京便可被视为一种特殊的异托邦形式。《北京的显性和隐性生活》中写到了北京的新兴商业区亮马河，是典型的异托邦空间："日本、美国、印度、德国和韩国的新大使馆，已经兴建，或者正在这一片兴建，所以人气似乎在迅速地聚集，到了晚上，这里是一片特别热闹的景象。这里有希尔顿、昆仑、长城、凯宾斯基等四家五星级的饭店，每天晚上，这里都是一片灯红酒绿和纸醉金迷的景象。有像普拉纳啤酒坊的纯正德国黑啤酒，还有顺峰这样大款和豪客请客可以一掷千金的地方；有真正美女如云的天上人间娱乐城，也有南美酒吧里惹火性感的南美舞蹈和歌曲；有'硬石'和'星期五'这样的美式餐厅让白领以及老外趋之若鹜。至少有五千个左右的德国人在这一片生活，有专门给德国人提供食品的纯粹德式的面包房和香肠店，如果你不会说德语，可能人家都不和你做生意。而从三元桥到望京的扇面地区，已经居住了三万左右的韩国人了，朝鲜语已经成了第一外语，韩国学校、商店美发店到处都是，显示了北京的国际化程度正在迅速提高，吸引了很多外国人在北京长期定居——他们今后也是北京人了。"[1]福柯认为，异托邦的第三个特征是"有权力将几个相互间不能并存的空间和场地并置为一个真实的地方"[2]，在亮马河，巍巍皇城的形象消失殆尽，国际化的"新世界"已然生成，代表着不同国家的政治象征与文化象征的大使馆在这里交汇，吸引着基数庞大的外国人汇聚于此，甚至鸠占鹊巢，从而拼贴成了一种迥异于别处的"异质空间"。这个空间没有历史的自觉，是全球化的缩影，不同国籍的人置身其中，除了"来者不拒"的商业消费通行无阻之外，传统的时间与空间皆在这里中断，变成了一种可无限累计的"异托时"，即"时间一直不断地积聚和栖息在时间本身的顶峰"[3]，或是说，时间彻底失去了历时性的效应，而变成了共时性的累计，即你能感受到共时性的时间不断发挥着它的作用——"正在新建"与不断扩充，却不

① 邱华栋：《北京的显性和隐性生活》，《中国作家》，2006年第10期。
② （法）福柯：《另类空间》，王喆译，《世界哲学》，2006年第6期。
③ （法）福柯：《另类空间》，王喆译，《世界哲学》，2006年第6期。

莫言与当代中国文学创新经验研究

能感受到传统时间中白天与黑夜的轮回更替，这里永远热闹，这里永远年轻，这里永不沉睡……此外，福柯在《另类空间》中还提到"人们发明了一种新的历时性的异托邦，就是度假村"①，这种异托邦，实际上是一种时间性质的场所，包含了人们所希望拥有的一切时间。邱华栋的《教授》中写到了城市中的度假村，里面"不仅有穿着仿佛没有穿衣服的薄纱的俄罗斯姑娘热辣的钢管舞，还有室外各种露天温泉，有打扮成美人鱼在一旁陪伴的小姐给你按摩，还有室内桑拿、专业技师按摩、洗脚修脚；各种药物、鲜花、香熏洗浴；有保龄球、沙狐球、网球、乒乓球、台球项目，射箭馆、健身房、飞镖室、动感电影院"②，它几乎涵盖了你所能想象到的一切休闲娱乐项目，古今中外，应有尽有。在这里，过去的时间累积、拼贴，化为了各种娱乐之"物"，它就像一层层漩涡，不断吸引着人们进入，时间成为了永远的现在进行时，深陷其中的你除了跟随着一起狂欢，早已失去自我。

　　无论是商业区还是度假村，都是邱华栋笔下某种特别性质的异托邦空间，事实上，在他的小说中，北京早已不是二十世纪八十年代刘心武、邓友梅笔下的四合院、大杂院、胡同等市井之都，也不是历史洪流里的千年皇城，更不是政治阴影之下的"红色"隐喻，它是由各种购物中心、娱乐场所、写字楼等现代工业建筑所组成的具有浓厚商业气息的城市异托邦，是"魔都"上海的翻版，在这个"通属城市"里，几乎遗失了与传统和历史有关的人、事和物，"北京完全是立体的、多层面的，它无比丰富，如同一片海洋一样容纳了各种各样的生物，各种各样的人欢欣地在这里生长。我发觉北京比其他城市更宽容，更具包容性，其实这里几乎没有几个人是真正的北京人……"③ "异托邦"具有腐蚀性，但那只是在进入以后，而在进入之前的凝视阶段，"异托邦"又具有"光晕"的效应，

----

① （法）福柯：《另类空间》，王喆译，《世界哲学》，2006 年第 6 期。
② 邱华栋：《教授》，长江文艺出版社 2008 年版，第 8 页。
③ 邱华栋：《哭泣游戏》，选自梁鸿鹰主编：《新中国 70 年优秀文学作品文库·中篇小说卷 7》，中国言实出版社 2019 年版，第 2790 页。

曾经在脑海里对城市的想象，对城市的声音、外貌、色彩的幻想，意外地获得了现实的支撑，这就是"异托邦"的建构和开启。因此，乔尔和杨哭刚刚进入"通属城市"的北京时，他们对于异托邦空间的体验和之外日常生活的感知是暂时断裂的。以邱华栋的另一部作品《手上的星光》为例：

> 有时候我们驱车从长安街向建国门方向飞驰，那一座座雄伟的大厦，国际饭店、海关大厦、凯莱大酒店、国际大厦、长富宫酒店、贵友商场、赛特购物中心、国际贸易中心、中国大饭店，一一闪过眼帘，汽车旋即又拐入东三环高速路，随即，那幢类似于一个巨大的幽蓝色三面体的多棱镜的京城最高的大厦京广中心，以及长城饭店、昆仑饭店、京城大厦、发展大厦、渔阳饭店、亮马河大厦、燕莎购物中心、京信大厦、东方艺术大厦和希尔顿大酒店等再次一一在身边掠过，你会怀疑自己这一刻置身于美国底特律、休斯敦或纽约的某个局部地区，从而在一阵惊叹中暂时忘却了自己……这座城市几乎能够包容一切，它容纳各种梦境、妄想和激情，最保守的与最激进的，最地方的也最世界的，最传统的与最现代的，最喧嚣的与最沉默的，最物质的与最精神的，最贫穷的与最富有的，最理想的与最现实的，最大众的与最先锋的，仿佛是一切对立的东西都可以在这座城市里存在并和平共处，互相对话、对峙与互相消解，从而构成了这座城市奇特的景观。我和杨哭不禁为这座庞大城市的包容性与吸食性而深深地震动了。①

这是乔尔与杨哭对于新北京的感受。一大段"识名性描写"将一座现代化的国际都市完整地呈现。从这些景观的属性来看，集齐了购物、享乐、食宿等多功能的复合型建筑，同样以拼贴的方式汇

① 邱华栋：《手上的星光》，《上海文学》，1995 年第 1 期。

集于此，构成一幅颇为震惊且又具备梦幻效果的美学画面。它就像是在贫瘠的沙漠中突然撞上的海市蜃楼，持续吸引着外来者的相继涌入。事实上，这里存在着某种视差与时差的"障眼法"。刚刚进入北京的乔尔和杨哭面对着只在幻想中才看到的北京真实地出现在自己眼前时，他们是完全被动、盲目地接受着表象的诱惑而完成的一次奇妙体验，以至于忘却了自己前来此处的"谋生需求"，忘却了自己的"他者"身份，从而短暂地沉浸到一个由审美经验所建构的异托邦空间里，觉得一切都是那么美好。这也是所有"通属城市"所"摄人心魄"的地方。对于外在的"他者"而言，当他们在电影、电视、广告、新媒体中隔着想象去凝视作为"异托邦"的城市时，当他们在日常生活里道听途说关于城市的只言片语时，一个"新的可感空间，使得在过去的感知体系中不能呈现、不被体验、不可想象的内容浮现出来"①。所以，对于所有城市"闯入者"而言，对城市"异托邦"的最初认识和体验都是震撼人心的。

但是，那只是刚刚开始，一旦进入其中，"异托邦"便开始了"腐蚀我们和使我们生出皱纹"的旅程。西莉亚·卢瑞曾指出，"以物做媒介是人们建立各种社会关系的一种重要方式"②，这也便为我们研究现代城市的人伦关系提供了一个审视视角，即"物"的视角。从过往的城市书写中，城市的伦理关系不断流变：二十世纪五十至七十年代，政治伦理一家独大，为绝对正义的伦理规范；二十世纪八十年代的市井小说则在传统文化与民俗美德中建构和合崇礼的熟人社会；而到了"新写实"，生存的压力与日俱增，人伦关系随之衍生成了贴合现实生存的"利己主义"；二十世纪九十年代以后，随着市场经济的进一步深化与城市化的狂飙突进，在"利己主义"的基础上，与消费思潮一衣带水的"物"大规模地介入了，从而再次修改了伦理关系，将以生存为主的伦理诉求加入了享乐主

---

① 张意：《趣味与日常生活》，陶东风、周宪主编：《文化研究（第16辑）》，社会科学文献出版社2014年版，第53页。

② （英）西莉亚·卢瑞：《消费文化》，张萍译，南京大学出版社2003年版，第1页。

义的纵情声色。邱华栋无疑看穿了这一点，所以他在文学实践中建构了一个物欲横流的"新帝都"，迎合着人们在视觉上的"猎奇"需求，满足了人们对于消费异托邦的无限遐想，将人们的视觉、感觉、幻觉，全部浓缩于光怪陆离的消费景观上，诱导着人们的物欲心理，尽情享受在物欲的刺激与快感下那花开一瞬的欢愉，而无关乎过去与未来、意义与精神。他笔下的北京仿佛成为了一场文学的幻境，物欲是唯一的享乐体验。在《闯入者》中，邱华栋写道："整座城市只是一个祭坛，在这个祭坛上，物是唯一被崇拜的宗教，人们为了物而将自己毫无保留地献给了这个祭坛。"这说的便是物欲的异托邦空间对人的主体性的腐蚀。再如《直销人》中，城市中的"我"将居所作为城市中唯一能让"我"获得安宁的"处女地"，可是没多久，却依然难逃被"物"玷污的宿命。妻子总爱买各式各样的物品，堆砌在房间的每个角落。有一天，她居然买了一个可以代替"我"和她睡觉的床，"我"这才恍然觉悟，原本属于"我"的居住空间却成为了"物"的殖民地，在这个物欲无所不在的城市空间里，作为伦理主体的人反而丧失了存在感。

从作者的创作立场来看，邱华栋对于在物欲的异托邦空间内所建立的伦理关系，始终保持着警惕，甚至持消极或批判态度。"这是一座欲望之都，尤其是当你几乎每天都惊叹于这座城市崛起的楼厦的时候。这一刻我和杨哭都觉得自己渺小而无助，真的就像是一粒微尘"[1]，这段文字形象地隐喻了一个"大"与"小"的关系，即大大的都会与小小的如微尘般的"我们"。这层关系与郭敬明的畅销小说《小时代》里作家周崇光的发言如出一辙，在无意识中构成了南北最大城市间的"隐性互文"。"你被失望拖进深渊，你被疾病拉进坟墓，你被挫折践踏得体无完肤，你被嘲笑，被讽刺，被讨厌，被怨恨，被放弃。但是我们却总是在内心里保留着希望，保留着不甘心被放弃的跳动的心。"[2]兼具了可望而难企的梦幻性与物理

①　邱华栋：《手上的星光》，《上海文学》，1995年第1期。
②　郭敬明：《小时代2.0虚铜时代》，长江文艺出版社2010年版，第245页。

空间的真实存在性的北京抑或上海，矗立在一个"小小的我"的面前时，郭敬明其实是抱以"理想主义"态度的。他直接绕开了异托邦与"他者"的"我"之间的天然鸿沟，也无力深入了解异托邦内部所展现的人伦形态（物欲的鸠占鹊巢），而是用一碗青春励志的"心灵鸡汤"，化解了二者之间紧张对立的关系："我们依然在大大的绝望里小小地努力着。这种不想放弃的心情，它们变成无边黑暗里的小小星辰。我们都是小小的星辰。"①面对难以企及的巨型异托邦，哪怕你如星辰渺小，哪怕你"微茫的几乎什么都不是"，但只要通过个体的努力，便也能像小时代姐妹花那样在象征着成功与财富的异托邦里，挥霍着三百余种消费奢侈品潇洒走一回。笔者无意抨击《小时代》所表现出来的惹人非议的价值观问题，只想指出，郭敬明在文学中想象与建构的上海异托邦，是以青少年们人生灯塔的形式发挥着自身的用途。小时代的故事发生在何时何地其实并不重要，重要的是作者刻意追逐的一种奢华香艳的城市生活，以增加故事的戏剧感以及城市异托邦的不可企及感，而上海，则刚好贴合了他的这一营销目的。但是，邱华栋则与之相反。"让人忘却了自己"，像极了孙甘露在《此地即他乡》中对上海的"异乡"感受。他们笔下的城市空间大同小异，均呈现出物化、陌生、复杂、交错重叠，犹如"迷宫"，人们置身于其中会经常性地呈现出迷失、悬浮的状态。这是因为怀揣着梦想的"我们"其实是以"闯入者"的身份来到了传说中"机会就像退潮后留在沙滩上的漂亮小鱼儿一样多"②的轮盘赌般的北京城，他们的目的不过是吃饱穿暖，以求生存，但异托邦却并不是发扬怜悯的慈善机构，不是一个能为所有人都提供平等的生存机会的场域，就如同迈克·克朗在《文化地理学》中说的，"上层社会的景观表现出来的特征就是排他和对抗"③，所以它们并不轻易接受闯入者，更不会轻易满足他们的痴心妄想。

① 郭敬明：《小时代2.0虚铜时代》，长江文艺出版社2010年版，第245页。
② 邱华栋：《手上的星光》，《上海文学》，1995年第1期。
③ （英）迈克·克朗：《文化地理学》，杨淑华、宋慧敏译，南京大学出版社2003年版，第35页。

福柯关于最原始的异托邦的阐释是，"一些享有特权的、神圣的、禁止别人入内的地方"①，也就是说，异托邦拒绝平凡的普通人，"只有经过一些许可，并且当人们完成了一些行动的时候，人们才可进入"②。这就好比酒吧、舞厅这样的情欲空间，你必须拥有资本或身体为筹码，以市场交换为目的，只有满足这两大条件，才能获得许可，方能入内。还有一种异托邦"看起来完全开放，但通常隐藏了奇怪的排斥。所有人都可以进入这些异托邦的场所，但老实说，这仅仅是一个幻觉：人们认为进入其中，事实上也确是如此，但其实是被排斥的"③，这种便是迷宫式的物欲空间，它看似对所有人都开放，"闯入者"们可以像杨哭们一样任意进入，但那也只是空间地理学上的进入，事实上，他们依旧还是"他者"而难以成为"我者"，户籍、住房、文化、人脉等所自发形成的城市屏蔽圈，无形地阻碍着他们对城市的介入，因此才有了"此地即他乡"的疏离感与迷失感。但，为什么他们还都如此费尽心机、处心积虑地要进入异托邦呢？用杨哭的话来说无非就是"挣钱与成名"，即一种理想化的个人生存与发展的伦理诉求。不过，他们却并不知道，异托邦对于"他者"而言只是提供了理想的"诱惑"却极少赐予现实实现的可能性，他们一旦进入充斥着琳琅满目的"物"和只讲消费的异托邦后，就会受到各种责难，会被"迎面而来的生活的窘态"彻底吞没，甚至成为城市的"丧家之犬"，如同《城市狂奔》中说的："这座城市在你刚刚来临之时简直对你不屑一顾，恨不得像对待一条无家可归的狗一样对待你。"个人的谋生在这个只供应欢笑的天堂里难以为继，邱华栋显然意识到了异托邦道貌岸然的实质，那绝不是郭敬明颂扬的"心灵鸡汤"与蜜语甜言，而是伦理层面上赤裸裸的"生存"与"消费"的截然对立。古诗有云"暖风熏得游人醉，直把杭州作汴州"，对于邱华栋笔下的人而言，则可改写为"直把物欲空间作生存空间"。"闯入者"们进入了这个"非主

---

① （法）福柯：《另类空间》，王喆译，《世界哲学》，2006 年第 6 期。
② （法）福柯：《另类空间》，王喆译，《世界哲学》，2006 年第 6 期。
③ （法）福柯：《另类空间》，王喆译，《世界哲学》，2006 年第 6 期。

场"的陌生化空间，自然会遭到它的"腐蚀"，从而沦为失去主体性的平面人、广告人、直销人、公关人、钟表人……

2. 虚拟的"市民社会"："新富人"阶层的恶相与神话

什么样的市民才是与城市异托邦天生一对呢？王晓明在《半张脸的神话》中写过这么一段话："今天，一种叫作'成功人士'的新的形象，正在广告和传媒上频繁出现。它通常是男性，中年，肚子微凸，衣冠笔挺。他很有钱，开着簇新的宝马车去自己的办公室；他也可能在美国留过学，养成了西式的习惯，在怀揣即将与外商签订的商业合同、匆匆跨出家门之前，不会忘记与美丽的太太吻别；他还很讲究生活的情趣，周末打几杆高尔夫球，晚上还要去听交响音乐会……"[1]所谓的"成功"，在词典里的解释是"逐步实现有价值的理想，或是在人生道路上实现价值目标，也可指精神的崇高，即做人的成功"，而"成功人士"便是指获取成功的人，"如果得到了社会、历史、人民的认可，无论结果，都可以认为他是个成功人士"。因此，有关"成功人士"的定义天然就带有精英主义色彩的社会分层。而关键问题是，得到社会、历史与人民的认可的标准究竟是什么？在二十世纪五十至七十年代的"共鸣"时代，这种标准是以政治伦理构建为绝对权威，以追求精神超越性为目标的判定，那时"成功人士"的形象必然是在为国为民的宏大层面上获得成功的人，他们的伦理道德、社会价值、思想觉悟等均须技高一筹。但是二十世纪九十年代以后，这种标准似乎被另一种突如其来的意识形态所悬置，而转换成了一种资本的火拼与财富的累积，以及"金钱即正义"的伦理价值观的认同。

1992年在著名的南方谈话中，邓小平提出了"发展是硬道理"的科学判断，他强调：发展，不仅仅需要的是速度和数量，更要实

①　王晓明:《半张脸的神话》，选自王晓明主编:《在新意识形态的笼罩下——90年代的文化和文学分析》，江苏人民出版社2000年版，第29页。

现效益与质量的统一。于是发展相对滞后的国有企业首当其冲。在当时的中国经济中，国有企业占据整个 GDP 中的绝对比例，然而由于管理落后、经营模式单一，以及岗位员工过于庞杂且素质普遍较低，许多国企都面临着难以为继的生存现状，不得不调整人员结构，实施改革措施，从而也便引发了有史以来轰动一时且影响深远的最大"下岗潮"。从前文可知，"岗位"在"新写实小说"中已经变成了市民们满足私人生存的"谋生工具"，是"铁饭碗"，也是"社会主义二次分配"①的执行机构。但是"下岗潮"的发生，却是对这种体制内人群的个人身份和个人生活的一次彻头彻尾的"去政治化"仪式。这场影响深远的社会事件背后不仅意味着相当一部分市民们稳定的衣食来源就此断送，同时也结束了长期以来习惯于单一的依赖政治伦理进行自我设定，接受政治体制对于个人生活资料和发展机会的安排的受动意识。他们不得不在被迫下岗后，为了生计像去推销暖壶的张大民那般，进入市场交换关系为基本伦理秩序的市民社会中重新寻找新的生存方式。但是，与张大民们不同的是，二十世纪九十年代的"新市民小说"中，那些原本沉沦在逼仄的市井空间中被一地鸡毛式的烦恼人生所压抑的市民们，触及市场经济背后日益崛起的资本势力正在日盛一日地蚕食着社会财富，于是便有了邱华栋、何顿、阿福等人笔下那些原本在事业单位中担任职位的普通市民，突然辞职，成为约·穆勒所说的"经济人"②，他们瞄准商机，投身商海，一夜暴富，从而改变命运。比如《公关人》里的 W，大学毕业后分配到了某国家机关，只在机关里工作了一年就去了外企做起了公关人，迅速上升为白领阶层；《无所谓》里凭借着超强的经商能力而成为老板的王小强；《生活无罪》中原本立志当画家的何夫经过

① 所谓"社会主义二次分配"制度，是指政府在实行底薪制度（第一次分配）的同时，以保证充分就业、提供免费医疗、免费教育、低廉住房、能源、日用消费品、交通和文化消费等方式（即第二次分配），把人民创造的财富回报给人民。（王晓明主编：《在新意识形态的笼罩下——90 年代的文化和文学分析·导论》）。

② 经济人指的是在经济理性主义的指导下，信奉交换逻辑和货币哲学，在经济活动或类经济活动中，谋求受益最大化的个体主体。

了一番"奋斗"后终成大款;《跳来跳去的文化人》中的徐浩良原是杂志社编辑,后开始炒股,去商界打拼,成为了财大气粗的富商……纸醉金迷的市场犹如一道重新评判社会身份、决定新的阶层秩序的"新龙门",持续诱惑着如一尾尾鲤鱼般的市井之徒们,争先恐后地离开逼仄平庸的市井社会,进入市场,成为新崛起的"新富人"阶层。

　　人们常说文学是社会的镜子,文学对于城市异托邦的描写很大程度上是以"他者"的立场展开的想象,而对于"成功人士"或是"新富人"阶层而言,亦同样如此。二十世纪九十年代中后期,张欣的《婚姻相对论》《浮华城市》《你没有理由不疯》,池莉的《来来往往》《小姐你早》,邱华栋的《哭泣游戏》,卫慧的《上海宝贝》,以及新世纪以后安妮宝贝的《莲花》,郭敬明的《小时代》,阿耐的《欢乐颂》等以城市为题材的作品中,都出现了带有"西化"倾向的"新富人"阶层形象。他们在吃穿用度上几乎就是西方中产阶级的翻版:《婚姻相对论》里的艾强,在外事单位工作,靠着"国际交流基金会"名利双收,他的衣着必须是进口品牌,最好是英国产的,他与蔡浮萍在恒福阁买了一套三室二厅的现楼,从客厅的落地玻璃窗可以直接看到麓湖高尔夫球场绿茵茵的草地,而他的校友尹修星也是整日开着豪车,用着美金的有钱人;《来来往往》里的康伟业所穿的皮鞋"一定要是正宗的进口,价格基本要过千元",手表是瑞士劳力士金表,皮带则是梦特娇,一身行头均价值不菲;《蝇眼·天使的洁白》中摄影记者袁劲松通过拉广告挣钱发家之后,也开始在吃穿用度上追逐着世界顶级名牌;《哭泣游戏》中的黄红梅,在成为富甲一方的"新富人"阶层之后,为自己盖了一栋富丽堂皇的别墅,里面几乎夜夜笙歌;《东扑西扑》中坐拥百万资产的女投资者欧小姐;《欢乐颂》中从美国华尔街回来,开着保时捷的安迪……他们的生活圈对于"他者"而言,似乎也形成了另一种非物理性的异托邦空间,与城市异托邦空间相得益彰,珠联璧合。

　　在城市书写中,关于"新富人"阶层的形象往往存在着两类模式。二十世纪九十年代多是"诞生"模式,如艾强、康伟业、徐浩良、方红与海新(李治邦《天堂鸟》)等这样从体制内下海经商而发家致富，成功攀上城市上空的市民，可概括为是"新富人"阶层的诞生记。而在新世纪以后的城市书写中，则变成了一种"直接设定"模式，即你只看到他们在豪宅、豪车中进进出出，却根本不知道他们的财富如何得来；你只能看到他们在签约近似于一个天文数字的合同时潇洒的身姿和冷若冰霜的表情，却不知道一纸合约背后所承载的资本和权力的关系，总而言之，他们越来越接近王晓明所形容的"半张脸神话"，成为了对新的意识形态的权力阶层的自我幻想。《小时代》中的上海是一个庞大奢华的异托邦场域，这个场域的主体便是以宫洺、顾里、顾源为代表的"新富人"阶层。与邱华栋、何顿等人笔下所描写的"新富人"①不同的是，他们不是借着市场经济从体制内脱出的"暴发户"，而是有着纯正的"贵族血统"，含着金钥匙出生的"富二代"。他们不仅仅财力雄厚，在颜值、智商、能力、学识等人生附加值上都全面碾压林萧、唐宛如、南湘这样市井出身的平民阶层，后者需要以智商上的低能与身体上的出丑来不断衬托前者的完美。宫洺是《M.E》杂志的总裁，他的衣食住行极尽奢华，在市中心盖玻璃别墅，用工薪阶层一个月的薪水买一只杯子；顾里一身名牌，酷爱 LV、CHANEL 等奢侈品，就连生日宴会所订购的蛋糕也夸张地高达一米八四，她不仅是一个物质女王，而且遇事冷静、决绝，是林萧等人坚实的依靠。这类人几乎无所不能，虽然作者有意让他们遭遇各种如失恋、丧父、疾病等磨难，以此来营造"大时代"与"小人物"之间的某种宿命感，但他们这类被形容为是"浩瀚宇宙里的小小星辰"，却与周末还要兼职做助理的林萧，与通过给路人画画维持基本生活的南湘这类受困于日常生存的小人物相比，着实有着过于明显的差异。布尔迪厄在谈论"场域"理论时说："一个实力场有统治者和被统治者，有在此

---

① 在邱华栋、何顿、阿福等作家笔下的"新富人"阶层，并不是先在的成功人士，均为"后天养成"，通常他们从刚开始都在事业单位任职，然后借着"改革开放""社会转型"的东风，要么下海经商，要么利用公职的便利发家致富，鲤鱼跃龙门般地成为了"新富人"阶层的代表。

空间起作用的恒定、持久的不平等的关系。"[①]以宫洺、顾里为首的"新富人"阶层便是异托邦场域中的绝对统治者，他们的消费与生活远离柴米油盐的生存地界，他们从不担心生存问题，完全以自我为中心，在物质堆砌的云端之上，以俯视、蔑视、无视的眼光冷眼面朝城市里那些为了生存而挣扎的芸芸众生，诚如宫洺瞧不上林萧的球鞋，林萧给顾里买的鞋，顾里却认为适合自己的保姆穿。同样是消费，作为普通市民的林萧的消费是为了个人生存，而"新富人"阶层们的消费已经脱离了生存需求而走向物欲的满足与狂欢。但有意思的是，前者却总是羡慕、向往，甚至渴望成为后者，他们往往以后者的生活状态为人生标的，就像林萧和南湘经常借顾里的名牌服饰，满足自己的虚荣心；她们千方百计地留在宫洺的公司里工作，也无非是想方设法地向云端之上攀爬。

从二十世纪九十年代到新世纪以后，从王自力们到宫洺、顾里，完全是"新意识形态"一手策划和打造的新一轮的"权力继承制"（财富也是一种权力的表征）。"新富人"阶层伴随着改革开放崛起，彼时"先富起来的一部分人"就是第一代"新富人"阶层，包括了中层干部、国企职工、个体户等第一代"新富人"阶层的原始积累，加上公立教育的普及和城市化进程的加快，催生出了第二代"新富人"阶层的继位。他们比他们的父辈拥有更为神通广大的能力和权力，掌握着城市的社会规则、文化导向和消费趣味，而且也没有父辈们最初打下财富江山时满手的"血迹斑斑"。由此可见，"新富人"阶层的形象也就不仅仅是"新意识形态"话语体系下重要的组成部分，分明还是一种新的人生偶像的树立，一套生活理想的塑形，一个全新时代的召唤。他们的形象特征和生活状态与城市的原住民（市井细民）和外来的"闯入者"们都截然不同，他们独树一帜，惹人羡慕，仿佛天生就属于活在城市异托邦中心的人物，不被政治意识形态所束缚，以市场经济与消费主义为导向，自由地

---

① （法）皮埃尔·布尔迪厄：《关于电视》，许钧译，辽宁教育出版社2000年版，第46页。

生活，自由地工作，自由地谈情说爱，自由地出入各种情欲空间与物欲空间，自由地享受物质时代所带来的快感与刺激。"自由"是他们的代名词，给人以无限美好的遐想，在"自由"的同时，还顺便揽入了"平等""经济""个性"等充满魅惑性的词语，正是如此，一些当下的论者或行动者根据一己的目的认为，这一阶层"奉行的是自由主义市民社会观"，他们摆脱了集权性统治而恢复了日常生活的自主性，代表着一个不受政治意识形态控制的新的社会力量的崛起，而这一新生力量的崛起的社会空间便被视为是西方式的市民社会在中国开始成形的吉兆：改革开放以来，中国社会在政治结构、经济模式、文化组成等方面都发生了巨大的变革，或许已经或正在催生出一个与政治社会南辕北辙的"市民社会"，并最终形成了国家政治和市民社会间的良性互动。[①]伴随着一个只热衷于赚钱和消费，而淡漠政治的"新富人"阶层正式形成，似乎昭示着一个从政治共同体中独立出来的所谓"市民社会"逐渐地浮出了历史的地表。从西方历史的发展脉络可知，中世纪以来城市居民的社会身份伴随着经济时代的到来而获得了初步转型，"视社会为一个'经济体系'，就为社会拥有政治之外的身份这一观念，带来了新的转折和新的力量。现在，我们社会生活的一个方面被定义为'经济'，'经济'的运作，就像一个社会，而此社会是潜在地远离政治的"[②]。从表面上看，这种观点有头有尾、有理有据。中国从改革开放到当下近几十年的发展，对经济与市场的重视，的确衍生出了一个满足自身物质利益与需要的私人经济领域，这个领域中最大的获利集团便是"新富人"阶层，他们以所向披靡的资本金钱为通行证，在号称"自由"的市场中占得先机，仿佛代表着中国现代化的方向，成为了万众瞩目的文化符号。在"以经济建设为中心"的社会大背景

---

① 这一观点来源于有关"市民社会"的大讨论，可参见邓正来：《国家与社会——中国市民社会研究》，四川人民出版社1997年版。

② （加）查尔勒·泰特：《原民间社会》，文一郡译，选自甘阳主编：《社会主义——后冷战时代的思索》，香港牛津大学出版社1995年版，第51页。

下，变成"新富人"阶层已经是无数城市青年一代为之奋斗的目标，而他们所在的异托邦空间也自然而然成为了市民们向往的中心。那么，这个以"新富人"阶层为主体，以经济市场命名的领域远离政治的净土，它真的是现代中国艰辛追求、不懈奋斗所要实现和全面普及的"市民社会"？

罗岗在其文章《谁之公共性？》中从学理的角度分析了此"市民社会"与西方市民社会之间存在着根本无法自圆其说的问题。以"新富人"阶层为伦理主体的"市民社会"其实是一个"市场社会"，只强调"市场"的作用，天真地以为依托一个似乎清白无辜的"市场"，在经济上获得成功，也便能一应俱全地解决城市中所有关于自由、平等、正义、道德等一系列伦理问题，实现一个方兴未艾的自由社会。但事实上，这不过是对现行市场状况的另一种诡辩。一方面，这种论调忽略了"市场"与"国家"之间的内在关联，将之简化为一种二元论关系，另一方面，所谓的自由、平等、正义、道德等伦理神话皆是建立在坐拥财富基础上的少数人的特权，这必然是以牺牲绝大多数人的权利为代价，因此，罗岗认为，这些拥有特权的"新富人"阶层，甚至可能会利用资源的优势假扮成绝大多数人的代表，从而将这个所谓的"市民社会"发展成哈贝马斯担心与再三警告的"公共领域的'再封建化'"，因此，他十分怀疑这样的"市民社会"其实是一个伪善的"专制社会"。[1]

罗岗的观点可以在城市书写中"新富人"阶层的形象变迁中得到有力的佐证。在二十世纪九十年代的"新富人"阶级"诞生记"中，《婚姻相对论》里的艾强与尹修星、《你没有理由不疯》中的危林、《如戏》中的丰收、《小姐你早》中的王自力、《来来往往》中的康伟业、《哭泣游戏》中的黄红梅等人，他们的"成功"都有着强烈的时代代入感及反市民伦理的色彩。艾强与尹修星，一开始不过是普通的公务员，仰仗着政府创办的"国际交流基金会"而走上

---

[1] 详见罗岗的《谁之公共性？》，选自王晓明主编：《在新意识形态的笼罩下——90年代的文化和文学分析》，江苏人民出版社2000年版，第64—70页。

人生巅峰。尹修星的沃尔夫豪车是因为公车私用，而艾强则靠着吃各种项目回扣、行贿、倒卖车牌捞取财产，攫取国家公共财产而发家致富；王自力本是市政府的干部，受政府委派去做房地产生意，他便利用职务便利，偷税漏税，公款吃喝嫖赌，将公共财产悄悄地放进了私人的腰包，可以说他们是靠着体制的罅漏而迅速致富。康伟业是一个"下海"干部，他虽不具备依靠体制以权谋私的条件，但他也并非白手起家。除了明面上的生意往来之外，也有着背地里与体制权力暗度陈仓后中饱私囊赚取差价的勾当，这与《哭泣游戏》中的黄红梅如出一辙。黄红梅看上去是一个能力极强的人，所以才能在欲望都市里混得如鱼得水，但她能成为"新富人"阶层也是由于偷了胖子的钱，开了公司，因此，在她挥金如土的背后，也有着并不光彩的过去。他们得以发家致富位列"新富人"阶层的行为，并非市场经济关系中具有契约精神和法律意识的现代市民理应的行径，也超出了市民伦理的约束范畴，而流露出了一种中国传统市民身上的"市井性"特征。所谓的"市井性"，其内核是利己主义，是建立在"乐感文化"之内的"实用理性"，它以自我的生存与享乐为绝对中心，甚至敢于僭越现代法律规约，没有公共意识和群体意识，可以说是"市井智慧"的延伸。作品中，这些人基本上是利用了市场经济尚未完善、市民伦理尚未建立之际，依靠着公职之便与"市井智慧"大肆敛财，挥霍人生，所以，他们能"破茧成蝶"，既有着借助市场经济的"跳龙门"，也有着依靠"市井性"的"钻狗洞"，总而言之，在他们的身上，除了与现代消费主义一拍即合的"乐感文化"之外，并未体现出任何现代的市民性特质。

如果说"新富人"阶层的"诞生记"是"市井性"与并不完善的市场经济的意外合谋，他们积聚财富的手段和过程不符合普世的道德标准，也不符合现代的市民伦理准则，那么，在成为"新富人"阶层之后，财富的增多也并没有从本质上消弭他们身上的"市井性"，他们的日常生活同样污浊不堪。与浮萍结婚的艾强在欢场上认识了江西辣妹徐采玲，便像中了魔一样只想把她金屋藏娇；康伟业经商成功后也找了个情妇同居，还给她买了房子，甚至光明正大地邀请妻子段丽娜与情人共进晚餐；王自力更是一个到处拈花惹草之人，甚至与自己的乡下保姆翻云覆雨而被妻子戚润物当场看到……在他们的身上似乎共同反映了一个可怕的事实：财富是解构爱情伦理与婚姻伦理的"催命符"。这绝不是俗语"男人有钱就变坏"[①]可以解释的，它更多的原因还在于，这些人只是在物质层面获得了成功，而在主体意识上，却依然延续着前现代的市井做派，所以，他们也只是表面光鲜亮丽，背后却往往苟且成性，这或许就是"半张脸的神话"背后另外那被撕下的"半张脸的恶相"。

　　有意思的是，在二十世纪九十年代的城市书写中往往存在着一种反差，即对城市异托邦的渴望与对"新富人"阶层成功真相的揭露。或许在当时，作家们其实根本就没有意识到空间与主体之间悖论性的存在，他们出于其他立场或角度所进行的城市书写却又意外地呈现出了现代性焦虑下所发生的空间生产与伦理主体不相匹配的结果，成因可能源于现实，但却至少在某种层面证明了以此时的"新富人"阶层为主体的"市民社会"还保留着前现代的色彩，绝非真正的市民社会。然而新世纪以后，"新富人"阶层慢慢地在逐渐发展和完善的市场经济与财富积累中隐藏了另外"半张恶相的脸"，从而与城市异托邦完美结合，相得益彰。再次以《小时代》为例。作者以钱钟书所说的"造家谱"[②]的方式巧妙地从源头上将"新富人"阶层的"污点"（市井性）一并清除，从吃、住、行、游、购、娱现代生活的"六要素"全方位树立起了一种专属于"新富人"阶层的消费文化，所以我们在文本中只能看到"他们衣着整

---

①　将"有钱"到"变坏"简单地归结为性别原因，过于想当然，因为在许多小说中，如何顿的《丢掉自己的女人》、刁斗的《痛哭一晚》、东西的《美丽的金边衣裳》等，都写到了女性在成为"新富人"阶层后也开始"金屋藏男"。

②　官洛的父亲官勋是 constanly 集团董事长，顾里的父亲顾延盛是盛古集团的董事长，顾源的母亲叶传萍是叶氏集团掌门人，这就从最原始的血缘伦理上决定了官洛、顾里、顾源从一出生就注定了"新富人"阶层的身份。

洁，表情冷漠，举止高雅地出入银行或馆所"①，却再也看不到他们的"跳龙门"或"钻狗洞"②；同样是写个体的努力，二十世纪九十年代的康伟业们，通过辛勤的工作能够赚取巨额的财富从而攀上"新富人"阶层，但新世纪以后的林萧和南湘，无论她们如何努力，也不可能达到宫洺、顾里的高度，由此笔者惊人地发现，新世纪以后的"新富人"阶层，已经与普罗大众渐行渐远，成为了高高在上却又高处不胜寒的封闭群体，是只供"他者"远观的"半张脸的神话"，而那个曾让人无比振奋又渴望的"市民社会"，也由二十世纪九十年代的异托邦变成无法企及的乌托邦传说。这一切，终究要从"新富人"阶层这一群体中找到答案。

伊格尔顿在研究"主导意识形态"时曾指出："占支配地位的意识形态，如果不恰恰是在其他各阶级心目中造成一个统治阶级自我经验的似是而非的印象，怎么能指望它继续存在下去？"③这句话一针见血地指出了"新富人"阶层这一群体的社会指向性，即主流意识形态的主体投射。这种投射在二十世纪五十至七十年代政治意识形态占支配地位的时代，是"出水才见两腿泥"的朱老忠，是"人生导师"卢嘉川，是奋勇抗敌的沈振新，也是披荆斩棘带头创社会主义大业的梁生宝……黑格尔告诉我们："应当把世界历史人物——一个时代的英雄——认作是这个时代眼光犀利的人物；他们的行动，他们的言辞都是这个时代最卓越的行动、言辞。"④如果说那个时代"最卓越的行动、言辞"是一种极致化的革命政治伦理，那么那些"高大全"的人物形象便是这种"行动、言辞"通过文学的手段所发生的"造神运动"，它利用红彤彤的豪情诠释了革命政治的主旋

---

① 孟繁华：《众神狂欢——当代中国的文化冲突问题》，今日中国出版社 1997 年版，第 135 页。
② 王晓明语，见《半张脸的神话》，选自王晓明主编：《在新意识形态的笼罩下——90 年代的文化和文学分析》，江苏人民出版社 2000 年版，第 31 页。
③ （英）特里·伊格尔顿：《文本·意识形态·现实主义》，张冲译，参见王逢振等主编：《最新西方文论选》，漓江出版社 1991 年版，第 427 页。
④ （德）黑格尔：《历史哲学》，王造时译，生活·读书·新知三联书店 1956 年版，第 56 页。

律，并唤起民众对革命英雄的崇拜与对主流的政治伦理的认同。这也便是这场"造神运动"的最终目的和意义。话分两头，二十世纪八十年代以后，"占支配地位的意识形态"显然不再是对政治伦理的"独尊儒术"而转为了奉市场和消费为圭臬的商业伦理，那么与之匹配的"高大全"的红色经典也就相应地不能继续为"新意识形态"而服务，所以"新富人"阶层便应运而生了。这些人是人们想象中这场有关资本的年度大战中的胜利者，是城市商业伦理的合法代言人，与之相关的市场和消费，顺其自然地成为了社会秩序、身份地位等权力符号及结构自身再生产的主要手段。这里面透露着西方话语体系的诱导与指引，但是在表象的背后，起引导作用的，也包含了国家政治的力量。卡斯特在研究城市社会学时提出了"集体消费"这一特性。"集体消费通常是由国家集体性提出的服务形式，如大众住房、交通、医疗设施等。因为集体消费是适应于居住在某一空间区域中的人的，因此它就有了一个空间的所指对象"①，即可以理解为城市异托邦与它的所指对象——"新富人"阶层，共同构成了卡斯特眼里都属"集体消费"的关系网，然而他看重的，却是背后的国家力量，即"主流意识形态"的现实实践与推广普及。城市异托邦是国家在追逐现代化进程中所开展的空间生产，在列斐伏尔看来，空间又是社会关系的重要一环，"新富人"阶层便恰好在最适当的时机充当了这最重要的一环。表面上看，"新富人"阶层远离政治，只注重市场与消费，但殊不知这也是国家政治在新时代中所注重的。政治意识形态从台前转向幕后，力捧商业意识形态之时，恰巧"新富人"阶层出现了，这不得不让人怀疑隐藏在他们背后的势力，而他们的出现，让城市异托邦尽情地发挥了它的现代意义，同时也从侧面承担了国家政治转型策略的重要任务。因此，笔者有理由相信，"新富人"阶层其实与国家政治意识形态的转向有着珠胎暗结的关系，他们的出现，他们的被建构，直接引发了现代城市社会的道德伦理观和价值观的整体移位，出现了马克斯·舍

---

① 包亚明：《现代性与空间生产》，上海教育出版社 2003 年版，第 6 页。

勒所谓的"价值的颠覆"。

客观上来说，"新富人"阶层理应是不带任何立场的中性词，但为了凸显"新意识形态"的合法性与支配性，就必须从褒义的角度为其所负载的关键词进行有效的辩护，所以，回看这近十几年来文学写作的立场就如同钟摆，不停地左右摇晃、游移：从三十年前的"宁要社会主义的草，不要资本主义的苗"的决绝，到如今"我还想要花不完的钱，我想买什么就买什么"[①]的个人话语的颂歌……从"左"及"右"的立场转变绝不仅仅是一场反专制的解构运动，它体现着"新意识形态"对市民的侵蚀，甚至绑架。文本中的"新富人"阶层并不具备个人主义话语体系下真正的自由、平等、个性等。比如他们对"物质"的痴迷，对商品的选择，对价值的认定与追求，对城市异托邦的亲近，都可证明他们其实是被某一潜在的观念所预先设计的形象，就像宫洺瞧不上林萧的球鞋是因为"新富人"阶层只会穿昂贵的高跟鞋而不会穿球鞋（郭敬明《小时代》），就像杨兰将拥有"一幢带游泳池的别墅"作为自己在城市中的人生理想，是因为在她的认知里早已把"新富人"阶层与"拥有别墅"之间画上了等号（邱华栋的《音乐工厂》）。毫无疑问，关于"新富人"阶层的神话确实给处于社会转型期的人们提供了一种具有西方魅影、契合城市异托邦功能的蓝本，它在本质上是由代替政治意识形态的商业意识形态推波助澜的结果，所以我们也就在不知不觉当中又开启了新一轮的"造神运动"，这与二十世纪五十至七十年代的英雄主义神话如出一辙："高富帅"的"新富人"阶层VS"高大全"的"正面人物"，他们以轮流坐庄的方式充当着市民的偶像，将自己那半张伪装过的"绝代容颜"留给大众一览无遗，同时藏起了另外半张写满真相的侧脸。总而言之，不过是两套意识形态话语体系所铸造的"乌有之乡"，虽各为其主，但社会价值却大体雷同。

不过对于国家政治的幕后支持，商业意识形态所全面打造的

---

① 邱华栋:《哭泣游戏》，选自《摇滚北京》，中国文联出版社公司1998年版，第139页。

"新富人"阶层,我们仍需要保持警惕,特别是对资本的警惕,即金钱的权力。它才是洞开阿里巴巴宝库的最终密语,是"新意识形态"的最终信仰。回看二十世纪九十年代风靡一时的以"新富人"阶层为主体的"市民社会"的论调,易卜生主义与自由主义被标榜为它们的座右铭和格言,但在这样的结构体系下,其实暗藏着一个依靠金钱所支撑的乌托邦想象。金钱在这个空间中无所不能,是追求自由与个性的前提,有了钱,就有了地位、尊严和身份,就能获得通往城市异托邦的门票。"新富人"阶层便是金钱的痴迷者,踏着金钱铺就的阳关大道,步入巴拉什形容的"轻的、天上的、透明的空间",从而丧失了与现实的联系,隔断了承担社会良知的使命,只剩下了一己的欲望。他们缺乏群体的主体意识,更没有对城市社会的变革做出应有的贡献,无暇顾及身为"新富人"阶层的社会责任——为公益助力,为弱势呼喊,为国家和时代的精神供给养分,而是只知沉迷于资本游戏的参与者,除了敛财与消费,除了唯利是图,除了炫富、拼富、鄙视、反鄙视,在内斗中叙述着对房子、车子、消费、身份维系的焦虑,他们一无所有,一无是处,指望这样一个群体成为市民社会制衡政治社会的中坚力量,无异于痴人说梦。

三、城市里的"巴尔的摩"[①]:"缝隙化"与底层叙事

如果说文学中的"新富人"阶层是外表光鲜内里污秽的道貌岸然之辈,那么与他相对的另外一个阶层就是彻头彻尾都脏污狼藉的被轻视者。列斐伏尔曾预见,空间生产会"导致增长和发展的不平

---

① "巴尔的摩"是美国马里兰州最大的城市,也是大卫·哈维在《希望的空间》中的城市个案研究。城市中有着大量空置的住宅,而无家可归的流浪者、穷人、失业者却在城市中随处可见。需要接受施舍的人与日俱增,而以教会为首的慈善机构难以为继。城市中人们的生活水平和机会不平等的现象快速增长,城市中拥有着丰富的教育资源却又不对大多数居住在那里的孩子开放,于是大量的人背井离乡。

衡"①。城市化无疑是现代性进程下的空间生产，那么它直接引发的不平衡便是城乡差异的与日俱增。相较于日渐萎靡的乡村，膨胀的城市来势汹汹，势不可挡，孟繁华先生在2013年做客深圳市民文化大讲堂时说过："在当代中国，随着乡村文明的崩溃，新的文明也正在崛起。"事实上，这个"新的崛起"早在新时期初期就已显露无遗。1980年高晓声在《人民文学》上发表的名篇《陈奂生上城》，用了一个"上"字隐约暗示了人们心中的城乡秩序。在当时，城市化虽刚刚重启，但对于乡下人而言却已具备了"光晕"（Aura）效用。乡村人积极上城，一方面是为了利用城市自由买卖的市场功能，卖掉自己的农副产品，换取日用品，另一方面也是在这一过程中，能够体验某种不同于乡土生活的城市见闻，比如陈奂生上城卖油绳遇到的全是尴尬的遭遇，但最后却成为他回到农村后炫耀的谈资，还能提高他的地位，这自然不是因为经历的特殊，而是由于城市本身所具备的无上优越性，使得"近朱者赤近墨者黑"：陈奂生上了一趟城，与城市亲近了一把，自然也就高于没体验过城市的农村人。1984年，国家颁布的《中共中央关于一九八四年农村工作的通知》，打破了1958年来固有的城乡户籍制度，允许农民到城里务工、经商甚至到城市里落户，由此开启了一波又一波的"进城狂潮"。据统计，从改革开放初期到1989年，农村进城人口从不到200万迅速增长到3000万②，越来越多的农村居民进城谋生，高加林（路遥《人生》）、孙少平（路遥《平凡的世界》）、崔老实（梁晓声《崔老实进城》）、吴妈（曹征路《只要你还在走》）等便是当时第一批"进城者"。但是，"进城"绝非通向理想的康庄大道，很可能是陷入无妄之地的不归路，"混乱的城市空间，抽象的货币，似乎成了他们未来的新的希冀。实际上等待他们的是城市经验对乡

_____

① （法）亨利·勒菲弗：《空间与政治》，李春译，上海人民出版社2008年版，第61页。

② 国务院研究室：《中国农民工调研报告》，中国言实出版社2006年版，第3页。

村经济的打击"①。请注意，二十世纪八十年代的城市化还只是刚刚起步，而乡土文明却已绵延了几千年，基于农耕生活的宗法血缘伦理和道德律令早已化为了乡土人的集体无意识，他们习惯于将个人的生存置于族群中，服从先天设定的伦理身份所分配的权利和义务，所以在当时的进城叙事中，城市不是重点，更多的时候只是衬托乡土温情的参照物，"进城"的结局往往是重归故里，就像高加林那般扑倒在德顺爷脚下，两手抓着黄土，沉痛地喊叫着"我的亲人啊……"，厚实的黄土家园是这场"城市冒险之旅"最后的避难所。

二十世纪八十年代的城乡 PK 战中，城市并没有占到太多的便宜，可二十世纪九十年代以后，随着消费主义的迅速崛起，象征着现代、先进、地位、时尚的"通属都市"犹如基督教徒心中的耶路撒冷，召唤着乡土人前来朝圣。"外在于农民的消费主义文化时时刻刻在向农民宣布他们的地方性知识是错误的，信仰是愚昧的，人生目标是无趣的、可笑的"②，城市如同一场世纪洪水无情地洗刷着走向没落的乡土文明，乡土温情所铸成的诺亚方舟在欲望的城市洪流面前被冲击得七零八落，被城市吞没的人们再也无法重返那熟悉的日出而作日落而息的黄土家园，他们的原始时间被灯红酒绿的城市霓虹所篡改，只能在冰冷的城市异托邦里流离失所，挣扎着、寻找着任何谋生的可能。

1. 缝隙化身份与缝隙化空间

在巴尔扎克的《高老头》中有着这么一段开场白："只有站在蒙马特和蒙鲁吉这两个高地之间，才能欣赏整个巴黎的景致，首先映入眼帘的是，一个崩塌中满是黑泥的贫民窟，这是一片充满了苦难和欺骗乐趣的苦地。"巴黎是现代性之都，被大卫·哈维形容为

---

① 张柠：《土地的黄昏——中国乡村经验的微观权力分析》，东方出版社 2005 年版，第 64 页。
② 贺雪峰：《新农村建设与中国道路》，选自薛毅主编：《乡土中国与文化研究》，上海书店出版社 2008 年版，第 66 页。

犹如"难以掌握的迷宫般的万花筒特质"，但是在花花世界之下的某些褶皱处却也存在着一些阴暗的角落，里面住着像伏盖夫人这样的社会底层。无独有偶，在中国二十世纪九十年代以来的城市书写中，城市阶层也被三分天下：先富起来的至高无上"新富人"阶层；比上不足比下有余的以日常生活为目的的普通市民；挣扎在生存边缘的社会底层。其中，第三个阶层是本节所重点关注和研究的焦点。他们与"新富人"阶层均是城市化启动后所生成的新的社会阶层，后者更多的时候是"新意识形态"所折射的大众幻象，而前者却是一个实打实的流动群体，并且基数庞大。在以往的研究成果中，笔者发现，对于这一新阶层的身份构成，通常情况下认定为是以"农民工"为主体："与城市生活有关的，大概只存活了两个故事：一个是重新回望历史，在略有感伤或怀旧的情调中，寻找或建构城市曾有的风韵或气息，在想象中体验城市曾有的丰富和多情；一个是对城市新阶层——农民工悲情生活的再现，对城市现代性过程中'与魔共舞'的呈现和书写。"[1]"农民工"确实是结构化城市中的底层。从世界城市发展史来看，依存于土地的农民进入以工业生产和服务生产为主导的现代城市以后，即将面对的是一次身份的转型——"农民"转"工人"，对于个人而言，它代表着一种谋生方式与生活方式的转变，对于城市和社会而言，也契合了现代化进程的需要。从这样的历史观点来看中国的发展，这种身份的转换还只是万里长征走完的一小步，无论是在物质层面还是思想层面都不可能迅速接纳和完善所有农民向工人的身份转型，"而只能进入农民工这种过渡性的职业身份状态"[2]。"农民工"，从这个名词的字面意思上可知，是由"农民"＋"工人"两组名词所组成的复合词，具体是指"从农民中率先分化出来、与农村土地保持着一定经济联系、从事非农业生产和经营、以工资收入为主要生活来源，并具有

---

① 孟繁华：《文学革命终结以后——新世纪文学论稿》，现代出版社2012年版，第40页。

② 陆学艺：《当代中国社会流动》，社会科学文献出版社2004年版，第319页。

非城镇居民身份的非农业从业人员"[①]。从身份特性上考察，这一群体是由两个完全不同类型、相对独立的群体相互复合而生成，因此他们不仅具备两类群体的双面特性，同时经过复合后又催生出了新的特性，笔者想把这一系列的特性认定为是一种缝隙化特征。

缝隙，是物理学上极为特殊的形式。当两个相互独立的空间个体靠近并发生接触重合时，彼此间不规则的棱角部位就会生成不能重合、融洽的地方，也就是俗称的缝隙。在汉语中，缝隙指接合处或裂开的缝处，具有空间效应。缝隙在物理学中极少受关注，因为它没有正式用途，只是边角料，暧昧不明，常常被人所忽略，不过，哲学却告诉我们"存在即是合理"，缝隙自然也有它独特的意义。首先，缝隙是一种必要的现象，"必要指缝隙必定随着器物、建筑而出现且不可消除"[②]，这指的是它存在的必然性，且难以消除。其次，缝隙并非无用，"缝隙的这种不确定性、功能指示的缺失为它们在社会生活情境之中被创造性地挪用提供了条件"[③]，即功能的被挪用。比如，两层房子中间的夹层可充当货物储藏室；高楼林立的大厦之间逼仄的小巷可充当个体摊贩们做生意的生存场所；桥梁之下的桥洞可充当流浪者的临时居所……总而言之，现实中缝隙功能的指向性与独立空间个体的功能或许风马牛不相及，但它的社会学意义却毋庸置疑，这也为我们研究"农民工"这一夹缝中的身份提供了一个新的视角。事实上，城市和乡土是两种不同类型的独立个体，这直接导致了城乡二元对立的社会结构，继而产生工人和农民两类主体类型。正是因为工人与农民、城市与乡村二者之间的"森严壁垒"，才使得工人与农民、城市与乡村之间难以建立直接的流通渠道。但是，由于在二十世纪七十年代末发生了市场

从『平面市井』到『折叠都市』

---

① 卢海元：《走进城市：农民工的社会保障》，经济管理出版社 2004 年版，第 2 页。

② 童强：《权力、资本与缝隙空间》，选自陶东风、周宪主编：《文化研究（第 10 辑）》，社会科学文献出版社 2010 年版，第 94 页。

③ 童强：《权力、资本与缝隙空间》，选自陶东风、周宪主编：《文化研究（第 10 辑）》，社会科学文献出版社 2010 年版，第 95 页。

经济改革，使得农民在职业上实现了向工人转化的可能性，于是，早在二十世纪八十年代，二者就已经开始有了"靠近"和"接触"，即农民→市民（工人）、乡村→城市，反映在主体身上便表现为一种"上城"的行为。这种行为在二十世纪九十年代以后变得愈发激烈。当城市与乡土经过激烈的冲撞、重合、吞噬之后，缝隙也便大量生成，"农民工"这一群体便是其中之一。他们的缝隙化身份主要体现为，在二元经济社会结构的背景下，脱离以乡土伦理为核心的生存模式，以农村户口的身份进入城市从事非农业生产活动。远离土地，在一个陌生的全新环境里，他们便失去了曾经面朝黄土背朝天的自信和从容，必须听命于一个新的权威式的伦理准则，然而，他们这种流动性的就业机制又缺乏必要的城市制度做保障，致使他们身在城市，却不是城市的一员，同时也与乡村中从事农耕生产的农民有着本质的不同，他们依靠城市，却又并非寄生者，因为他们对城市所做的贡献毋庸置疑，但他们又始终处境边缘，苦苦地在贫困线上挣扎谋生，只能过着"蚁居""鼠居"般的艰难日子，因受户籍限制，更不能像城市人那样公平地享受医疗、就业、教育、娱乐等社会保障性权利，因此他们无处安身，没有人会重视他们，如同缝隙一般，受人冷落，却又意义非凡。

熊育群的中篇小说《无巢》和陈应松的《太平狗》所讲述的都是关于农民工进城的悲惨故事。前者以新闻叙事的方法讲述了一个贵州农村青年郭运在城市的遭遇。"来深圳半年，他没有觉得有哪一样东西是属于他的。哪怕路边的一颗钉子，都与他无关。都印刻着深圳这个陌生的名字"[①]，缺乏归属感是农民工普遍的心态，郭运一步步掉进了城市陷阱里，被人欺骗，受人冷眼，遭人排挤，最终走向极端，在抵达广州仅三个多小时后，就将一个三岁女童扔下天桥，并跳桥自杀；后者则讲述了农民程大仲进城后遭遇的世态炎凉、人情冷暖，最后他凄惨地在死在了工厂里。两部小说其实可视为同一类故事，即农民工如何被城市所吞噬。相信只要是拥有正

① 熊育群：《无巢》，《小说选刊》，2007 年第 1 期。

义、良知和同情心的人都会义不容辞地将所有矛头指向城市，批判城市是悲剧的源头。事实上并不能如此草率地做出判断。如果城市真的是制造悲剧和死亡的"阿德尔玛"，那么离城返乡便可以治愈或是躲避灾难。但事实上，离土进城的郭运根本无法"回巢"，他已经成为了被土地放逐的人，这与罗伟章的《我们的路》里的大宝如出一辙。身陷城市荒原的大宝曾幻想过依靠回乡来成为自己脱离苦海的涉渡之舟，但回乡后才发现，在城市里不曾获得的尊严，去贫瘠的乡土里寻找不过是缘木求鱼，结局也只是一无所获，他只能再而三地返城；孙惠芬的《民工》中，在城市中打工的鞠广大突然接到通知，自己的老婆在农村干活时死了，在回乡的路上，他突然意识到：一个没有女人的家已经不再是家，他已经和故土咫尺天涯了。可想而知，乡土人一旦离土，便是后会无期：夏天敏的《接吻长安街》里来自农村的"我"十分反感牧歌式的田园美梦，认为那是"假模假式，是吃饱了撑的"，因为他知道土地比城市更像囚牢，他们都是从土地中逃亡的人；而吴君的《亲爱的深圳》中的深圳，就是一个来了就不想再走的城市，程小桂在深圳的工厂打工，被药水腐蚀了手，但她还是觉得深圳好，不想回农村受苦……在这些离土人的眼中，城市即便有百般不是，他们也并不想依靠归土来自我拯救。这似乎暗示了郭运和程大仲悲剧的真正缘由——乡土和城市合力的结果。缝隙化身份的"农民工"，就如同大庙不收小庙不留的丧家之犬，没有能力获得城市的认可，而原有的乡土空间也不再是苦难的避难所，于是进退两难，于是无路可走，最终沦为了"无巢"，只能"利用、挪用本不属于自己的各种缝隙和角落，使之成为某种'缝隙空间'，以维持自身的生计"[1]，获得临时的归属地。

所谓的"缝隙化空间"是指："远离社会生活中心的区域，包括各种缝隙、角落、边缘等微不足道的空间形式。它不仅在现实空间中有着特定的位置，而且一般说来，它总是对应着特定的社会阶

从「平面市井」到「折叠都市」

---

① 童强：《权力、资本与缝隙空间》，选自陶东风、周宪主编：《文化研究（第 10 辑）》，社会科学文献出版社 2010 年版，第 95 页。

层，契合着一定的社会结构和社会运作机制。"①因此，可以说"缝隙化空间"是由位于边缘地带，看似无用的如废弃的厂房、未开发的空地、城乡接合部、地下室、桥洞、僻静的街道等"缝隙"形式所生成。列斐伏尔认为，空间性的实践过程是自然空间向社会空间转化的过程。那么在城市建设的过程中，这些边缘地带便是在空间转化的过程中被遗弃或者未曾获得转化，因此，以城市空间的必要功能性考察它们，它们确实不具备明确的指向性意义，所以可判定为是城市缝隙。其次，在列斐伏尔看来，社会空间正是由于每个人过去的行为而被生产出来，而这些缝隙之所以能够向缝隙化空间过渡，关键就在于被人为地利用、被挪用，从而获得意义。最后，我们必须还要知道，它们的利用者又是谁。"往往是社会分层中最边缘、最底层的群体，外地人、拾荒者、无正当职业者等。他们大多不可能获得那些正式或比较正式的职位，很难开展自主经营的活动，于是，最终成为缝隙、角落这类边缘化、缝隙化空间的占据者。"②

2017年国家统计局发布《2016年国民经济和社会发展统计公报》中，有数据显示，2016年全国农民工总量约为28171万人，人数为二十世纪八十年代的十倍。这庞大的基数说明了城乡碰撞所产生的缝隙化人群愈演愈烈。他们前赴后继地"进城"不过是一个笼统的虚拟指向，他们进入城市，却从未被城市接纳（无论是政治身份还是文化心理），甚至在某种程度上，城市于他们而言是可望而不可即的"异托邦"，他们的身体能抵达的无外乎就是专属于他们的谋生场域（工厂、工地、车间、饭馆等），但在这些空间场域中，他们却如同阿登纳所研究的"失声集团"那般，必须谨小慎微地工作，小心谨慎地听命于所指定的空间权威，一旦有所冒犯或僭越，很有可能失去谋生的资格而被无情地驱逐出境，就像是孙惠芬小说

---

① 童强：《权力、资本与缝隙空间》，陶东风、周宪主编：《文化研究（第10辑）》，社会科学文献出版社2010年版，第93页。

② 童强：《权力、资本与缝隙空间》，陶东风、周宪主编：《文化研究（第10辑）》，社会科学文献出版社2010年版，第95页。

《民工》里的李三，按照工地规定，每顿饭每人盛饭一次，从吉林来的李三吃完一轮觉得没吃饱，就想吃第二轮，那个掌勺的胖子却说，哪个小子不想要工钱就再来一勺，吓得李三忍饿跑开了。这些农民工连最基本的温饱问题都身不由己，他们只不过是这些空间场域里的从属者和失语者，不能暴露出丝毫的主体意识，只能永远地被动行事，因此，他们所谓的"进城"，不过只是身体的抵达，在身份上永远只是"他者"。那么，城市中真的就没有他们的容身之所了吗？

我们知道，在远离城市繁华的边缘处，总会存在着群租房、地下室、城中村等这样的空间，据北京市住建委的统计数据显示，北京城内存在着1.8万套地下室，而这些地下室里居然挤着80万人。它们在某种程度上正是因外来的农民工的需要而发挥了临时住所的作用。《民工》中所描写的鞠广大和鞠福生在城市中所工作的地方，其实就是一个城乡接合部。"702路车站离工地不远，但要经过一个长长的斜坡，这个斜坡，是工地与车站的距离，同时也是金盛家园民工与车站的距离，民工们只要下了这个斜坡，来到702路车站，也就来到了真正的城市。"为什么说702路车站是真正的城市？因为这里什么都有，但事实上，"这里只是城市的一个街道，一个边角，离繁华地带很远，可是在鞠广大和鞠福生这些民工眼里，已经是城市的中心，城市的全部了"[1]。他们所居住的工棚不过就是几辆报废的旧客车的车体，里面又热又臭，根本不是人住的地方，但是，这些农民工每天都要在工地上工作十几个小时，臭气熏天的工棚很快就变成了鼾声四起的温柔乡。城市居大不易，身份尴尬的农民工即便连坐公交都会被城里人嫌弃，甚至还被他们扔了行李，他们要想在城市里生存下去，只能挪用城市里那些边缘的、地下的、被废弃的缝隙空间，借用它们成为自己在城市里的临时归属地。类似于旧客车的还有陈应松《太平狗》里程大仲无处栖身夜宿过的桥洞；曹征路《问苍茫》中的柳叶叶、毛妹等谋生、居住的深圳幸福

① 孙惠芬：《民工》，作家出版社2005年版，第122页。

村；徐则臣《跑步经过中关村》里北漂青年敦煌所租住的一间比他高不了一尺的小棚屋；《天上人间》的子午在北京的第一夜所租住的地下旅馆；荆永明《北京时间》里"我"居住的像棺材一样的四平米小屋；方方《涂自强的个人悲伤》中的合租屋；李肇正的《傻女香香》里香香所居住的危楼……这些都是城市空间中见不得光的缝隙，环境差、偏僻、混乱、生活设施严重匮乏，甚至有损市容，在日后的城市规划中即将被清理、整治和驱逐，但也正是因为它的非中心特性，意外地成为了"非城非农"的缝隙化身份的农民工们接近城市、进入城市的落脚点，并发展成与城市的正式空间相对的缝隙空间。

当然，缝隙化空间并不单单是指城市的正式空间之外，地处边缘的异质空间、灰色地带，它也有可能是指正规的、正式的公共空间，而前提一定是这些公共空间是被社会最底层的群体挪用，甚至被"偷用"为其他用途。比如孙惠芬的《吉宽的马车》里的饭店；吴玄的《发廊》中"灯是红色的，窗帘是遮光的，气氛有点儿暧昧"的发廊；尤凤伟的《泥鳅》中寇兰所工作的发屋；邵丽的《明惠的圣诞》里的洗浴按摩中心；盛可以的《北妹》中钱小红所工作的"海上明珠夜总会"；许春樵的《放下武器》里的酒楼"红磨坊"等，这些场所正是利用了以正规空间的合法经营的掩护下所延伸的缝隙化空间，以适应某些特殊的经营。此外，城市中的缝隙被挪用为缝隙空间，其功能也不一定都是居住用途，也有可能是谋生的场所。比如城市中最常见的公共空间——街道，就经常被挪用为谋生的缝隙化空间。

街道，原指两边有房屋，中间供人流动的道路，汪民安说："街道，正是城市的寄生物，寄寓在城市的腹中，但也养育和激活了城市。没有街道，就没有城市。"[1]这说的是城市与街道的关系是一种水乳交融的关系，彼此之间互相建构，美国城市学家凯文·林奇就

① 汪民安：《街道的面孔》，选自孙逊主编：《都市文化研究（第一辑）》，上海三联书店 2005 年版，第 80 页。

提出了构成城市五大意象的元素是街道、边界、节点、区域、标志物，可以说，街道是城市的必备空间。那么，街道作为城市的寄生物或意象元素，它的功能是什么？马歇尔·伯曼（Marshall Berman）的回答是："街道的主要目的是社交性，这赋予其特色：人们来到这里观察别人，也被别人观察，并且相互交流见解，没有任何不可告人的目的，没有贪欲和竞争，而目标最终在于活动本身……"出色的街道通常既能沿途驱车又可步行于其中，是城市中人们最习以为常的公共场所，不过步行是这里的主流。但是，步入"通属城市"时代以后，街道的功能似乎被消费主义有所修改，大量的商业街拔地而起，将原本"没有贪欲和竞争""相互交流"的公共领域变成了华灯初上的商业空间，这里不仅派生出了与消费主义有连带关系的贪欲和竞争，甚至还成为了体现都市风情万种的景观被人们大肆拆解和建构。比如方方的《中北路空无一人》中的中南路、陈丹燕的《上海女子的相生相克》中的淮海路和南京路、朱文颖的《高跟鞋》中的十宝街等，既是人群的集合地，是公共空间，也是布莱恩·哈顿认为的"交换、商品买卖的场所"。街道上一排排布置精美的商铺和橱窗，里面陈列着各式各样令人炫目的商品，而街道两旁的楼房上也挂满了五颜六色的广告牌。可以说，在某种程度上，街道的性质已经从最初的交通、交流，发展到了商业、消费、休闲、展览为一体的公共空间，"一部街道的发生史也是一部商品的变迁史，商品的展示史。街道的历史是被商品逐渐包裹和粉饰的历史"[①]。繁华的街道，一定是城市的中心，是城市的正式空间，但是，在不经意间，我们似乎也能注意到这样的现象："商业街的快速发展给附近背街小巷中'违章搭建'的盒饭店以及临时摊点提供了机会。"[②]芒福德曾指出："在前现代的城市里，街道是空间，不是

① 汪民安：《街道的面孔》，选自孙逊主编：《都市文化研究（第一辑）》，上海三联书店 2005 年版，第 88—89 页。
② 童强：《权力、资本与缝隙空间》，选自陶东风、周宪主编：《文化研究（第 10 辑）》，社会科学文献出版社 2010 年版，第 98 页。

用来通行的，而是供人们生活的"①，而现代城市却恰恰相反，那种"供人们生活的"街道逐渐消失而变成了一种消费主义的景观。但在这里，在这些"违章搭建"中，我们又依稀看到了前现代城市中"供人们生活的"街道的功能，它是那样地熟悉，那样地让人缅怀，却也那样地格格不入。不得不承认的是，如今的街道，已经被城市底层的外来者们"偷用"而成为了谋生作用的缝隙化空间，它是夹杂在现代城市中的前现代景观，利用着法网恢恢的罅隙，偷偷地"野蛮生长"。《啊，北京》中边红旗在桥底下无意中救了一个办假证的大男孩后，没几天他就加入了他们的行业，在中关村一带的街道上怂恿各种有钱人办假证，以此谋生；《跑步穿过中关村》中的敦煌也经常流窜在街道上给人办假证、卖盗版碟。小说名中的"跑"字是一个具有多重所指意义的词语，在大街上奔跑着将各种盗版碟送到不同人的手里，这是为了生存而奔跑，但同时也是为了躲避警察的抓捕而逃跑，这里，街道作为敦煌挪用为谋生的缝隙化空间，是临时而非法的，他利用了时间上的间隙、监管上的漏洞（警察不巡逻的时候）临时在街道上开辟出一个缝隙化空间来。荆永鸣的《北京时间》中，东北青年胡东来北京投靠舅舅，刚开始找不到舅舅所开的拆迁公司便只能在北京胡同里卖烧饼为生，每天胆战心惊地担心着警察、城管、工商局和卫生防疫站的人。贾平凹的《高兴》中也写到刘高兴在城里捡破烂的场面，"市容队招聘了许多社会闲杂人员，他们没有专门的制服，不管穿了什么衣服，一个黄色的袖筒往左胳膊上一套，他就是市容了。他们常常三个五个一伙，手里没有警棍，却提着一条锁自行车的铁链子，大摇大摆地过来了，拿一个电动喇叭不断地喊，声音粗粝，但你老是听不清喊的内容。或许他们就藏匿在什么不显眼处，专盯着你犯错误，你一犯错误，他们就像从地缝里一下子蹦出来了"②，刘高兴就是他们严打的对象。这些街道都是人来人往的繁华之地，是城市的门面，但

① （英）斯科特·拉什、约翰·厄里：《符号经济与空间经济》，王之光、商正译，商务印书馆 2006 年版，第 20 页。
② 贾平凹：《贾平凹文集：高兴》，陕西人民出版社 2008 年版，第 45 页。

在这光鲜亮丽的外表之下，底层市民们冒着被法律制裁的危险，也要利用街道的聚集功能强行开辟一个能够完成自身谋生吁求的缝隙化空间，尽管它是暂时的，在遇到执法人员前来取缔时，他们只能放弃缝隙化空间，仓皇逃跑，等到风声一过，他们又像打游击一样重返归来，重新开辟新的缝隙化空间，可谓是夹缝中求生存的典型写照。将城市的公共空间挪用为生存的缝隙化空间是危险的，也充满了各种监控和阻碍，所以刘高兴才十分看重自己留在宾馆大堂的脚印，因为脚印的存在代表着他来过并留在了这座城市里的证明。

不仅仅是街道，城市空间在不断地进行着内部的生产和外部的扩张的同时，也便会不断催生出各种各样的缝隙化空间，以及提供给缝隙化身份的社会底层以谋生的可能性机会。那些进城的农民工们、城市的无业游民们总是可以在城市中发现各种各样的异质地带和缝隙空间，并以缝隙化的方式谋生。《跑步穿过中关村》的敦煌，来北京的第一个夜是抱着立交桥的柱子熬过的；《天上人间》的子午，在与表哥失联的日子里，如同流浪汉一样睡过地下通道。立交桥与地下通道原本只是城市中具有交通属性的公共空间，但在这里却被他们挪用为临时居所，而具有缝隙化空间的功能。

刘庆邦的《到城里去》讲述的是一个农村汉子杨成方到北京捡垃圾的故事。首都北京，无论是公共领域的街道，还是飘浮在上的异托邦，或者与普通的日常生活密切相关的市井空间，都会没日没夜地生产出形形色色的垃圾，它们是商品的尸体，在经历了生产、消费、使用之后最终沦为了城市所遗弃的废物，会被处理到远离城市中心的边缘地带，换言之，垃圾也是城市空间所催生的另一种形式的缝隙。这些让城市人讨厌嫌弃的"缝隙"何其多，它们散落在城市正式空间的内部，等着杨成方们前来清理。从城市人的角度来看，杨成方是填补缝隙的人，即把所有垃圾清理干净，让正式空间变得名正言顺。但从杨成方的角度来说，他养家糊口的生存来源就是捡垃圾，因此他更渴望这些正式空间每天都能生产出大量垃圾，便能理所应当把正式空间"挪用"为可供自己谋生的缝隙空间。杨成方白天穿行于城市的楼群之间，到处扒垃圾，捡破烂，"仿佛他自己也成了一样可以走动的垃圾"[①]，而到了晚上，他便撤出了城市，到郊外放杂物和养畜生的房子里住，日晒风吹，雷打不动。从空间伦理学的角度来说，不合理的空间分层和阶层分级，是影响城市安全与稳定的重要因素，事实上，在底层挣扎谋生的人们并没有多么遥不可及的梦想，只是希望能够在城市中立足、安稳地生活，但城市并没有给他们机会，他们只能在夹缝中谋生，无人关心，更无任何保障，他们展现了光鲜城市底下的残忍和阴鸷，经不起阳光的照耀，只能发生在暗影中，发生在人群熙攘与高楼密布的缝隙里……

2. 城市"跳板"与伦理失范

从城市化进程看，无论是"居中"的市井社会还是"飘浮在上"的城市异托邦，都是名正言顺的城市的正式空间，前者是城市的历史与市民的集体无意识，后者则代表了城市的未来与市民的期待，而缝隙化空间却并不在城市所承认的合法化结构体系中，甚至是城市羞于启齿、极力想掩盖的"污垢"，它与农民工这一群体一样，不过是时代转型期的过渡性产物，会随着现代性与城市化进程的推进和完善而最终被填充与缝合。因此，临时性的缝隙化空间在城市中始终处于一种无序的状态，甚至是有待被清除的对象，如同曾经位于北京城北的城乡接合部——唐家岭。由于这里距离中关村、上地等企业密集区较近，且房租便宜，曾聚集了5万名以上人称"蚁族"的外来人口，构成了当时北京最大的缝隙化空间。里面乱搭乱建现象十分严重，违规建筑是合法建筑的五倍；楼房之间的过道十分狭窄，火灾隐患突出；卫生状况、安全问题堪忧；上班高峰期公共交通拥挤不堪……鉴于此，在2010年3月29号，北京市唐家岭地区启动整体腾退改造工程，"蚁族"们被迫搬迁，就这样，轰动一时的唐家岭，最终被城市化的铁蹄彻底填充和缝合。

① 刘庆邦：《到城里去》，花城出版社2010年版，第40页。

城市化对于城市自身而言，在某种层面上就是对不断生成的缝隙化空间进行及时的填充和缝合，将它们改造成合法化的正式空间，从这一方面来看，缝隙化空间相较于城市的正式空间，处于受动、压迫、对立的位置，事实上，它还具备了另外两大特征："第一是缝隙空间的不确定性和可挪用性，第二则是缝隙空间可以直接切入中心区域的特点。"[①]其中，"切入中心区域"，道出了缝隙化空间与城市的正式空间所存在的共生关系。乡村到城市的距离，沟壑万千，并不是陈奂生们用"上城"的方式便能够成功实现横跨，想要真正地进入城市基本上是一个虚妄的梦想，这一点在《人生》中就已通过高加林的结局表露无遗。所以，后来的进城者们便发现了一条曲线救国的临界点，即连接着城市与乡村之间的缝隙化空间。他们通过缝隙化空间实现了在城市中短暂居住、生存，并寄希望于借助缝隙化空间为跳板，获取一张正式空间的入场券，从而"直接切入中心区域"。加拿大作家道格·桑德斯的纪实文学《落脚城市》中写到了中国重庆的"六公里"，是一座"肮脏腐臭的贫民窟"，但是作者认为这样的贫民窟，却是乡土人成功落脚城市的跳板，它能催生出新一批的城市中产阶级，终结社会的贫富差异及不平等。而在新时期以来特别是新世纪以后的城市书写中，也确实有作者印证了道格的看法。荆永鸣的《北京时间》中，从外地来北京漂泊的"我"，刚开始也只是和老婆挤在租来的小屋里，在经历了多年的打拼奋斗后，终于走出了缝隙化空间，在市区买了一套属于自己的房子，从而获得了城市的入场券，成为了新型市民，而当年同样在胡同里卖过烧饼、曾被赵公安从廉价出租屋（缝隙化空间）中赶出来的胡冬，几年之后也成了拆迁队队长，不仅娶了城市姑娘为妻，还亲手拆掉了赵公安的老宅。再如李肇正的《傻女香香》中的主人公香香，也是一个从农村进城讨生活的女人，刚进城的她借住在缝隙化空间的危楼里，靠着收废品的机会接近市民刘德民，最后如愿

---

① 殷曼婷：《缝隙中间与都市中的社会认同危机》，选自陶东风、周宪主编：《文化研究（第 10 辑）》，社会科学文献出版社 2010 年版，第 111 页。

以偿地嫁给了他，终于从缝隙化空间跻身进了城市的"中心区域"。他们都是借助缝隙化空间成功实现"上城"的人，但是这样的人物形象，在新时期以来的小说中凤毛麟角，更多的作品表达的却是缝隙化空间对城市正式空间的威胁、挑战和对抗。

邓一光的《怀念一个没有去过的地方》中来城市打拼的远子，就没有成功借助缝隙化空间获得城市的认可和接受，反而走上了黑道，最终玉石俱焚；徐则臣的《天上人间》中的"京漂者"子午，一开始也只是在缝隙化空间里给人办办假证，后来他的野心、欲望和胆量都愈发膨胀，开始跨越圈内的道德底线，勒索、敲诈他人，最终在领结婚证的那天，被人用刀子送了命；尤凤伟的《泥鳅》中，小解干起了打家劫舍的勾当，最后借助缝隙化空间的藏污纳垢而做起了城市隐形人；刘庆邦的《神木》中，张敦厚与王明君同为打工的矿工，但他们心狠手辣，杀人越货。即便是借助"跳板"成功获得城市人身份的外来者，也并不意味着他们今后的城市生活就能如愿以偿地幸福安稳。吴君的《复方穿心莲》中方立秋就是一个外来的打工妹，本以为嫁给深圳人就能结束流离失所的漂泊生活而成为真真正正的深圳市民。可是她真的出嫁之后，夫家的公婆、亲人甚至是保姆自始至终都瞧不起她，甚至对她充满了敌对和怨恨，就这样，在深圳的某处正式化空间里，方立秋依然过着与缝隙化空间中一样暗无天日的生活……这些小说中的人物形象清一色都是从乡村来到城市并渴望能在城市立足的农民工，但他们也都清一色地遭到了城市的排斥，只能借居在缝隙化空间内得过且过。然而，当城市连他们最基本的生存的伦理诉求都无法保障时，对城市的怨恨也便油然而生，于是他们剑走偏锋，开始对抗城市固有的伦理秩序。可以说，他们从缝隙化空间中"直接切入中心区域"，并不是一种由乡到城的"修成正果"，而是由人性到兽性的从恶如崩。

从空间地理学和社会学考察城乡之间的界限，原本是泾渭分明的，而缝隙化空间却如各类形形色色的毛细血管将二者珠胎暗结。那么问题来了，缝隙化空间为何具备"直接切入中心区域"的能力，却也能颠覆、对抗中心区域？一方面，缝隙化空间本身是由城市缝隙所发展而成，缝隙相较于城市的正式空间对于市民而言是"必要的无用"，一般会让人联想到"边界"。俗语有云"山高皇帝远"，边界的缝隙所接受中心区域的辐射和控制是极其微弱的，再加之其本身对市民的"无用性"，可以说，缝隙也就相当于社会的真空地带，是空白点，也正是因为这一点，才被外来者有机可乘，将之挪用为缝隙化空间。另一方面，我们知道，乡土被费孝通喻为"熟人社会"，是由血缘关系缔结私人空间，由类血缘关系的宗法等级关系缔结公共空间，所以乡土人必须严格恪守血缘与类血缘关系所缔结的伦理规约，放弃私人性的主体吁求，服从群体性安排，从而完成"熟人社会"的秩序建构。而城市，是典型的"陌生人社会"。最初的市民均是来自五湖四海的生意人，后渐渐发展成投资人、体力劳动者和脑力劳动者等身份，彼此之间没有血缘和类血缘关系的缔结，因此传统的乡土式"熟人社会"必然土崩瓦解，与此紧密相关的群族利益也便让位于个体利益的满足，成为了市民们唯一也是最终的目的。那么应当如何保障每一个市民的私人利益得到满足的同时又不损害他人的利益，如何保障城市的市场经济活动、市民的生存吁求和享乐吁求三者的顺利进行，以现代法律为底线、以现代道德文化规范为核心的城市伦理便是关键。

所谓的"城市伦理"是一种必需的、约定俗成的意识形态，所要保障的便是城市内部最大程度的公平公正；市民们所享有的权利和所尽的义务对等；同时也要最大程度地保证"个人"与"社会"、"个人"与"他者"之间在权利和义务关系的平等缔结。它解放了被限制在以血缘和类血缘关系所缔结的乡土伦理中而无法获得个人利益最大化的人们，意味着个人的生存价值不再由传统的血缘和类血缘的等级秩序所决定，更多地取决于其在经济链条上所争取的位置，这便是乡土到城市的伦理变革。但不管怎样，无论是乡土空间还是城市空间，我们都可以看到，不同的伦理准则、伦理秩序对个人主体均产生监管和规约力量，而空间中的人也必须自觉地遵守它，从而才能使得社会趋于稳定与和谐。但是，这只是相对于两个独立而成熟的社会空间而言。在乡土向城市的转变过程中，首先是地理学上循序渐进的变革，即从东到西、从沿海到内陆，同时，也会产生一批由西向东、由内陆到沿海，逆流而行的人群，格蒙特·鲍曼在《后现代性及其缺憾》中称这些人为时代胁迫下的"流浪者"。请不要忽略这些"流浪者"天生所携带的在原发空间中便已生成的文化身份和伦理印记。当以血缘和类血缘的宗法伦理为行为准则的"流浪者们"进入到城市并占据缝隙将之挪用为缝隙化空间时，整个空间便会呈现出一种伦理"失范"的状态。

"失范"（Anomie），从字面意义上可理解为没有或失去社会规范。法国社会学家迪尔凯姆第一次将这一概念引入社会学，他认为："失范主要指一种对个人的欲望和行为的调节缺少规范，制度化程度差，因而丧失整合的混乱无序的社会状态。简单来讲，失范是社会所倡导的文化目标与现实这些目标的合法的制度化手段之间的断裂或紧张状态。"当农民工离土进城后，在经济链条上处于劣势的他们自然处于社会秩序的末端，难免会遭到上层空间的市民们的冷漠和歧视，久而久之，便会对原本习以为常的"熟人社会"产生质疑，继而舍弃"良心集合体"的认同，即反映信仰、情操、感情共同体的那一套社会规范系统的减弱或破裂。然而，"良心集合体"的分解却又是灾难性的，因为他们对新的城市伦理一无所知，更别提将城市伦理内化为一种新的自我的约束力量，因此在无法形成新的"良心集合体"作为外在约束力的他们，欲望便成了主导力，他们开始我行我素、为所欲为，甚至铤而走险。瑞尔夫曾在专著《地方性和无地方性》中提出过"在其内"（inside）与"在其外"（outside）两个概念，前者是指人们对空间的归属感，后者则是对空间的疏离感，"'在其外'感所带来的心理落差使个人有动机以挑衅的姿态来处理这一境遇所带来的身份危机，并在对空间功能的挪用中获得一种反向的自我肯定"①，特别是在伦理道德的解体丧失了对主体的制约之后，这种"反向的自我肯定"也就变得更加肆无

---

① 殷曼婷：《缝隙中间与都市中的社会认同危机》，选自陶东风、周宪主编：《文化研究（第 10 辑）》，社会科学文献出版社 2010 年版，第 113 页。

忌惮，这便是他们得以借助缝隙化空间对抗正式空间的深层动因，同时也是缝隙化空间沦为伦理失范的无序空间的根本原因。它的伦理失范主要体现在如下方面。

一、无序的居住空间。如果说城市里的市井空间是藏污纳垢之地，积极生活与消极享乐并存，那么缝隙化空间则可谓是一片狼藉，全是"污"与"垢"的汇聚。有学者以城中村举例，认为"它是社会中的一个弱势群体，是一个利益常常都面临流失与剥夺的特定社会群体……一个政府与社会关注的盲点。在这种尴尬的角色中，城中村更凸显其弱势的特点"[1]。孙频的《菩提阱》中有过这样一段对城中村的描写：

> 拐过一个弯就要到她住的地方了，她从来不把那叫家，只叫住的地方。这种城中村里的巷子逼仄，违章建筑林立，楼上摞着楼，都是用来出租的，里面住的多是外来的流动人口。一楼是发廊，桃红色的灯光孵着小姐们的大腿，鲜亮地摆在玻璃门后面像刚出炉的商品。旁边就是性用品专卖店，再旁边是小诊所，头痛感冒能不能治不知道，主打性病和堕胎。真是一条龙服务。二楼开着麻将馆，不分昼夜地有人在里面打麻将，人们一边打麻将一边抽烟解乏，屋子里终日烟雾缭绕，从窗外看进去都看不见人的脸，只见一圈一圈的无头人坐在里面，怪骇人的……听说这栋楼上四楼有一个房间就有一个小姐被杀死在里面，因为是外地人，尸体都开始生蛆了才被发现。房间被打扫一下很快就又租出去了。还有个男人是专职打麻将的，没日没夜地打，据说输的钱太多了，根本走不了。[2]

---

① 张京详等：《体制转型与中国城市空间重构》，东南大学出版社 2007 年版，第 131 页。
② 孙频：《菩提阱》，《人民文学》，2012 年第 5 期。

从「平面市井」到「折叠都市」

在中国类似这样的城中村不计其数，它们的统一特征是，基本都以低矮密集的违章建筑为主，在夹缝中抬头只能看到"一线天"；环境脏乱、基础设施落后、人流混杂、治安混乱，游离于城市管理体制之外，是城市难以抹去的"伤疤"，也是罪案的频发地。小说中，康萍路每次回到自己在城中村租住的小屋时，都会感到无比羞耻，她感觉这栋楼像是一支"沉在海底的珊瑚"，里面住着大量的妓女、杀人犯、民工等，他们是寄生于此的珊瑚虫，而自己也不过是这些珊瑚虫中的一只。《高兴》里，刘高兴等农民工所居住的池头村治安也十分混乱，甚至出现过农民工之间互相残杀的现象，因此他们才做出规定："谁也不能领陌生人到剩楼，谁也不能把剩楼的住址告诉给外人。如谁违规，大家就联合把谁轰走，不许再住在这里。"①这是他们自己内定的准则，渴望修缮缝隙化空间的失范，因为这种秩序的失范已经严重影响到了他们原本就岌岌可危的生存状态。

学者图海纳在谈及法国社会结构时就曾指出："法国社会的结构已经从金字塔式的等级结构变为一场马拉松赛，每跑一段就会有人掉队，即被甩到了社会结构之外。"②中国社会也同样如此，缝隙化空间内的主体身份不全是为了进城的农民工，也有那些曾经阔气过，如今却被城市化进程"甩到了社会结构之外"的失败者们、刚刚大学毕业没有经济能力和社会背景的大学生，以及像魏微《异乡》中许子慧这样来自三线城市，想在一线城市中出人头地的知识分子等。他们由于经济的拮据也都借居于此，并渴望着终有一日自己能突围而出。由此我们发现，缝隙化空间内人群的身份构成十分混杂，这也直接导致了空间内文化价值体系的混乱，或呈多元趋势，再加之本身就缺乏统一的管理，无法形成统一的价值体系，于是，无序的居住空间也便形成。

二、性道德规范的失效。性道德指的是每个社会人的性行为的

---

① 贾平凹:《贾平凹全集:高兴》，陕西人民出版社 2008 年版，第 164 页。
② 孙立平:《断裂——20 世纪 90 年代以来的中国社会》，社会科学文献出版社 2003 年版，第 1 页。

道德规范，集中表现在家庭婚姻道德领域，从恋爱、结婚、生育、抚养后代，经漫长的岁月，需要有一个维护家庭、忠贞配偶、繁衍后代、白头偕老的信念和意志。它主要是用于约束人类的性行为，稳定社会秩序，保证社会生活的正常发展。可以说，性道德规范在某种程度上是人类区别于动物的重要因素之一，在性道德革命的五四时期，鲁迅、陈独秀、李大钊、胡适等人在探索救国救民改造国民性的新文化运动的大潮中，发起了一场性道德革命。他们著书立说，讨伐封建社会的性伦理，宣传性知识、性科学，倡导民主、平等、科学、进步的新型性伦理观，但不能忽视的是，这一切的前提依然是建立在理性和感情的基础之上，即便是二十世纪二三十年代以张资平、叶灵凤、施蛰存等作家为首的海派文学，过于夸大人的自然属性中性欲的成分，在当时也为人所诟病。可是，在二十世纪九十年代以来关于城市的底层文学中，性道德规范现象却意外地失效或被解构，混乱的两性关系不再是情欲空间里的逢场作戏，而是变成了迫不得已后的理所当然。例如，徐则臣的《跑步穿过中关村》中同是沦落缝隙化空间的敦煌和夏小容，在初次见面后便轻而易举地发生了性关系，当得知夏小容有一个叫作矿山的男朋友后，依然选择和她同居，再后来，敦煌又与被送进监狱的保定的女朋友七宝发生了关系。在这两段翻云覆雨中，敦煌与夏小容、七宝之间并无爱也无情，他们的关系纯粹就是违背伦理的性伴侣。或许，对于这些在夹缝中求生存的人来说，周遭的一切都太过于孤独、无助和绝望，因此才选择这样一种极端而激情的方式在非理性的指引下体验片刻的温存。可以说，他们之间的性关系是源自城市太过"寒冷"，只能同类之间相互取暖，彼此慰藉。盛可以《北妹》中的钱小红也是一个特例。她来自乡土，与姐夫偷情暗示了她本身就不是一个性道德规范的护卫者。只不过在乡土社会，偷情这一行为始终为宗法伦理所不容，因此东窗事发后她被驱逐出境。来到深圳打工后她突然发现，这简直就是一片自由的空间，只要你情我愿，便可和自己喜欢的男人发生性关系。在这里，缝隙化空间的无序与钱小红对性道德规范的无视，达成了完美的契合。

不过，相较于钱小红因欲望而性泛滥，更多的时候，缝隙化空间里的女人，却是主动抛弃性道德规范而成为性交易者。对于正式空间里的男人们来说，缝隙化空间里的女人不仅仅是"第二性"，还是柔善可欺的"她者"，是广东人口中的蔑称"北妹"。先天性别的弱势与后天身份的卑微注定了她们在城市里的命运多舛，就如同项小米的小说名《二的》，代表着次要、附属。《北妹》中钱小红的同伴李思江，在没进城前是"纯净得像深山里的矿泉水"，进城后便将身体作为赌注交给了不同的男人，最后被无情抛弃；《高兴》中的孟夷纯不惜卖淫赚钱为哥哥寻找凶手；王手的小说《乡下姑娘李美凤》中的乡下主人公便是将身体作为挣钱的工具，与城市老板发生关系，后来居然荒唐地成为了所谓的"身体工程师"，奉命去勾引沉迷于网络游戏的老板的儿子；李肇正《女佣》中的杜秀兰同样也是出卖自己的身体去获得城市男人的金钱，以换取在城市生存下去的可能；尤凤伟《泥鳅》中的小齐和小寇也同样是依靠着身体以求得"切入中心区域"……相较于男性而言，女性在性别上的先天弱势导致她们的进城之路更加艰难充满险阻，她们不仅要面对来自城市的排挤，还要面对来自男性的压迫，逼得她们剑走偏锋，只能依靠唯一的身体资本去攻克城市这座堡垒。也正因为她们褪去了传统的性道德的外衣，赤身于人前，她们才会短暂地被城市所接纳，留在了缝隙化空间内。只是，这种拿身体赌明天的做法多数情况下都难以得偿所愿，只会作茧自缚。

三、法律规范的失效。缝隙化空间是城市化进程中的灰色地带，位于城市空间分野的底层，也是资本、权力、阶层的最底端，这必然会受到来自空间上层的无视、挤压、排异，再加之"缝隙化空间"的主体生成多是由农村入城的农民工及少数城市失败者，在他们的知识文化体系与心理定势上也必然缺乏现代法律理性的意识，从而造成了失范的社会状态。目前，我国并没有形成一个完整规范的社会形态体系，虽然已经有许多保护弱势群体的官方文件、政策和法律法规出台，但在实际的社会博弈中，所有的现代规范在缝隙化空间内很可能都沦为一纸空文，使其成为法律规范缺席的众矢之的。所以可以想见，进入缝隙化空间的农民工们，他们的基本权利不仅得不到保障，甚至会成为被任意侮辱、践踏的蝼蚁。北村的《愤怒》中马木生带着妹妹春儿来到城市的工厂打工，本以为就此可以摆脱农村的贫困和凌辱，但等待他们的却是更大的灾难。马木生妹妹的加班工钱全部被工头克扣，他为妹妹讨薪，结果被打了一顿，身上所有的血汗钱都被抢光，还被与狼狗关在同一个笼子里，之后，春儿被轮奸后还被卖到了色情场所，被逼迫卖淫，最后惨死。他们命如草芥，却无人为其鸣冤，正义与法理高高在上，嘲笑着他们无助的泪水，马木生只能以个人的方式审判那些践踏生命的仇人。这部小说并没有把写作重心放在对底层悲剧的社会成因的探讨上，但我们还是会不禁产生疑问，到底是什么力量将缝隙化空间酿成了人间炼狱？

　　一方面，这些农民工出身乡土"熟人社会"，本身缺乏社会公正意识和法律意识，甚至连主体意识都未曾拥有。当他们进入城市的缝隙化空间后，自然而然所延续的便是依靠乡土伦理来为人处世，殊不知不谙世事、不知城市凶险的他们竟会沦为任人鱼肉的对象，并且毫无抵抗力。另一方面，曹征路的《问苍茫》或许能够为我们提供新的思考。幸福村是一座位于深圳的城中村。前来打工的乡村女性一开始就遭到了"开处""怎么折磨都行"的侮辱；她们的工作完全无视《劳动合同法》的规定，每天必须工作十几个钟头，甚至还有随时被解雇的危险。在这种非人道的环境下，有人沦落为妓女，有人傍上了小老板，也有人为了复仇嫁给了仇人的父亲，她们的人生在一次又一次的被践踏和摧毁中，奄奄一息。还有因救火灾而重伤毁容的毛妹，不仅没有得到人道的工伤补偿，甚至还被栽赃嫁祸，最终不得不自杀以结束自己的灾难……她们在城市的遭遇与《愤怒》中的马木生兄妹如出一辙，仿佛是一只只被操控的线牵木偶，身不由己，也无能为力。投机者马明阳的一句话似乎石破天惊："中国劳资市场乱就乱在没有一个伦理规范。"这句话大有深意。究竟是谁主导着中国的劳资市场？主导者们又为什么不设定一个正常化、秩序化的伦理规范呢？

显而易见，劳资市场背后的操控人，必定是城市中坐拥资本和权力的人，他们一方面需依靠农民工为他们最低成本、最大限度地挣钱，以保障他们的财富、地位与人生永不登高跌重。再者，不仅仅是他们，很多最普通的城市人都会歧视、抵制这些外来者。早在1988年王安忆发表的短篇小说《悲恸之地》中，那几个来上海卖姜的外地农民就遭到了本地人的奚落，很快，他们的命运就朝着万劫不复的悲剧滑去，最后，刘德生以跳楼自杀的方式结束了他的进城之旅。包括前文中提到的程大仲、郭运等，他们的命运与刘德生殊途同归，都在城市的拒绝中付之一炬。很显然，城市人并不愿见到他们"切入城市的中心区域"，实现鲤鱼跳龙门的身份转型，城市人只是希望他们一直待在缝隙化空间里，一边为自己提供各种各样的服务，一边还要用尊严去衬托和满足自身高人一等的虚荣心。于是，在内与外的双重合力之下，被"囚禁"在缝隙化空间中的他们就成为了新时代的"奴隶"，法律规范在他们身上彻底失效，城市人的欲望才是主导他们人生真正的"法槌"。尤凤伟的《泥鳅》中，众人不同的结局就是最好的证明：被人打残，老老实实地返乡的王玉成，禁不住打击而发疯的陶凤，走投无路沦为娼妓的小寇和小齐，被城市人当"泥鳅"一样玩弄于股掌之间的国瑞……所有的民工都是满怀希望进城，最后却无一例外，全军覆没。其中，国瑞的结局值得探讨，似乎表达了作者对法律和正义的质疑。在国瑞身上，法律规范也不全然无效，它只是不会维护农民工的权利，却能成为将他们推入绝境的催命符（国瑞因"触犯刑法"而走向法场）。

　　当法律规范失效后，自然也就有了不甘受人摆布的"缝隙人"。前文提到，缝隙化空间也存在着另一种特性，即对城市正式空间的威胁、挑战和对抗。《泥鳅》中受伤却得不到单位开支票，无法得到及时治疗导致落下残疾的蔡毅江，愤然地走入了黑道，以非正义的方式挑战着城市道貌岸然的"法律规范"。包括《愤怒》中的马木生，他的复仇同样也隐喻着对"法律"的质疑和反抗。总之，缝隙化空间的社会形态被城市的正式空间"死死地踩在了脚下"，企图遮掩、填充它们，因为它们的存在让光鲜亮丽的城市羞于启齿，是隐患的毒瘤，但事有两面，也正是由于缝隙化空间和缝隙化身份的人的现实存在，也能够在某些层面反衬出城市化本身所存在的问题。孟繁华先生在评论《问苍茫》时的一句话，似乎能为我们提供一些互文性的思考："无论深圳如何被描绘为一个'移民城市'，如何'现代'，但传统的中国文化在任何一个地方都是一个'超稳定结构'，深圳当然也是如此。"[①]城市空间的"折叠"衍生出的"三分法"不正是一种现代意义上的"超稳定结构"吗？

---

① 孟繁华：《不确定性中的苍茫叩问——评〈问苍茫〉》，《文艺争鸣》，2009年第4期。

第三章　非正义的空间折叠
——伦理学视域下的"文学城市"

亚里士多德很早便在《政治学》中说明了城邦在道德或伦理上是"以正义原则"而确立的，他指出了城市是具有伦理属性的有机体。美国学者罗伯特·派克也认为，"城市是一个秩序井然的社会有机体，既是一个自然组织，又是一个道德组织"[①]，所谓的"秩序"在斯宾诺莎的《伦理学》一书中认为是"并非自然本身所固有的，而是与我们的想象有关"[②]，也就是说，秩序是人为建立并使自身规范的一种准则。自城市作为一种空间的形式被人类所建构以来就承载着人类对于秩序的不懈追求，秩序，意味着城市空间的建构应该以人为本，"定位于人性化、福利和服务事业，而不是机械化和利益"[③]，它最终成为一种有序、正义、平等、可靠的稳定结构，使空间与空间中的市民共同朝着整体协调的方向发展。因此，城市在本质上完全符合黑格尔所关注的"伦理性的实体"，是有着独特伦理范式和伦理秩序的社会共同体。这为我们考察和研究文学中的城市提供了一个别致的视角。

作为伦理实体的城市，结构主义者们将城市视为"社会空间统一体"（social apatial diactic），空间与社会之间存在着某种必然的联系，曼纽卡·卡斯特认为城市化（urbanization）的过程就是"人类社会特定的空间形态构成，它以活动和人口在有限空间中的重要聚

---

① 康少邦、张宁等编译：《城市社会学》，浙江人民出版社 1986 年版，第 16 页。
② （荷）斯宾诺沙：《伦理学》，贺麟译，商务印书馆 1958 年版，第 38 页。
③ （美）刘易斯·芒福德：《城市文化》，宋俊岭等译，中国建筑工业出版社 2009 年版，第 441 页。

集为特征"①，而随着人口的涌动和空间的扩张，城市内的社会伦理关系也会相应地发生流动和改变。所以，要想深究城市现有的伦理秩序，就必须将城市视为一个完整的伦理实体去研究其空间的生成。而文学中的城市叙事是由特定的空间场域与行动元所组成，空间的生成，无论是实体空间还是社会空间，都在某种程度上构成了一种伦理学视野下的"非正义"的城市结构，因此，本章在延续前一章的研究基础上，将文学城市中所形成的"三元金字塔"的空间结构视为一种独特的、整体性的伦理形态，纳入到大卫·哈维的空间伦理学的批判视野内，以探讨城市的空间模式与道德秩序的关系问题。

一、空间失序的文学表征

大卫·哈维是当代西方地理学家中以思想见长并影响深远的学者，他于 1973 年出版的《社会正义与城市》一书提出了一个具有伦理学意义的重要理论，即充满"社会关怀"的理论体系登上了历史的舞台，并很快超越了在人文地理学界的影响，拓展到了其他领域。著作中，他十分重视对城市空间的研究，并将其置于"社会正义"的伦理关系中考察，认为"空间模式与道德秩序环环相扣"②，社会学家罗伯特·帕克继承了大卫·哈维的观点，也将城市视为是空间模式与道德秩序的载体，即人与人之间的社会关系包藏在社会空间中，而空间模式也对应着道德秩序的再生产，这便是空间伦理学的基本前提。空间的本质是人与社会共同的合集，人命名了空间，空间也负载着人的社会关系，如果将这种社会关系从空间中抽

---

① （美）曼纽卡·卡斯特：《城市化：国外城市规划》，戈岳、高向平译，转引自张京祥等：《体制转型与中国城市空间重构》，东南大学出版社 2007 年版，第 94 页。
② （美）大卫·哈维：《希望的空间》，胡大平译，南京大学出版社 2006年版，第 153 页。

离，那么空间也不过只是毫无意义的容器。所以，空间的生产必定涵盖着秩序结构的安排，而所谓的空间正义，就是要对空间中所体现的秩序安排进行价值的分析、研究与评价，它主要是指"由于城市空间生产、空间重组、空间重置的非正义性所造成的社会正义问题。特别是伴随着空间的政治化、权力化、资本化，城市空间与资本、空间与政治、空间与权力相互作用、相互塑造，资本对城市空间的不断重构更加加剧了社会的不正义性"①。大卫·哈维开创性地将伦理学领域中社会正义与空间学结合在一起，研究和反思了城市空间生产中所存在的一切非道德的现象和问题，并尝试着寻求合理妥善的解决，以求建构道德的、伦理化的城市空间为宗旨，这便是著名的"空间正义"理论。它寄希望于从价值规范的视角考察既有的空间模式，怀疑其本身的合理性与合法性，并试图呼吁一个合乎人性的、正义平等的城市空间。

"正义"是一个朴素伦理学概念，也是西方政治哲学的最高范畴，是理性的是非判断。对"正义"这一概念和它所涉及的范畴的确立一直悬而未决，哈耶克就认为它是不可定义的，但我们暂且先接受它是降临到社会每个人头上，实现着保障每个人基本权利的功能，同时也要求人们按一定道德标准履行自己的义务，当然，正义也指一种道德评价，即公正。"正义"是人类社会最永恒的价值追求，它所涵盖的范畴不止于法律意义上的正义，也体现在一些普适性的道德法则中。"正义"经常被用于审视和评价人自身的行为，企图通过对人性加以道德性规约和指引，从而营造一个理想化的、正义的人类社会。因此，"正义"这一概念通常用于社会学的评价标尺。比如说，自二十世纪六十年代以来，以列斐伏尔、福柯、大卫·哈维等为首的学者们，就已经开始将研究的重心从时间向空间转移，并发现了空间的重要性：不再是被动的人类生存的容器与社会关系的载体，而是能主动参与建构社会关系的主体。面对这样

① 任政：《正义范式的转换：从社会正义到城市正义》，《东岳论丛》，2013 年第 5 期。

一个复杂化的"主体",他们将来自"正义"的批判引入空间研究中,并惊人地发现了西方资本主义城市普遍所存在空间正义缺席的问题。所谓的"城市空间正义"其实是指"人们获得城市空间生产上的平等机会,城市教育、医疗、生态环境、公共交通、就业等资源和空间产品能够合理进行分配,不存在空间剥夺、空间边缘化和空间歧视等现象"[1],这一概念的提出并非要用于代替法律正义或其他形式的现实正义,而是要在空间与伦理之间建构一种关系,将空间的问题置于伦理学的审判视域之下。早在马克思与恩格斯的历史唯物主义理论中,就已经涉及了城市空间的非正义现象。恩格斯在《英国工人的阶层状况》一书中提及十九世纪的英国城市,他如此写道:"工人区和资产阶级居住区严格划分,那些地理位置优越、生态环境适宜、交通便利之地,往往是资产阶级居住地,而把工人阶级系统化地排斥在城市的大街以外,中等资产阶级住在离工人区不远的整齐的街道上,而高等资产阶级就住得更远,他们住在别墅里,或者住在空气流通的高地上,在新鲜的对健康有益的乡村空气里,在华丽舒适的住宅里,每一刻钟或半点钟都有到城里去的公共马车从这里经过。"[2]描述性的语言一针见血地揭露了一个不平衡的居住空间和不平等的阶级关系,他在对工人阶层居住环境的关注过程中,无情地撕下了资本主义对城市空间非正义的统治和社会关系伪善虚假的面具。马、恩的研究无疑为人类社会与城市共有的未来敲响了警钟。然而,历史不可能因人们学理性的预知就能够轻易地趋吉避凶,十九世纪西方城市所经历的"阵痛"至今旧伤未愈却新伤又添,二十世纪末的中国城市亦宿命般地步其后尘。乘着二十世纪七十年代末改革开放与市场经济的东风之利,"共名"时代努力缔造的同一性、道德性的城市空间与人民内部达成统一默契的政治伦理共识宣告"破产"。在短短几十年的时间里,城市空间的性质、规模、结构都发生了日新月异的变化,可谓是中国奇迹的一部分。

从『平面市井』到『折叠都市』

---

① 吴细玲:《城市社会空间批判理论的正义取向》,《东岳论丛》,2013年第 5 期。
② 《马克思恩格斯全集》(第 2 卷),人民出版社 1957 年版,第 327 页。

但血淋淋的真相却又如芒刺在背，不断地提醒着我们，贫富差距的日渐扩大正在日趋激化社会矛盾。这场由城市化启动所引发的"空间革命"，一步一步地将中国的城市"克隆"成恩格斯笔下十九世纪四十年代英国城市的翻版。在大卫·哈维关于城市空间的伦理学批判体系中，他认为空间公平正义的缺席，主要表现在三个方面：居住分异、空间剥夺和空间异化①。而文学作为"一种社会性实践"②，现实必然为其提供了最大的想象资源，特别是在现代化焦虑所催生的城市化进程越发"失控"以后，这三类非正义的空间结构，均在新时期以来的城市书写中有着显在或隐在的表达。

1. 居住分异：文学中的"物以类聚"和"人以群分"

"居住分异"是大卫·哈维在其重要著作《巴黎城记：现代性之都的诞生》的"论空间模式与道德秩序"这一节中所涉及的空间现象。他通过对巴尔扎克小说的研究，发现了一个存在着居住分异的现代性之都——巴黎。"在历史的每个时期，上层阶级与贵族的巴黎都有一个自己的中心，正如同无产阶级的巴黎都有着自己的特定空间一样。纹路细致的各式变化被嵌入巴黎的社会空间形式中……圣日耳曼区的公寓管理员，制服上缝着穗带，悠闲自在之余还投资政府股票，昂坦道区的门房享受着物质上的舒适，证券交易所区的门房各顾各地看报，蒙马特区的门房兼做生意；在红灯区，女门房本身就是由退休娼妓来担任，在沼泽区，女门房受人尊重，她们个性倔强而且想法怪异。"③表面上美轮美奂的巴黎一直都依靠

① 参见高春花、孙希磊：《城市空间的伦理学批判及其意义——以大卫·哈维为例》，《石家庄学院学报》，2011 年第 5 期。
② （美）韦勒克、沃伦：《文学理论》，刘象愚等译，生活·读书·新知三联书店 1984 年版，第 94 页。
③ （美）大卫·哈维：《巴黎城记：现代性之都的诞生》，黄煜文译，广西师范大学出版社 2010 年版，第 47 页。

着这样的居住分异的方式严格地执行着隐藏在城市背后的刻板的道德秩序。市民们根据自己的身份、财富、权力和声望，居住、生活在不同层次的空间场域内并集聚成各自的集团，而不相等的集团间又彼此排斥，产生隔离，同时又反作用于空间隔离，强化空间效应，这便是居住分异，它类似于布尔迪厄的"空间区隔"（distinction of space），拥有符号差异性意义的空间成为了城市某一阶层的身份标志，并建立起一套不可僭越的等级秩序，秩序关系网中的人如同画地为牢般被区隔。正如巴尔扎克形象地比喻："巴黎将它的头放在阁楼上，居住的是科学家和天才；二楼住的是装得满满的胃；一楼则是店铺，是腿与脚，因为忙碌的商人一直在此匆匆地进进出出。"由上至下的空间排列模式构成了巴尔扎克笔下的巴黎结构。每一层之间彼此间隔，门第森严，"既以空间生态的方式存在，又以垂直隔离的方式表现"[①]，从而共同合成了层次分明的空间折叠式城市。空间的上下排列与市民的居住分异互为因果，这一现象所导致的最直接后果，便是城市化进程中不可避免的社会分层（social stratification），即"一种根据获得有价值物的方式来决定人们在社会位置中的群体等级或类属的一种持久模式"[②]。目前，对"社会分层"存在着不同的理解："一是视为其客观过程的界定，即认为社会分层是指社会成员在社会生活中由于获取社会资源的能力和机会不同而呈现出高低有序的等级或层次的现象和过程；二是视为其主观方法的界定，即认为社会分层是根据一定的标准将社会成员划分为高低有序的等级或层次的方法。"[③]其实，这两种理解并不矛盾，前者决定后者，后者是对前者的回应，而社会分层往往又与居住分异互为表里（居住分异是物理层面上的空间分野，它所对应的

---

① （美）大卫·哈维：《巴黎城记：现代性之都的诞生》，黄煜文译，广西师范大学出版社 2010 年版，第 46 页。

② David Popenoe : *Sociology — 10thed* . Prentice Hall Inc，李强译，社会学（第十版），中国人民大学出版社 1999 年版，第 239 页。

③ 刘祖云：《从传统到现代——当代中国社会转型研究》，湖北人民出版社 2000 年版，第 84—85 页。

是市民社会内部的阶级分层）。

　　自1956年后，中国社会结构的合法化阶级只有城市工人与乡土农民两大阶层，换言之，在城市的内部，只存在着一种专属于工人阶级的"获得有价值物的方式"，而那种如巴尔扎克笔下"区隔阶级的有形距离"的居住分异现象，也因城市阶层的单一化而有别于"巴黎模式"。所以，那个时代的城市书写并不存在市民社会的空间正义问题，即便是《上海的早晨》中相对于城市工人阶级所居住的破败不堪、物质匮乏的生活空间，徐义德为首的资本家们所居住的空间里却陈设着各种精致的物件，生活环境奢靡而优越。表面上看，的确像是居住分异的表征，但请注意，最终这些不可一世的资本家们不也彻底被工人阶级"改造"成功了吗？他们最后的结局就像刘心武的《钟鼓楼》中写到的计划经济时代，局长照样同平民住在了同一大杂院内，居住分异被统一的政治伦理强行磨平了。也就是说在那个年代，居住分异其实是由阶级属性所引致，而以阶级斗争的方式消除阶级差异又是统一的社会价值观，这就为作家们在触及城市非正义的伦理问题时提供了一个理想化的道德楷模，将居住分异通过革命斗争的方式强制缝合为"居住大同"，从而成功解决了城市的道德问题。但是在二十世纪八十年代以后，社会转型促使政治范式的城市阶级转化为经济范式的城市阶层，而市场经济的合法化带动阶层分异的合法化，于是"非正义"的居住分异再次出现。并且，有趣的是这种现象已经堂而皇之地成为了作家们书写城市的必然，甚至是理所应当、无须解决也无力解决的城市风景。

　　刘心武在二十世纪八十年代初完成的《钟鼓楼》和《立体交叉桥》主要是以传统的"市井北京"为中心，但也都写到从四合院向大杂院改造的过程。我们知道，市井本身是一个单一、边缘、自给自足的空间形式，空间主体也多以拘泥于日常生活的传统市民为主，较低的经济收入迫使这个群体内部很难发生明显的居住分异。不过，当城市化进程开启，大量外来者蜂拥而至之后，每一个城市都会面临一个迫切的现实问题，即空间资源的紧张。因此，不得不将传统的四合院改造成拥挤狭窄却能入住更多人的大杂院。住在大杂院的人基本都是落魄的外来者和市井小民，可供他们自由支配的居住空间本身就少之甚少，甚至还会出现重叠、挤压，抢占仅有的空间资源的局面，于是也便有了《立体交叉桥》中侯氏兄弟为了抢得居住空间，不惜六亲不认、大打出手的情节。一场市井小民的空间争夺战在某种程度上可视为居住分异的前奏。大卫·哈维认为居住分异的受害者，多是"城市中的劳动者、低收入阶层因其阶级地位的限制，在空间的占有与控制中处于劣势，他们从事着空间生产，为城市建设做出了贡献，但自己却成了城市空间的受害者"①。这段话一针见血地指出了侯氏兄弟的宿命。表面上看是两人之间的"战争"，而实际上却是由于空间分配本身的非正义性，迫使"劳动者、低收入阶层"的他们间接沦为了空间非正义之下的受害者和牺牲者。他们被限定在了有限的空间内，只能为了争夺更多的生存空间而大打出手。这种空间争夺战最为初级，而到后来的通属城市时代，则升级为一种与房价的马拉松赛跑。

蒋平在研究我国的"宅男宅女"现象时说道："居住空间的分异，是通过房价的阶层过滤机制来完成的，这意味着不同收入阶层之间已经通过住宅设定了阶层之间的交往界限，出现了住宅阶级。"②这段话的关键词是"收入"，它直接决定居住空间以及空间中的人们的贵贱高低，"新写实小说"中的小林们，在单位里虚与委蛇，希望能升职加薪，目的之一也不过是为了改善现有的居住环境；《北京时间》里京漂者的"我"，之所以在城市中努力地打拼挣钱，最大的愿望是能在市区拥有一套自己的房子。可让人愤怒的是，收入与空间的等值并非一成不变，更多的时候往往入不敷出，房价的水涨船高可以轻易地将低收入者的尊严践踏得一文不值。《屋顶上空的爱情》中的郑凡就曾感叹道："如今的城市，你在劫难逃，房子

① 高春花、孙希磊：《城市空间的伦理学批判及其意义——以大卫·哈维为例》，《石家庄学院学报》，2011 年第 5 期。
② 蒋平：《也谈我国的"宅男宅女"现象——一个空间社会学的分析视角》，《中国青年研究》，2009 年第 8 期。

从『平面市井』到『折叠都市』

就是活人的坟墓。"以他目前的工资，即便是在庐阳这样的四线城市购买一套九十平方米的房子，也需要不吃不喝三十年。也正因为没钱买房，他只能和女朋友一起租住在城中村，还要时刻忍受丈母娘的责难。住房，成为了他永远的心头痛。居住空间的价值已经远超普通市民的人均收入，这是十分诡异的现象，《蜗居》的问世，更是将这一现象表现得淋漓尽致，再现了一幕幕逼仄的城市空间里市民们无可奈何走投无路的众生相，刺痛了读者的神经。海萍与苏淳为了在城市里买房，节衣缩食，努力工作，可收入永远追不上房价上涨的速度。海萍的价值观在巨额的房价重压下开始龟裂，不仅对自己和丈夫，对待亲人也十分苛刻。特别是当她知道妹妹海藻和宋思明的事情后，明知那是道德沦丧的行为，也只能无奈地默许。在海萍的身上，我们似乎看到了万千中国人的缩影，他们对于住房的重视就如同飞蛾扑火般奋不顾身，但现实却又是"朱门酒肉臭，路有冻死骨"的一番景象，有人家财万贯、良田万顷，也有人却连基本的生存空间都难以获得，甚至还会为了争夺生存空间而泯灭良心（海萍、海藻）。居住空间被高额的房价所绑架、悬空，不仅造成了与巴尔扎克笔下巴黎相似的居住分异，更预示着空间正义的失控，正如海藻对宋思明的质问："这个城市，你们这些人是怎么管的？房价那么高，工资那么低，还让不让老百姓活了？"失控后的空间正义，注定了他们无论通过怎样常规的努力都无力扭转现实的困局，最终只是绝望认命，就像李奶奶的话："人生来就有高低贵贱，你就认命吧。"这与宋思明的世界观几乎如出一辙：世界本就不公平，我们唯一能做的，就是服从。如果不呢？《蜗居》指出了一条"不认命"的捷径：在这个无正义无公平的城市空间内，若想得到它的青睐，只能依靠非道德的方式，以暴制暴，或许能杀出一条血路。城市空间，生存在左，道德在右，只能二取其一，而多数人都会在这道选择题中毫不犹豫地选择前者，而放任后者变得扭曲，比如海藻的"二奶致富"。这些人物形象在面临生存和道德的抉择时却极少有人质疑这道选择题本身的合法性和正义性，所以，哈维才批判道："一座城市，如果将它的邻里街坊被区隔成拥有财富过着优雅生活的人，以及注定要为生计奔走的人，那么这样的城市将不能算是基督教城市，而只是一座野蛮人的城市。"①而我们，正经历着"野蛮人的城市"，并且根本看不到劫后余生的希望。

此外，从空间社会学的视角下宏观地考察二十世纪九十年代以来的城市书写，作家们分别从不同的角度对市井、昆赛和缝隙化空间进行了针对性叙述，每一层空间都潜藏着特属于自身的社会关系和等级秩序，而空间之间也有着无形的壁垒阻隔着彼此的交融，其实这更是一种城市整体上居住分异的表征：《小时代》里宫洺住的是市中心的玻璃别墅，而林萧和唐宛如只能住在上海的里弄；《屋顶上空的爱情》里郑凡蜗居在龙蛇混杂的城中村，拼死拼活地为了房子的首付而努力挣钱，而罪犯龙飞却能拥有众多高档小区的房产……同一城市，光鲜亮丽的中心总是溢出富人们漫天飞舞的财富和流水般的奢华消费，而在边缘的灰暗拐角处则弥漫着穷人们拮据的生活和无声的叹息。如此这般的居住分异，它的后果可想而知。一方面，这种居住空间的隔离和断裂最直接的危害便是造成市民们不能公平地共享空间资源，另一方面，那些遭到空间剥夺而被排挤在边缘的贫困阶层，会因为无处申冤而容易剑走偏锋，一旦矛盾有所激化，便极有可能引发安全隐患，造成城市社会的动荡。

2. 空间剥夺：到处是"禁地"

波德莱尔曾写过一首散文诗叫《穷人的眼》，其中有这么一段："正对着我们，在街道中间，站着一个人，大约四十岁年纪，有着困倦的脸与灰色的须，一手挽着一个孩子，另一只手抱着一个还不能走的孱弱的小孩。他是替代保姆职务，带了他的小孩们，受用夜

---

① （美）大卫·哈维：《巴黎城记：现代性之都的诞生》，黄煜文译，广西师范大学出版社 2010 年版，第 288 页。

间的空气。他们都穿着破衣，三个脸都非常严肃，六只眼睛注视着新咖啡店，一样的惊奇，但应了年纪显出不同的印象。那父亲的眼睛说道'这多么美，这多么美呵！人家几乎要想，所有穷人们的金子都走到这屋里去了。'小孩的眼睛说道'这多么美，这多么美呵！但这屋里，只有不是像我们这样的人，才能进去的。'"诗歌的内涵丰富，意旨直接，而唯一的物象便是那美丽的咖啡店。在哈贝马斯的交往研究中，咖啡店是西方社会的公共空间或公共领域，还包括了俱乐部、沙龙、广场等，意指"一种介于市民社会中日常生活的私人利益与国家权力领域之间的机构空间和时间，其中个体公民聚集在一起，共同讨论他们所关注的公共事务，形成某种接近于公众舆论的一致意见，并组织对抗武断的、压迫性的国家与公共权力形式，从而维护总体利益和公共福祉"，公众可以自由出入和任意抵达。因此，哈氏认为，公共空间的平等与开放，是一个城市文明与否的标志之一，特别是市民公共空间的自由性、平等性，关系到整个城市空间的道德与正义。但是，在前文的波德莱尔的诗中，我们发现，公共空间的平等性与开放性被无形地剥夺了，它丧失了公共领域的基本功能，而沦为了有钱人出入的场所，囊中羞涩的贫民被断然拒绝，公共空间的异化催生了巴黎的"数千流离失所的生命"。

曾经，中国城市中的公共空间同样具有公平、开放的特性，发挥着公共领域的现实效用。陈子善在《迪昔辰光格上海》中曾提及二十世纪二三十年代的上海咖啡馆："当时的作家、诗人和艺术家之所以钟情于咖啡馆，一是咖啡本身的刺激，其效果'不亚于鸦片和酒'；二是有不少人把咖啡馆当作激发灵感、写稿改稿的好去处；三是咖啡馆提供了交友会友、谈文说艺的地点；四是一些经济无虞的文化人把上咖啡馆作为一种时髦的生活方式；最后，左翼作家和文化人更把咖啡馆当作秘密接头、聚会的理想场所。"[1]在那样一个

① 陈子善：《迪昔辰光格上海》，南京师范大学出版社 2005 年版，第123 页。

莫言与当代中国文学创新经验研究

如履薄冰的年代，咖啡馆不仅为人们提供了一个暂时的避风港，也见证了中国知识分子从乡土走向城市，从高堂庙宇走向十字街头的蜕变过程。马国亮在《咖啡》一文中记录了他在上海的一家咖啡馆中听到两个女招待员的谈话，"谈的是文艺、国民党、政治，什么都谈，她们说完了郭沫若，又说鲁迅、郁达夫，也说汪精卫、蒋介石"，他笔下的咖啡馆俨然还是平民百姓谈论时事政治的场所，可是到后来，吊诡的是，中国城市的公共空间也竟然出现了与波德莱尔所描述的西方城市相似的现象："咖啡馆逐渐从消费场所，演成现代都市人们的第三客厅。"①朱文颖的《高跟鞋》中写到名为"海上繁花"的咖啡馆就是这种"第三客厅"的典型写照。它完全丧失了作为公共领域的文学批判和文化批判的功能，彻底被消费伦理所捆绑，成为了具有异托邦属性的"伪公共领域"。"海上繁花"之所以在十宝街脱颖而出，不在于它的公共特性，而是因为较突出的物性景观的装修所营造出的某种"高档感"，满足了某一类人群的私人欲望。事实上，公共领域在当代中国的境遇依然是一个难以企及的乌托邦神话，无论是咖啡厅、俱乐部还是沙龙等，皆成为了"新富人"阶层"闲暇"和"趣味"的消费异托邦，拒绝着穷人们的踏足，在功能上也由公众批判转为了私人消费，从而成为了城市中不具备消费水平的市民们的禁地，而禁地，也自然意味着不平等的存在。

即便是广场这样的免费公共空间，它们曾在特殊的历史时代，发挥着"与集会、庆典、示威、反抗等政治活动联系在一起"②的公共领域的职能，但在现代都市里，也同样遭遇了"空间剥夺"的窘境。诺伯格－舒尔茨认为："广场历来都是城市的心脏，只有来到城市的广场才算真正抵达城市。"广场，作为城市人群的集结之地，作为城市最重要的公共空间的标志之一，无疑是城市文明凝聚形式的符号，是林奇所说的"节点"。用巴赫金的话来说，就是

① 也斯：《时空的漫游——访问上海》，《上海文学》，2001年第2期。
② 童强：《空间哲学》，北京大学出版社2011年版，第146页。

从『平面市井』到『折叠都市』

指"集中一切非官方的东西，在充满官方秩序和官方意识形态的世界中仿佛享有'治外法权'的权力，它总是为'老百姓'所有的"。然而，在徐坤《游行》的开篇所写到的广场却是另外一幅景观，作为城市节点的公共空间——广场，并非全然地平等与开放，它失去了巴赫金所提及的狂欢效应。

不仅是广场，就连城市中的其他公共空间，也难以逃脱权力的游戏而失去它的公共性。韩东于 1994 年发表的中篇小说《房间与风景》①的开篇就写到了站在高耸入云的大厦顶端的市长正无比骄傲地宣布着城市建设的完工。这一画面简直就是现实的折射。只要细心留意日常生活就能够发现，我们周遭的城市无时无刻不充斥着各种建设工程项目，特别是刚上任的市领导们为了突出自己的政绩，都会不约而同地选择改造城市市容，于是就有了小说中的故事。莉莉家的窗户外曾是一个儿童乐园，她总喜欢从阳台往下看儿童乐园，但没多久，新上任的市长下令改造城市，儿童乐园很快便被夷为了平地，取而代之的是拔地而起的高楼大厦，而莉莉的家也就从以前的一览众山小突然变成了大厦丛林里的"囊中之物"。就在此时，处于高楼大厦里的人也便趁着夜色的遮掩开始窥视起了莉莉的私人生活，于是，莉莉也就由一个居高临下的"观看者"沦为了"被观看者"。毋庸置疑，莉莉角色的转变与儿童乐园的消失有着直接的关系。儿童乐园具有鲜明的公共属性，它作为这座城市的公共空间，也是莉莉眼中的公共景观。但随着城市的改造，原本的公共空间被无数个隐藏于夜色中的私密空间所填满和取代，这不仅让莉莉失去了日常生活中所看到的美妙风景，更暴露了她的私密空间，让她沦为他人眼中的"公共景观"，而对于"看"与"被看"的转换，她竟无言以对，更无力反抗。韩东的生动刻画，穿插在严谨的理性与感性之间，似乎欲借此表达对城市人某种邪恶的欲望进行一次隐晦式的反讽。但笔者却认为，促成窥视欲泛滥成灾的罪魁祸首其实在于公共空间的被剥夺所导致的私人空间的过度

① 韩东：《房间与风景》，《花城》，1994 年第 3 期。

密集，从而失去了彼此间的私密性。于是，当无数私人空间的间隙失去了公共空间作为彼此间的缓冲地带时，它们的疆界也就变得模糊、待定，进而到处都充满相互接近、相互渗透的孔隙，甚至沦为互为满足彼此私欲的"公共空间"。这也是城市空间失序的又一大表征。

3. 空间异化："寄生者""漂泊者""逃避者"

在文学研究中，有一种书写可以称之为"原乡书写"，例如沈从文的湘西、莫言的高密、扎西达娃的西藏、苏童的枫杨树村等。这些地名不是简单的空间符号，它指向了作者的原乡世界，甚至构成了作家的精神"原乡"。但是，笔者却发现，在所有的"原乡书写"中，极少有作家将现代城市作为"原乡"呈现，即便是巴黎较之于巴尔扎克，或是上海较之于新感觉派等，也很难说，在作家与地理空间之间，会发生像沈从文或莫言那样，依靠文学想象建构一个盛放主体情感和精神寄托的巴黎或上海，他们面对城市，永远都在冷眼旁观，抑或道德批判，很难发自内心地表现出对城市的亲近和热爱。那么究竟是什么原因导致了现代城市难以成为作家笔下的"精神原乡"？

本雅明曾这样点评过巴黎："巴黎人疏离了自己的城市，他们不再有自己的家园，而是开始意识到大都市的非人性质。"这其实可归结为一种空间异化的症候。十九世纪中期，奥斯曼开启了对巴黎的现代性改造。城市的身体完全被改头换面，新的空间与新的景观被生产出来：纵横交错的交通要道、商业中心、广场、公园、高档的住宅区和混乱的贫民窟……哀悼之声随处可闻，巴黎在"整容医生"的手术刀下已变得面目全非。这一切都意味着这座城市已经与昨日的巴黎彻底决裂。当然，这对于奥斯曼来说，无疑是他所翘首以盼的结果。可是，对于普通市民而言，却相当于一种"创造性的破坏"，就像忽然某一天，平静的生活被无情地斩断，人们被抛入了无何他乡，甚至来不及话别，就被驱逐出境。波德莱尔面对一个如此激进的巴黎，发出了一声长叹："城市面貌改变的速度竟快过人心。"这句话暗示了人心与城市之间所形成的"可接近性和距离"，已经被突如其来的空间巨变给亵渎了，一种困惑的存在论弥漫在整个巴黎乃至欧洲的领空，人们开始怀疑自己，开始追问"我是谁""我在哪里"，而所谓的家园，早已被封印为一个似曾相识却又毫无意义的泛指符号，世界进入无故乡的"全控社会"（塞尔日·莫斯科维奇语），这就是大卫·哈维所预言的空间异化，即主体对空间的疏离感和陌生化，它几乎成为了所有现代资本主义城市雷同的"病灶"。

空间异化是大卫·哈维对于西方城市空间所做出的伦理学批判，它是资本主义发生、发展必然产生的后遗症。巧的是，这种姓"资"的空间异化，目前正在或者已经"移植"到了当下的中国城市，并间接成为新时期以来文学想象城市的空间表征之一。我们知道，二十世纪八十年代，中国由"共名"时代过渡到"无名"时代，在阵痛式的社会转型中，革命政治的退居幕后，"新启蒙"也受到了经济大潮的冲击后戛然而止，人们仿佛失去了曾经习以为常的共同信仰，精神家园急速崩塌。当人们从集体的高屋建瓴退回到个体的日常生活时，这为市井的复辟创造了契机。安土重迁是中国人的集体无意识，但并不是所有关于"家园"的记忆和叙事都必须从乡土中破壳而出，所谓"小隐隐于野，大隐隐于市"，"野"与"市"同样可以代表躲避人事纷扰的家园，具备人生避难所的用途，因此从常理来说，传统的市井之城同样具备了"家园"的意义。汪曾祺的故乡高邮是"一个建立在儒家伦理和农业文明的基础上的'市井社会'"，它之所以在作品中呈现出了一个"合乎礼制，安分有序的'理想社会'"①，完全是因为作者的恭敬桑梓，在这种感情预设下所想象的市井社会，自然带有一种修饰后的传统的美学色彩。可以说，在"伦理真空期"的二十世纪八十年代初，文学对市井的回归背后，

① 曾一果：《中国新时期小说的"城市想象"》，北京大学出版社2014年版，第152—153页。

暗示着作为主体的个人对于城市"家园"的重新皈依。请仔细回想在我们的记忆深处最初的城市生活是怎样的：清晨起床听到隔壁邻居嘈杂的说话声；出门上学骑着自行车穿越各种蜿蜒曲折的小巷和胡同；早起的人们悠闲地晨练、买菜和上班；午后总有人围在院子中阴凉处下棋或打牌，谁家的狗躲在阴凉处昏昏欲睡；到了傍晚，挨家挨户的炒菜声与令人垂涎欲滴的扑鼻香味弥漫在整个院落里，左邻右舍其乐融融……这是我们熟悉的并刻入骨髓的城市家园。但随着城市化进程的加速运转，这种记忆里的和气致祥开始相继萎缩、蜕化、戛然而止。有事实为例：1992 年济南标志性建筑——济南老火车站被拆除，1998 年北京唯一的传统过街楼被拆除，1999 年国家历史文化名城襄樊千年古城墙一夜之间惨遭损毁，北京维系城市文明的明清四合院遭遇现代和后现代主义建筑的侵袭……①这一幕幕现实无比明确地告知我们，"家园"属性的旧城区（市井）仿佛是阻碍城市化进程的"柏林墙"，人们"欲推倒而后快"，如同汪曾祺的《异秉》中王二做生意的街道—— 一个井然有序的市井空间，逐渐走向没落，取而代之的是一种无序的城市景观。那么，当古色古香的市井城市突然变成了一列急速奔驰的高速动车组，在社会性焦虑的氛围下驶向了"千城一面"之时，而城市里的人又会发生怎样的变化？无论是闯入者还是市井中的原住民，他们对于"千城一面"的现代城市几乎失去了归属感和由衷的情感眷恋，冷冰冰的钢铁丛林剥夺着他们记忆里熟悉的家园味道，但现实却又迫使他们不得不在这样的城市空间中宛如寄生虫一般以求谋生。城市赐给他们谋生的机会，但他们却又在心灵和精神上疏离于家园，特别是对于社会底层而言，这种"寄生"的现象和感觉更为强烈。因此，随着城市空间发生的异化，人们"可接近性"空间的可能性变得微乎其微，只能随波逐流或是冷眼旁观。

从『平面市井』到『折叠都市』

---

① 时间资料来源于南京大学顾超林教授 2004 年的学术报告，以及张京详等人编著的《体制转型与中国城市空间重构》。

209

由此，这便造成了新时期以来的城市书写同样呈现出了与十九世纪的巴黎相似的空间异化。市井空间遭到无情的"毁坏"之后，城市失去了"家园"的意义而趋于雷同，人们处于同体时空下，"漂泊"是最普遍的生存状态。白烨曾用"漂泊者"为市民群体命名，暗示了人们与城市空间的"寄生"关系。从小说的篇名上便可窥见一斑：邱华栋的《闯入者》，韩东的《交叉跑动》《我现在就飞》，鲁羊的《出去》，徐则臣的《跑步穿过中关村》，丁天的《漂着》《流》，周洁茹的《飞》，张人捷的《狂奔》……全都是用了一类具有移动感的动词表达着一种"居无定所、无所依托的悬浮状态"①，这是身为闯入者的人们在异化的城市空间里的常态。魏微的《异乡》中来自小城镇吉安的许子慧，本是一名小学教师，她憧憬城市生活，便辞职离开了故乡来到了都市。她与那些农民工有着本质的区别，受过良好的教育，中师毕业，拿到了自考本科文凭，本以为能够在城市中顺利扎根，可来到大都会三年，换过十多家工作，住过各种居所，她与那些漂泊无依的农民工并无差别。在经历了无数次的困惑和碰壁之后，她终于明白了自己与城市之间横亘着不可跨越的距离，她只能回家。可是回到小城吉安才发现，家乡已经面目全非，在吉安的大街上满是摩肩接踵的建筑景观——酒店、商城、KTV、按摩城等，它们是空间异化的符号。面对异化的原乡空间，子慧觉得似曾相识，却又无比陌生。更可怕的是，家乡的亲人们也都不愿再接受她，都用一种怪异的眼神看待她，她一时搞不清自己究竟身在何处。这篇小说通过对许子慧个人遭遇的描写，表达了当下存在的一种普遍现实，即异乡的疏离与拒斥，以及故乡正在向异乡转换的双重空间异化。这种空间异化几乎废除或正在废除所有与故乡相关的印记，于是周遭的一切逐渐变得光彩夺目、智能便利，却又无比地拒人于千里之外。

《异乡》通过书写主人公在不同空间的流动和体验，讲述了双重空间的异化给人们带来的"遍地是他乡"的陌生感。那么城市的

① 白烨：《九七小说风尚：写实》，《小说选刊》，1998年第1期。

原住民呢？他们又能否逃离此劫？徐则臣的《我的朋友堂吉诃德》中，老周原本住在大杂院，随着城市化的发展，他从平面的大杂院搬到了一格一格的如鸽子笼般的公寓里，伴随着生活空间的变化而消散的便是邻里之间的热络、温情和淳朴，只剩下了冷漠、隔阂，以及每家每户冰冷的防盗门。尽管他企图凭借着一己的努力，去改变邻里间的泾渭分明的楚河汉界，但却遭到了他们无端的揣测和质疑，最终也不得不装上了防盗网，将自我封闭于其中。老周的妥协其实便是异化的空间对身体的驯服。

邱华栋在论及自己的写作时说："我把城市看成是一个巨大的舞台。因此在城市中生活的人算不算是演员？"舞台与演员，形象地概括了异化后的城市空间与市民之间的关系。春风得意时他们是城市舞台上的主角，向隅而泣后他们很快沦为舞台的配角甚至被驱逐出境，所以他们自始至终都不可能对你方唱罢我登场的城市舞台有半分真情实意。八〇后作家唐颖的《不要做声》中，"我"虽然生活无忧、衣食无缺，但在城市的生活却无聊乏味，物质化的空间控制、奴役着她墨守成规的日常，于是她的内心早已与外部空间之间出现了严重的裂痕，从而内化成一种无从皈依的漂泊感，所以她总想逃离这个与她格格不入的城市。这篇小说中，"我"其实是分裂的，"身体"无法抗拒空间的诱惑，但主体的精神却渴望逃离城市寻找新的寄托。"我"其实是大多数城市人的写照：面对异化的城市空间，城市总是能给生存者们带来物质的承诺、私欲的满足，可是，物质和私欲却又是永远都不能填满的无底洞，当一切最终膨胀到极限后，主体的意志就被彻底掏空，便只剩下痛苦和空虚的躯壳。何顿《生活无罪》中的何夫，当他当上副总经理后却觉得"这个世界真让人感到痛苦"，而东西的《睡觉》和韩东的《障碍》，都是以反讽的叙事手法表现了空间异化下城市人的焦虑、浮躁、压抑。可以说，异化的城市空间是人性迷失和堕落的主因之一，而所谓"异化"，其实本身是一种物化的填充，人们在对物质的你追我赶中，很容易便遗失了自己的精神之根，只能以寄生的方式成为城市里千千万万漂泊者之一。新时期以来的城市书写探讨了空间异化与个人价值之间的微妙关系，为城市人在城市中生存做出了明晰的阐释。

当然，在面对一个没有归属感的异化空间时，并不是所有人都会沦为空间的寄生者和漂泊者，也有一部分人试图逃离，自我救赎。张忌在 2016 年发表的小说《出家》，在作品腰封的文案上就写着"劳碌奔波的生活，是否有一刻让你想要出离？""出离"二字便道出了现代人企图逃离当下现实的渴望。小说讲述了一个携妻带女初进城市的"乡下人"方泉的故事。他一无背景，二无学历，只有一身力气，还有"要让一家人过上好日子"的愿望。怀揣着这个愿望，方泉"寄生"在陌生的城市里身兼数职，努力地存活：送牛奶、送报纸、蹬三轮……精打细算，步步为营。他总以为，自己每一步都走得很稳当，他还盘算起未来的幸福日子：有儿子，有房子，一家人，快快乐乐——要求不高，可对他来说，已经足够。但命运已在前方为他准备了各种坎坷：牛奶公司倒闭，三轮车被扣押、被罚款，被恶棍敲诈……一次次跌倒，又一次次爬起，他咬着牙，屡战屡败，屡败屡战。总算，添了丁，攒了钱，幸福仿佛已向他招手。可谁知他的老婆又长了瘤……方泉与许子慧在城市中的遭际几乎一致，他们为了活着而努力，为了融入城市而努力，但结果却总是不如人意。不过方泉的遭遇更富戏剧性。当他得知在寺院里当"空班"既挣钱又稳定，是一门不错的谋生手段时，他便出家了。可是，方泉的出家不具备任何宗教性质，而是一种逃避生活压力所采取的世俗策略。被商业所攻陷的庙堂和僧人们，此刻被方泉视作挽救其经济困境的救命稻草，他几次三番的"出家"就好比许三观走投无路后的多次卖血，只为渡过眼下迫在眉睫的难关；炒猪肝和温黄酒是许三观卖血后额外的奖赏，而难念的经文也为方泉修得了一方平静，二者各取所需，在生理和心灵上都获得了补偿和慰藉。应该说，方泉还算是个老实人，虽有小聪明，懂得利用"潜规则"，但还能守得住底线。这些底线，在慧明口中的"末法时代"中显得又是如此可贵。这也使他得到慧明、周郁等人的好感，误打误撞之下，有了寺庙，有了护法，也有了尚算可观的收入。理想总是建立在现实之上的，当现实中的压力不再咄咄逼人后，我们的主人公，总算可以构筑心中的理想了。他的理想，已不再是原先的"衣足饭饱"，而是一张绚丽无比的精神蓝图。山前庵，那个曾经的避难所，在他脑海中也已脱胎换骨，成为实现宏伟蓝图的实验田。小说最后，方泉站在城市的马路上，看见了"人潮汹涌，旗帜招展，一个人坐在法台上，双手合十，仁慈地俯视着众生"。也许那一刻，他才找到了最真实的自我。

这则小说充满了禅意，它从侧面暗示了城市空间异化的缘由：并非空间本身的问题，而是人心的驿动。几乎所有在城市中打拼的外来者，刚开始都只能在城市的缝隙处求生，对他们而言，亲情、友情、爱情都难以给人安定感，唯独账户里的钱（生存资本），一点点累积起来的时候，那个数字，才最能抚慰人心。多么卑微且无力！当所有有关人性的情感不能在城市中扎根，都不及生存资本来的亲切时，人类自然而然变成了无处安放的城市漂泊者。方泉选择"出家"其实便是一种逃避，借用彼岸的佛寺撑起世俗的保护伞以逃避生存的重压。可是当他第一次听到《楞严咒》时，就眼眶湿润了，跟着念几句，就流利清朗。无心栽柳柳成荫，他成为了佛的有缘人，而佛也真的变成了他的信仰。方泉的人生既具有普遍性也具备了典型性。他有了老婆，有一个又一个的孩子，最大的愿望其实便是祈求一切平安。但奇怪的是，这平安却总在城市的日常空间中难以企及。那些来拜托他问菩萨的人亦是如此，个个带着紧张感，愿意出大价钱，以求得一种遥远的力量庇佑他们退避风险。寺院对方泉越具有诱惑力，外面的世界就显得越邪恶。方泉的身后，也许是最糟糕的世道。总之，方泉要是出了家，他就能获得那个叫作"心安"的东西。他买到了那颗"定心丸"，而且即将学会怎样卖掉它。一个借口或者一种选择，变成了救命稻草，再变成信仰的过程，潜移默化地发生着。整个故事其实没有太多宗教色彩，但笔者却觉得《出家》无意中临摹出来了"安全感"形成的整个过程，即从"逃避者"变成了"顿悟者"，于是也就在异化的空间中找到了归宿。

二、空间失序的伦理学成因

城市空间在伦理学视野下成为一种失序的状态已经是一个不争的事实，空间失序的表征便是大卫·哈维所批判的"居住分异""空间剥夺"和"空间异化"。那么，紧接着需要讨论的问题便是，造成空间失序现象背后的成因又是什么？

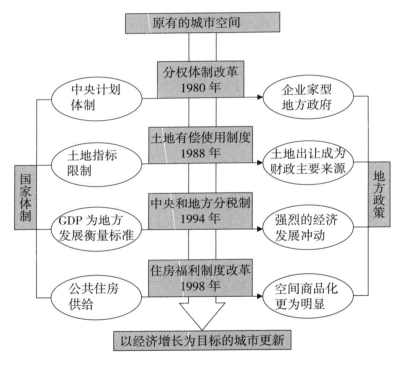

上图[①]是自 1980 年以来中国城市空间转型的动力图。在这张动力图中，我们能清楚地看到两种力量的合谋对空间转型所起到的催化效用，即政治权力与资本经济，前者是手段，后者则是诉求的目的。在空间转型的过程中，不正义的现象正在全面地上演。

---

① 张京祥、胡毅：《基于社会空间正义的转型期中国城市更新批判》，《规划师》，2012 年第 12 期。

1. 权力领导者：空间失序的成因之一

列斐伏尔坚持认为城市化其实就是空间生产的过程，那么，又是谁生产了空间？是谁主导着空间？他认为是政治："空间并不是某种与意识形态和政治保持着遥远距离的科学对象，相反，它永远是政治性的和策略性的……空间一向是被各种历史的、自然的元素模塑铸造，但这个过程是一个政治过程。"[①]福柯也曾探讨了权力与空间的关系，他认为权力是"一种生产性的实践或者说生产性的网络"[②]，它往往结构于如医院、监狱、军营等经验性局部空间，因此，也就是说"权力是影响空间构型的'幕后黑手'"[③]，它对城市空间的操控，往往通过城市规划来实施。大卫·哈维在其著作《巴黎城记：现代性之都的诞生》中写道，1848年路易·波拿马当选法国总统后就开始实施城市更新计划，后来由担任塞纳省省长的奥斯曼负责巴黎城市的改造，并带领巴黎步入现代。由此可见，巴黎空间的重新生产并不是客观存在物，而是权力的物化体现，反过来，它也能反证奥斯曼（权力领导者）的政治资本与政治功绩。

他山之石可以攻玉，带着他人的观点，考察中国从古至今城市的空间设计，你会惊人地发现，空间背后所隐藏的权力领导者的"幕后黑手"。有时它决绝独行，铁腕之下人人不得质疑，有时却又垂帘听政，以怀柔的方式暗箱操作，而最终的目的则是"要求空间高度组织化"[④]并维护权力阶层的实际利益。中国古代是"因城设市"，一句"普天之下莫非王土"便昭示着皇权把持一座城池的空间资源，在权力独断专行的年代，权力结构之下的"市民社会"

---

① （法）亨利·列斐伏尔：《空间政治学的反思》，选自包亚明主编：《现代性与空间的生产》，上海教育出版社2003年版，第62页。

② 谢立中、阮新邦：《现代性、后现代性社会理论：诠释与评论》，北京大学出版社2004年版，第163页。

③ 周和军：《空间与权力——福柯空间观解析》，《江西社会科学》，2007年第4期。

④ 童强：《空间哲学》，北京大学出版社2011年版，第202页。

长期受到压抑和轻视，哪怕是宋代发生的"城市革命"，使得"市民社会"在城市规划中有了一定自由和弹性的空间，但那也不是从"市民社会"（市井）内部所衍生出的挑战政治皇权的力量，不过是在政治皇权可控范围内的一次无关大局的革新，政治权力依然强大到能让所有人俯首称臣。而到了新中国成立以后，国家权力更是无孔不入，城市书写变成了专属的"工业题材小说"的创作。从《火车头》《五月的矿山》《百炼成钢》到改革开放初期的《沉重的翅膀》《新星》《花园街五号》等，都是以工人阶级为对象，以工业建设为主题，体现了特殊时代的国家主流意识形态。从作品中所窥见的城市空间，基本上成为了政治色彩的公有空间，它所隐射的是一种政治乌托邦式的想象在城市空间中的成功实践。

二十世纪八十年代以后，政治权力的绝对权威性虽已退潮，但对于空间的掌控却余威仍在，难以真正地"还市于民"。无论是具体到街道、公寓、建筑等经验性的局部空间，还是涉及城乡对立，或者城市内部的空间伦理等方面，都隐含着政治权力的身影。新时期以来的城市书写中涉及城市空间的转型描写，也必然能看到作为推手的政治权力所起到的作用。《废都》里的西京原是一个文化积淀深厚的市井古城，所谓"市井"代表着平民日常生活绵延不断的存在。可是，面对西京这样一个千年古城，每一位上任的市长都雄心勃勃地希望在这里建功立业。新上任的市长为了突出政绩，便大力发展文化产业和旅游业："修复了西京城墙，疏通了城河，沿城河边建成极富地方特色的娱乐场。又改建了三条大街：一条为仿唐建筑街，专售书画、瓷器；一条为仿宋建筑街，专营全市乃至全省民间小吃；一条仿明、清建筑街，集中了所有民间工艺品、土特产。"①表面上看，市长的城市规划是为平民打造新的"市井公共空间"，实际上，一切只不过是一种面子工程，他们没有从世俗民情的实际感受出发考虑空间的重整，也没有真心实意地想要维护传统建筑和城市文化，唯一的目的无非是某些如奥斯曼一样手握城市规

---

① 贾平凹：《废都》，北京出版社 1993 年版，第 4 页。

划权的官员，为了凸显私人政绩而积攒的实物资本。作者虽只是浅尝辄止地写到了混合着私利的权力对于空间的掌控，但通过对改造后的西京城的描写，也间接透露了作者的某种批判性："城市文化旅游业的大力发展，使城市的流动人员骤然增多，就出现了许多治安方面的弊病，一时西京城被外地人称作贼城、烟城、暗娼城。市民也开始滋生另一种的不满情绪。"[1]传统空间的随意改造在很大程度上直接波及市民们伦理道德的升降。

与此类似的还有许春樵的《放下武器》。合安县是省改革试点县，县委书记黄以恒计划了一整套对城市空间的规划蓝图，表面上看，他的空间规划确实是气魄宏大，但他的动机却相当虚伪：根本就不曾调研过这些空间规划与建设具体能带来多少实用价值，而只是把它们当作给领导们"看"的景观生产出来。当上级领导视察完毕后，这些"被看"的景观也就失去了利用价值而被废弃，而那些原本在工厂里工作的工人们，也只能失业在家，要么成为无业游民，要么开始在城里从事非法活动，弄得整个县城混乱不堪、乌烟瘴气。罪魁祸首的黄以恒却因为政绩突出升官晋爵，从县委书记一跃成为市长。

如果说《废都》和《放下武器》讽刺了权力领导者擅用手中权力对城市空间进行所谓的现代化改造，从中谋取政治利益的同时，也给城市带来了非道德的负面影响，那么第三届茅盾文学奖获奖作品《都市风流》却是从正面叙述了权力与空间的良性互动。拥有至高权力的市长阎鸿焕上任初期便面临着内忧外患的局面。"摆在他面前，有三份材料。一份国务院文件，对外开放的城市名单中，没有他们城市，理由很简单：城市环境脏、乱、差。市经贸委的一份报告，仅有的两项议项合资项目，经外商来市实地考察后，均因环境问题，解除先约，拒绝投资。'大参考'转登一条消息，某国际卫生组织来华考察，认为这座城市是'世界上最糟糕的一块地

① 贾平凹：《废都》，北京出版社 1993 年版，第 4 页。

方'。"①三份材料直接将这座城市的前途判了"死刑",于是,在一份批回的报告里,上级领导就下达了最后的命令:"一年内彻底清除市内临建房屋!不然将改组市领导班子。"这份"通牒"直接关系到该市某些领导的个人仕途。另一方面,市政府大楼也被三百多名无房的市民们所包围,他们用静坐和绝食的手段抗议着空间分配的不公平。抗议者中大部分人"老少三代,七八口人挤在一间十几平方米的小屋里,十多万人就住在马路两旁用苇席和薄泥盖成的临建棚里。这些闹事者,并非无法无天,大多数恰恰是胆小怕事的规矩人。他们没有房住,新近各区、局用抗震救灾款盖起的一幢幢新楼,但多数用作某些人的'锦上添花',有的人甚至为四岁的孙子留了一套将来结婚的住房。而他们却仍像沙丁鱼一样挤在自己的小闷罐中"②。面对政治社会和市民社会的双重压力,阎鸿焕变身为"奥斯曼二世"的人物,以"灵活的策略,铁的手腕",不仅让全部的临建棚在这座城市消失得无影无踪,更是仅用了一年时间就修建了五百五十万平方米的新型居民区,成功解决了无房和低于标准的困难户的房子问题。"又过了半年,市区两条主干线道路拓宽,这个城市第一次有了两条三十米宽的道路,又一个半年,三百多个商业大小网点建立起来了,市民们买菜、买粮、买煤难的问题冰释了。再一个半年,四座大型污水处理厂、三座发电厂,又相继落成……城市建设出现了令人瞠目的大发展。"③阎鸿焕就像操控城市的英雄,利用手中的权力成功化解了一场由空间问题所引发的岌岌可危的城市危机。

但是,事有两面,《都市风流》中阎鸿焕以环形路网改造为契机,带动了利华别墅为中心的权力地带与人们"羞于启齿"并不断诅咒的"杂巴地"——普店街之间的交流,似乎用政治权力成功改善了"居住分异"的空间问题,但小说的结尾却显得别有用意:五年前为了追求现代生活而从普店街出走,去异邦安身的柳若非,在

① 孙力、余小惠:《都市风流》,浙江文艺出版社1989年版,第17页。
② 孙力、余小惠:《都市风流》,浙江文艺出版社1989年版,第18页。
③ 孙力、余小惠:《都市风流》,浙江文艺出版社1989年版,第22页。

拥有了一切物质与享受之后，突然有一天却觉得自己一无所有，她开始想念自己的故乡，想念"普店街那低矮潮湿的小屋"[①]，于是她从海外迁回了这块故土。然而，当她坐着出租车回来寻找那条记忆中的胡同和狭窄却温馨的家时，却彻底愣住了，"普店街消失了。她的眼前奇迹般地出现了一条宽阔的马路，一座雄伟壮观的立体交叉桥和大桥两旁高耸的建筑群，以及桥上衣着新潮、鲜艳的熙熙攘攘的人群。迎接她的，又是一个陌生的世界"[②]。与其说阎鸿焕的空间改造打破了权力中心与老城区普店街的隔阂，促成了两类空间的沟通和联系，不如说是前者对后者的吞并和侵蚀，它不仅割裂了城市与传统的牵系，也引发了以消除情感归属为代价的"副作用"，所以，对于柳若非来说，这里已经不是她熟悉的故乡，而是一个全新的陌生化空间。

根据我国目前所实施的土地政策和土地产权法律，土地之上的城市空间成为了权力机构（政府）所拥有的最大国有资产和市场，经常被介入和干预，因此，空间的生产与改造也都与权力息息相关。狭义的权力自然是指国家权力，即统治阶层利用国家机器来实现其意志并建立一定的统治秩序而具有的巩固其统治的支配力，是一种特殊的政治权力，因此它不可能尽善尽美，难以真正做到绝对的公平公正，特别是在面对不符合统治秩序设想之时，权力往往会以强制的方式遮蔽边缘及棱角地带的异样声音，从而造成公平正义的缺失，比如城乡的对立，比如现代空间相较于传统空间的诸多优越性等。但这些都是次要的，政治与权力并不能有效而彻底地治愈社会转型期的阵痛，充其量不过是辅以相对的缓解。更为重要也是更应注意的是，孟德斯鸠在《论法的精神》一书中有过的提示，"一切有权力的人都容易滥用权力，它是万古不易的一条经验。有权力的人们使用权力一直到遇到界限的地方才休止"，即由权力的私欲化所引发的不公平，比如《废都》中的新市长、《放下武器》中的

---

① 孙力、余小惠：《都市风流》，浙江文艺出版社 1989 年版，第 543 页。
② 孙力、余小惠：《都市风流》，浙江文艺出版社 1989 年版，第 543 页。

黄以恒等这样滥用权力、以权谋私的人，他们才是造成空间非道德化的罪魁祸首。对于此，新时期以来的城市书写为我们客观展现了当下城市从空间到人伦所面临的尴尬窘境，也或隐或现地从宏观道德层面提出了质疑和批判，保留了文学对现实的警示之效。

阎连科的《炸裂志》虽是一部荒诞之作，但也着实充满了现实的警示效用。所谓的"炸裂"可视为是中国近三十年来城市发展史的隐喻。阎连科将叙事视点放在了自己家乡的耙耧山脉中，虚构了一个名为炸裂村的地方。这个村庄在孙明亮的带领下一步一步从村扩张到镇、县、市，直到"拥有机场、地铁和三千万人口的超级大都市"，可谓展现了一段"炸裂"式发展史。而孙明亮作为"城市之父"，代表着一种至高无上的政治权力，在他的振臂一呼下，炸裂市便能在短短一周之内建成亚洲最大的机场和地铁线，这是权力指挥者对空间的征服。孙明亮曾是炸裂村第一个万元户，可是他并不甘于只在经济上获得成功，在政治上他也步步为营，从村长、镇长、县长、市长，到最后荣升为副部级城市的市长，手中的权力伴随着资本的积累与日俱增。小说中，由村到直辖市的演变是地理空间的扩张和变革，而与之对应的便是孙明亮在权力网中由村长到副部级市长的晋升，二者之间构成了一个内外的互文结构，即空间的生产与权力的增长互为依靠。

从表面上看这只是权力与空间秩序积极互动的结果，在它的内里，却又是另一番难以置信的秘密风景。我们可以深究炸裂村"炸裂"式发展的历史源头：孙明亮获取权力的原始方式是依靠"扒火车"偷盗而发家致富，这是反道德的伦理失范；炸裂村崛起的原始力量也不是劳动致富，同样是伦理失范的偷盗和"男盗女娼"，村民们放弃了一切廉耻一心致富；在申报直辖市的过程中，朱颖的"女子别动队"成为了成功与否的关键，她们以肮脏的性作为权钱交易的筹码，换取整个城市的容光焕发，内外的反差着实让人触目惊心……阎连科所讲述的一段有别于伟岸正直、光鲜亮丽的城市发展史，揭露了城市化进程的"表皮"下触目惊心的真实景象，它们是空间与权力共谋下所开出的"恶之花"。

莫言与当代中国文学创新经验研究

然而任何事物都是辩证和多面的。需要强调的是，权力对空间的介入和干预并不一定会引发社会正义的缺失，或许还能作为一种监督和控制的力量防止社会非正义现象的发生。列斐伏尔认为："资本主义主要是通过对空间的改造来不断控制和修正不正义的城市空间"，但是大卫·哈维却觉得资本主义城市在本质上其实是产生不正义的容器，要修缮城市的不正义和不平等，就必须依靠政治权力的力量在分化的城市空间结构下实现相对的"领域正义"。所谓的"领域正义"是城市规划师 Bleddyn Davies 在《社会需求和当地服务资源》中所提及的概念，"领域正义是与社会政策、福利制度紧密相关的一种社会正义。Bleddyn Davies 将领域单元根据不同的社会需求（而不是根据人口规模）进行划分，提出规划应该满足领域正义，即满足每个领域单元的社会需求"[1]，也就是说，当索亚的空间正义或是大卫·哈维的社会正义已经被确定为是一种难以实现的理想乌托邦后，便需要依靠政治权力在不同利益的主体之间寻求一个相对的平衡，从而退而求其次满足各个空间和阶层的"领域正义"的实现。不过让人无比惋惜的是，城市书写往往只是提供了一个批判的视角来审视权力所引发的空间失序，却没有一分为二地看到权力在城市化进程与空间生产的过程中所发挥的积极作用，这不得不说是一种文学的片面化表征。

2. 资本指挥者：空间伦理失序的成因之二

左拉在作品《金钱》中形象地道出了另一种迥异于政治的权力是如何在城市中肆无忌惮的，即通过金融机构发挥其无上功能。在《巴黎之父》和《妇女乐园》中，左拉又详细地例证了这一事实。他描写了两类市场——供应食品的中央菜市场和供应其他物品的大百货商店，只要一个人足够富有，城市便能为他提供满足所有生理

---

[1] 张京详、胡毅：《基于社会空间正义的转型期中国城市更新批判》，《规划师》，2012 年第 12 期。

需求的可能性。诚然，在进入资本主义时代后，城市空间俨然成为了金融资本最如鱼得水的场域，亦如大卫·哈维所言，"新空间关系（外部和内部）乃是从国家、金融资本和土地利益的结盟中造出来的"①，"国家"代表了政治权力的宏观把控，具体到每一个城市内部的空间生产、分配和流通，则是金融资本唱独角戏的舞台。哈维以巴黎的空间改造为例，"奥斯曼的计划所开启的空间需要金融力量去开发、建设、占有以及经营"②，奥斯曼虽然是国家政治权力的代表者，可在真正的空间实践中，他也必须依靠强大的金融资本力量才能完成既定的空间改造目标，所以，他一共花费了二百五十亿法郎才将巴黎送入了理想中的现代之都。陈功在其著作《颠覆世界的城市化》中暗示了资本力量的无所不能："城市是金钱铺就的辉煌，对于城市规模的追求，古今皆然，中外皆然。古罗马时代的造城，往往基于战场上缴获的数量惊人的财富；现代社会的造城，则通过世界金融体系塑造的资本。"③事实上，对空间的征服、整合和隔离在如今这个时代已经成为了金融资本凸显其支配力的主要手段，同时也是造成城市空间公平正义缺失的重要原因之一。

前文提到，传统的城市书写（市井文学）可视为是中国文学中的另一种"故乡"或"家园"写作，老房旧瓦与邻里温情是所有城市人记忆中的家园模样。可是，究竟是从什么时候开始作家们已然集体失忆，不再迷恋昔日熟悉的美学市井，而被一种物欲横流的空间景观所吸引？答案或许就是二十世纪八十年代中后期呼啸而来的金融资本对城市的重新塑形，从而引发了另一种美学形式的城市写作。就像奥斯曼对巴黎的现代改造，中国城市在空间上开始由传统步入现代，而为其保驾护航的必然是大量金融资本的拥护和支持。

① （美）大卫·哈维：《巴黎城记：现代性之都的诞生》，黄煜文译，广西师范大学出版社 2010 年版，第 113 页。
② （美）大卫·哈维：《巴黎城记：现代性之都的诞生》，黄煜文译，广西师范大学出版社 2010 年版，第 130 页。
③ 转载自卢铮：《城市化的哲学意义》，《中国证券报》，2016 年 4 月 9 日。

再次以阎连科在《炸裂志》中虚构的炸裂市为例。小说的开篇讲述的炸裂村村民们共同做的一个梦：无须再考虑自身的家庭成分和政治身份，碰到什么物体它便能决定村民们未来的命运，如果触碰到的是"一毛的票儿"，就意味着今后我们能赚很多的钱。这个梦暗喻了一个既定的事实，即中国社会由政治斗争向经济建设转型，一个生机盎然而又充满了无限凶险与道德退化的金融资本时代的来临。后来，炸裂村之所以"炸裂"，起因也便是由村长孙明亮带领全部村民开启了"偷盗"模式，他们"一切向钱看齐"，获取了大量的资本积累，于是，在资本的支持下，原始空间里的茅草房变成了瓦房，后又盖起了工厂；当炸裂村升级为炸裂镇的时候，人们对于资本，特别是外国资本的作用已近心知肚明，为了招商引资，朱颖的"极乐天外天"和程菁的"世外桃源"发挥了重要的作用。当美国企业家们来到炸裂考察建设汽车城时，孔明亮为了一举获得外企专家的青睐，主动献媚，将县城改造成原汁原味的美越战争时的越南风情，这是因为美方代表曾参加过越南战争。就这样，炸裂的所有人在孙明亮的"英明领导"下已经摸索出了一条崛起之路，即大卫·哈维所述的依靠资本实现的"空间修复"（spatial fix）愿望，特别是在改革开放年代靠着对外国资本的吸纳而完成的"空间修复"：他们一方面利用外国资本扩张空间版图，升级空间内部现代景观，另一方面，也将城市空间塑造成在"城街上的中心区，专门有一条供外国商人、游人消遣、洽谈、调情和扯淡使用的。模仿欧洲小镇建下了咖啡屋、啤酒厅、大排档和各种旅游小商店，还有专供外国人洗脚按摩的脚屋、发廊和捶背间。从泰国拥进来的人妖表演和印度的抛饼店、阿拉伯人的茶艺屋……"①异托邦的呈现，其目的也是为了吸引到更多的外国资本的垂青，从而获得进一步的空间更新与升级。

在《炸裂志》中，已然触及了决定城市空间形态与伦理秩序的两大关键要素，即权力与资本的双重建构，如下图所示：

---

① 阎连科:《炸裂志》，上海文艺出版社 2013 年版，第 263 页。

《炸裂志》城市空间—权力—资本三者互动关系图：[①]

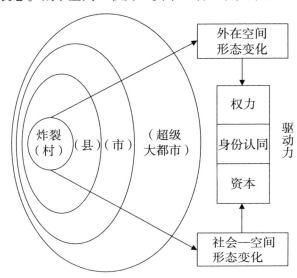

权力与资本的共谋通过空间改造或空间修复的方式完成了对城市人伦理道德的重设。但是，资本对城市空间的入侵绝非是"善男信女"的行为，更不会站在人道主义的立场上缔造一个万物平等、至美至善的伦理化的乌托邦形态，反而当资本介入城市后，必然造成更多不公平与不正义的现象出现，因为资本总能成为个别人利益的护身符，为他换取更多的生存权利和生存机会。刘恒的《贫嘴张大民的幸福生活》中有一个细节：张大民原本住在大杂院中，后来他被通知这一片大杂院即将要被拆迁，于是他分到了一套小区公寓里的单元房。按照拆迁分房原则，每家的人头数决定房子的面积、房间数量等，可意外的是，就在拆迁的前夕，张大民的妹妹却死了，他们家本可分到的房子也就无缘无故减少了一间。面对这样的结果，张大民自然不能接受，但是，不管他如何反抗，最终无济于事。我们知道，大杂院是传统的市井居住空间，这种空间所凸显

① 插图选自安宁、钱俊希：《城市化的文学书写——基于社会—空间辩证法的〈炸裂志〉解析》，《人文地理》，2017 年第 1 期。

的属性是对于市民立场的使用价值，而城市化细化到某一方面则是利用金融资本建造各种整齐现代的小区公寓，以代替大杂院供人居住。表面上看，它强调的也是一种使用价值，一种比市井居住空间更为现代化的使用价值，但是，投资者们投资资金新建现代住房并不是为了配合实现城市化进程，而是寄希望于在这一进程中通过住房转换的方式赚取更多的金融资本，即城市空间在沦为商品化以后，其交换价值的属性已经全面压倒了使用价值而呈现出一种不正义现象，因此，经过资本改造后的城市空间不再是市民们任意支配的空间，而成为了投资者们"巧取豪夺"的资本空间，所以在"拆迁—赔偿"这一过程中，有着空间分配权利的拆迁公司（资本源头）绝不是秉承着道德层面上的公平公正去配合完成城市化，而是以"忠义放两旁，利字摆中间"的经商原则，从中捞取更多的资本财富。小说中的这一幕告知了我们一个触目惊心的事实：城市空间的重组不再是听命于政治权力的一家独大，资本的介入改变了它的建构模式，凸显了它的交换价值。当城市空间的交换价值与使用价值之间发生严重的失衡时，在城市空间的生产过程中，多个群体和阶层之间便会发生诸如张大民与开发商之间这样严重的利益冲突。久而久之，这些冲突最终又会生产出新的空间分野和阶级分层。

以居住分异来说，二十世纪五十至七十年代，中国城市居民住房基本都由国家分配，属于福利性的分房制度。居民通过这种方式获得的住房的所有权仍归国家与集体所有，居民只享有使用权。随着二十世纪八十年代中期以来住房制度的改革以及住房分配货币化政策的兑现，住房公积金制度的规范化实施，城市居民住房的分配和建设逐步走向了商品化和市场化。于是，那种依靠工作单位分配住房的形式一去不返，而居住空间本身的品质和区位决定了房价的高低，至此，居住分异也就随之出现。卡斯特在其流动空间理论中便揭穿了资本指挥者自导自演的戏码，"精英们形成了他们自己的社会，构成了象征隔绝的社区，躲藏在地产价格的物质障碍之后"[1]，

---

① （美）曼纽尔·卡斯特：《网络社会的崛起》，夏铸九、王志弘等译，社会科学文献出版社 2001 年版，第 510 页。

而财富便是重要的指标，最终圈定出了整个城市的阶层差异与空间秩序，假如张大民家财万贯，他根本无须为了一间房和拆迁公司闹。类似的还有《蜗居》里的李奶奶，作为社会底层，贫穷决定了她在面临搬迁时丝毫不能让步，拼命与开发商对抗，因为她知道，自己除了拥有一间破房子外一无所有，这唯一的居住空间是她在城市中安度晚年的唯一依靠。她心知肚明，这座城市里的"资本指挥者"们早已根据居住空间的大小、环境、位置、区域等将它们评定成不同价位的商品，城市人必须"根据个人财富、品位和社会地位来'消费'"①。总之，大卫·哈维早已识破了城市生存的伎俩：在这场买卖游戏中，金钱是唯一的通行证，它通过特有的游戏规则和市场伦理，成为最能动、最有效的方式。因此李奶奶一旦让步，失去了那间破房子，她根本就再无能力（资本或金钱）重新进入"资本指挥者"们在城市中垄断设定的经济游戏，从而失去生存的最后依赖。

当然，居住分异也不过是金融资本入侵城市空间所带来的众多"恶果"中的冰山一角。正如大卫·哈维所判断的，"资本积累向来就是一个深刻的地理事件"②，他在 1973 年发表的《社会正义与城市》中认为，城市的空间建设之所以永无竣工之日，完全是因为资本积累和地理发展不平衡所推动的，其背后是整个市场运作的必然结果。"资本主义永远试图在一段时间内，在一个地方建立地理学景观（物质基础设施这些嵌入在国土中的固定资本）来便利其行为，而在另一段时间，资本主义又不得不将这一地理学景观破坏，并在另外一个地方建立一种完全不同的地理学景观，以此适应其追求资本无限积累的永恒渴求。因此，创造性破坏的历史被写入了资本积累真实的历史地理学景观之中。"③资本在空间中建构的人造环

① （美）保罗·M.霍恩伯格、林恩·霍伦·利斯：《都市欧洲的形成 1000—1994》，阮岳湘译，商务印书馆 2009 年版，第 278 页。
② （英）大卫·哈维：《希望的空间》，胡大平译，南京大学出版社 2006 年版，第 24 页。
③ （英）大卫·哈维：《新帝国主义》，初立忠、沈晓雷译，社会科学文献出版社 2009 年版，第 83 页。

境，就包含了各种复杂的商品。除了前文提及的与居住相关的房地产，还包括了街道、港口、工厂、商场、学校、医院等，都是资本所催生出来的空间产品，是资本初级循环中所产生的剩余价值通过空间再生产的方式流向资本的二次循环，并从中可获取更多更新的剩余价值。这便是空间生产与资本积累的实质。王刚在 2009 年发表的长篇小说《福布斯咒语》，既形象又全面地揭示了空间与资本之间珠胎暗结的关系。代表着资本一方的主人公冯石，原本是一个一穷二白的地产商人，他一心要把国贸东的北京打造成地球上最耀眼的明珠。冯石的理想可谓十分伟岸、远大，富有公益性与正义性，但这只是于公而言；于私，则难以掩盖身为资本拥有者通过空间生产的方式获取更多资本积累的事实。为此，他与政府、银行、管理部门，进行着一次次惊心动魄却又肮脏无比的博弈，就像是美国城市学家芒福德说的，"新的经济的主要标志是城市的破坏与换新，就是拆和建，城市这个容器破坏得越快，越是短命，资本就流动周转得越快"[①]，城市空间的建构与再建构背后其实是源源不断的资产利润正在流向始作俑者的口袋。综上所述，我们可以简化地得出一个公式：

资本 + 空间 = 更多资本

　　如果说在《废都》和《放下武器》中传统城市空间的现代化改造是某些权力领导者们为了追求和美化个人政绩而采取的"面子工程"，那么在冯石这里，被资本入侵和改造后的城市空间则成为了追逐更多资本利益，实现利润最大化的商品。霍恩伯格和利斯在《都市欧洲的形成 1000—1994 年》中所指出的"一块地皮每次改变用途，极可能是对现存空间格局中盈利机会的反映"[②]，利用

①　（美）刘易斯·芒福德：《城市发展史——起源、演变和前景》，中国建筑工业出版社 2005 年版，第 129 页。
②　（美）保罗·M.霍恩伯格、林恩·霍伦·利斯：《都市欧洲的形成 1000—1994 年》，阮岳湘译，商务印书馆 2009 年版，第 272 页。

金融资本将破烂不堪的酱油厂从北京这块地皮上抹去，取而代之的是新兴的建筑群拔地而起，随着原有空间用途的改变，一块老旧无用的土地变成了资本锻造的"海绵"，吸纳着源源不断的资本涌入。当然，要达到空间商品化的效果，必须依靠金融资本、土地产权拥有者和政府三者间的通力合作，努力寻求空间中的资源优势，才能顺利完成对空间的改造，最高限度地实现利益的最大化。所以，作品中姜青一针见血地说道，"老酱油厂有地，政府有权，银行有钱，但都只能荒废着。只有冯石这个两手空空的骗子才能把它们纠集在一起"[1]，最后冯石成为了商界大亨。

冯石的成功与北京空间的现代化扩张是两条相互重叠又互为平行的线，他们各取所需，各自成长。但是，在这一系列成功的背后，却分明又暗藏着一条迅速偏离并且呈直线下滑的线，那便是二十世纪九十年代以来社会转型与城市化进程中，法律制度的缺席与传统道德伦理的失效。在这一点上，冯石的成功与《炸裂志》中"炸裂"由村变市如出一辙。冯石用一张空头支票购买了老酱油厂的地，又用了一系列手段逼迫徐行长给他贷款……从一开始，他所获得的原始资本就是从非正常途径获得，而后所赚取的每一桶金也都是建立在"流着肮脏的血和赤裸裸的剥削本性"之上，他的成功最终只会给城市空间与城市居民带来无尽的危机和灾难。

当城市褪去美学市井的光环，开始诉说起"福布斯咒语"的时候，当乡土中国被迫缩影为渐次爆发的"炸裂志"的时候，所有在关于城市的新的叙事动因中，资本从来都是始作俑者。当然，无论是《福布斯咒语》也好，《炸裂志》也罢，它们不过是资本入侵现代都市的前传，这一过程直接引发了城市伦理的更改甚至是所谓的"道德下滑"。不过，当一切已然尘埃落定，全世界都争先恐后地登上了这趟城市化的直达列车后，被金融资本打造的"商品化空间"和与之匹配的现代城市伦理才是市民们必须要面对和适应的关键。资本对空间的操控与生产，一方面自然是为了获得更多的资本

---

① 　王刚：《福布斯咒语（Ⅰ）》，《当代》，2009 年第 1 期。

积累，以维护某一类人的特权，另一方面，在宏观上也契合了现代性焦虑催生下城市化乃至全球化的趋势。因此，也就不可避免地在资本与现代性焦虑二者合力下所铸造的以消费为中心的通属城市，与市井日常和乡土中国之间发生着激烈的矛盾和冲突。其中，不仅仅表现在最为直观的地理空间与景观上的扩张与变迁，更多地则表现在社会关系、市民意识、市民伦理等方面的变化，那么，文学与作家们在面对新的商品化的城市空间与城市伦理时，所采取的何种态度和立场也就显得至关重要。

三、空间"失序"与"有序"：《北京折叠》的个案研究

　　权力和资本对城市空间的塑形及塑形后所引发的失序现象在二十世纪八十年代以来的城市书写中频繁上演，但具有明显社会空间意识，将城市作为整体性社会空间，探讨城市空间正义，表现完整的城市结构和市民社会的叙事作品却并不多，郝景芳的科幻小说《北京折叠》是为数不多的作品之一。这部作品曾获第 74 届雨果文学奖最佳中短篇小说奖，作品中创造了一个科幻化但又无比真实的未来北京。时间背景大约是在二十二世纪，具有八千万人口的超级大都市北京被分解成三个隔离空间，不同阶层的市民分别占据了不同的空间，他们按照不同的时间比例，分配着四十八小时的日常生活。

　　有人曾质疑这篇小说的科幻纯度不足，既没有超现实的科技展示，也不涉及任何科学原理，反而更像是现实在文学镜像中的折射，呈现出一种虚幻的真实，甚至还被称为"软科幻"文学。当然，笔者并不想辨析这篇小说究竟是不是科幻文学，只想关注它所呈现的虚拟化的城市所体现的现实症候。折叠的三层城市空间几乎就是列斐伏尔所论述的"三元空间"在"北京城"的实践：翻转的折叠城市中，上层市民拥有最丰富的阳光和最便利的生活，中层市民努力拼搏以求挤进上层社会，下层市民却陷入日复一日的劳役……折

叠，即是空间分层，本身就建立在不平等、不正义的原则之上所缔造出的具有间隔效用的非道德距离，它在外围的结构功能上构成了迈克·戴维斯所说的"布满平民窟的星球"，而在整体的伦理形态上则又可视为是大卫·哈维研究的"巴黎城记"的汉化版。小说表面上呈现的是一个超现实化的北京，而实际上却是按照一定的社会规则和伦理规则所进行的空间折叠，即把现实中虚化的伦理距离通过"空间区隔"的手段进行了现实强化，从而揭露出了"北京"从"市"到"人"各自的伦理悲剧。

1. 空间折叠的伦理隐喻与伦理批判

《北京折叠》可谓是一部典型的城市空间叙事之作，空间是作者书写的动因。小说中的北京如一个可旋转的地球仪一般被支撑在巨型的转轴上，转轴的每一侧黏合着三类不同的城市空间。当转轴开始转动，就会有一层空间被翻转到地面，那么，这层空间里的市民便开始苏醒、工作和生活，相应地，另外两个空间里的市民则随着空间的向下翻转而进入休眠——此为折叠。主人公老刀与五千万人一同生活在第三空间，他每日依靠处理垃圾在城市中谋生；生存在第二空间的则是一群企业白领和公司精英，共两千五百万人；居住在第一空间的市民可以算是城市中的少数人群，人口比重仅是第三空间的十分之一左右，但他们却掌握了这个城市的最高权力和财富，城市的法律规则和伦理秩序全由他们制定。

有目共睹，无论是文学书写还是现实社会，不同环境的地理空间搭配不同层级的伦理主体已经成为不可辩驳的非正义事实，而《北京折叠》以物理性的空间折叠的方式对未来的北京进行"三分天下"的科幻式想象，其本身所表现出来的非正义性更是强化了这一社会现实。首先便体现在了对时间资源的掌控上。人所共知，人们在面对时间要比面对空间更为公平，无论身处何种空间，拥有或高或低的社会身份，时间都不会以有色眼镜视人，时间面前人人机会均等。可在这座城市里，随着空间的被折叠，也同时割裂了人们平等支配时间的权利：顶层空间的五百万人可享用最完整的二十四小时后睡去，剩下的七千五百万人却只能按照自己的阶层属性分割剩余的二十四小时。空间的折叠带动时间的断裂加深了城市的非正义性。城市逐渐被某种支配力量所分裂，市民们逐渐分离、间隔，并形成各自的阶层，"城市阶层正在以物质力和行政资源调动力进行区分，分处于不同阶层的人们，将来虽然身处同一个城市，却熟视无睹地擦肩而过"，居住分异在这座城市里已是公认的常态：第三空间的彭蠡所居住的是一个只有六平米的"胶囊房"，而老刀的住所是喧嚣嘈杂的公租房；第二空间里的研究生秦天住的是学生公寓，公寓里面有四间房，每人一间，有厨房，还有老刀从来没见过的如此之大的厕所；第一空间中，老葛曾带老刀住过旅馆，旅馆的房间"非常大，比秦天的公寓客厅还大，似乎有自己租的房子两倍大。房间的色调是暗沉的金褐色，一张极宽大的双人床摆在中央。床头背后的墙面上是颜色过渡的抽象图案，落地窗，白色半透明纱帘，窗前是一个小圆桌和两张沙发"，从居住的环境和条件上来看，三类空间差异明显。同时，三类空间间隔森严，下层空间的人不能任意进入上层空间，秩序局专门负责巡视各空间的人是否安分守己，一旦有人冒着违规的风险偷渡到上层空间，被抓住后很可能就会遭遇牢狱之灾，而城市清理队则负责每日在定点空间折叠的时候，将原本应该休眠的人们像秋风扫落叶般清理掉，绝不允许他们多享用任何一秒钟不属于自身层级的时间，这便是一种极端化的"空间剥夺"。可以想见，在《北京折叠》里，作者所塑造出来的未来北京完全是一个泾渭分明的等级社会，不同层级的人，各司其职，各尽其责，所享用的时间、空间以及社会资源均不相等。

那么，究竟又是什么力量控制着北京空间的折叠？

老刀希望糖糖能上一所好的幼儿园，但却难以支付高额的学费，于是他甘愿冒着被捕的风险"偷渡"去第一空间送密信，因为来回一次便可赚二十万元。在进入第一空间后，伊言给了他十万元的封口费，他从来都没见过如此之多的巨额钞票，而这些就像是天文数字的钱却仅仅只是伊言每天上半天班所拿到的一周薪水。伊言与老刀是两个世界截然不同的人，代表着第一空间和第三空间之间的差异，这种差异我们可以用图表的形式呈现：

北京空间	可支配的时间	主体的职业属性	人均月薪
第一空间	24 个小时	顶层统治者	80 万
第二空间	16 个小时	中层精英	10 万
第三空间	8 个小时	底层劳工	1 万

人均收入是这三类空间的市民之间最大的差别，也是决定空间分层的重要原因之一，即贫富差异。无论未来的北京将会经历怎样天翻地覆的变化和发展，也无法掩盖一个经济社会的本质，"资本指挥者"对空间资源的分配仍将发挥着举足轻重的作用。那么又是什么原因造成的贫富差异呢？这里便暗藏着一套马太效应（Matthew Effect）对市民伦理的潜在影响。"马太效应"最早是出自《新约·马太福音》中的一个故事，隐喻的是好的愈好、坏的愈坏、多的愈多、少的愈少的两极分化现象。后来这一概念被普遍用于社会经济领域，比如在股市楼市狂潮中，最赚钱的总是庄家，最赔钱的总是散户。如果不加以调节，普通大众的金钱就会通过这种形式聚集到少数人手中，进一步加剧贫富分化。受市场经济控制的市民社会本身也是一个"马太效应"的实践场域。经济资本决定竞争者们在市场经济链条中所处的先在位置。通常情况下，富裕者们会利用经济财富的优势享受更舒适的环境、更好的教育和发展机会，而贫穷者则会由于经济劣势，在环境、教育、见识、机遇等方面皆处于弱势，从一开始便输在了起点，至此，穷者越穷，富者越富，这便是"马太效应"所造成的两极极差。

小说中，"马太效应"与空间折叠互为"同谋"关系。老刀作为垃圾清理工，月收入只有一万，所以无论他如何努力工作，也不可能赶得上第二空间中在金融咨询公司工作的秦天和在银行实习的张显一个月的收入，更是无法企及第一空间里的伊言、吴闻等精英。职业属性直接决定收入多寡，而职业的选择偏偏又与空间层级密切相关。研究生张显，他的人生目标是进入第一空间的政府，而在这之前，他想先赚两年钱，所以选择待在第二空间来钱快的银行工作。而第三空间的老刀即便想挣钱也不可能有机会去银行工作，因为第三空间仅有的工种只有垃圾清洁工、贩卖衣服食物燃料和保险，他若想挣钱就必须铤而走险。这里我们很容易发现，空间折叠其实等同于一个物理性的保障圈，为不同的人设定了适合自身层级的下限和上限，就好比顶层空间中的人，他们的人生即便是在最糟糕的时候，也不是老刀们能够企及的，这是他们的最低下限，但却远超老刀们的最高上限，而"马太效应"只会让他们越来越强，这事实无比森严也无比残酷。

在凯文·林奇的《城市意象》中我们可知"不同的区域与不同的社会阶层联系在一起"[1]便构成了现代城市。如果将区域视为空间的话，那么在《北京折叠》中，三类空间的市民刚好便代表着三种不同的社会阶层，但无疑，只有第一空间的人才是权力的主宰者，因为他们会将每日多余的时间用于思考城市的未来，换句话说，他们是权力的主宰者。"折叠"不仅仅代表着物理空间的隔离，也不仅仅象征着经济收入、社会地位的差异，更重要的是权柄的集中。那些还在为今日的生活艰难求生的人又怎会去思考明日的宏大理想？思考本身就意味着是一种权力，甚至是一种独权，当这种独权发展到人们已经不能很好地沟通和互相接纳时，空间的折叠也便大功告成，它宣示着权力的中心区域。

雅克·德里达曾指出："中心的功能不仅仅是用以引导、平衡并组织结构"，而且"使结构的组织原则对那种人们可称之为结构之游戏的东西加以限制"[2]。在一座城市中，权力的归属一定是位于城市的中心区域，而城市的景观设计也一定围绕着中心区域由近及远、由内而外形成一张巨大的网状结构，这张网从中心到边缘，

① （美）凯文·林奇:《城市意象》，方益萍、何晓军译，华夏出版社2001年版，第52页。

② （法）雅克·德里达:《书写与差异》，张宁译，生活·读书·新知三联书店2001年版，第502—503页。

组织起了固定的空间秩序。《北京折叠》中，三类空间虽然处于物理层面上不断轮转的状态，但不难发现，第一空间其实便是城市的中心区域，也是权力中心。所有的轮转与折叠，外围空间的市民们存在与工作，都是围绕着第一空间展开。细读文本会发现，第一空间的市民不仅享有更为自主的生存权利，还拥有着控制整个城市运转体制的权力：白发老人能够自由控制城市折叠的时间，能够决定城市的治理方式。第二空间的研究生张显曾表达对现行体制的不满，"现在政府太混沌了，做事太慢，僵化，体系也改不动"[1]，而他渴望改革的第一步便是让自己升上第一空间，即获得权力。所以我们有理由相信，"折叠的北京空间"其实是被权力所建构起来的空间机器。

那么笔者不禁会产生疑问，第一空间究竟是依靠什么力量来维持至高无上的权力和地位呢？答案是科学技术。科技也是一种思考，是人类对自然世界的思考，这种思考的权力只有第一空间的人才配拥有。小说在开篇介绍整个折叠北京时就曾指出，第三空间的阳光是第一空间的人通过科技手段所制造出来的，这意味着第一空间的人是科技的掌控者，他们用科技操控维系城市秩序，相信将整个北京建造成折叠式的城市也是他们的杰作。培根曾有句名言，"知识就是力量"，"知识"自然包含了科学技术，而"力量"（power）亦可译为权力。所谓权力，简单地说便是控制社会、控制他人的能力，而科学技术往往能够作为工具承担这样的作用，就好比吴闻的自动化垃圾处理技术，如果真的被推广，便能对现有的城市空间和社会结构造成天翻地覆的影响，而权力的作用，便在于最终决定如何控制和使用科学技术。

总而言之，《北京折叠》为我们展示了一个神奇的未来世界，作者以科幻之名，将原本平面化的北京空间变成了立体化的可折叠的空间形态。物理空间沧海桑田般的变化确实足以影响城市的命运

① 郝景芳：《北京折叠》，选自小说集《孤独深处》，江苏凤凰文艺出版社 2016 年版，第 15 页。

以及市民的生存生活，但万变不离其宗的仍然是资本和权力的双重力量对城市的伦理形态的控制。空间折叠的背后是空间的隔离、社会阶层的隔离，这与当下平面化的都市结构并无差别，反而是对"非正义"的城市的一种强化：折叠的空间隐喻着当下的现实，同样也警醒着人类的未来。

2. 重叠的乌托邦与反乌托邦：矛盾的市民伦理诉求

从城市的空间结构来说，《北京折叠》中的北京与大卫·哈维笔下"现代性之都"巴黎，均呈现出了在结构上的雷同性，即空间分配的不公所引发的伦理失序。尽管前者是立体化的，后者是平面化的，但都出现了诸如"居住分异""空间剥夺"等公平正义缺失的社会现象。由此从城市正义或空间正义的角度而言，我们可以认定《北京折叠》是一篇批判现实主义之作，作者也曾表示过"到目前为止，对不平等的宣战还未曾取得真正的胜利"[1]，介于此，确实有人认为这部作品其实"是一个反乌托邦的现实主义寓言"[2]。

所谓"反乌托邦"（anti-utopia），又称为"恶托邦""废托邦"或"敌托邦"，它是作为乌托邦的对立面而存在的，指充满丑恶与不幸之地。我们知道，伦理学的终极目标是引领人类走向最终的善与幸福，而人类对善与幸福自始至终的求索，即文明的发展，可视为是一种追求乌托邦的过程。可是，随着科技的发展、生产力的提高、市场经济的厚积薄发，这场对乌托邦的追求所换来的结果却让人始料未及，愈发地走向了它的反面，即"反乌托邦"的呈现。科学理性、政治权力、资本经济等这些在人类文明发展史中曾被视为是追求乌托邦的工具，却最终没能拓宽人类精神的疆土，使人类泅渡到最终的幸福彼岸，反而以更隐匿的方式异化了人类自身，使人类遗忘了真正的幸福，而以"工具"本身为幸福，于是换来了各种

① 郝景芳：《我想写一本〈不平等的历史〉》，http：//blog.sina.com.cn/s/blog_645ddec80102w8qp.html.
② 张婧：《是折叠北京还是折叠焦虑》，《名作欣赏》，2016 年第 12 期。

难以控制的弊端，如阶层矛盾、资源紧缺、司法混乱、德性缺失等。人类的精神在高度发达的技术社会中并没有获得真正的自由，反而走向了一个令人失望乃至绝望的未来。我们确实可以将《北京折叠》视为是一个"反乌托邦"的城市。从社会背景来看，由于城市化进程所引发的人口剧增和生存环境的急速恶化已经让城市变得不堪重负，而科学技术的突飞猛进代替了人工劳动力又间接导致了大量失业现象的频发，城市秩序变得岌岌可危。为了缓解人口压力、就业压力、城市发展压力，第一空间的政府和专家们于是决定推行360°空间折叠计划，以空间隔离的方式控制城市秩序的有条不紊。但是我们却可以肯定，这种有条不紊本身就是一种"反乌托邦"的表现。且不说整个城市的公平公正无从谈起，就是在这样一个折叠的城市中，人与人之间的关系也已经完全被镶嵌在失序的空间内，市民们被类化为支撑整个城市空间运作的零部件：第一空间的市民是整个城市机器的中枢，第二空间的市民则是维系机器运作的零件，而第三空间的人所生活的空间地带是远离科技、权力、经济领域的城市外围，是被城市放弃的废弃零件，他们的人生价值对于整个城市运作的意义几乎可有可无。因此从人与城市的关系来看，尽管这座城市是由第一空间的掌权者们精心设计并由第三空间诸如老刀父亲这样的底层劳务员工所建造，但整个城市的伦理机制却最终没有导向一种人性的交流与幸福的追求，而是走向了一种机械性的治理。在这种治理关系中，平面的城市折叠成立体的空间，阻断了人类的交流，而科技对人力的取代，也修改了对人的价值的判定，折叠的北京彻彻底底被人类和文明打造成了一座现代化的"反乌托邦"，权力领导者通过对空间的掌控，对身体的规训、限制、引导，将"可被限制、使用、转化与改进的驯良身体"[①]变成整个空间系统中各部分所需要的零部件。

那么，在"反乌托邦"城市中，人们又应该如何谋生？如何应

---

① （法）米歇尔·福柯：《规训与惩罚：监狱的诞生》，刘北成、杨远婴译，生活·读书·新知三联书店2003年版，第287页。

对这种非正义、非道德的伦理规训呢？我们知道，生存问题是每个现代人必须面临、追求、实现的伦理诉求，而城市作为市场经济与现代文明的重要载体，必须以最大程度的公平公正满足市民所理应拥有的生存权利。然而，已经沦为"反乌托邦"的折叠北京，在整个城市的运转机制上却并不符合人性需求，而是依靠科学技术实现的机械性统治，因此，以常理判断，面对一个机械化的、非人性的"反乌托邦"城市，内部理应充满了各种空间矛盾与阶层冲突，可是细读文本却发现，小说其实宣言的是一种认同、妥协、沉默的伦理姿态，以在"反乌托邦"的实质中建构一种表面和谐、稳定的"乌托邦"之都。

老刀作为一个第三空间以处理垃圾为职业的市民，从父辈开始就在为城市的建设和发展付出辛勤的劳动，可由于地处底层，月薪微薄的他已过不惑之年却仍然单身，在垃圾站附近收养了被遗弃的孤女糖糖，却又无力支付糖糖上幼儿园的学费和学舞蹈的费用，只能铤而走险以偷渡的方式进入上层空间赚取学费，一旦被抓便是牢狱之灾。老刀的人生充满了悲剧和磨难，而这一切的根源便在于空间折叠对主体基本的伦理诉求的限制与规劝。但是，让人不解的是，老刀却并没有表现出一种抵抗的行为和心理，甚至连质疑也未曾有过，而是坚定不移地认同着他的工作、他的生活，不仅仅是老刀，在第三空间生存的五千万人，甚至是第二空间的张显、秦天们亦是同样如此，他们都爱岗敬业，对工作表现出最大的热忱，对整个城市的折叠体制从不敢越雷池一步。他们对自己生存现状的认同是建构和谐乌托邦的基石。从这个角度来说，作者又确实在一个非人性化的"反乌托邦"城市中建构了一个实实在在、和谐稳定的"乌托邦"：市民们安分守己，恪守义务，在规训的伦理道德体系下努力工作，以获取在城市中的生活资源和生存权利。因此笔者大胆判断，这部小说所建构的未来北京，混合着"反乌托邦"和"乌托邦"的双重影像，它的内里实则表达着一种矛盾的伦理诉求。

那么，一个重要的问题是，作者又是如何将"反乌托邦"和"乌托邦"毫无痕迹地重叠在一起呢？小说给出了答案：北京折叠中特有的空间晋升制。在老刀的观念里，接受好的教育是空间晋升的正途，所以他想尽办法挣钱也是为了让养女糖糖能够进入最好的幼儿园，获得高质量的教育，最终收获美好人生。当然，还有一种办法能直接从第三空间升入第一空间，那便是通过入伍转业的方式在第一空间中谋求一份职业，比如五十多岁的老葛，可是通过这种方式的空间晋升，最终不过只是获得一个"高级蓝领"的称号，难以真正改变第三空间的阶层属性。而第二空间的人也有着属于自身的晋升方式：在好的企业部门工作或实习，累积经验，表现优异者自然可以晋升，获得第一空间的社会身份。这样的晋升制表面上看不起眼，不会引起人们的注意和思索，但实际上却起着美化"反乌托邦"，稳定阶层固化，缓解城市不公平、不正义原则对市民伦理的制约和危害——城市掌权者并非冷酷霸道，他们给了中下层市民获得公正平等的机会，怪只怪你们不努力，不能怨天尤人。正因为在严苛的空间隔离与折叠背后，权力阶层预留了一条方便中小阶层晋升的"羊肠小道"，所以他们即便意识到城市存在着严重的不公，也只能默默接受这样的现实，然后暗自发愤图强，一窝蜂地去挤那条"羊肠小道"，于是，一个看似和谐稳定的城市乌托邦便建构而成。

很显然，从市民的伦理诉求来说，折叠的北京虽存在诸多问题，足以引起人们的不满情绪，但它又确实实现了"领域正义"，即提供相对公平公正的空间晋升制，所以，本应在城市中可能引发矛盾冲突却始终相安无事。这群被现行的城市伦理所固定的底层市民们，在资源垄断、阶层固化、上升无望的境遇下，内心的深重挫败感孕育着普遍的无力感和虚无感。久而久之，在与虚无持续缠斗中，也逐渐认可了自己的生活：各人有各人的命，我大概就是这样。所以他们学会了只做关于现在的梦，努力去寻找一切真切可感的慰安，同时拒绝关于未来的梦。

但是，如果从批判伦理学的角度来说，整个城市的运行机制和伦理体系并非导向最终的善和幸福，而是指向恶与不幸。作者自始至终没有下定决心要发动一场"对不平等的宣战"并获取最后的胜利，她的立场是保守而非先锋：默认城市空间不正义的隔离与折叠，隐藏起可能发生的反抗现实的革命火种；强调集体价值的共识和认同，也认同通过个体努力实现个人价值的意义。总之，在《北京折叠》中既充满了难以调和的矛盾，也无比和谐、平稳地继续折叠着走向未来。

第四章 "单一"到"多元"的伦理立场
——伦理学视域下的"城市文学"

　　二十世纪八十年代以来的城市书写无疑开启了一种区别于二十世纪五十至七十年代的新的伦理叙事的倾向。它一方面从社会学的角度表现了二十世纪八十年代以来城市发展中的空间结构、文化语境、人伦关系、伦理诉求等方面的变迁，更是在文学发展史的层面上，将从古至今相较于万众瞩目的乡土叙事而备受冷落的城市书写推向了历史的前台。面对新时期以来异军突起的城市叙事，无论是较之于二十世纪五十至七十年代"政治一体化"的城市书写，还是较之于星光熠熠的乡土文学，考察和评价它，绝不能单纯地依靠旧式的眼光和传统的价值体系去解读、衡量和判断，因为当下的城市较之于过去主流意识形态所催生的"城"和"乡"而言，所呈现的外在面貌和内在精神更为复杂、多面，以此为书写对象的文学也更难以把握，需仔细分析、甄别。诚如在"正义""公平""生存""善""道德"等伦理学的视域下，城市与城市叙事所呈现出来的伦理形态也绝非传统价值那般非黑即白、非此即彼，特别是在微观层面上，抽离了家族秩序、民族正义、国家大义等宏大、抽象的群族色彩与政治色彩而呈现出了私人、功利、享乐、消费的一面，因此，在批评立场上，绝不能继续沿用"共同体"下的正义或非正义、道德或非道德来一以贯之。面对"庞然大物"的城市，作家们在对城市进行主观想象时，其主体的伦理立场和态度尤为重要。可以说，二十世纪八十年代以来的城市叙事较之于当代文学的第一个三十年，完全形成了一种与众不同的、更为复杂化的新的伦理范式。它不仅如一面显微镜，镜像式地图解着现实生活中城市所存在的各种表征、症候和问题，更包含了文学背后的"操控者"介入现实的动机、立场和态度，这决定了文学创作的走向。因此，本文的第四章借用聂珍钊先生所提出的"文学伦理学批判"为视角，将二十世纪八十年代以来的城市叙事视为一种新的伦理范式，全面考察文学作品中所体现的作家的伦理立场、伦理倾向，以及所面临的伦理困境。

一、隐藏的精英伦理与片面化的价值判断

依据黑格尔对市民社会的概述，我们暂且将文学中的市井空间视为是契合中国文化土壤的市民社会的雏形，理由是，首先它较少受到"政治—国家"的控制和施压，立足于满足广大市民阶层日常世俗生活的基本需求，同时也存在着一定自由的市场贸易。但我们必须明白，市井所产生的"市民阶层"（市人）在历史中从来都是被轻视的群体，而只讲"天下熙熙皆为利来"或是务实圆滑、休闲享乐的"市井伦理"，在道义论或"国家想象"占主导的时代也只能是一种粗浅的、被排斥、被批判的低层需求，在很长一段时间内，都被遮蔽在政治伦理和精英思维之下。无论是古代的"文章乃经国之大业"，还是"五四"时期的"启大众之蒙昧"，主流文学对于"市民社会"（市井）从来都傲世轻物，特别是在二十世纪五十至七十年代的文学创作中更难觅"市民社会"的踪迹，直至二十世纪八十年代以后，才修正了被政治伦理裹挟多年的市民社会，重组了脱离政治系统之外的交往关系与伦理诉求。文学批评家李建军十分重视作家的伦理立场与文学创作的关系，他认为："小说家的伦理态度和伦理思想，决定了他会写出一部什么样的作品。"[1]如果说二十世纪八十年代以来的城市书写代表着作家开始脱离政治社会，重启对中国市民社会的认识和想象，那么在转向的那一刻，也势必

---

[1] 李建军：《小说伦理与"去作者化"问题》，《中国社会科学》，2012年第8期。

意味着作家在伦理态度与伦理立场上也随即发生了转变，因此，在"城市叙事—伦理立场"的研究模式下，笔者所关注的便是：二十世纪八十年代以来的城市书写究竟体现了作家怎样的伦理立场？他们的伦理立场与现实社会中的城市伦理又保持着一种怎样的关系？

1. 潜在的精英思维：美的想象与恶的误判

笔者将二十世纪八十年代初的"市井文学"视为当代城市书写开端的原因之一便是，它续写了以中国"市民社会"（市井）为想象对象的文学传统，而这种传统本身在伦理学视域下具备了一种特殊的文学现代性特征。二十世纪七十年代末八十年代初，具有唯一合法性的政治伦理退场，不再以绝对权威的姿态严控城市，作为"交易之地"的"市"，它的功能开始复苏，同时也获得了再次进入文学想象的合法性。当有情的"市井"重返归来，我们一方面惊喜于它跳出了"革命的宏大叙事"的窠臼，不再讲述那个自新中国成立以来就一直在重复虚构的"人民"形象和"主人翁精神"，以及以"无私奉献"为核心的无产阶级叙事模式，另一方面，也让我们有疑问的是，一直处于边缘地带，粗俗、浅薄、备受主流文学和精英阶层所轻视和排挤的市井，又为何能成为一种经典化的文学叙事？事实上，作家们的"市井转向"以及对"市井伦理"的认同背后所坚守的立场和出发点，依然是一种潜在的精英思维。这种精英思维对于二十世纪八十年代以来城市伦理书写的发展、流变，起着举足轻重的作用。

所谓的精英思维，其实是一种知识分子观照世界和自我的理性精神，它区别于沉沦在日常生活与个人享乐的泥沼里的市井意识，强调的是具有主体性的人在公共领域的存在意义，具有一定的超越性。因此，两种不同意识下所呈现的城市状貌自然也就大相径庭：市井意识总是将城市视为市民日常生活的空间，而精英思维则更看重城市作为公共空间的属性。曾经，精英思维因知识分子与政治意识形态长达数年的契约而蛰居在政治伦理的话语体系内，借用政治

莫言与当代中国文学创新经验研究

话语表达他们感时忧国的精英思想和理念，但由于社会转型，主流意识形态发生位移，知识分子与政治间长达数年的契约破裂，他们急需找到一种既远离政治而又能保持精英思维的新的言说空间，于是，具有怀旧性质的"文化飞地"——美学市井，便承担了临时的价值。汪曾祺曾在 1980 年依靠着回忆重新书写了一篇 1948 年就发表的小说《异秉》[①]，他曾主动提及为什么会重写这篇小说：

> 我曾经心血来潮，想起我在三十二年前写的，久已遗失的一篇旧作《异秉》，提笔重写一遍。写后，想：是谁规定过，解放前的生活就不能反映呢？既然历史小说都可以写，为什么写旧社会就不行呢？今天的人，对于今天的生活所从来的那个旧社会，就不需要再认识认识吗？旧社会的悲哀和苦趣味，以及旧社会也不是没有的话了，不能给今天的人一点什么吗？[②]

文中的"旧社会"应该就是本文所论述的充斥着日常生活的烟火气息的传统市井空间，汪曾祺呼吁重新认识它的前提是站在"今天的生活"去回望它，也就是带有"前理解"的性质，寄希望于在大浪淘沙的当下，重新发现和拾起拯救现实的文化因子，这不可避免或多或少会带有对当下不满的主观情绪，从而在文学中所呈现的也会是完全客观化的现实。如重写的《异秉》所触及的就是一个建立在农耕伦理与儒家伦理基础上的有秩序的市井社会。里面的人物依靠儒家文化所强调的"物各其位、合乎于礼"，规范着自己的行为、举止和思想。与其说汪曾祺所认同的是过去的"旧社会"，不如说他认同的是一个在精英思维中所建构起来的"市井想象"。我们知道，新时期初期占据文坛主流位置的文学作品依然延续着"十七年文学"的宏大叙事，无论是"伤痕文学""反思文学"

---

① 汪曾祺：《异秉》，《文学杂志》，1947 年第 10 期。
② 汪曾祺：《关于〈受戒〉》，彭华生、钱光培编：《新时期作家谈创作》，人民文学出版社 1983 年版，第 120 页。

还是"改革文学"，这些作品都与"三红一创、青山保林"在叙事模式上并无明显差别，只不过是把"阶级斗争""献身革命"等主题置换成了"反思历史""现代化建设"等，可以说，这种写作依然属于"理念先行"的政治性写作。1982 年冯骥才写给刘心武的一封名为《下一步踏向何处？——给刘心武同志的信》中提及了这一代作家在文学创作中所面临的"共同性的问题"，即总是书写"社会问题"而忽略了艺术和人生的问题[①]，所谓"下一步踏向何处"，所问及的其实是与政治意识形态分道扬镳的文学今后的走向，是继续纠缠于政治性的社会问题，还是回归文学本质？而对当时的现状来说，大部分作家似乎都在用实际行动拥护着前者，那么，汪曾祺们的反其道而行之则显得较为突兀。在作品中极力去美化和认同一个远离政治，充满市俗人情、家长里短的"市民社会"（市井）是极具风险的，很有可能就此被认定为是流于大众的通俗文学，于是汪曾祺极度小心地在一本关于市井小说的书的序言中阐明了自己创作的现实意义：

> "市井小说"没有史诗，所写的都是小人小事。"市井小说"里没有"英雄"，写的都是极其平凡的人。"市井小说"嘛，都是"芸芸众生"。芸芸众生，大量存在，中国有多少城市，有多少市民？他们也都是人。既然是人，就应该对他们注视，从"人"的角度对他们的生活观察、思考、表现。[②]

汪曾祺强调了市井小说十分重视对芸芸众生的关注，展现了一种对整个民族传统的新的思考，而不仅仅是像"三言二拍"之类的通俗文学只是为市民们提供一种消遣性、娱乐性的阅读。他尤其看

---

① 冯骥才：《下一步踏向何处？——给刘心武同志的信》，《人民文学》，1981 年第 3 期。

② 汪曾祺：《市井小说选·序》，杨德华主编：《市井小说选》，作家出版社 1988 年版，第 1 页。

重小说的教化功能与认知功能，在他的作品中，他不像通俗小说那般重视人物与故事的"奇"和"怪"，而是关注如何通过人物与故事，表现民族的生存问题，这明显便与一般的通俗小说拉开了距离，当属精英思维的创作指导。《异秉》中所描绘的市井社会，是依靠着形形色色像王小二这样勤恳的手艺人所支撑起来的井然有序的"和谐社会"，可是汪曾祺也预感到了这稳定和谐背后的危机，传统的城市正走向衰败，那些与市井空间互为依存的手艺人们也相继陷入了生活的窘境，随之而去的，还有那安分有序、合乎理智的和谐社会。整部小说充满了牧歌式的情绪，在整体上也流露出了源自于作者深层次的精英思维中对"国家现代性"与传统文化之间的一丝隐忧。

当然，借用原本属于"下里巴人"的市井空间表达精英思维，与如汪曾祺这样在传统中探寻一种健康而又世俗、自由而又克制的人性世界不同的是，刘心武、邓友梅、冯骥才、陆文夫等人的小说所呈现的市井，则突出的是各自不同地域的民间传统文化。他们在文本中描写四合院、园林，描写烟壶、神鞭，描写饮食文化，描写提着鸟笼在胡同里闲逛的市民们等，几乎都采用了"内视角"的方式尽可能地贴近、还原一个真实的市井社会。可是细读下来，却有一种醉翁之意不在酒的错觉。他们在书写的过程中往往容易陷入对某种传统的民间文化知识进行文化学意义上的介绍和考究，津津乐道于"知识考古"和"审美想象"，强调民间文化趣味，甚至将民俗文化刻意拔高升华为民族文化遗产的精华，从这一点上也偏偏泄露了他们对传统文化精粹的追求，同属于精英思维下的行为。

二十世纪八十年代早期的"市井小说"是作家们的一次巧妙的"移情"和"嫁接"，他们将作为知识分子的精英思维从政治伦理和宏大叙事中抽离出来，转至市民社会（市井），在开启当代文学的市民叙事的同时，也巧妙地利用了这一空间本身所具备的民本主义的属性，完成了文学的现代性转型。可是，正因为固有的精英思维和精英价值观思维的存在，他们始终难以与真正的市民社会相融合，往往只是借用市井中的民族文化空间为载体，隐晦地表达自身的精英意识，他们对市井伦理的认同是有选择性的，所以这类小说中的人物几乎都有着浓烈的审美化属性，往往痴迷于某一类文化艺技，与"貌衣冠，行市井，且只图屋润身荣"的小市民们有着一定的差别。这些人物在民族文化空间（公共空间）中实践着个人化也是超我化的存在意义，这与第一个三十年文学中人们在政治化空间中实现自己的存在意义，具有某种结构上的相似性。

需要甄别的是，精英思维可以较好地与政治或文化相互契合，这是因为政治伦理或文化精粹主义都以强调义务论作为主体的终极价值追求，而并不重视甚至排斥人的自然属性的积极意义。而市民社会则是黑格尔哲学中的一个重要概念，此意义上的市民社会与国家政治相对，"它包括了那些不能与国家相混淆或者不能为国家所淹没的社会生活领域"①，并且在市民社会中的"每个人都以自身为目的"②，特别是以自身的经济利益为目的，因此，市民社会其实又是市场经济社会，是"社会成员按照契约性规则，以自愿为前提和自治为基础进行经济活动、社会活动的私域……"③，所以在市民社会中，社会价值其实是由无数不同主体的私人价值所共同组成，与强调主体公共性和同一性的精英思维分属两个极端。二十世纪八十年代中后期以后，当计划经济在更多的领域向市场经济转型时，城市社会的成员也逐渐由束缚在国家政治维度中的"人民"身份、民族文化维度中的"市人"身份，向维护个人利益的市民阶层蜕变，这种变化在城市书写中可简单概括为由强调"个体存在"（民族国家维度）到突出"个体生存"（市民社会维度）。

所谓"存在"，具体是指主体需求在国家政治或民族文化的坐标维度中找到自己存在的位置和意义，而无须重视个体的生存和发

---

① （加）查尔斯·泰勒：《市民社会的模式（增订版）》，选自邓正来主编：《国家与市民社会———一种社会理论的研究路径》，中央编译出版社2005年版，第3页。

② 黑格尔：《法哲学原理》，范扬、张企泰译，商务印书馆1982年版，第197页。

③ 邓正来、景跃进：《建构中国的市民社会》，《中国社会科学季刊》创刊号，1992年11月总第1期。

展，但市场经济却破坏了原有的伦理秩序和规则，几乎是一夜之间，政治资本和文化资本的积累不再是决定社会地位的重要因素，经济资本才是重中之重，而所谓的"生存"便是要求主体在市场经济时代，通过谋生手段获得经济资本并生存下去，以实现自己在私人领域的内在价值。说得浅白些，市场经济其实就是八仙过海各显神通，谁的本事大能力强，谁就能获得等价的成功。在这种规则下，代表着政治伦理的体制往往便成为了束缚个体发展的障碍，就像是印家厚和小林那样，体制内的他们难以获得更好的发展，只能陷入一地鸡毛般的烦恼人生里，而脱离体制的徐浩良下海炒股，却成为了富商，获得了更高的社会地位。这里，政治时代的体制已经不能再适应和满足新时代的市民伦理诉求，而习惯了在体制中生存的精英阶层们，面对着从比拼政治资本和文化资本转型为比拼赚钱能力的时代，面对着日渐边缘化的自己，普遍感到失落和无法适从。何顿曾写下过这样的感慨："在七十年代末和八十年代初，电视机还没有普及到家家户户，更不要说卡拉了。再说那个时候的人都安于现状，在工厂不存在下岗的问题，在政府部门或学校工作也不存在开除的问题，所以大家都有一份薪水拿，且大家都生活在同一条水平线上。茶余饭后，自然就捧一本文学刊物看，且看得津津有味。"[①]这段话是对前市民社会时代的真实写照，那时的城市居民还只是作为城市的存在者，按部就班地生活，市场经济还未曾动摇当时以政治伦理为核心的城市伦理，欲望都市还未成形，所以人们也从未体会过来自生存的压力，而人之享乐意识也在社会"大同"下并未膨胀，可进入二十世纪九十年代以后，特别是自"南方谈话"始，大量在体制中安稳度日的人被推入了市场经济浪潮里，他们由原来依傍着体制就能高枕无忧变成了现在的自求多福，于是，在汹涌澎湃的经济浪潮中生存下来，便成为了一种最基本的、共识性的城市伦理诉求。

---

① 何顿:《人生瞬间》, https://max.book118.com/html/2017/0829/130623402.shtm.

何顿的《无所谓》中，李建国作为一个博学多才的知识分子，所有人都相信他会拥有一个光明的前途，成为让人羡慕的地位崇高的精英阶层。但社会的转变粉碎了他唾手可得的精英美梦。有着厚实文化资本的他只是一名普通的体制内教师，但却混得越来越差，最后居然沦落到依靠给曾经学习差的同学打工谋生。从现实层面来说，这样的遭遇屡见不鲜，充分印证了时代转型对社会伦理秩序的重置，李建国只是众生相中最习以为常的一个。可关键问题在于，整篇小说所预设的伦理立场和流露出来的负面情绪，分明是在导向一种骆驼祥子式的人生悲剧的渲染，李建国的死亡也最终应验了悲剧的发生。这便不免让人匪夷所思：脱离体制的精英知识分子企图在市场经济中生存并重新确立自身社会地位就一定意味着是一种沦落吗？悲剧是否存在着现实的必然性？又是否能证明它的普遍性？我们需要注意到的是小说中的另一个人物形象——李建国的同学王小强。作为一个既无政治资本也无文化资本的普通市民，他凭借着聪明的头脑和自身的努力，抓住机遇，获得了商业成功，他的人生轨迹难道不足以给人启发？商业时代，机会面前人人平等，王小强的成功至少证明了一点，李建国的个人悲剧不是市场经济和城市所造成的，渴望在市场经济中获得成功也并非人生的沦落甚至是自戕，李的悲剧更应该从自身寻找原因。从小说的主旨来看，说白了，作者对城市生存刻意地妖魔化、悲剧化的渲染，不过是源自于精英思维对市场经济的不自信甚至是畏惧，所以才编织出了让人危言耸听的李建国的悲剧故事，以告诫人们也变相警告自己：在市场经济操控下的城市，处处充满了龙潭虎穴，如若亲近，如若渴望从中捞取财富，只会如李建国这般自取灭亡。并且，为了突出悲剧的信服力和合理性，王小强们的成功不仅不会得到公正的评价和肯定，甚至还会人为地打上"投机""狡诈""耍手段"等这样莫须有的"罪名"，从而强化"城市恶"的结论。这难免会让人误以为新的城市伦理只会造成一种非正义的狼图腾式的秩序结构，只有变成投机取巧的"恶人"，才能在这罪恶的城市中生存并获得成功，而市场经济本身所蕴含的机遇性和平等色彩，均只字未提。

莫言与当代中国文学创新经验研究

在邱华栋的"人"①系列小说中，他并不像何顿的《无所谓》里那样危言耸听地写到脱离体制去市场谋生便是黄粱一梦、死路一条，那些"时装人""公关人"们都有着较好的谋生职业，并都在不同的领域里发挥着各自的内在价值，可是邱华栋却通通称他们为"城市空心人"。比如《公关人》中的 W，原本是沉默寡言但又十分真诚、单纯的人，可是在城市中做了几年公关工作之后，就变成了一个变色龙式的人物，可以根据不同的客户变换一张迎合对方的脸。"空心人"这个名词分明含有贬义的意味，他们虽然都取得了事业的成功，但作者却并不认同这种市民社会中的价值实现，反而将他们归类为是失去精神和灵魂的"行尸走肉"，是韦伯所言的"没有灵魂的享乐人"，凸显出了一种价值的空洞和缺席。这便是最为典型的精英式书写对个人形而下的生存价值的否认，常言道，"君子喻于义，小人喻于利"，这是一种传统的精英主义伦理观，他们只觉得晓以大义的人才是真正的道德高尚者，值得被赞同和推崇，而动之以利害的人则都是品质低劣之人，是没有灵魂的"空心人"，必须远离和贬斥。所谓"近朱者赤近墨者黑"，"空心人"的大量出现无非是深受城市环境的影响，反证着"城市恶"的原罪。

另一方面，贺仲明在考察二十世纪末作家文化心态时曾指出，很多作者"彻底地远离了政治文化，甚至完全远离了集体以为的意识形态。他们不关心、不涉及政治内容，也不关心集体效应，他们只是把文学作为个人生活和情感的表现物，所写的也只是个人生活"②。从文学史的角度来说，这种着眼于个人生活的世俗化写作本应是文学现代性的进步，可事实却是，世俗化完全被物质和欲望所绑架，与道德水平一同下降，因此，李洁非和陈晓明在对城市文学进行定义时曾用"物化"与"欲望化"二词来解释二十世纪末的

---

① 均是以某种体制外的职业为小说命名的作品，如《时装人》《化学人》《持证人》《公关人》《直销人》等。

② 贺仲明：《中国心像——20 世纪末作家文化心态考察》，中央编译出版社 2002 年版，第 244 页。

城市文学。我们很难在城市文学中读到乡土文学中经常出现的和谐、温情和感动，反而只看到了一个洪水猛兽的城市形象，一个充斥着物质和欲望的罪恶之城，以及马尔库塞所说的受物欲所支配的精神涣散、身心离散的"单面人"形象："城市已经彻底地改变与毁坏了我们，让我们在城市中变成了精神病患者、持证者、娼妓、幽闭症病人、杀人犯、窥视狂、嗜恋金钱者，自恋的人和在路上的人"，"在这样可怕的城市里，我们永远不能卸妆，并准备再一次登场"（邱华栋《环境戏剧人》）；"我无法融入这个社会，就像我至今没学会抢劫杀人坑蒙拐骗一样"（秦和涛《我是一头逃亡的狼》）；为了赚钱给父亲治病，姐姐选择南下，抱着如此单纯目的的她，却也宿命般地走向了堕落（金琥《风里飘荡着杨花》；沉迷于城市的声色犬马的西京四大名人之一的庄之蝶，最终也落得中风的下场（贾平凹《废都》）。而底层小说中的城市呢？洪治纲点评道，"写到'男底层'便是杀人放火、暴力仇富，写到'女底层'常常是卖身求荣、任人耍弄"①，更是人性恶的大本营。即便是卫慧、棉棉、安妮宝贝等这样真心热衷于物质和欲望联欢的作家，在狂欢化的背后，也同样流露着城市人的茫然、空虚、颓废……文学中的城市，仿佛成为了罪恶的展览场，仿佛是玷污健康纯洁的人性与解构传统伦理道德的罪魁祸首，那些接近并企图征服城市的人，要么与罪恶为伍，迷失本性，要么走向最终的悲剧或是绝望。城市文学似乎在一次又一次地标榜着一条铁血定律——"城市＝罪恶＝堕落"。这种对城市的"妖魔化"描写和不由分说的口诛笔伐，对处在社会转型期的城市而言，显然是片面化和情绪化的。

事实上，在城市化进程中，确实会出现各种不公平、不正义、不道德的社会现象，可却并不能作为"城市＝罪恶＝堕落"这一结论的直接论据。我们知道，城市是现代化的必然结果，而现代化又是人类社会向前推进的必经之路，如若城市真的完全是罪恶之

① 洪治纲：《底层写作仅仅体现了道德化的文学立场》，《探索与争鸣》，2008年第5期。

城，对人类的发展毫无积极意义，甚至十恶不赦，那么我们何苦还需坚持城市化、坚持现代化？因此，这里牵涉一个我们几乎很少在意的问题，即如何对城市进行公平公正的认识和审判，这是一个急需面对和解决的关卡。有相当一部分作者是站在乡土文明的立场上通过乡土这一凸透镜来审视城市的，这也是他们对城市进行价值判断时所采用的策略，即借用乡土作为城市的参照物，隐性地嵌入到城市想象中。这种方式早在五四时期就屡见不鲜，李大钊曾发出过这样的感叹："在都市里漂泊的青年朋友们啊，你们要晓得，都市里有很多罪恶，乡村里有许多幸福；都市的生活，几乎是鬼的生活，乡村中的活动，全是人的活动；都市的空气污浊，乡村的空气清洁……"[1]善美的乡村是中国作家的集体无意识，作为一道复杂的能指符号，它更是指射了文化传统、道德正义、伦理规范乃至国家大义等，成为作家们笔下无限眷恋无比向往的"文化飞地"，而城市是颠覆它的元凶，因此，从情感倾向上便最终造成了善美的乡村 VS 罪恶的城市这样二元对立的格局，并随着废名、沈从文等人的创作深入人心。1980—1985 年间，尽管当时中国的城市化水平并不高，但一些小说就已经流露出了城市意指邪恶，令人厌倦。例如高晓声的《陈奂生上城》（1980 年）与路遥的《人生》（1981 年）两部作品中，城市原本是作家想象现代文明的能指符号，可细读后却又发现并非那么一回事，进过城的农民陈奂生和高加林再也回不到最初的生命状态，城市"魅惑"了他们原本纯洁的心灵。1985 年以后，城市化全面开启，乡村开始被蚕食，人们逐渐失去了土地，背井离乡进入城市。而这时的文学写作，特别是一些寻根文学如李杭育的《最后一个渔佬》，张承志的《黑骏马》《金牧场》，韩少功的《归去来》等作品，逝去的乡土、边地便迅速成为了民族的文化之根、精神之地，而城市则充满乌烟瘴气，断绝了人们与"根"之间的联系。一些七〇后作家如魏微、鲁敏、徐则臣等都有着乡土和城市两类写作，但基本都呈现出了雷同的"乡土美"和"城市

---

① 李大钊：《李大钊选集》，人民出版社 1918 年版，第 149 页。

恶"的特征。一方面，他们几乎都出生于乡土或小镇，怀着对故乡深沉的爱去建构一个善美的"桃花源"，如《一个人的微湖闸》《大老郑的女人》《思无邪》《纸醉》等，另一方面，他们笔下的城市又总是充满着各种世俗污秽，是现实的"名利场"，如《家道》《男人是水，女人是油》《天上人间》等。从创作主体的角度考察这两类作品会很容易发现：身为乡土之子的他们始终都是以乡土性的"他者"身份考察城市。但是笔者认为，与其说是通过乡土审视城市，不如说是精英思维对乡土立场的巧妙借用从而达到从道德伦理上否定城市。历史上的中国作为农业大国，乡土与精英思维之间本身就存在着天然的契合度，因此乡土文学才源远流长，甚至乡土还能成为精英阶层明哲保身的空间（如陶渊明官场失意，从此归隐田园）。尽管进入现代以后，精英思维下的乡土始终面临着"文明与愚昧的冲突"，但较之于城市，我们更愿意相信乡土是我们的根，是文化的源泉，因此二十世纪三十年代的沈从文就已经开启了站在乡土文化的立场上批判城市文明的先河。可无论沈从文如何强调自己的"乡下人"身份，也无法伪装自身的精英意识。所以，在这一类借用"乡土美"来反衬"城市恶"的作品当中，真正起决定性作用的，是作家们潜在的精英思维。特别是莫言的《欢乐十三章》，张炜的《古船》，贾平凹的《高老庄》《极花》等作品，精英思维已经由潜在变成了显在，他们一方面依旧将乡土作为批判城市的对立面，另一方面也开始反思和自省乡土本身所出现的问题，这一类作品已经超越了那些简单地对乡土或城市做道德价值评价的作品，显示了更为深刻的立意，是文学的进步。

　　总而言之，由于作家们先在的精英思维与市民社会所倡导的对个体生存的重视之间存在着难以调和的悖论，文学对城市和市民社会的认识和评价，也就免不了带有主观偏见和非理性色彩，难以做到真正的公平、公正和客观。正如有人一针见血地指出：二十世纪九十年代以来的市民文学"运用民间的、社会公共性的话语来表述老百姓对于生活、对于美好人性、对于社会进步的期盼，它欣赏并努力追求'精英文化'的个性和创造力，但其表述的策略却是大

莫言与当代中国文学创新经验研究

众化的而非书斋化的"[①]。表面上看，二十世纪八九十年代以来的文学创作有着明显的世俗化倾向，日常生活的转向与重视，代表着文学对政治的祛魅，可是，作家们在介入日常生活之后，却依旧坚持着自身的精英立场，无法认同以市场经济为主导的市民社会所盛行的伦理诉求，反而更是以一个高高在上的审视者的姿态，继续将芸芸众生的市民们视为是急需等待救赎的堕落者或是被启蒙者，至此也便造成了二者的疏离，无法切实体会市民们内心的真实感受和伦理诉求，那么在文学叙事中所呈现出来的城市面貌与市民社会的影像，实质上便只是一个理念的投影，是来自精英思维孕育下的固有偏见。英国作家狄更斯在《双城记》的开篇就写道"这是一个最好的时代，这是一个最坏的时代"，当下的中国城市，便处于这样一个时代，欣欣向荣的背后，危机四伏，光明与黑暗同在，繁华和堕落共生，真实同虚伪并存。但在当下的城市书写中，由于作家自身伦理立场的偏差，主观化地放大了问题和弊病，以至于我们看不到城市本该有的欣欣向荣，看不到光明，看不到"善"与"正义"，只剩下罪恶的一面，似乎总在迫不及待地警醒着世人：城市病了，城市人也跟着生病了。这种将人生悲剧一股脑地甩给城市本身，在某种程度上也契合了读者的期待视野，几乎所有正在城市中沉浮求生的人都可以找到自己的影子，并总结出一个自欺欺人的自我解释，"是啊，都是这病态的城市毁了我们"，可能他们从未有过自省，也从未冷静地思考过城市究竟给我们带来了什么。不客观的"前理解"，必须值得警惕。

2. "城市恶"的根源之一：道德品性的式微

对"城市恶"的书写在当代城市文学中已是司空见惯的主流，即便存在着先入为主的片面性。那么，紧接着笔者想要讨论的是，在伦理学的视域下，作家们是如何论证"城市恶"的？这种文学性

---

① 《再说"新市民"——编者的话》，《上海文学》，1996 年第 9 期。

从『平面市井』到『折叠都市』

253

的解释又是否符合市民伦理的内在逻辑？

我们知道，在中国传统的伦理道德体系中，康德所推崇的具有普适性的"绝对律令"并非如今所普遍认同的契约正义，而是利用某种传统的德性代替法理性契约以维护社会的道德水平与社会秩序的有条不紊。德性，乃是人的自然至诚之性。何以为"德"？师言："德是下功夫，是有志于道；德在心里而行诸于外的就称为'德相'，譬如走路、行仪……都可表现出一个人的'德相'来。"德性，作为一种"获得性人类品质"[1]，存在于每一位行动主体的内在意识当中，是一种绝对意义上的具有超验性力量的心性伦理。它的主要内容源自于儒家思想中的"仁、义、礼、智、信"五常。众所周知，儒家学说一贯反对以神为本，重视以人为本的人本主义立场，认为人乃万物之首，而德性便是人之所以为万物之首的必要条件。无论是政治学、哲学、文学还是史学，总在不断地教化人们，德性是善恶之别，是君子与小人之辨，因此，斯宾格勒将德性视为中国文化的基本象征符号。

德性作为中国传统伦理道德体系中最普遍有效的绝对正义，还因为它适应于传统社会中最主流的"相对伦理"：在"治国平天下"的政治伦理的文化体系里，德性便是"修身"和"齐家"；在"君为臣纲，父为子纲，夫为妻纲"的"三纲"宗法伦理下，德性便发挥着敦促人安分守己、不能僭越在上权力的作用；对于一般百姓而言，德性伦理强调在上对得起列祖列宗，在下则能庇佑后人；对于精英群体，则强调名垂青史，盖棺论定，以历史声誉作为引导人从善弃恶。所以，德性构成了中国不同阶层的人们普遍自我评价的自律机制和不懈追求的伦理范式与道德楷模，从而维护着社会的平衡和稳定。

可是，现代性对人类的启蒙已经把主体意识从"圣人之德"或"神人之德"的枷锁中解放出来，随着城市的崛起和市民社会的形成，也为自我欲望的无限膨胀提供了适合的温床，于是，德性

① （美）A. 麦金太尔：《德性之后》，龚群等译，中国社会科学出版社1995年版，第241页。

莫言与当代中国文学创新经验研究

的自律机制岌岌可危，引发了严重的"道德危机"。它带来的直接后果便是传统的习俗、规范逐渐失去了社会导向的权力，从而将城市社会变成了萨特所预言的"他者的地狱"。另一方面，德性伦理的建构从最初始就充满了精英主义色彩。在《尼各马可伦理学》中，亚里士多德认为最完美的德性是一种接近于神性的沉思生活（contemplative life），但他也毫不避讳地承认，这样最高境界的德性生活只有少数人才有能力实现，它否定了大多数人的道德价值，但又同时提供了彰显精英主义色彩的道德范式作为人们提高自身德性水平、效法道德精英的典范，在这一点上，德性又具备了一定的他律机制。从中国本土出发，德性源自于以人为本的儒家学说，但它所定义的"人"并非大千世界里的世俗之人，而是道义论中的形而上之"人"，这与精英思维之间达成了天然的默契。所以可以说，德性包藏着精英思维，甚至可以说，德性是精英思维的基础和前提，就好比一个社会精英分子，必须具备高尚的道德品性。

精英思维与二十世纪八十年代以来的城市书写有着千丝万缕的联系，这一点已在上文中有所论及，因此，我们经常在有关城市的叙述中读到大量非道德的社会现象，阎连科甚至以《炸裂志》告诉我们城市的历史从来就是一场反道德的秘史，是由无数的肮脏与罪恶堆砌成的光鲜亮丽。当然，现实主义的《炸裂志》不过是一个个案，并不足以涵盖所有，可有趣的是，在众多现实主义的城市文学作品中，对"失德"现象的描写仿佛成为了作家们表达城市的共识。这不免让人怀疑，那些"城市恶"的根源，皆是由德性的式微所引发。以德性中的"仁"为例。仁的核心内容是"爱人"。《论语·颜渊》最早指出："樊迟问仁。子曰：'爱人。'"孟子在孔子的"仁者爱人"的基础上提出了"推己及人、由内到外、由人到物"的仁爱思想。"爱人"包括了以私人领域的两性之爱、亲人之爱、友情之爱，也包含了以政治伦理和精英思维的公共领域的民族之爱、国家之爱、苍生之爱等。"爱人"是人类生存价值的重要组成，也是孟子认为的人皆有"不忍之人心"的"人性本善"，能够有效抑制人性中的"恶"，从而使人向"善"，所以，儒家思想总是围绕"仁爱"所展开。可是一旦"仁爱"撞上了欲望都市，变得支离破碎也就在所难免。主要表现在了两个领域的乱象丛生。

2.1 私人领域：紊乱的情感秩序

阿伦特根据人类不同目的的活动划出了不同功能的领域，在《人的条件》一书中，私人领域又称为家庭领域，"是人们被他们的需要和需求所驱使而生活在一起的领域，其中驱使的力量是生命本身"[①]，而弗洛伊德的学说提醒我们，生命本身的原动力是力比多，即"性本能"，因此综合两类学说，笔者认为，人类社会的私人领域自始至终都是以"性本能"为坐标轴所展开的行动场域。在原始社会中，文明与道德尚未形成，"性"仅仅作为标志性的动物行为只具备了生殖功能，但随着文明的发展和伦理道德的产生与普及，作为生殖功能的"性"也渐渐有了它的社会性规范，包括了自愿原则、无伤原则、禁忌原则和婚恋原则等。如果说现代的城市人的私人领域依旧是以私人家庭组织为核心，那么婚恋便是家庭成立的标志和基础，也是"性本能"的合法化前提。理想化的婚姻必须包含人性中的"爱"与"诚"等最基本的道德品性。"爱情是人类道德生活的一个重要领域，反映着人类文明进步的程度，社会道德发展的水平"[②]，这是伦理学对爱情的评语，马克思也曾说过，"只有以爱情为基础的婚姻才是合乎道德的"[③]，而健康的爱情应是专一的，是忠于内心的"善"的情感的表达。可是，无论是在古代还是现代，婚恋往往并非只"因爱而生"，往往会受到各种外在和内在因素的干扰而失去了以爱情之名，表现出对"爱人"的亵渎。二十世纪八十年代最早的进城小说《人生》里，高加林为了进城梦选择了城市姑娘黄亚平作为婚恋对象，而抛弃了自己真正所爱的农

---

① 朱亚男：《汉娜·阿伦特的公共领域理论研究》，辽宁大学博士论文，2013 年。

② 张怀承：《爱情的伦理思考》，《湖南师范大学社会科学学报》，1995年第 6 期。

③ 《马克思恩格斯选集》（第 4 卷），人民出版社 2012 年版，第 81 页。

村姑娘刘巧珍。这种掺杂着私人目的的婚恋本身就已是游走在德性危机的边缘。如果说二十世纪八十年代初期市场经济与城市化进程尚未全面开启，高加林们就可以为了一己之私而背弃心中所爱，那么进入二十世纪九十年代以后，中国社会正式步入了马尔库塞在《弗洛伊德的人的概念的过时性》中所提及的"新文明"（消费文明）时代，在这样一个以私人利益为重心的时代背景下，单纯的婚恋与爱情不再是以两个人的互爱为前提，而经常被外在的物欲、性欲所驱使和奴役，做出各种有违德性的行为。

　　首先在物欲方面，由于城市是以物质经济作为人与人之间的交往关系，因此人们在处理婚恋关系时，不再是以"爱"为基础，更多地会考虑以物质为前提，以"婚"换"金"的行为层出不穷。邱华栋的《花儿花》是一部典型的关于"新富人"阶层的小说，作品以周槿和丈夫马达的婚姻生活为中心而展开。平淡的日常生活让大学教师周槿对马达颇有怨言，在大学同学也是中产阶级的王强对她进行示爱表白后，便迅速向马达提出了离婚，可是没多久，周槿又认识了外资老总穆里施，她在穆里施强大的物质攻势下，最终又抛弃了王强选择和穆里施结婚。通过周槿一次次的婚恋行为，我们可以发现，在她的婚恋观中，几乎没有"爱人"的半点成分，"爱物"才是她自始至终所追求的。张欣的《岁月无敌》《亲情六处》等作品虽然讲述的是不同的故事，但却又有着与周槿相似的人物类型：《岁月无敌》中的乔晓菲嫁给了一个可以当自己父亲并患有残疾的殡仪业老板，目的就是为了得到他的钱让自己一炮而红，实现明星梦；《亲情六处》中的简俐清放弃了与没钱没地位的焦跃平的爱情，而选择被有钱人包养。她们都将婚恋视为一种手段而非目的。同样涉及包养问题的还有缪永的《驶出欲望街》、何顿的《物欲动物》、毕飞宇的《睡觉》等作品。大学生志菲以 15 万元为代价将自己包给了大款韦昌，成为韦昌勾到手的第六个女朋友；刘汉林原是一个忠于爱情的男人，可当他接手了父亲的公司后，也学会了物质享受，开始背着张红在外边包养女人；小美与某富商签了一个三年的合约，富商满足小美的物质生活需求，是希望小美能为他生个儿子……在这些都市婚恋故事中，依靠感情为主、物质为辅，共同组成的符合传统伦理道德的爱情和婚姻早已是尘封在昨日的神话故事，婚恋神话降格为一幕幕在金钱交易下毫无感情基础的逢场作戏，所谓"爱人"，被愈发强烈的物欲所压制，德性伦理被悬置成了一纸空文，城市社会加速堕入"笑贫不笑娼"的时代。

其次，除了物欲对德性的玷污，性欲也同样冲破了道德品性的"绝对律令"，成为城市人德性有失的罪魁祸首。人们似乎已然习惯了将原本是文明社会中性爱的必然前提——爱情与婚姻，跳过或省略，直接共赴巫山云雨。我们知道，爱情与婚姻是人类社会道德文明的重要标志，要求身心都要忠诚于所爱和被爱之人，可当爱情与婚姻不再作为性爱的前提和基础后，必然预示着文明的回退，因为"人类性关系脱离动物生活的第一个标志是性禁忌"[1]。可是新时期以来的城市书写却似乎有意破除了爱情与婚姻的积极意义，打破性的禁忌，开启一场无序的性的突围表演。早在二十世纪八十年代王安忆的"三恋"系列小说[2]就已经解除了德性对两性关系的束缚，将性爱的发展完全归结于人类的欲望。如果说王安忆只是想借用性爱解放来策略性地凸显禁欲年代里女性意识的觉醒，以及探讨身体与精神之间的内在关联性，那么二十世纪九十年代以后的城市文学中，性爱书写却在欲望的催动下越走越远，时刻追逐着瞬间的身体刺激，变成了一种目的性的"欲望交易"。

海男的《我的情人们》写的是一个名叫苏修的女人的性乱生活，她有十六个现实生活中的情人和八个幻想中的情人，她与"情人们"的交往没有任何感情基础，一见面就能在床上寻欢。苏修的性游戏完全出自于个体最原始、最初级的生理体验，她的众多"情人们"只是满足她个人性欲的工具而已。徐坤的《爱你两周半》在开篇就写到了京城地产大鳄顾跃进的床第之欢："做完爱以后一般是不会留在女人床上睡觉的。通常情况下，不管他和女人在床上玩得多么

---

[1] 张怀承：《中国的家庭与伦理》，中国人民大学出版社 1993 年版，第 131 页。

[2] 王安忆的"三恋"系列小说为《锦绣谷之恋》《荒山之恋》《小城之恋》。

累，心脏扑通扑通跳个不停，腿脚软得像被打了麻药，腰眼下的那根棍儿累得像个瘪茄子，他都不会迟疑，每次翻身即起，一边系裤带，一边捋衣服推门走人。"城市人早已不知德性为何物，即便是如顾跃进这样的已婚中年，形同虚设的婚姻与混乱不堪的性爱不过是日常生活中的家常便饭，就跟定时需要喝水吃饭一样。与此雷同的还有荆歌的《黑色蹁跹》，梅子的老公余新仁经常会带不同的女人回家发生性关系，以至于后来，梅子也开始带着自己的男朋友回家过夜，他们维系着表面的婚姻关系，却又私底下做着违背德性、亵渎婚姻的行为，居然也能相安无事地一起生活，这种怪异反常的婚姻生活简直匪夷所思。盛可以的《道德颂》讲述了一个未婚女子与一个已婚男子间产生情爱后的命运，最后，男人从伦理的禁地逃回了他的平安巢穴，而女子却万劫不复，独自品尝偷尝禁果的苦涩。这个故事描写的也是一段不伦之恋，笔者认为，他们之间所谓的爱情绝非真正的爱，不过是两个寂寞的个体碰撞在一起所产生的干柴烈火，是瞬间的欲望，与天长地久、相濡以沫的爱情完全不能相提并论。这种只谈性而无爱的"爱情"，最终受伤和埋葬的也不过是自己。相似的还有于晓威的《在淮海路怎样横穿街道》，描写了一对各自都已结婚的城市男女之间的偷情，他们的性爱就如同横穿街道这种违反交通规则的行为一样，不仅仅是解构了德性伦理，更直接挑战了法理的底线，于情于理都断难相容。贾平凹的《废都》、卫慧的《上海宝贝》、慕容雪村的《成都，今夜请将我遗忘》、毕飞宇的《相爱的日子》、乔叶的《紫蔷薇影楼》、戴来的《亮了一下》、李冯的《招魂者》、李大卫的《聂小倩》、张静的《采阳采阴》等作品均涉及了城市人混乱的两性关系，暗喻着生理欲望对德性神话的解构。这些小说中的男男女女们痴迷于那片刻的欢愉，仿佛是城市中荷尔蒙泛滥成灾的动物，不计后果更无对爱与责任的敬畏之心，只为换取身体的快感。

　　"爱人"的缺失直接引发城市人情感秩序的紊乱，不仅仅将两性关系变成了一种利益的交易，在为人处世和人际交往上也滑向了文明的底线，使得从古至今所标榜的德性伦理变得岌岌可危。七〇后作家金仁顺的《桃花》写了一段近乎乱伦的母女关系与最终的弑母故事。整个故事可视为是现代女性版的"俄狄浦斯"重现。季莲心从小学戏，慢慢养成了自恋与自私的性格，即便人到中年也似一朵桃花般的美人，古典优雅。结婚后，丈夫在一次意外中身故，她独自抚养女儿夏惠长大。夏惠是一个冷静、直接的女博士，在感情上不懂拐弯抹角，是一个有诚意而无手段的女子。她先后带过两个男朋友章怀恒和西蒙回家见季莲心，他们却在接触过季莲心后都纷纷被这个风韵犹存的女人所吸引，与之暧昧不明。长大后的夏惠和季莲心的关系十分复杂，女人与女人之间的那种天然的对抗力有时大过传统伦理的约束力量，特别是当女儿目睹比自己还要漂亮、温柔、有女人味的母亲，正与自己深爱的法国男友西蒙在床上享受鱼水之欢时，母与女瞬间变成了敌人，全无血缘亲情。她一气之下便拿起刀刺进了母亲的腹部，完成了最后的弑母行为。夏惠以这种大逆不道的行为了结了内心的怨恨，可谓是对以"仁爱"为核心的德性伦理的公然挑战，但归根溯源，她怨恨的导火线始终源自于母亲季莲心自身有违人伦的行为：她对女儿男朋友的抢夺超出了亲属伦理的界限，是一种乱伦。有因必有果，最终失德的母亲遭到了女儿失德的报复。叶兆言的《我们的心多么顽固》中，主人公老四蔡学明亦是一个失德之人。这部小说可以说是一部放纵的性史，蔡学明不仅与众多女人有染，甚至连其中一位的母亲也不肯放过。他的行为与季莲心一样不仅仅是德性有失，更是直接挑战了亲属伦理的底线，代表着人性的泯灭。

徐则臣的《逆时针》同样是一部家庭伦理之作。这篇小说算不上作者最优秀的作品，但它却从不同的角度探讨了城市生活中最常见也最普遍的"家家有本难念的经"，即婆媳问题和养老问题。在传统社会里，家庭伦理是以父子血缘为轴心，强调"孝德"对子女的约束作用。"孝德"，即"孝为德之本""百善孝为先"，最先出自《周礼·地官·师氏》中的"以三德教国子。一曰至德，以为道本；二曰敏德，以为行本；三曰孝德，以知逆恶"，它对人们提出了以孝老爱亲、尽孝讲和、孝行天下的伦理规范。但是，在现代社会，特别是伴随着城市化的普及，个人的独立意识和私密空间空前强化，家庭伦理也由以父子关系为中心而转向了更为平权的夫妻关系，传统的"孝德"并不值得大肆提倡。由于父辈们在思想观念上更为传统、保守，存在着相对的认知死角，如若一味推崇"孝德"奉父母之命行事，并不可取。但是，如果晚辈过于我行我素，也同样会引发各种家庭矛盾，其中最为常见的便是婆媳矛盾。《婆婆媳妇小姑》《双面胶》《当婆婆遇上妈》《媳妇的美好时代》等都曾是电视上热播过的关于婆媳矛盾的电视剧，婆媳之间明争暗斗、水火不容，已经完全颠覆了"子孝媳贤"的道德楷模，引发人伦情感的失序。

　　《逆时针》所描写的家庭伦理关系并没有陷入俗套，作者不是从激烈的婆媳战争的角度去批判城市家庭中的失德现象，而是描写了另一种"和风细雨式"的失德。段总的老婆小郑即将生产，老段和老庞作为段总双亲理所当然从故乡小镇来到北京照料。儿媳小郑为了防患于未然，并没有让公公婆婆入住自己的电梯房，而是选择分开居住，在自家小区的附近给他们租了一套平房。分开居住确实是缓和家庭代际矛盾的有效方式，通常情况下，家庭纷争其实是权力的争夺战，婆婆总是以长辈的身份操控家庭大小事宜，儿子和媳妇则是被支配者，而媳妇却认为家是自己的，必须由自己掌控，于是家庭管理权的争夺战便一触即发。可是小郑与老段老庞的分开居住便把这场战争的源头提前消解了。但即便是这样，矛盾还是会不可避免地发生。为孙女取名之争、母乳牛乳和科学育婴问题、"珍宝蟹事件"与"两只鸡事件"，这些事情的发生最终导致的结果是，老段自诩为"北漂"，老庞自感为局外人。于是，"不得意"的老段想到了归乡，以慰藉"受伤的心灵"，却偏偏因意外中风而未能成行。几乎所有读者都认为这篇小说的主旨是想借由婆媳冲突来隐射城乡冲突、传统与现代的冲突，这确实显而易见，但笔者认为，文本中还有另一层含义，即德性与理性的冲突。齐美尔曾指出城市人已习惯了用理智代替感情处理任何事情，小郑之所以选择避而不见的方式，自以为能避免家庭矛盾，便是用了冷酷的理性代替了感情的德性处理家庭伦理关系。确实，空间的疏离大大减少了摩擦发生的可能性，但也无形当中导致了情感交流的日渐稀薄，从而疏远了父母与子女间的亲情，正如老庞所感叹的："儿媳妇的确是自己的，可不熟，来北京之前也就见过两次，跟见北京的次数一样。人家跟你亲不起来，叫你爹妈也亲不起来，一句话嫌少两句话嫌多，大眼瞪小眼最后都不会说话了。都难受。"现代社会中父母与子女分居的形式，迫使本应在晚年享受天伦之乐的父母们在子女长期缺席的环境中生活，他们真的会感到满足吗？老段的中风似乎预示着悲剧的发生，他即将在这个亲情缺席的城市中"安稳"地度过余生。这篇小说并没有出现那种让人义愤填膺的失德恶习，但我们却分明感受到了某种传统的美德正在烟消云散。或许真的需要自我反思，特别是在中国养老机制并不完善的当下，我们应该如何妥善地处理家庭问题、亲属问题，是完全依靠理智做判断，还是完整地保留传统的孝德？

这样的问题也同样困惑着作家鬼子。他的《瓦城上空的麦田》探讨了孝德与市民伦理之间的冲突。父亲李四六十岁生日，他的儿女们却都在城市里为了生存而忙于各自的事业，全都没有回家为父亲祝寿，李四心有不甘，便从乡村来到瓦城。而他的儿女们却没有一个意识到父亲前来的目的，依旧各自忙碌，并没有觉察父亲的感受。于是李四愤怒了，他遇到了出车祸的"我的父亲"，便希望假借这个事吓唬自己的儿女们，希望得到儿女们的重视。可事与愿违，儿女们真的相信他死了，以至于后来他再度归来却被认为是冒牌货，最终被"逼死"。小说对于城市人孝德弱化的现象是持批判态度的。市场经济，其实就是一场场由大大小小的竞争所组成，人们为了在城市中更好地生存，必须争分夺秒、马不停蹄地努力奋斗，一旦有所松懈便有可能被社会抛弃，因此，他们在意识层面上也就越来越只关注自我，就连以爱和亲情为纽带的家庭伦理也变得凉薄。另一方面，市民社会中人与人之间的伦理关系由前现代社会的血缘关系、情感关系、熟人关系等变成了经济关系、契约关系，就好比李瓦和他的警察朋友之间，也总是牵涉着各种经济利益。所以，鬼子通过这篇小说对现实社会中"李瓦们"进行道德审判的同时，也呼吁传统道德伦理的回归。但是，这样的道德审判又是否真的合情合理？我们是不是真的具备站在道德的制高点上去追究李瓦们忘记李四生日必须承担的罪责的资格呢？儿女们固然有错，但父亲也不是完全没有责任，倘若他不擅自主张对李瓦们做这样的恶作剧，又怎会落到如此田地？这绝不是人性的问题，而是城乡各自所信奉的伦理差异。乡土代表的李四太过于相信前现代的伦理道德能完全约束自己的子女，相信他们都会以父辈为中心，为父辈的意志而服务，但现实却证明了是他过于自信。他的孙女艳艳泄露了子女们的立场："不就一个生日吗？城里人又不是什么神仙，干吗非得记住你的生日。"这是典型的城市思维，每一个人都被裹挟在一种飞速旋转的生存竞争中，生存才是重中之重的伦理吁求，在这样的城市思维下，自然预示着某种传统德性的式微，这是我们不得不承认的社会现实，并非完全不合情理。

2.2 社会领域:《第七天》里的德性"遮蔽"与"复辟"

道德品性的式微在新时期特别是二十世纪九十年代以来的城市书写中，已经成为一种普遍现象，不仅无力维系市民在私人领域中情感秩序的稳定，也波及了社会公共领域，造成了人们在社会行为上的非正义化。所谓的"社会领域"在阿伦特看来特指的是"以生产和交换构成的市场交往领域"[①]，它构成了城市的核心。在这一领域中，人们因为职业、身份、阶层等可能性结合在一起，形成了一个表面上看有着一致利益的共同体，而事实上却又不过是无数个私人领域的集合。阿伦特十分重视"工作"（work，有人译成生产）在社会领域的重要性，他认为，工作本身是一种私人行为，每一个社会成员的行为（工作）都只是为了各自的生存，可是，工作创造的东西却又是公共性的，能直接影响他人的日常生存，并且，社会领域中的人往往将工作视为自身谋生的主要手段，这就极有可能会

---

① 朱亚男:《汉娜·阿伦特的公共领域理论研究》，辽宁大学博士论文，2013 年。

在各自谋生的同时影响甚至侵害到他人的生存权利，从而发生不可预见的混乱。因此，为了防止失序现象的发生，社会往往会自发制定出各种规则，并要求社会成员必须遵守规则，进而规范行为，以保障社会秩序的平稳。

然而，具体到中国的社会领域，其井然有序并不是依靠阿伦特所说的"无人统治"（制度、契约、规则等），更多的是依靠传统社会中的"人格统治"，即以先在的道德品性培养人们安分守己的自律意识来控制他们的行为，从而实现社会性目的。可是，这种依靠德性伦理的"人格统治"只适应于乡土社会领域，因为乡土社会所强调的是整体的族群利益，要求个人意识完全服从于集体利益之下，所以如"三纲五常"这样的德性伦理才有了最大的发挥空间。而一旦进入城市化以后，市场经济导致了个人主体意识的空前发达，面对巨大的利益诱惑，理想化的"人格统治"不足以对抗人类的趋利本性，从而造成普遍化的"道德危机"。

新世纪以来城市书写的一大分支——底层文学，以直面当下的朴素现实主义精神，"道出了民间的疾苦，控诉了社会的不公"[①]的同时，也间接反映和批判了城市社会中德性伦理的大厦倾颓：人与人之间本该有的信任、互助、爱怜、合作等常识性的道德品性被抽空，出现在作品中的却是阴谋、冷漠、隔离、歧视、暴力、自私、伤害、腐败等。曹征路的《那儿》写到了企业中的各种贪污、诈骗，毁灭了一代劳模"小舅"；《霓虹》写到下岗女工为了在城市中谋生只能去做妓女；刘继明的《我们夫妇之间》同样写到了下岗女工卖淫的故事，而女工的丈夫却迫于生活的压力，也只能忍气吞声；尤凤伟的《泥鳅》、北村的《愤怒》、陈应松的《太平狗》等作品都写到了进城谋生的农民工，被丧尽天良的城市人所出卖、践踏，甚至杀戮……进城悲剧是底层文学孜孜不倦的书写主题。尽管批评界对底层文学的创作动因及美学形态仍持有各种争议，但可以确定的

---

① 邵燕君：《从现实主义文学到新左翼文学——由曹征路〈问苍茫〉看底层文学的发展和困境》，《南方文坛》，2009 年第 2 期。

是，底层文学描述的悲剧的根源，其实都可归结于道德品性的式微所引发的伦理失范。

余华的《第七天》是一部备受争议的作品，被称为是一部"新闻大杂烩"。无论是与他早期的先锋小说还是转型后的如《活着》《许三观卖血记》等创作相较，都是一次前所未有的文学尝试。在余华十几年的创作生涯中，他几乎没有正儿八经地写过当下，他的故事一般都发生在上世纪，发生在那个癫狂的特殊时代。而这篇小说却一反常态开始直面当下，借助死者杨飞的视角，描写了他死后七天所目睹的中国当下之怪现象：爆炸、火灾、强拆、车祸、黑市卖肾、食品安全、贪腐、袭警、弃婴……在这些怪现象的背后，我们看不到良知、仁爱、怜悯，只看到了喷薄而出的利欲熏心，正引领着人们走向万劫不复。余华曾在《十个词汇里的中国》的前言中写道："三十多年来杂草丛生般涌现的社会矛盾和社会问题，被经济高速发展带来的乐观情绪所掩饰。我此刻的工作就是反其道而行之，从今天看上去辉煌的结果出发，去寻找那些可能是令人不安的原因……"① 想必这便是余华借用新闻事件为素材，创作《第七天》的动机和目的，可简单地概括为两个方面，即失德的批判与德性的建构。

学术界对这部作品的评价褒贬不一，而争论的焦点主要集中在了新闻事件能否直接植入小说文本。我们知道，在《第七天》中插入的如盛和路暴力拆迁事件、饭店失火事件、刑讯逼供事件、男子杀警泄愤事件、鼠妹刘梅跳楼自杀事件、伍超卖肾为刘梅买墓地事件等，均是对现实社会中真实发生的新闻事件的直接挪用和改编，这里暂不讨论文学能否直接征用新闻事件，可以明确的是，小说借用阴阳互换的荒诞视角所看到的，无非是一个最真实的城市现状，正如余华本人说过："《第七天》是我距离现实最近的一次写作，我们仿佛行走在这样的现实里，一边是灯红酒绿，一边是断壁残垣。"② 这段话反映出两个信息：首先告知读者，这部小说具备了

---

① 余华：《十个词汇里的中国·前言》，台湾麦田出版社 2011 年版。
② 顾军：《余华新作〈第七天〉开篇曝光读者称震撼》，《文汇读书周报》，2013 年 6 月 7 日。

强烈的现实关怀性；其次，也恰好与他在《十个词汇里的中国》前言中的自白相互呼应："灯红酒绿"暗示经济的高速发展，"断壁残垣"则隐喻社会矛盾和社会问题的日益突出，代表着整个国家的痛点。然而，我们又不禁会追问，这些现实痛点的成因是什么？在强烈的现实批判之后，作者企图建构的又是什么？

简而言之，这部小说中余华描写了两个世界，即现实的世界与"死无葬身之地"。前者便是痛点发生的空间场域，后者则是作者所建构的理想化场域。"第七天"这一概念源于《旧约·创世记》中的一段话："到第七日，神造物的工已经完毕，就在第七日歇了他一切的工，安息了。"①上帝用了七天时间创造了世界，而杨飞在死后也用了七天时间感受了世界，它与美国作家加·泽文的《我在另一个世界等你》中所描绘的死亡世界极其类似，是作者对现实世界的"反写"，与充满了社会矛盾和社会问题的现实世界形成了鲜明的反差，是一个处处温情、美好的"世外桃源"。比如在现实世界中，李姓男子因"扮女人"卖淫被抓，审讯过程中，警察张刚因年轻气盛而滥用私刑，踢坏了他的下体，他在多年上访无果后，一时冲动杀死了张刚。可以说，现实世界里的警察张刚与李姓男子仇深似海，可他们死后，到了"死无葬身之地"，两人却成为了最亲密无间的朋友，终日以下棋为乐。张刚没有墓地，李姓男子就放弃了自己的墓地，一直在"死无葬身之地"陪伴着他。再如现实世界里的鼠妹刘梅，作为一个外来打工妹，她最大的愿望就是有一部苹果手机，然而她的男友伍超根本就无力购买，只买了一个山寨手机给刘梅。"山寨"就是假货，如同他们的身份一样，虽已进城，但不过是"山寨版"的城市人，在经济实力、社会地位等方面根本不能和城市人相提并论。后来刘梅因使用山寨手机而备受网民的嘲讽，绝望之下她选择自杀。自杀前她曾在 QQ 上写下了自己的自杀时间和地点，可却没有一个网友劝解，大家都在乐此不疲地怂恿她自杀，最终她不堪重负，跳楼自尽。然而，死后的世界却充满了人

① 余华:《第七天》，新星出版社 2013 年版，第 1 页。

情暖意，"那里没有贫贱也没有富贵，没有悲伤也没有疼痛，没有仇也没有恨……那里人人死而平等"①。刘梅是唯一一个从"死无葬身之地"走向墓地的人。她的男友伍超卖肾为死去的她买了一块墓地。走向墓地的时候，所有死去的人们都来为她净身，带着真诚的笑容和祝福。十几个在制衣厂工作过的女人为她赶制了新的衣裙，刘梅盛装出席了自己的葬礼。

　　阴阳两重天，善恶两世界，在这样鲜明的两极叙事构想中，与其说我们看到的是人性的善恶两分，不如说是德性伦理的现实遮蔽与理想复辟。张清华曾评论："我们这个社会真的是一个价值崩溃、信仰空缺的社会。所以我就在想，中国的作家处理现实有无数种，没有一种终极的，但是人文主义的态度是唯一合法的。"②"价值崩溃、信仰空缺"很明显是指市场经济时代下人们对传统道德品性的忘却，"德"乃人们共同生活及行为的准则和规范，是礼乐文明的核心，德即道，太平道从追求"太平"的社会理想出发，将德"主养"的观点推广到社会领域，认为"地以德治，故忍辱；人以和治，故进退多便"，"以德治者，进退两度也"。可《第七天》中的现实世界里，任何德治的太平天下均已无迹可寻，德性伦理对个人恶行的约束和管控也已成为昨日神话，人们不再相敬如宾，不再以礼相待，而是相互排挤，以践踏他人的尊严和生命为乐；不愿努力付出将生活过得更有意义，而更喜欢不劳而获，苟且偷生地存活；看不起比自己穷或身份比自己低的人，而又去羡慕甚至献媚那些比自己富贵或身份高的人……失德的恶习，在现实世界中已经成为了一种常态，冷漠、自私、谎言、暴力，无时无刻不充斥着我们的日常生活，公然挑战着社会公德的底线。

　　但是，余华也深知，道德品性的式微已是难以扭转，归根结底是因为它与市场经济社会下对真实的人性吁求存在难以调和的矛盾：德性伦理总是通过一种先在的"绝对律令"约束人们的私人行

从『平面市井』到『折叠都市』

①　余华：《第七天》，新星出版社 2013 年版，第 225 页。
②　张清华、张新颖等：《余华长篇小说〈第七天〉学术研讨会纪要》，《当代作家评论》，2013 年第 6 期。

为和社会行为，并以人们的行为与"绝对律令"之间的吻合度来判定人的身份和价值，所以它的本质理应是一种对理想化的伦理规范的设想，却往往忽视了主体心中最真实的意志诉求，从而造成主体内部与外部社会之间的脱节，埋下了社会隐患。随着市场经济和市民社会的日益发展，这种理想化的伦理规范越来越难以为市民们提供解决现实生存问题的价值范式，就好比刘梅和伍超在城市中双双失业，生存岌岌可危时，刘梅看到自己做小姐的朋友能日进斗金，她也便想去做小姐。而在德性伦理的价值体系中，做小姐必然是一种失德行为，在古往今来都是标榜道德的君子们口诛笔伐的对象，可如刘梅这样毫无生存技能的打工妹，若要在城市中更好地生存，不去做小姐，又应该如何生存？在刘梅的价值观念里，已然没有了对以礼义廉耻为中心的道德权威的畏惧，而是选择了切切实实的生存。面对这样的失德，作者除了表示人道主义的同情，还能如何是好呢？

或许余华早已深知，在当下的城市社会中重建无私利他的德性伦理去构建和谐稳定的社会秩序，已是天方夜谭，所以作者在文本中写到了各种死亡：杨飞的死、鼠妹的死、伍超的死、家珍的死、宋凡平的死……细细分析这些死去的人，他们却都是坚守传统道德品性的人，是冰冷的现实世界里仅存着的人性善的微光，但最终也只能被死亡的黑暗所吞噬（杨飞的被抛弃、鼠妹的被嘲讽、伍超被黑心医生所迫害……），他们的遭遇暗示了作者对现实的极度失望，甚至绝望，他已无力在这个满目疮痍的荒原里重申德性伦理的价值体系，于是，他只能通过想象的手段建构一个虚拟的、具有强烈宗教色彩的神话世界——"死无葬身之地"。这个世界作为"反现实"的二维空间，寄托了作者内心的希冀。张清华先生认为余华的这种文学想象具有一种"人文主义的态度"，坚守着一个具有批判精神的知识分子冷静地审视当下与时代的精英思维，然而这所谓的"人文主义"究竟是一种什么样的人文主义？仔细品读这个神奇的"死无葬身之地"，便能发现，那绝对是一个德行伦理的复辟空间：所有在现实世界中的失德都可以在这里得到修复。张刚与李姓男子在尘世中累积的血海深仇在这里却一笑泯恩仇，他们相互间以德报怨，化敌为友；在现实中被网友们讽刺并逼死的鼠妹，在这里得到了他人的尊重……他们都是没有墓地的孤魂野鬼，但相互间没有任何嫌隙，平等互助，相亲相爱，成功地建构了一个具有乌托邦色彩的"德性世界"

这样的"德性世界"看似美好，实则却是以摒弃个人利益为目的的市民伦理为前提的。之所以被称为"死无葬身之地"，是因为死去的人们连一块属于自己的坟墓都没有，而坟墓意味着什么？那是阴间的房子，属于人之常物，也象征着主体身份，更隐喻着欲望。没有坟墓，意味着一无所有，意味着无欲无求，意味着回到生命的最初状态，这样才会重新审视自己活着的时候争名逐利的生存状态，反省个体与他者、与世界之间的关系，继而恢复对德性伦理和人性本善的记忆。余华试图以终结死亡的方式重回德与善的原点，从而实现人类自我的救赎。但他的这条理想化的救赎之道，究竟有几分能够成功实践，存疑。

3. "城市恶"的根源之二：法律理性的缺席

中国社会从来都是以五千年文明和优良完整的伦理道德体系著称于世，《礼记·大学》中曰："古之欲明明德于天下者，先治其国；欲治其国者，先齐其家；欲齐其家者，先修其身；欲修其身者，先正其心。"国家或社会的治理当以"修身"为先，个人品德乃社会稳定的第一块基石，而今日，这块基石已是破碎不堪，道德的大厦正在摇摇欲坠。作为现实生活的一面镜子，文学艺术特别是二十世纪九十年代以来有关城市的文学叙事中，无论是在市民的私人领域还是社会公共领域，"道德危机"已成为一种泛化的现象。这种现象被沿用精英思维的作家们重点关注，并在文学叙事中转化为一种道德的怜悯。一方面对现实问题进行深刻的揭露和批判，另一方面也提出了对德性伦理的呼唤，幻想是治愈"城市恶"的药方。比如前文中分析的《第七天》里充满爱和善意的虚拟空间——"死无葬身之地"，便是余华对德性世界的美好想象；再如北村的《愤怒》，讲述的是一个古老的话题，关于罪与罚的探讨。从杀人凶手的马木生到广施恩泽的慈善家李百义，表面上看是宗教的力量拯救了他，使他正视自己的罪孽，并最终获得救赎，但北村所宣扬的宗教，又何尝不是另一种德性伦理的存在。魏德东先生曾指出，"就道德建设来说，古今中外都以宗教作为重要的精神基础，由具有超越性的神圣力量主导道德思维，以此引导大众的道德实践"，具体到基督教，他们把上帝作为"绝对律令"的立法者，将正直的生活视为是顺从神圣命令，这与儒教伦理的"教言圣人之志""教行圣人之事"在形式上大体雷同，都具有强大的教化性质。所以，无论是余华对原始德性的幻想，还是北村将宗教引渡到生命救赎上，都可视为是一种超越性的精英写作。他们迅速而敏感地捕捉到了时代缺陷，并试图利用他们心目中万能的德性去拯救这个礼崩乐坏的城市，承担起作家"渡世救人"的责任和使命。可是，我们仍然需要质疑，在这个欲望自由、消费至上的世俗化的市场经济时代，他们依然像柏拉图那般重视德性与善的导向，企图在精神的彼岸以德性之光照亮世俗之黑暗，这种"天上律令"是否又真的能"渡世救人"，建构一个井然有序、和谐正义的理想社会？

很显然，"德治的世界"确实如乌托邦般让人向往，却又终究难以企及。余华在《第七天》里写到刘梅在拥有了伍超牺牲肾脏为其换来的墓地之后，又变得和活着的人没什么区别，开始在乎墓地的大小，开始追逐新的名与利。这似乎暗示着一场轮回式的"堕落"之旅重新开启。显然，作者分明知道，企图通过恢复德性来拯救失序的社会领域以保障现代城市的公平与正义，不过是镜花水月、缘木求鱼，德性本身所存在的虚弱性根本不能适应社会发展的需要，不足以实践对陷入窘境的普通市民们的启蒙和救赎，所以德性的式微是历史的必然，这与精英思维的冷遇如出一辙，而伦理道德也将获得新的形式予以补充和替代。那么，在当下的文学创作中，又是否为我们提供了一种新的伦理道德的形式呢？

首先，从市场经济为主体的市民社会的特征来看，经济活动的稳定维系主要依靠职业人群间的"契约精神"以平衡人与人之间的权责关系，解决潜在或已经存在的矛盾冲突。所谓"契约"也是现代市民伦理的基础，它"是一种道德哲学、社会哲学和政治哲学，其特点在于将道德规则的本源、社会秩序的基础和政治统治的依据，归溯为自由与平等的行为主体在一种虚拟的初始状态下所签订的契约；这种契约体现的是行为主体在维护自身基本利益与需求上的自主意志，因而能够得到社会成员的普遍认可，并且构成人类行为的规范、社会制度的合理性以及政治权威的合法性的一种客观标准"[①]。可以说，契约代替熟人社会中的"人情"成为了市民社会中具有普遍性的"原则的道德"，是对传统的以血缘宗法或政治信仰为价值基础的伦理学的超越。契约精神得以成立的前提，必须建立在人与人之间的诚信基础之上，也就是前文中提及的德性的一面。可是，在当下的城市社会中，背信弃义的行为屡见不鲜，那么，对契约精神的维护必然需要更为直接而有效的保障机制才能完善，否则城市便会沦为弱肉强食的丛林社会。目前看来，契约精神最重要的保障机制便是现代法律，可以说，现代城市的崛起与发展、市民社会的建构与稳定，具有法律理性的契约精神都是必要的伦理机制。

　　从历史上看，中国人自古崇尚贤人治理，荀子曾曰，"君子者，法之源也"，相较于法律理性，人们更愿意将社会的公平正义与自身的权益都寄托给某一英明神武的执法者，也就是所谓的"君子"身上。于是，所谓的"法治"也就演变成了一种潜在的"人治"。仔细分析"人治"的内核，归根结底还是一种"专治"，即主张依靠德性高尚的"君子"通过道德感化来治理社会，认为国之治理，不在法治而在于管理者的德性高低，"其身正，不令则行，其身不正，虽令不从"，这是典型的具有道德意义的政治精英主义。在传统的中国社会文化体系中，"法治"空间受到了"德治"与"政治"合谋后遴选出来的"人治"的挤压而变得形同虚设，甚至可以说，

① 甘绍平:《论契约主义伦理学》,《哲学研究》, 2010 年第 3 期。

在中国人的集体无意识里，法律理性从来都是残缺的。正因如此，作家们即便是在书写一个高速现代化的城市空间与城市生活时，也难见法律理性的只言片语。

从人本主义伦理学的角度来说，法律理性与道德品性都是以维系市民社会公平、公正、权利以及使市民最终走向善与幸福为根本目的的，因此它们都具备了一定的教化意义。我们经常能在文学作品中读到"卡里斯玛"式的人物形象，这些人物往往具有"振臂一呼应者云集"的"超人"本事，并发挥着引领社会发展方向的积极作用。例如二十世纪八十年代初期文坛上出现的大批改革小说：张锲的《改革者》，水运宪的《祸起萧墙》，柯云路的《三千万》《新星》，张洁的《沉重的翅膀》，蒋子龙的《开拓者》等。总体上看，这些作品记录了在社会体制的转换下伦理关系和道德观念的转型所引发的改革的困境。小说中的"卡里斯玛"型领袖们在由"旧"至"新"的改革过程中发挥着举足轻重的作用，特别是在面对社会阴暗面与改革所遭遇的阻力时，往往英勇决断，力挽狂澜，除了体现出作者们创作心理定势中的英雄主义情怀之外，在无形当中也流露出了作者对于这类人物的同一性的道德想象，具有超然的精英主义色彩。"改革文学"表面上以面向现代化自称，可它所面对和期望的现代化只是马克思所指出的"第二自然"的转型，即在物理空间上的现代化更迭，属形而下层面，而在形而上的文化心理层面上，却依然延续的是"君子者，法之源也"的传统模式。他们塑造的"卡里斯玛"型领袖是"法之源也"，代表着正义、公平、公正，也具备着约束他者乃至惩戒他者的能力，似乎与法律理性的社会效用如出一辙，可事实上，那不过是德性伦理的他律性表征而已。

德性的他律性，主要通过他者认同和社会评价两个方式来实现。它首先要求某一个体具有极高的道德自律性，成为他者眼中的道德楷模，从而影响他者的心理与行为。可是，在这套体系中有一个致命的破绽，那便是它对社会及人的掌控力只停留在了心理层：一个德性落后的人最多不过得到一些社会舆论给予的负面评价，使其在心理层面上产生受挫感，这种无关痛痒的约束和惩戒在一个可以"为所欲为"的消费年代里实则是毫无任何威慑力可言。反观法律理性的他律性，则是通过国家设置的司法机构及其相关的暴力机关直接控制个人行为，并展开实质性的制裁。它较之于德性的他律性更为具体和直接，也更具威慑力，也正基于人们对法律制裁的畏惧，从而促使个体在实践自身行为之前会主动充分地考虑行为后果的严重性，并最终完成对自身的自律，这便是法律理性的精神所在。如果说德性伦理，要求个人具备较高的道德觉悟、自觉意识和自我约束能力，同时还要具备超越个体道德境界的热情，体现典型的精英主义色彩，那么法律理性则是作为不同阶层的市民"为所欲为"的底线，代表着"道德的最低限度"，它是国家政治高度发展的产物，被作为市民的义务而强制履行，因此，它并不要求个体具备追求更高精神境界的超越性，只需承诺在应允的行为空间内便可安然无恙。所以，相较于具有超越性和精英主义色彩的德性伦理而言，作为道德底线的法律理性则具有普世性，"王子犯法与庶民同罪"，法律以相同的内容和表现形式在原则上可超越任何空间分野和阶层划分。因此从宏观角度来说，具有实证精神和工具理性的法，更具明确、时效、强制性的约束力与制裁力等特征，对于市民社会也更具直接管理效果，能够有效弥补德性式微后对个人言行规范上的不足，诚如马克思所言："法典就是人民自由的圣经。"①

文学与法理原本是人类社会中两类不同的维度，但它们的指向却最终殊途同归，都以"正义"和"善"为理想和价值导向，因此"文学正义"与"法理正义"在某种层面上理应是共通的。但是，或许是由于文学写作自身所特有的精英主义色彩与法律理性的普世性之间存在着某种裂缝，因此在应对当下的城市问题时，文学并没有为我们提供一种新的伦理范式，而是继续沿用与精英主义立场相吻合的德性伦理，这确实让人惋惜，也是城市书写的缺陷。在很大程度上因缺失了法律理性的"文学正义"，使得城市书写只是停留在了对"城市恶"的反反复复上，而无法真正领悟依法治国的基本

① 《马克思恩格斯全集》（第 1 卷），人民出版社 2006 年版，第 71 页。

方针和法治社会的优势，更无法从更为现代的角度去诉诸正义、公正、公平、秩序、友善、幸福、自由等伦理吁求。

最为典型的便是一些城市反腐类作品。王跃文的《朝夕之间》《国画》，陆天明的《省委书记》，张平的《抉择》，阎真的《沧浪之水》，周梅森的《中国制造》《人民的名义》等，"通过权力叙事将国家政治经济浓缩成一个文化的表象，进而成为其话语焦虑的所指"①。所谓"焦虑"在丁帆看来是二十世纪九十年代以来城市化进程高速发展下的"症候反应"②，表现在文学作品中呈现为两个极端：一面是德性的轰塌、法理的缺席、欲望的泛滥以及人性的丑陋；另一面又是批判、救赎以及德性的修复和现代伦理精神的提倡。二元的叙事结构构成了反腐小说的基本模式，这与二十世纪八十年代"改革文学"类似，即善与恶的对立、"卡里斯玛"型人物与反面人物的塑造、德性伦理的缺席与"人治"文化的提倡……反腐小说就是沿着这样的创作路径，在批判中国社会的官场环境以及人性的丑陋的同时，最终也陷入了公式化写作的窠臼中："次高级领导的腐败＋同级领导的为民请命和反腐努力＋高层领导的清廉正义"③。这类作品暴露出了他们的固有顽疾，即总是不遗余力地让所有读者都坚信一个善恶到头终有报的正义神话，"官人守数（法制之意），君子养源。源清则流清，源浊则流浊"（《荀子·君道》）。于是，我们读到了辜幸文（《十面埋伏》的英明、李达康（《人民的名义》）的廉洁、李高成（《抉择》）的惩恶扬善、劳东林（《高纬度战栗》）的匡扶正义……青天般的人物塑造，或许是作者企图通过英雄崇拜的方式建构社会公众对权力领导者的信任，从而置换为对依法治国这一宏大理念的支持，但文本所反映的事实却是，他们依然希望公众将信任寄托在一个德性完整的"卡里斯玛"身上，并坚

① 唐欣：《权力镜像——近二十年官场小说研究》，社会科学文献出版社 2006 年版，第 6 页。
② 丁帆：《"现代性"与"后现代性"同步渗透中的文学》，《文学评论》，2001 年第 3 期。
③ 董斌：《反腐小说的文化意蕴与价值》，兰州大学博士论文，2007 年。

信如果自身的权益受到侵害，这个德性完整的"卡里斯玛"会行使他手中的法律权责，为民请命，拨乱反正。而那种真正需要提倡的法律理性，对于普通市民而言，就如同是《国家干部》中某个路人甲的话，"如果我说的有半句不实，我甘愿受法律的追究"，在他眼里，法律不过是一种惩戒工具而已，从不曾将之视为一种现代市民社会必不可缺的伦理精神。真正的法律理性不仅包括了法律的惩戒功能，更包含了市民的法律心理、法律意识、法律思想、法律价值评判等很多方面，它属于依法治国的隐性层面，能辐射整个社会人的一切行为和意识。

可惜的是，大部分反腐小说对现实的把握和干预，都只是停留在传统的德性伦理的意识形态中，开出的"反腐药方"也不过是依靠德性力量以及权力斗争的形式，而现代法律只是作为一种惩恶扬善的辅佐工具，而缺少对现代法律理性文化的精神内涵的理解和表达。在其他类型的城市书写中，法律理性更是无从谈起，无论是对知识分子、精英阶层、"新富人"阶层、市井平民、城市外来者的描写，还是城市空间的分野与权力、资本间的关系，法律理性似乎仍然处于初始阶段。

发表于 1994 年第 9 期《上海文学》的专栏文章《"新市民小说"联展征文暨评奖仪式》一文，正式开启了《上海文学》与《佛山文艺》联合打造的"新市民小说"的创作风潮。两部文学期刊在二十世纪九十年代分别开设专栏，集中刊发了上百部描写现代市民日常生活的小说，这些作品直接影响了二十世纪九十年代以来城市文学创作在城市经验与审美倾向上的转向。"新市民小说"的产生在某种情况上与消费时代有着密切的关联。为了满足大众读者猎奇的阅读心理，"新市民小说"往往会刻意强化故事的戏剧性冲突，而选择一些违背人性、触目惊心的犯罪行为。这些行为进入文本故事后，往往内化为一种看似普遍又理所应当的逻辑：由"城"到"市"以后，市民伦理对政治伦理的替代使城市生存问题成为市民阶层最为迫切的焦虑，于是许多人便甘愿冒着触犯法律的风险，铤而走险以求谋生。荆歌的《黑色蹁跹》、王涛的《无诗时代》、张娟的《殊途同归》、崽崽的《活法》、游尘的《城市的出卖》、唐颖的《红颜》、陈丹燕的《女友间》等"新市民小说"都是以"婚外情"为主题。通常情况下，作者们都习惯于将这种普遍的行为归结于德性伦理的式微，却很少有人意识到这种行为已经违反了婚姻法规定，可由于法律理性精神的缺席，我们经常能够读到一些本可避免的悲剧的发生。例如，也彤与已婚男人叶天澜同居，她希望这个男人能够为了她和原配黄英离婚，可是叶天澜并不想离婚，更不想和也彤结婚。也彤为了让叶天澜心里有愧，服食了安眠药自戕（《城市的出卖》）。这篇小说的悲剧成因与其说是叶天澜的始乱终弃，不如说是也彤的自作孽。她明知叶天澜已是有妇之夫却依然选择和他同居并期望和他结婚，这已然触及了婚姻法对"重婚罪"的规定。她对于法律的无知，注定了会以悲剧草草收场。

诚然，法律对于婚外情具体的问责细节还处在逐渐完善的状态，更多的仍需来自道德的自律和他律，那么在其他"新市民小说"中普遍都写到普通市民们发家致富的手段，则着实越过了法律的警戒线。张欣的《婚姻相对论》、黄红梅的《哭泣游戏》、圣桥的《大款的故事》、韦加的《文人小丈夫》、邱华栋的《新美人》等作品都揭露了二十世纪九十年代以来视法度为无物的人们是如何通过坑蒙拐骗、投机倒把、阴谋诡计、出卖色相，甚至是杀人越货的方式获取资本积累的黑历史。一方面说明混乱的城市本身就缺乏法律的有效监管，从而为那些一心做着一夜暴富发大财的黄粱美梦的人们提供了胡作非为、不择手段的可能性，另一方面也必然反映了这些人除了德性的溃败，在法理意识上也尚处于空白，否则他们不可能无法无天、毫无顾忌地去做那些违法犯罪的事情。同时，作家们在处理这些恶行时，也同样缺乏从现代法律理性的视角对其进行深入的批判和反思，他们所秉持的原则反而是"善恶到头终有报"的宿命论或者"以暴制暴"的丛林法则。如《大款的故事》中，两个大款媚娘与翠妮为了各自的私利，无法无天、泯灭人性，做出了很多丧尽天良的事情，可最后她们的结局却是被两个同样心狠手辣的侄子所杀死，这一结局无非是宣扬了"天理循环报应不爽"；《青春的追

杀》中失足女姚丽依靠出卖肉体来获取金钱，最后却死于一场交通
意外，这样的结局更是莫名其妙……

　　总而言之，无论是现实世界中的城市市民还是作家笔下的文学
世界，法律意识和法治观念都十分薄弱，对于正义秩序的追求和对
于非正义现实的批判，都极少从法治理念出发。可以说，在目前城
市化进程飞速前进的时代里，法律理性作为一种重要的现代民族精
神，一种普遍的信念，远远跟不上当下城市化、现代化进程的发展
速度，法律与普通市民之间依然存在着不小的间隙，市民对法律的
认知也停留在工具而非规范的阶段。需知，法律是市民们在城市生
存的基本规则，孟子有云，"徒善不足以为政，徒法不足以自行"，
光靠善德是不能治理好国家的，而有法度而无人推行运用，法度也
不能自己运作起来。法律就是一种现代契约精神，它"不仅仅是限
制，它同时也使公共的自由成为可能"[1]，而黑格尔认为"伦理性
的东西就是自由"[2]，可以说，城市伦理水平的提升必须诉诸合理
的法律制度，并有效地执行，同时，还需培养和提高市民整体的法
律理性意识，使法律精神成为一种伦理性的规约。如果城市书写没
有对这种精神保持足够的认识和重视，那么，笔下所呈现的城市很
有可能便沦为"反伦理"的丛林社会或者"旧伦理"的封建社会，
它的现代合理性将会受到极大的质疑和挑战。

二、市民伦理的重建与市民立场的转向

　　精英思维是二十世纪八十年代以来城市书写最基本的伦理立
场。可是，作家们真正面对市场经济对城市的日益侵入之后，文学
描写的重心也不得不正视这场"新的意识形态"的浸润下城市生活

①　陈泽环：《道德结构与伦理学：当代实践哲学的思考》，上海人民出版社
　　2009 年版，第 127 页。
②　黑格尔著：《法哲学原理》，范扬、张企泰译，商务印书馆 1982 年版，
　　第 165 页。

和城市文明的转型。于是，潜在的精英思维的固有偏见①，便让文学创作和文学批评都呈现出了矛盾的特性。一方面，他们哀叹于乡土社会的日薄西山，意识到代表着现代的城市对乡土取代的必然，而市场经济的发展不仅为我们带来了物质生活的提高，更为我们的精神解放打下了一定的基础，另一方面又不断地妖魔化城市②，过度渲染一种"城市恶"的假象，害怕所罗门的瓶子一打开便会放飞所有的欲望，而文学批评更是不断指责二十世纪九十年代以来具有世俗化倾向的城市书写代表着文学的集体下沉，走向自甘堕落。这于城市和城市书写而言，都显得不够客观和冷静。

1. 文学世俗化的新解：以市民伦理为方法

二十世纪九十年代曾发生过一次关于"人文精神"的大讨论，王晓明等人撰写的文章《旷野上的废墟——文学和人文精神的危机》成为了讨论的起点。这篇文章认为当前的文学创作普遍都存在着"媚俗"和"自娱"的倾向，是一种"人文精神危机"的表现。虽然文章并没有将矛头直指城市文学，但其中所提及的"商品化""物质崇拜""金钱崇拜"以及"王朔现象"均与城市息息相关。如果说"旷野上的废墟"特指某一类实体空间，那么它与被经济意识形态改造得面目全非的物化城市完全吻合，那是人文精神沦落的恶之源。随后《读书》杂志也围绕着"人文精神"发表了一系列的谈话录文章。这场讨论的主角是知识分子，他们站在精英主义的制

---

① 中国新时期的现代化追求，从一开始就面临着一个难解的悖论：物质建设上要迅速地实现现代化，使国家繁荣昌盛；而在思想文化领域，却在一定程度上反对作为现代化表征的城市文化。详见黄继刚：《空间的现代性想象：新时期文学中的城市景观书写》，武汉大学出版社 2017 年版，第 11 页。

② 文学对城市的妖魔化书写主要表现为三个方面：1. 对异托邦空间和"新富人"阶层贴上了"物化"和"欲望化"的标签；2. 反复书写着市井空间中普通市民日常生活的庸常、了无生趣；3. 底层书写则用一幕幕"进城悲剧"，不断渲染着城市的冷漠、凶险。总而言之，城市充满了恶的原罪。

高点，批判的其实是市场经济对固有秩序的篡改，包括了文学的世俗化转向。然而，笔者怀疑的是，在这场狂风骤雨的批判背后，掌握话语权的人们是否别有用心？我们知道，在这场大讨论中得出的一个普遍共识是，知识分子主体性的丧失，"人文精神的危机说到底还是知识分子的生存危机"[①]。而蔡翔讨论了知识分子与国家体制间的关系，认为体制的变化是导致知识分子生存危机的重要因素。[②]因此，笔者有理由相信，这场大讨论所隐藏的真实目的或许是知识分子在面对自身社会地位的日益边缘化后实施的一次"自我拯救"，他们所提及的"人文精神"并不是西方以人为本的"人本主义哲学"，而是一种狭隘的"精英思维"，在二十世纪九十年代重提这种"人文精神"不过是对当年备受瞩目的自己的一种"此情可待成追忆"的缅怀。如果这便是事实，那么在那些被批判的"废墟"之下，那些被精英主义的巨型话语所遮蔽的历史合理性当中，特别是对市场经济、城市伦理，甚至是物化写作和欲望化写作等方面的批判，则需要重新进行更为学理性的分析和历史性的再评价。

诚然，自新时期以后，中国社会就开启了向市场经济时代的转型，截止到1999年，全国城市共667个，200万以上人口的共有13个，100万以上人口的共有24个[③]，而到了2012年，中国已经有一半以上的人口生活在城市。城市数量和城市人口的增加，刺激了伦理的变革。从历史上看，城市本身作为一种伦理主体的负载空间，存在着"三分天下"的伦理向度，即政治伦理、公共伦理（精英伦理）和市民伦理。我们知道，新中国成立以后，由于特殊的时代环境，中国的城市集体步入了类似于迪尔凯姆说的"在共同信仰和习惯、共同仪式和标志基础上建立起来的机械团结"式的社会，政治伦理一统天下，公共伦理则辅佐之，而市民伦理受到压抑和排斥。可是当结束了这种"机械团结"而进入市民社会以后，市

---

① 吴炫、王干等：《人文精神寻思录之三：我们需要怎样的人文精神》，《读书》，1994年第6期。
② 蔡翔：《学统、道统与政统》，《读书》，1994年第5期。
③ 具体数据参见《2000年中国统计年鉴》。

民伦理也便重新复苏。所谓的"市民伦理"具体是指"来自商业经济关系，坚守个人利益的角度，立足市民的日常生活权利；具有契约精神，重视人与人之间平等互利，强调权利和义务关系的对等缔结"①，在它的定义中，"商业经济关系"是伦理关系的雏形，因此在市民伦理代替政治伦理和公共伦理重掌城市空间以后，相应地会带来与之连带的物化、欲望化、拜金主义等始料未及的"副作用"，这确实需要警惕，但却不能构成否定市场经济为主体的市民社会和城市伦理合法性的理由。从这一角度来看，城市书写的"世俗化"转向也就有了它的合理性和必然性。

文学的"世俗化"转向，首先是对私人领域的回归，即对市民阶层的个人生存、发展，以及日常生活等方面的重新审视。可是，这种审视并不客观，依然保留了潜在的精英思维对世俗的刻板成见。早在二十世纪八十年代末的新写实小说中就已经开始关注作为市民阶层的城市生存者们的生活日常。他们的日常生活只有"碌碌无为"与"自私自利"，没有丝毫的亮色，印家厚终日被生活的琐事所困，毫无自省能力；吉玲则企图借助与庄建非的婚姻来改变自己市井小民的社会身份……表面上看，这些作品虽标榜"零度叙事"，不掺杂作家的情感倾向和立场，可在字里行间已然流露出了某种反讽的效果，似乎要警告人们，一旦堕入世俗的漩涡，你的人生将处处烦恼，甚至可以为了利益而丧失尊严。如印家厚和吉玲这样的小市民们，他们确实不曾有过什么"人文精神"，也不曾树立伟岸光辉的远大理想，而是在日常生活中执迷于各自的切身利益，这在精英思维的价值体系下是悖逆不轨的，因此，这样的文学也被批评为是描写"被客体力量支配的失重的生活"②。可是如果尝试换一个角度或立场，从市民伦理的角度去解读，这样的书写又有其合理性。他们的所作所为，完全是以个人利益为出发点，是在"市民的日常生活权利"范畴内追求"个人尊严"与"个人幸福"，从

---

① 杜素娟：《市民之路：文学中的中国城市伦理》，北京大学出版社 2014 年版，第 173 页。

② 陈晓明：《反抗危机：论"新写实"》，《文学评论》，1993 年第 2 期。

人本主义的角度来说，这原本就无伤大雅。

　　说到底，市民伦理其实就是一种以商品交换为基础的经济交往关系。构建这层关系的基石是市场经济，包含了显在的金钱，也包含了以金钱为中心的诸如能力、关系、机遇等其他潜在条件。当人们认同了这种市民伦理之后，便会理所应当地渴望在这样的经济关系中获取更多的经济资本，为个人生存积累更多的保障，这是每一个市民不能被剥夺和被侵犯的权利，完全合乎情理。因此，在大量的城市书写中，那些在市场经济下所衍生的"物欲的追求和占有的疯狂欲望"，也就并没有什么值得惊骇的，更不是罪恶的洪水猛兽。《手上的星光》中作为生存者的杨哭和乔尔，他们来城市的目的就是"挣钱和成名"，这完全符合市民伦理的合理吁求；《音乐工厂》《哭泣游戏》《别墅推销人》这三部作品中的主人公们都渴望在城市中拥有自己的居所，这种隶属于普通人单纯的居住梦想又岂能被贴上"异化"的标签；《无所谓》中李建国放弃教师职位选择当鱼贩子，也不过只是一次正常的职业转型，谋生的手段由教书育人变成了经商贩卖，二者原本就是平等的，不存在社会地位的差异，又岂能视为身份的沦落？朱文在《我爱美元——以拳会友》中写道，"我们要向钱学习，向浪漫的美元学习，向坚挺的日元学习，向心平气和的法郎学习，学习它们那种绝不虚伪的实实在在的品质"[1]，直白露骨的金钱表白，看似惊世骇俗，实则不过是说出了每个人心里敢想而不敢言的话……简单地说，二十世纪九十年代的市民伦理说到底就是围绕着金钱所展开的经济交往关系，张欣、徐坤、何顿、邱华栋等作家都有在创作中写到了金钱对人的戕害：《我们像葵花》中的冯建军、《弟弟你好》中的刘金秋、《生活无罪》中的何夫、《太阳你好》中的龙小奔等，他们爱财如命，"一切向钱看"，不惜任何代价去捞钱；李治邦的《天堂鸟》、阿福的《跳来跳去的文化人》等作品则讲述了普通市民如何沦陷在金钱的漩涡里而失去了自我；《音乐工厂》的杨兰甚至不惜为了钱出卖自己的身体；张欣

---

① 　朱文：《我爱美元——以拳会友》，《小说家》，1995 年第 3 期。

的《爱又如何》中也写道，"一切的一切，只要有钱，就可以改变一切"……这类作品似乎总在不遗余力地反复灌输给读者一个理念：金钱是原罪，它会扭曲人们的价值观，异化人与人之间的关系，甚至将人们变成了它的奴隶。文学对金钱的态度表现出了前所未有的紧张和敏感。可是需知道，在现代市场经济体系中，金钱是衡量市民个人价值的重要标杆，某种程度上，有钱就有地位，就有身份，就有更多的话语权，这已经成为一个不可否认的事实，所以也造成了相当一部分人"钱本位"的思想，但是不能因为如此，我们就轻易否定金钱作为现代城市社会的积极作用和意义。

我们知道，自康德以来，幸福伦理学这个古代流行的话题就经常被当作可笑的老生常谈而受到轻视，在他看来幸福根本不是人需要考虑的问题，人只需要考虑如何获得幸福。霍布斯在《利维坦》第 11 章开头就说："幸福就是持续不断的欲望，从一个对象转向另一个对象，前一个满足之后再去追求下一个。"如果说在市民伦理的维度中，抽象的幸福概念可实化为每个具体的私人欲望的满足，那么金钱与幸福的关系也就显得十分微妙。当然，我们总在强调，"钱，不能买到幸福"，但反过来，贫穷也同样换不来幸福，"贫贱夫妻百事哀"的现实在现代市民社会中比比皆是，没有钱将寸步难行，又何谈幸福的满足？所以，金钱具有两面性，正如培根所说："金钱是善仆，也是恶主。"池莉的《来来往往》中有这么一个细节：段莉娜在父亲退休后再去医院看病时，便失去了父亲在位期间自己所享受的特权，可是她却意外地发现了金钱的妙处：只要你愿意支付一定的费用，便能够得到相等价值的服务。这里面其实暗含着一个"等价交换"原则，而这个原则赋予了市民们更多获得平等权利的机会。在政治社会中，权利的获得是根据政治身份进行的分配，而在市民社会里，权利的获得则根据每个人的生存能力待价而沽。在前文中我们知道，现代城市是一个空间分野和等级分化鲜明的秩序空间，但这并不是"恶"的显现，因为城市并没有拒绝所有的人，总有人能在城市中成功地实现着自身的幸福需求。关键在于，就像段莉娜的个人体验一样，每个市民只要付出等价的金钱便能获得更多的空间权力和更为便利的公共服务，相应地，市民们也只要投身于经济链条的运转中，付出自己的劳动和智慧，也便能获得等价的回报，这相较于按照政治身份所缔结的伦理关系而言，其实是变得更为公平公正和开放。

市民伦理对金钱的积极意义的认同，实则是对"自我所有原则"的合法性的重申。洛克在《政府论》中提出了"自我所有原则"，他认为："每一个人从道德的角度来说都是他自己的人身和能力的合法所有者，因此每一个人都有随心所欲地运用这些能力的自由（从道德的角度来说），只要他没有运用这些能力去侵犯他人。"[①]洛克正是运用了这一原则强调"劳动创造价值"的观点来为私有制进行辩护，而市民社会正是"自我所有原则"的实践空间，人们通过自己的个人能力挣钱、生存，获得在经济交往关系中的成功，这不是一件羞耻的事情，反而它完全合乎伦理道德，而市场经济也提供给更多人不再依附政治体系便能充分实现自我发展、提高社会地位的机会，比如前文中论及的"第一代'新富人'阶层"，他们便是乘着市场经济的第一波浪潮而进入了城市上层空间，获得了私人性的实际利益，从这一点来说，是值得肯定的。因此，文学所存在的问题也就显而易见，由于潜在的精英思维，并没有对城市和市场经济进行理性化的辨析，通过对城市弊病的刻意放大化书写将城市贴上"恶"的标签，而对以市场经济为中心的市民社会和市民阶层的判断，则继续沿用精英思维，认定那些一心只想赚钱谋生的市民是一种精神的沦落，从而营造出一种后现代主义的美学视觉。

事实上，城市中所出现的大量悲剧或是不道德的行为现象，并不是真如邱华栋在《环境戏剧人》里所认为的是因为"城市对人的改变和毁灭"。我们知道，实践市民伦理最重要的要求之一便是"具有契约精神，重视人与人之间平等互利，强调权利和义务关系的对

① （英）G.A.柯亨：《自我所有、自由和平等》，李朝晖译，东方出版社2008年版，第81页。

从『平面市井』到『折叠都市』

等缔结"，而"城市正义"的首要任务就是满足这种平等互利的契约关系的合法缔结，并且最大程度地保障市民们所理应享有的权利和应尽的义务。从二十世纪八十年代以来的城市伦理书写的发展史来看，市民们的伦理诉求由最初克制礼数的享乐发展到生存保障的吁求，印证了现代性进程的循序渐进，但是由于城市发展尚未成熟，不能向更多的人提供更为丰富的生存、发展的机会，这也便促成了大量城市生存之殇。再次以池莉的《不谈爱情》为例。吉玲渴望改变自己花楼街出身这样的底层身份，但当时的市民社会并未形成完善的保障市民伦理诉求的正义体系，她不能够通过正常化的自身努力去实现她的诉求，因此她选择走旁门左道，依靠各种手段和心计结识了庄建非，并和他组建了一段并无爱情的婚姻。从市民伦理的角度来说，吉玲渴望提高自己的社会身份，这是她个人的伦理诉求，符合"持有的正义"，但却缺乏助她正义化、道德化地实现这一权利的社会条件和机遇，因此她只能选择从非道德层面上完成这一目的。而在二十世纪九十年代以来的底层文学中，这种例子更是屡见不鲜：远子（《怀念一个没有去过的地方》）和蔡毅江（《泥鳅》）为什么会走向黑道；杜秀兰（《女佣》）和李思江（《北妹》）为什么会选择在城市中出卖自己的身体；子午（《天上人间》）和敦煌（《跑步穿过中关村》）为什么会游走在法律边缘去贩卖盗版碟和造假证；为什么郭运（《无巢》）会自杀；为什么程大仲（《太平狗》）会惨死在黑工厂；为什么涂自强（《涂自强的个人悲伤》）在城市中屡屡碰壁，得了晚期肺癌后只能将母亲安置在莲溪寺后，默默地离开这个世界……这些城市悲剧的根源，究竟是归结于城市本质的罪恶黑暗？还是因为城市无法向他们提供最基本的生存条件以保障他们合乎正义的伦理诉求？

自然，以惯常的精英思维分析这些悲剧成因，基本都可定性为"物化"或"欲望化"的城市才是根本的原罪，若不是人们坠入物质和欲望的"城市陷阱"，又怎会落到如此田地？可是，我们也应该看到，合法合理的追求物欲所表现出的正义的一面，因为在以市场经济为主体的市民社会里，所产生的伦理主体绝不是以民族国家为目的的"政治人"和以文化与精神追求为目的的"精英",而是以维护个人生存权利、将个人生存放在首位的市民阶层,因此,小说中所描写到的人物,他们来到城市,渴望在城市中生存下去,渴望在市场经济中自我实现,这种对私人欲望的追求本身是值得被尊重和提倡的,可问题的关键在于城市尚且无法公平公正地满足所有人的伦理诉求,因此,我们真正应该考虑的是,如何在市民社会中建构完善的正义体系,以保障每个人的权利和义务得到公平的缔结和公正的对待,而不应该一味地批判乃至否定城市,须知只有为个人生存提供条件和保障,才是真正合乎现代城市伦理道德的"善"和"正义"。

2. 市民伦理的认同:新世纪城市书写的新变之一

如果说市民伦理是现代城市和市民社会区别于乡土和传统社会的新的正义形式,那么作为文学书写来说,作家对待市民伦理的立场也就变得至关重要。总体而言,当代城市书写由于潜在的精英思维的先入为主,对于市民伦理始终缺乏客观辩证的分析和评价,以至于"城市恶"频频上演,但是,我们也应该注意到,随着城市化进程的深入和城市文学的日趋成熟,这种现象也相对有所改观。

虽然在学术研究领域中经常将"新时期文学"与"新世纪文学"以代际为轴做两种概念的界定,但实际上也只是一种时间上的简单区分,在叙事风格、艺术手法、主体表达等"文学内部",二者其实并无明显差异。可以说,新世纪文学从总体上而言是二十世纪九十年代文学的接续。不过,细化到具体的作品,或许又有些许的不同。

大体上,二十世纪九十年代的城市书写还处在新兴的市民伦理与惯常的精英思维之间的博弈,作家们在伦理立场上,一方面已然意识到一个以市场经济为主体的市民社会的全面到来,并开始逐渐接受以个人生存为核心的市民伦理代替以道义论为核心的政治伦理的事实,立足于城市的日常生存和生存者的立场,另一方面,由于潜在的精英思维的定势，并不认同市民伦理的现代意义，不认同日常生活能够体现个人的价值，反而认为对物质和欲望的个人追求是一种"人文精神的危机"，日常的谋生活动等同于一个巨大的价值空洞，即便是那种热衷于表现"物化"和"欲望化"的作品，所呈现出来的情感也是颓废、阴郁、平面、缺乏立体色彩和正义感，因此，阅读二十世纪九十年代的城市书写会发现，大多数都在讲述和批判关于"城市恶"的主题：城市不仅戕害人的身体，还能毁灭人的精神。可是，新世纪以后，市民伦理已经度过了备受质疑的阶段，纠缠在人们伦理意识中的政治伦理或精英伦理逐渐示弱，让位于市民伦理对主体的重视，而作家们也渐渐开始正视市场经济对市民社会的影响，逐渐认可市民社会和市民伦理发生和存在的必然性和合理性，从而开始依据市场化的城市特质和形态而不是政治伦理和精英伦理的先验指令来思考城市中的伦理诉求、价值标准和行为规范。因此，新世纪以来的城市书写也相应地发生了一些潜在的变化，不再将以生存为核心的物质追求视为是一种"城市恶"的表现，而是正视这种最基本的伦理诉求，认同每一个市民在城市生存面前所享有的基本权利。

当然，这种变化其实相当微妙，并不是乾坤颠倒似的转型，而是一种"润物细无声"的悄然转变。从整体的叙事风格来说，新世纪的城市书写与二十世纪九十年代的城市书写大体都以暗色调为主，可即便这样，也与二十世纪九十年代精英思维下对"欲望都市"的批判有些许的不同。以魏微的《李生记》为例。这篇小说算不上是魏微最出色的作品，但却可以窥见城市书写开始从狭窄的"欲望都市"向着更为宽阔的"生存都市"拓宽。作品描写了一个长期在广州打工的普通农民工李生的故事。有一天，李生突然想跳楼自杀，若按照二十世纪九十年代城市书写或底层文学的逻辑，自杀的念头基本可归于"罪恶的城市"对底层市民的逼迫，可这篇小说却并没有做这样处理，李生根本就没有自杀的理由。他虽不大富大贵，但生活也并没有到山穷水尽的地步，作为在城市中谋生的老民工，妻儿相伴左右，生活安稳平淡，比上不足，比下有余，纵然也有欲壑难平的时候，那也都是些生活琐事，正如小说中所写的，想要自杀是连他自己都从未想过的事。可这一切为什么又会发生呢？

作为一个多年在城市中谋生的外来者，城市并没有接纳李生，而李生与家乡之间也生出了嫌隙，他在城乡之间处于一种无根的漂泊状态，无论在哪里都似乎是"局外人"；世界变化太快，安身立命之所的难以企及加上同学和同事的自杀，以及父亲坟上布满的青草，让他感到了世事无常与生命的渺小。面对这种难以言喻的无助，他无处诉说。日常生活中，他虽安稳度日，平淡而无波澜，但这样的岁月却连依稀的希望都难以发芽，他唯一能预设的明天，也不过是生活的反复延续与重复，"始于篷船，终于篷船"，年深日久间，平淡的生活也就转为了平庸，无数的琐碎和狼藉挤满了生活，这与契诃夫笔下的"小人物"如出一辙，就像玻璃瓶里的苍蝇，只能亲眼目睹外边世界的精彩绝伦却无法参与，只能在有限的空间内飞来飞去，生活终究忙忙碌碌，却又无时无刻不渗透着悲凉。正是如此，最后促成了李生在冲动中萌发了自杀的念头。从这一方面来说，我们依然能读到某种固有的精英思维对城市日常生活的批判，但是，在作品的细节处，却意外地能发现一种温情的认同。作为城市中最底层的生存者，李生却从不以为自己是穷人，甚至觉得"富人的日子也不比他们更好过"，他们家不用为生计烦恼，有瓦遮头，女儿工作，儿子上学，也建立了一些靠得住的朋友关系。这里我们能够感受到作者在无意识中透露了对城市普通生存者们求生愿望和行为的认同。虽然李生一家生存于城市的缝隙化空间，每天都在城市人的冷漠和羞辱中卑微地谋生，去换取那一叠小面值的钞票，可当这一叠叠的小钞票渐渐变厚变多时，也预示着他们一家人微茫的希望正在一点点地变大。作者在无形当中开始肯定和尊重着如李生这般依靠自身努力挣钱谋生的人。

由于精英思维向市民伦理立场的悄然转变，作家们笔下的城市与市民社会自然而然呈现出与过往不同的面貌。如果说二十世纪九十年代的城市书写是围绕着"城市原罪论"展开，那么在新世纪以后，"城市原罪论"依然存在的同时，却也让我们看到，在并不公平公正的城市空间里，存在着那些闪闪发光的个人梦想与正在走

287

向完善的正义实践。同样是写"北漂"，邱华栋笔下的人物总是以一副颓废、苦闷的"空心人"形象示人，而他们也经常会在言语中表达着对城市的怨声载道，如《手上的星光》中就写道："我多少有些仇恨这座城市。我来到这里就是为了索取的，可到目前为止，它连一个子儿都没有给我。"[①]以及《城市狂奔》中写道："这座城市在你刚刚来临之时简直对你不屑一顾，恨不能像对待一条无家可归的狗一样对待你。"反观徐则臣笔下的"京漂"，却有着极大的不同。《跑步经过中关村》里敦煌是这么感受北京的，"北京这么大，总饿不死人"[②]，他知道北京是一座相对成熟的市场化都市，能够提供更多的生存机会，所以只要努力奋斗，便能够在北京生存下来。这其实就是敦煌与邱华栋笔下的"空心人"的最大区别，在他的心底保留着对城市的希望而不是怨恨。的确，北京作为中国的政治经济文化中心，确实能为"北漂"们提供大量的生存机会，虽然敦煌、矿山们只是做假证和卖盗版碟的，但他们在中关村一带的每一次奔跑都是为了个人的生存梦想而拼尽全力，尽管他们经常会面临流离失所和食不果腹的危机，他们的职业也是游走在法理边缘的灰色地带，但他们基本上没有对城市抱以怨言，反而是在充满磨难的求生过程中，变得坚强、勇敢和真诚。敦煌的被捕绝不是城市对他的毁灭，而是他的一次人生蜕变——为了所爱的人，甘之若饴地承担所有的罪责，这样的结局指向的不是绝望，更是一种如野草般饱含韧劲的希望。新作《王城如海》中，来自农村的女性罗冬雨是"雾霾北京"中难得一见的一抹亮色，作者对她曾做出过这样的评价："她的本分是小说中其他人物的一面镜子，镜子在，才能让我们看见其他各色人等的表演。"[③]换言之，在徐则臣的心中，她是作为一种理想化的道德模板来塑造的。可是当这样一个正面形象在与余松坡相处时，也会惦念着某些触及伦理禁忌的隐秘情感，她开始敬仰

莫言与当代中国文学创新经验研究

① 邱华栋：《手上的星光》，《上海文学》，1995年第1期。
② 徐则臣：《跑步穿过中关村》，《小说月报》，2007年第1期。
③ 张瑾华、马正心：《身处"王城如海" 此心不安处是吾乡》，《钱江晚报》，2017年2月19日。

她的男主人，也同时渐渐瞧不起自己那送快递的、"如此丑陋和谋生"的男朋友，幼儿园老师误认为她是余松坡的妻子更是让她欢喜不已……如果是二十世纪九十年代的城市书写，罗冬雨很大程度会被写成是千夫所指的人物，因为她对余松坡的敬仰正是一种虚荣的表征，而在徐则臣这里，这种"虚荣"反而成为了无可厚非的人之常情，并且也正是由于这份"虚荣"，罗冬雨开始学习那些深奥难懂的"文化"。这自然可认定是由于超阶层的崇拜所引发的虚妄行为，她寄希望于这样的行为与理想化的城市生活建立某种稀薄的关联，但从另一个角度来说，也可视为是一种由私欲所引导的在心理层面上的自我超越，它昭示着底层市民一种别样的努力。总之，在徐则臣的"京漂"小说中，市场经济、城市生存、物质与欲望等，这些在二十世纪九十年代的城市文学中经常被批判、贬低的对象，纷纷改头换面仿佛成为了这些城市闯入者内心深处的"人生导师"，苦难磨炼着他们的生存意志，给予他们最渺小的生活希望，他们依靠着对希望的相信和坚守，努力存活在这片如履薄冰的城市深渊里。

　　前文中，已论述了在市民社会中金钱的积极意义和作用，可惜在二十世纪九十年代的城市书写里，由于作家们潜在的精英思维，将城市生存中的物欲追求视为是"恶"的表征，从而在关注市民日常生活的同时，也给予了太多的"负能量"。但是，第八届茅盾文学奖获奖作品《推拿》却对此有着不同的见解。这部小说描写了一群盲人在城市中用自己的劳动努力挣钱谋取生存的故事。同为底层文学，《推拿》中的盲人们既不悲惨也不低贱，表现出了一种蓬勃向上的生命力量。王彬彬认为这部小说的关键词是"尊严"，即盲人的尊严，也是人类的尊严，而这种尊严在作品中却是通过被大肆批判的金钱来象征的。盲人王大夫是一名推拿医师，在深圳这座大都市里自力更生。王大夫的弟弟要结婚了，但他看不起王大夫是一个瞎子。一方面不希望哥哥出现在自己的婚礼上丢人现眼，所以没有及时告知王大夫自己结婚的事；另一方面，他又眼红想得到哥哥的红包，于是找了一个"适当"的机会通知了王大夫。顿时，王大夫感到自己的自尊像是受到了极大的侮辱，他不能忍受这种被人轻视的行为出自自己的同胞弟弟，于是他一个人来到邮局，原本只想给弟弟随五千的份子钱，最后却给了两万。两万块钱全是他努力工作、一分一厘攒起来的血汗钱，但此时却毫不犹豫地汇了过去，因为他知道，钱是他唯一能反击的武器，他拼命地挣钱，实际上挣的就是一份做人的尊严。在这里，我们发现，钱，不再意味着是扭曲人们价值观的原罪之物，它也可以是进取，是依靠，更是人之所以为人的尊严。

此外，这部小说还有一个关键词便是"自食其力"。这群盲人在深圳谋生，他们不需要健全人的施舍和帮助创办了推拿中心，成功地养活了自己，他们甚至渴望着依靠自己的努力在将来的某一天能当上老板，这是他们这一群体也是个体的梦想。"当老板"，意味着事业的成功，意味着在市场经济社会中自身社会身份的提高，因此也是很多底层市民的愿望。在二十世纪九十年代的城市书写中，艾强和尹修星（《婚姻相对论》）、康伟业（《来来往往》）、王自力（《小姐你好》）等，他们能当上老板，背后总有不见光的过去，而且即便当上了老板，也不过是"半张恶相的脸"，由此可窥见作家们对于"当老板"这一人生理想的基本态度是讽刺和批判的。可是在《推拿》中，王大夫、沙复明等人把当老板视作自己的毕生理想时，我们却分明感受到了一种温情的励志，作者不再给予批判，其伦理立场已然偏向了对市民伦理的认同，即对于这种依靠个人奋斗实现个人价值的伦理诉求持积极、肯定的态度，同时，他也通过每个励志的故事和人物告知我们，城市生活中存在着一种"日常的尊严"。日常生活并不只是"新写实小说"中的庸常、无趣，也不只是王朔小说里的反叛、喧哗，日常生活同样能活出尊严、活出价值、活出意义。

当个人生存代替了集体意志成为了人们追逐的头等大事之后，不仅仅是普通市民需要面临生存的压力，就连在市场经济之外的政治执行者，也必须思考自身应该如何在城市中生存或更好地生存。李治邦的《我吃的药不能告诉你》讲的是被刚刚提拔为博物馆馆长的高动易的故事。博物馆作为一种特殊的国家文化机关，并非一般以营利为主的企业，它代表着国家的物质文化遗产，具有深远的精神意义。作为一馆之长的高动易，他的工作理应是拯救这个岌岌可危的博物馆，这是他身在其位的使命。可是作者并没有把他塑造成二十世纪八十年代"改革小说"中的"卡里斯玛"式的英雄人物，去完成他伟岸的政治使命，从而凸显一种国家民族的精神力量，而是将高动易"矮化"为普通的"小市民"，博物馆馆长的职位也不过是他在城市中谋生的工作，他为博物馆尽心尽力不是怀抱着远大高尚的理想和意义，而仅仅是为了保住自己的饭碗，保住自己的前途，是完全私人化、利益化、物质化的。这样的人物形象，完全褪去了新时期初期具有领袖气质的乔厂长身上的正义光环，他自私、冲动、好色，与世俗生活相得益彰。他为了解决财务危机，私下卖掉了博物馆的藏品，以权谋私，但是这种丧失德性和触及法律的行为却又完全符合市民社会"过日子"的生存哲学。从文学伦理学的角度来说，作者成功塑造了高动易这个人物形象，在某种程度上反而代表着一种观念的进步。作为政治权力者，他从道德化、道义化的化身变成了惶惶于谋生之道的普通市民，这意味着作者已不再信奉政治伦理和精英伦理，而表现出了对于市民伦理的自我认知和认同。

综上所述，新时期作为文学的转折点，开启了从政治标准到呼唤人性的转向，然而作家先在的精英思维却难以捕捉到真实、复杂的人性吁求，特别是城市化崛起以来，物质生产带动欲望的空前膨胀，触动了精英知识分子们引以为豪的"精神奶酪"。他们习惯性地在二元对立之下，大肆批判物质对人性的戕害，而无视物质本身的价值。梁漱溟曾认为，人类需要面对三大问题，首先是人与物之间的问题，其次是人与人之间的问题，最后是人与自身的问题，而这三大问题必须按顺序依次解决。但在新世纪之前，城市叙事似乎并没有对第一个问题投以足够的重视，直到新世纪以后，才逐渐有了微妙的转向。作家们对城市认知的改变，突破了二元对立的惯常思维（城市恶、乡村善），他们的伦理立场开始由精英思维转向对市民伦理的重视乃至认同，这具有积极的意义。这种叙事伦理立场的转变，在很大程度上为城市在现代化进程中重新正名：作为现代文明的结晶，城市必然存在着历史合理性与文化优越性的一面，如若城市叙事中泛滥着太多对"城之恶"的描写乃至诋毁，将城市丑化为龙潭虎穴、罪恶汇集之地，这显然是有问题的，需要自省。新世纪以来的城市书写，一方面开始纠正二十世纪九十年代以来对城市恶的误判，正视物质对于人性的重要意义，也肯定了市场化生存的价值；另一方面，作家也更为全面客观地还原了一个有情有恨、有善有恶的完整的现代城市，也更贴近真实的、有温度的市民社会。

3. 城市正义的盲点与关怀伦理的呼吁：新世纪城市书写的新变之二

在新世纪以来的城市书写中，作家在面对城市化和市场化时已经开始逐渐跳出了单一的精英思维的"束缚"，缓慢地滑向了对市民社会和市民伦理存在的必然性和合理性的认同。他们依据市民社会的特质和形态而不是政治伦理和精英伦理的先验指令，来审视城市社会的伦理诉求、价值标准和行为规范，其中对"城市正义"的判断和思考也随即发生了一种更为合理化的变异。

所谓的"城市正义"并不是一套恒定标准的理论体系，而只是将城市作为特定场域来讨论与之相关的正义。大众意义上的正义，可理解为一种良心的、道德的、可持续发展的秩序观念，也是伦理学的核心诉求。可是现实却是每个时代对这种核心诉求都持有不同的意见和看法，必须以具体的相对伦理为前提条件，比如宗教正义论主张的正义便起源于自然法；自由主义论者所认为的正义便是以个人的快乐原则和幸福追求为至高道德；民族主义论者则把正义认定为有助于民族崛起和发展的行为。1971 年，学者罗尔斯以社会正义制度为"绝对命令"提出了"正义伦理"。他认为"正义伦理"主要是在伦理学倡导"平等自由原则"的基础上探讨个人权利与公正秩序间的问题，并强化了政治法律作为"正义伦理"的精神基础，以保障社会成员在相互交往的过程中最大程度地实现"风险最小、代价最小、安全系数最大、公平系数最大、利益系数最大的重要条件"。罗尔斯是现代契约论的代表，他心中的正义便是契约关系……我们知道，步入市民社会后，市民伦理取代政治伦理和精英伦理成为城市中被公认的主流伦理形态，它让城市社会摆脱了人身依赖的政治或文化专制主义，而转向在市场经济条件下，对市民日常生活等私人领域的重视和关注。邓正来认为，市民社会中的城市空间，其实就是私域和非官方公域的组织："社会成员按照契约性规则，以自愿为前提和自治为基础进行经济活动、社会活动的私域，以及进行议政参政活动的非官方公域。"①邓先生提及的"契约性规则"与罗尔斯强调的"人的理性立法，意志自律"的"契约论"大体雷同，只不过前者是以市民社会作为它的实践场域，所指认的，是以契约的方式保障市民们在市场经济链条中付出的劳动与获得利益之间的对等，而契约的合法性则必须依靠现代法律作为实践基础，"公正只存在于其相互关系可由法律来调节的人们之间"②。可以说，市民社会中的城市正义，主要是指通过具有法律效应的契约性规则，维护市民作为城市生存者的基本权利。

当然，在讨论"城市正义"时必须注意一个前提。从元伦理的角度来说，由于城市化进程与空间发展的相对不平衡，权力与资本促使城市空间生产发生折叠，并对其内部资源进行重新分配，而市民们则必须凭借各自对权力和资本不同的占有能力进入相对层次的城市空间（异托邦空间、市井空间、"缝隙化"空间），获取不同的生存资源（居住、学习、工作、生存、享乐等），这本身就是一种非正义、非公平的事实，直接导致了不同空间、不同阶层的市民所面临的生存现状，所拥有的生存权利等，都存在着极大的差异性，

① 邓正来、景跃进:《建构中国的市民社会》,《中国社会科学季刊》创刊号, 1992 年 11 月第 1 期。
② （古希腊）亚里士多德:《尼各马可伦理学》,廖申白译,商务印书馆 2003 年,第 148 页。

从『平面市井』到『折叠都市』

最终酿成了"城市正义"在本源上的危机①，目前的城市现状根本无力均衡全部的市民合理的生存伦理诉求。而我们现在所讨论的"城市正义"不是元伦理学上的概念，而是一种当下的意识形态，它的底线应该是法律。法律，本身代表着国家意识形态，是由享有立法权的机关依照法定程序制定和修改，并由国家强制实施的规矩，因此它更多地体现着一种顶层权力意志：国家政治阶层通过法律手段自上而下对既有的空间秩序和市民秩序进行严格的控制和管理，以保证其各司其职、各尽其责。这种模式早在古希腊时代柏拉图和亚里士多德的古典正义伦理学研究中就有所体现。他们皆强调外在秩序（城邦秩序）和内在秩序（个人质素）的统一，其中，内在秩序要求人们"有自己的东西干自己的事"②，即安分守己，从而通过对内在秩序的规约达到外在秩序的稳定，但外在秩序本身又是不公平、不正义的，上层空间拥有无法比拟的权利和资源优势，换句话说，以法律为基础的城市正义，实质也仅代表一种宏观正义、顶层正义，它所标榜的公平公正不过是在不平等的空间折叠之后所实施和追求的，本质是以牺牲部分人的权利去成全另一部分人的权利为代价，因此，麦金龙曾批判过法律，认为所谓的正义是把掌权者和无权者放在同一层面上予以规约，这本身就不公平。

徐则臣的《跑步穿过中关村》疑似对"城市正义"提出了质疑。主人公敦煌是一名没有户口，没有正式工作，没有钱和背景，除了身份证，几乎就没有拿得出手的证明的"京漂一族"。他虽然吃苦耐劳，奋发图强，努力在城市中谋取生存，但从某种意义上说，他仍然是城市中旁逸斜出的部分，歪歪扭扭地在暗无天日的缝隙化空

---

① 城市正义的危机具体是指，随着城市化进程的不断发展，城市空间也相应地被不断等级化、分裂化、差异化，从而造成了不同的城市空间中权利分配的不公平，空间资源共享的不正义，最终影响了市民的空间地位的悬殊，以及空间认同、身份歧视、主体发展等各种非正义的问题的凸显。

② （古希腊）柏拉图:《理想国》，郭斌和、张竹明译，商务印书馆1986年版，第155页。

间里野蛮生长。可是即便是作为这样一个城市"他者"，他也应该具备生存者最基本的权利。我们知道，市民伦理的主体是存在于市场经济网络中的谋生者，由于城市自身发展的局限性，一部分人无力在这一范畴内获得最基本的伦理诉求的满足，特别是对于缝隙化空间中的市民而言，但是，求生的本能又不得不逼迫他们只能通过"旁逸斜出"的方式以求生存。因此，举目无亲又无权无钱的敦煌，开始依靠办假证、卖盗版光碟和色情光碟这样的灰色"职业"在偌大的北京城内艰难谋生。他的这种谋生方式既不符合传统德性伦理的规约也越过了法律法规的警戒线，最终"自食其果"，被警察抓进了监狱。敦煌的结局在客观层面上代表着城市正义的最终胜利，因为他的谋生方式是非法的，是被城市正义所杜绝的。如果仅仅从现代性与城市化发展的角度来说，从事灰色职业的人若是受到法律的禁止和驱逐理应大快人心，可是，徐则臣一定不是想通过这样的故事去凸显法律的正义实践。在敦煌被捕的那一刹那，作品所流露出来的不是正义伸张的快感，而是呈现了一种作为普通生存者在城市中求生的梦想被粉碎后的悲凉。初来乍到的敦煌暗藏在缝隙化空间内苟延残喘地为着理想而努力拼搏，他所拥有的物质基础和生存权利与顶层空间的市民所享有乃至独占的根本无法相提并论，二者在生存空间的维度上就已是天差地别，若再以同等的正义标准予以限定，他又能如何生存？徐则臣在进行构思时，就已经在无意当中暴露了城市正义本身所存在的问题，更是渴望建构一种新的伦理道德来弥补城市正义的盲点，即对关怀伦理的呼吁。

关怀伦理学是由西方心理学家卡罗尔·吉利根在其著作《不同的声音》中借助格式塔心理学的模糊图形所创立的理论体系，它的理论资源最早源自于西方第二次女性主义浪潮中衍生出的女性主义伦理学，这种伦理学在肯定了男女在道德上的"性别差异"的基础上，更为凸显女性独特的道德体验。"男性把自我看成是独立和自主的存在，把道德视为个人的权利，奉行一种重视和权利的公正伦理。女性则倾向于把自我看成一种相互关系中的存在，把道德视为对他人的责任，奉行一种重视关系和责任的关怀伦理。"[1]肖巍教授将以男性道德体验为中心的伦理学视为是以公正和正当为核心的传统伦理学，而笔者认为，它更接近李泽厚所认为的当下伦理学的一大分支，即公正、权利为主题的政治哲学伦理学。这种伦理学的致命问题在于：过度依靠原则包括诸如合理性、正义、公正、公平等观念上的道德考察世界，将社会人所有的行为均按部就班地套入原则的框架之下，那些旁逸斜出的便被打入非道德的国度，而人与人之间在情感上的天然联系则被忽视和省略。但女性主义伦理学则重拾了这种情感的联系，通过修复人们之间的关怀、同情、爱护、义务、责任等关切性的道德语言，从而重建充满情感的人类社会。因此女性主义伦理学在处理道德问题上，是从"具体的他人立场"出发，而不是依赖于普遍的原则，即把每一个存在者都视为是拥有生命历程和情感经历的主体的人，在确立了这个前提和立场之后，"按照友谊、爱和关怀的要求去支持你，我所要确证的就不仅是你的一般人性，而是你作为人的个性"[2]。

　　吉利根认为，一种最成熟的道德应当包括了公正与关怀的对话，这显然并不意味着她希望以对关怀和责任的强调来取代公正作为道德评价的基础。同时，她还认为，男性和正义、女性和关怀的组合也不是绝对和唯一的，男性也可以从关怀的角度进行道德评价，女性亦可同样借用正义进行道德推理。因此，女性主义伦理学在吉利根的研究和推动下，超越了性别的局限而走向超性别层面。学者诺丁思在此基础上进行了总结：关怀伦理学源自于女性主义经验，但却能抵达超性别的境界。在这里，笔者之所以提及关怀伦理学是因为，在当下这个以市场经济为中心的契约性规则和以法律法规为基础的社会正义的市民社会里，人际关系、人类行为已经完全纳入到了吉利根、拉迪克、诺丁思等人所批判的"男性道德伦理学"

① 肖巍：《女性道德的心理学关照：〈不同的声音——心理学理论与妇女发展〉评介》，《女性研究论丛》，1997年第1期。

② （加拿大）威尔·金里卡：《当代政治哲学》（下），刘莘译，上海三联书店2004年版，第726—727页。

的窠臼中，一切都在原则、规矩、法律的铁血监督下变得无比地凉薄和机械化。倘若徐则臣是在这样的伦理立场下完成《跑步穿过中关村》，那么它绝不会是以现在这样的悲剧示人。悲剧之所以为悲剧，是因为它"将人生中有价值的东西毁灭给人看"，即"善"的被毁灭。因此可以说，徐则臣将"城市正义"原本的所指巧妙地转接到了以个体和情感为纽带的关怀伦理上。

作者在作品中并没有对敦煌违法乱纪的行为加以道德批判，反而在字里行间流露出一种感性的同情，认为那是不得已而为之的谋生行为，这种行为承载着敦煌们在城市中求生的理想和希望，尽管它不符合以法律理性为基础的城市正义，但却完全吻合关怀伦理催动下的"情感正义"，所以，当敦煌被警察抓获即将受到法律制裁的时候，读者最直观的阅读感受也是同情，是悲凉，读者的正义立场被作者悄然转接到了作为城市生存者的敦煌身上，与敦煌的伦理诉求融为一体，而故事的结局却破坏了这深入人心的"情感正义"，在那一瞬间，对立的"城市正义"反而成为扼杀"善"的刽子手。

在新世纪的城市书写中，类似于敦煌的例子还有许多。陈应松的《跳桥记》中也写到了代表城市正义的"执法者"和代表情感正义的"生存者"之间的矛盾和冲突：公胡子为了生存，摆摊卖雪地靴，却被城管把摊子给掀了，还以占道经营为由罚款；他的鬼牙妹妹在菜场靠剐鹌鹑为生，工商部门便三天两头地来没收她的秤，踩死她的鸟。这种现象在当下的现实城市中普遍存在，引发的根源在于城市化与缝隙化空间之间的矛盾：目前的城市化进程无法满足所有人在城市正义的范畴内获得合法的生存机会，所以他们才会开辟缝隙化空间以求谋生，但城市化进程的最终目的却又是要填充这些缝隙化空间，因此，双方之间的矛盾便在所难免。但是，从人本主义的角度来说，对于公胡子、鬼牙妹妹这样城市底层中的人，究竟是应该秉承着城市正义的法律法规铁腕治之，还是应该法外开恩，辅以关怀伦理的情感呵护？

须一瓜的作品几乎都有着明显的伦理道德指向。身为政法记者，坚持法律法规的正义性是她写作法治新闻的第一准则，但在她的小说中，法律正义却是冰冷和机械化的，复杂的人性与情感才是她真正的思考和追求。《第三棵树是和平》讲述了一个杀夫案。发廊妹孙素宝年轻貌美，是一个善良、勤劳的姑娘，但她却杀害了自己的丈夫，而且手段无比残忍地将丈夫的尸体肢解了，这毫无争议属于故意杀人罪。死者的舅舅也义愤填膺地说："自己的男人杀得，还有什么事情做不得……天上雷公、地下舅公，我这个做舅舅的，我只要公道！杀人偿命，法律上写着的。"律师戴诺却在办案的过程中发现了端倪。原来，孙素宝虽为杀人者，但却更像是被害者：她经常被丈夫打骂、捆绑、撞头、强行做爱、在腹部刻字……当身体和精神受到长时间严重的虐待和凌辱后终于做出了本能的反抗——杀夫。当然，这篇小说有着鲜明的女性主义气质：孙素宝杀夫寓意对男权的反抗，但紧接着她就受到了男性们（技术警官、法官、主任、舅舅）的污蔑，将其与潘金莲、巫婆等形象画上等号，严重误导了案件的客观审理，从而导致孙素宝不仅没有得到法律正义的保护，反而被司法者们（男性）以正义之名进行了"围剿"，这属于男权对女性反抗行为的再压制。最后，只有女律师戴诺因与犯人同为女性而产生了同情和怜悯，继而从"具体的他人立场"出发，发现了案情的动机，真相才渐渐浮出水面。整个故事充满了二元对立式的分裂和冲突，即"男性＝法律理性"和"女性＝情感关怀"，但如若跳出男女对抗模式的桎梏，整个故事就如孟繁华所概括的"是一个有关正义、道德、良知和捍卫人的尊严的作品"[1]。须一瓜发现了城市正义的盲点，它源自于普范化、平面化的整体视角，过于信赖法律规范和道德规范的权威性，而忽略了从个体出发的情感感受。诺丁斯在《关怀：伦理学和道德教育的女性视角》中认为"关怀包含了人类最深情感的各种因素"[2]，情感对正义的介入才能真正感知每一个被审视的主体内部的复杂性和特殊性，因

---

① 孟繁华：《新世纪十年：中篇小说论要》，选自《文学革命终结之后——新世纪文学论稿》，现代出版社 2012 年版，第 41 页。

② 转引自李桂梅、陈俐：《西方女性主义伦理学研究综述》，《伦理学研究》，2012 年第 4 期。

莫言与当代中国文学创新经验研究

此，她借用戴诺这样一个从事司法职业的女性形象为发言者，呼吁一种法外有情、法外开恩的关怀伦理的建构，以填补城市正义的盲点。

　　须一瓜的小说经常会涉及各种罪案的发生。《火车火车娶老婆没有》描述了一个警察和非法摩托载客司机童年贵之间的斗智斗勇。摩托司机有着一个不能承受生命之重的家庭，非法的谋生出路，也是整个家庭的生存出路。他经常在家门口对呼啸而过的火车问道："火车火车，你娶老婆没？"火车给予了长长的鸣声以做回答，留下了询问者拍手跺脚的开怀大笑。这一插曲给他们的生活带来了暂时的欢跃。幸福或许就是这么简单，即便生活悲苦，即便被人嘲笑是疯子，简单温馨的快乐与不被生活打败的心，足以让原本想要将这个冒犯法律的童年贵绳之以法的警察也为之动容。执法中，与非法载客的摩托车在高架桥上狭路相逢，在你死我活的最后成败中，警察凌空而去，把生的机会留给了为了生活而敢于僭越法规的"疯子"，用生命保护了这个纯真、幸福，却又让人心疼的人。那一瞬间，代表着城市正义一方的执法者，在了解到非法摩的司机的一切之后，情感层面上产生了怜悯和同情，于是他对正义的定义和坚守也悄然从无比相信的城市正义滑向了关怀伦理，甚至为此不惜付出生命的代价。《太阳黑子》则类似于北村的《愤怒》，讲述了罪犯的忏悔和自我救赎。杨自道、辛小丰和陈比觉三人在十多年前犯下强奸灭门的凶案后负罪潜逃。深陷罪孽的他们犹如马木山那般每日每夜都受着良心的考问，于是他们拼命行善以求内心得到宽宥。可是须一瓜毕竟不同于北村，她没有依靠宗教的力量去化解这些罪犯内心的煎熬，而是以关怀伦理介入法理正义，展现了有罪的逃犯与无罪的他人之间的众生相：背负罪责的三人日夜不安，他们开始尊重生命，敬畏生命，开始行善积德，于是，有罪的世界充满了善的光芒。而无罪的人呢？房东心理阴暗，有严重的偷窥癖；海珠虚伪凶悍；撞到人怕被找麻烦而选择一了百了碾死对方的司机；以及偷偷搬家并丢弃老母亲儿子的保姆……在法律正义范畴内无罪的世界却并非真的无罪，内里的藏污纳垢已将德与法的约束彻底推塌，罪恶在人性深处疯狂蔓延。这篇小说跳出了善与恶的绝对模式，"是一部让善弹劾恶，而恶也有机会陈述自己的善的小说"[1]，而倘若能让"恶"获得陈述自己"善"的权利，则必须在他者的意识中唤醒一种由心出发的关怀伦理。

可以说，须一瓜的小说大部分都在呼吁着同一主题，即在罪与罚的博弈中建构一种美好、善良的关怀伦理。相对于城市正义，她更重视关怀伦理的社会价值和意义。当然，这也只能是她带有理想成分的个人化想象，现实社会中，无人可挑战和撼动的法律正义依然权威。陈希我的《母亲》同样探讨了德性、法理与尊严、关怀之间的矛盾，但这部作品却并没有像须一瓜那样斡旋于"情"与"理"鲜明的二元对抗中再逐渐地转向"情"的立场，而是在生命的两难抉择下，探讨了一种更为复杂、错位，却又与人性息息相关的伦理冲突。

小说讲述了年迈的母亲身患重病，只能靠着氧气维持奄奄一息的生命。她在病床上煎熬，"鼻孔插着鼻导管，手上挂着点滴。她很痛苦，不停地挣扎，不停地惨叫"，甚至还企图拔掉氧气罩以求免受苦难的解脱。可是她的三个女儿不能眼睁睁地看着母亲自寻死路，为了搭救命悬一线的母亲，她们只能把母亲绑在床上制止她挣扎。

> 母亲被绑在床栏上，摊着四肢，好像在受刑。我走近她，她愤怒地瞪了我，好像瞪着仇人。是的，是我们不好，我们是刽子手。可是母亲，我们是为了你好的，为了能救活您，让您活下去。挺过这一关，一切都好了。回家，我们好好补偿您，我们好好孝顺您，我们负荆请罪。您要打我们也可以。只是您现在要坚持治疗，挺过去。母亲好像绝望了，开始自顾呻吟。她企图侧身，可是不可能。[2]

---

① 傅华：《救赎即道路——评须一瓜的〈太阳黑子〉》，《文艺争鸣》，2011年第3期。
② 陈希我：《母亲》，《小说月报》，2009年第4期。

莫言与当代中国文学创新经验研究

捆绑，原是一种暴力，是对个人意志的非法限制，但在这里，却代表着女儿们对母亲生命的搭救，是孝德。可讽刺的是，这种孝，虽暂时延续了母亲的生命，却也等同于延长了她的痛苦，使母亲没有尊严地继续"苟活于世"，我们不禁要问，这究竟是孝还是另一种不孝呢？孝德，古往今来都是中华民族引以为豪的德性伦理，俗语有云"百善孝为先"，而《宪法》也规定了子女有赡养父母的义务，于情于理，孝都是人性所必须坚守的伦理规约。可小说中，女儿们如果选择孝德，就应该顺从母亲的意愿，减少她的痛苦，可如果真的顺从了母亲的意愿，又等于变相地谋杀了自己的母亲，于是在这孝与不孝间，陈希我所要讨论的其实是人性中交织着亲情、生命、法理、权利，以及临终关怀的问题。"安乐死"是临终关怀的一种，它与中国人"好死不如赖活着"的世界观相悖，也与传统孝道有着伦理冲突。毕淑敏曾指出："死亡是生命最后一个过程，有它的存在，生命才得以完整，我们不是要挑战死亡，而要接纳死亡……中国人太看重生命的数量，忽视生命的质量。在生命的末期，长度已毫无意义，关键是生存的品位。"[①]这样的观点其实就是一种关怀伦理的体现，它没有从客观伦理出发，而选择从主体、从情感、从他人的需求立场出发。一个人如果遭遇了非常态的、不可逆的身体疾病和痛苦时，他有权选择结束自己难以承受的生命之痛，这其实完全合乎道德。可惜，在1994年毕淑敏完成的《预约死亡》里，儿子始终不答应让身患绝症的母亲"安乐死"，因为他不愿意自己的灵魂终身囚禁在母亲的死亡阴影下，而宁愿让她在等待死亡的时光里继续痛不欲生地活着。诚然，选择"安乐死"自然是需要极大的勇气，而从陈希我的《母亲》的结局来看，作者最终还是导向了对个体生命为中心的关怀伦理的认同：三个女儿在万般无奈下将母亲抬回了家，随着氧气袋的用光，母亲也完全安静了，她们最终实现了母亲的个人意志，以最为尊重的方式完成了生命的最后仪式。

---

①　毕淑敏:《毕淑敏语录》，中国青年出版社2006年版，第19页。

对关怀伦理的呼吁和建构，是新世纪以来城市书写的新变之一，这种变化不仅仅是对城市正义、传统道德的权威性提出了质疑，也是对新时期以来城市书写在主题上的窄化，伦理立场的精英化所进行的自省。方方在 2013 年发表的中篇小说《涂自强的个人悲伤》讲述了一个名为涂自强的普通青年悲惨的一生，孟繁华认为这部小说代表了方方"重新接续了百年中国文学关注青春形象的传统，并以直面现实的勇气，从一个方面表现了当下中国青年的遭遇和命运"①。或许方方确实希望通过涂自强的个人遭遇揭示一代人的困境，但笔者却认为在文本的细节设计上，隐约表达了建构关怀伦理的重要性和紧迫感。

涂自强是山村里考上大学的穷苦学生，他勤奋、坚强、乐观、有情有义，可生活却总是磨难重重。大学期间，他勤工俭学，节衣缩食，一度连放假都不敢回家。正当他预备参加研究生入学考试时，家乡却传来噩耗：他的父亲因上头"无人照拂"，修路时被挖了自家祖坟，气得撒手人寰，他被迫放弃了考研理想。后来母亲也因老屋被暴雪压塌而受伤，他也不得不将母亲从乡下接到武汉相依为命。面临生活窘境，涂自强四处求职却屡遭失败，可惜屋漏偏逢连夜雨，他艰难度日终于积劳成疾，患上了末期肺癌。没存款没医保的他只能面临一种结局，于是他将母亲安顿在莲溪寺后，绝望地离开了这个世界。小说曾被喻为是当代的《骆驼祥子》，因为涂自强与祥子都曾坚信依靠着个人奋斗是有机会在城市中获得自己渴望拥有的一切，可往往事与愿违，涂自强的个人梦想也终将如祥子的买车理想一样变成了永不可及的"个人悲伤"。也有人指出，读到涂自强的故事很容易便想到 1982 年路遥笔下的高加林②，因为他们都是来自农村的进城者。可无论是祥子还是高加林，他们与涂自强最大的区别在于，城市为涂自强提供了读大学、接受精英教育的

① 孟繁华：《从高加林到涂自强——评方方的中篇小说〈涂自强的个人悲伤〉》，《芒种》，2013 年第 23 期。
② 孟繁华：《从高加林到涂自强——评方方的中篇小说〈涂自强的个人悲伤〉》，《芒种》，2013 年第 23 期。

机会，他拥有凭借知识改变命运的可能性，所以从这一点来看，涂自强其实是优于祥子和高加林的。那么，为什么涂自强最终还是落到如此悲惨的田地呢？

首先，市民社会本身就不是元伦理学所追求的那种绝对平等正义的理想化社会，而是一个因经济收入的高低而在市民内部实现阶级分层的等级社会。作为城市外来者的涂自强，虽接受了城市的精英教育，但须知，知识，已不再是获得城市认同和社会成功的必要条件，政治社会向市民社会转型，使得社会对个人价值的认同始终是以经济能力作为最重要的标尺。因此，既无背景（权力）又无财力（资本）的涂自强，就连看个黄鹤楼都不舍得花钱，是很难进入城市的上层空间而获得更多的生存权利和发展机会的。不过，这只能代表他的起点较低，却不是悲剧的主因，因为后天的努力完全有可能弥补先天的不足。只是，方方似乎并不看好这种个人努力，只是一味地强调城市对底层的拒绝："你既没有背景，又没有财力，你有的只是个人奋斗的动力。但是现在的社会，没有人际关系，个人奋斗到死，也没什么用。"[①]她将涂自强唯一自力更生的路径彻底堵死。可是细读小说你会发现，其实真正起决定因素的只有三件事：涂自强的爸爸被气死，妈妈意外受伤，以及他本人突患绝症。这三件事只能算是偶发性的意外，绝非城市之过。方方用涂自强个人化的宿命去引证一个先入为主的"进城必生难"的主题也就变得十分牵强，甚至可以说没有逻辑。她以批判社会不公为旗号，实则声东击西，她真正所惋惜的其实是市场化对于无权无财的知识分子的冷落。

当然，除去意识层面上的目的论，在故事的细微处，也流露出了作者在潜意识里对关怀伦理的呼吁。当涂自强得知自己即将离开人世，最牵挂的便是如何安置自己的母亲。"他跑了几家老人院，发现他所有的钱加起来都不够母亲在那里住 3 个月。他去民政局打听，像她母亲这样的老人政府能否助养，结果在民政局的办公楼里

---

① 方方：《涂自强的个人悲伤》，《十月》，2013 年第 2 期。

从「平面市井」到「折叠都市」

转了半天，不知该找哪个部门。问了几个人，回答客气而冷淡。他知道，他的寻找没有意义。他还去了妇联，也去了福利院，母亲没有伤残，又无病痛，并且还不算太老，似乎就应该自食其力。"[1]从城市正义的角度看，这些福利机构严格按规章制度办事，他们的处理方式虽冷酷，但在铁血般的"正义伦理"中却又完全合法合理，没有破绽。可是，合法合理就一定合情吗？

市场经济恪守价值规律的内在机制运行，其结果在促进资本的积累和生产的提高之外，也直接致使市民在资源分配和经济收入上存在着较大的差异，收入分配的不公，也便成为了危害社会稳定的隐患之一。城市正义只能保证市民们在"非正义的缺陷"中获得相对正义的权利，却不能真正从"具体的他人立场"中给予人道主义的情感关怀，从而尽可能地减少社会隐患的发生，所以也需要在国家层面上呼吁和建构面向涂自强这类弱势群体的关怀伦理，即社会保障制度，以弥补市场经济机制的不足。

社会保障制度"是在政府的管理之下，以国家为主体，依据一定的法律和规定，通过国民收入的再分配，以社会保障基金为依托，对公民在暂时或者永久性失去劳动能力以及由于各种原因生活发生困难时给予物质帮助，用以保障居民的最基本的生活需要"，它主要包括了社会保险、社会福利、社会救济、社会优抚四个方面。社会保障制度的功能在于它是社会稳定的"安全带"和"减震器"，"事实证明，低收入的基本生存、发展问题得到妥善解决，整个社会对财富分配差别的承受能力将大大提高，收入分配上的对立情绪会大大减弱"[2]。从它的定义来看，不是以市场经济本身的规则为基本逻辑和依据，反而强化的是上层政治领域对经济社会领域的一种情感式的干预。因此，理论上说，它不属于市民社会与市民伦理的范畴，可视为国家层面通过政治的手段向市民社会所推行的"关怀伦理"。市民社会平稳运行的中轴主要依靠资本的推

①　方方：《涂自强的个人悲伤》，《十月》，2013 年第 2 期。

②　刘祖云：《从传统到现代——当代中国社会转型研究》，湖北人民出版社 2000 年版，第 136 页。

动。资本是高效的分配资源，但资本本身冷酷无情，只考虑私人利益而无视其他。那么，如何才能实现在市民社会既能保持着高效的市场经济，满足私人的伦理吁求，又能够充满人情味关怀伦理呢？这就需要权力领导者们考虑到底层市民的需求，将部分资金用于公共事业，给全体市民安全感，从而维护他们的基本生活保障和医疗需要。基于这一点，笔者认为，在《涂自强的个人悲伤》里，他的个人悲伤不是来自于城市对其"赶尽杀绝"，而是"国家关怀伦理"即社会保障制度的不完善。在国家的社会保障制度中，四类人群是重点保障对象，即失地农民、下岗职工、重点疾病患者、在读或失业的大学生。涂自强和他的母亲就属于这四类人群，可是他们却没有得到任何相应的社会援助，只能孤独地面对难以承受的生老病死。假设，小说中涂自强曾咨询过的那些社会机构切实地考虑到了"具体的他人立场"（从涂自强个人现状出发的生存困境），承担起照顾涂自强之母的责任，他也不至于带着绝望离去；如果涂自强所工作过的十多家公司、企业帮助他支付了国民医疗保险，他也不至于就这样草草地放弃了生命。因此，笔者认为，这部小说最大的现实意义其实在于，它无意中触及了市民社会目前所存在的切实问题，即对关怀伦理建构的缺失。无论是在私人层面、公共社会层面还是政治国家层面，以情感关怀他人都是十分必要的，能弥补市民社会中人与人之间的淡漠，使城市成为人类理想的家园。

三、人类立场与城市生态伦理叙事①

自二十世纪八十年代后，中国城市步入黄金时代。城市空间对乡土空间的蚕食以及乡土人的离土进城，都在不停地刷新着城市的辐射范围和宣告着乡土中国一去不复返的事实。在这场城乡 PK 战

---

① 此节部分内容已发表在《芒种》2017 年第 11 期，江涛：《都市文学的新变：城市生态书写》。

中，乡土社会节节溃败，市民社会越战越勇，一边倒的"战役"最终演化成了雅努斯的双面孔：朝前的一面是主体原本对乡土伦理的尊崇转投为以个人利益为中心的市民伦理的怀抱，这是现代性的进步。而朝后的一面呢？

前文已有论述，市民伦理的实质其实就是一种人与人在商业经济链条中所形成的契约关系，依靠契约来维护各自的权利，而契约又是以法律条款为底线，能对市民社会中人与人之间的交往问题做出公平正义的裁决。表面上看，由契约原则支撑的市民伦理和市民社会相对稳定、公正，因为契约具备无上的仲裁能力，所以当人们在追逐自身利益的时候也必须敬畏他人的权利。可以说，无论是市民社会还是市民伦理，所织就的其实还是市场经济中人与人之间的关系等一系列道德规范，它构成了城市伦理的一大维度。可是需注意的是，城市伦理并非只有市民伦理，人与生存空间的伦理关系也是重要的一环，它更关系到人类的未来。然而，在与生存空间的相处中，人们多以从中索取来行使自身的权利，却忽略了沉默的空间同样也具备了特属于它的权利。人类肆无忌惮地征服自然、征服环境、征服一切，足以说明人与空间之间处于主动与被动的关系，市民伦理中的契约原则只具备了保障人的权利却无力护卫空间的权利，这便极容易引发人类对空间资源的索取无度而造成的生态失衡，最终会侵害到其他生灵乃至人类自身的生存，这便是全球所有城市正在遭遇的生态伦理的危机。2017 年 11 月 15 日，来自 184 个国家和地区的 1.5 万多名科学家联名签署了《世界科学家对人类正式警告：第二次通知》，报告中显示，在过去的二十多年里，环境形势变得更加令人担忧，科学家们预言，如果人类继续在毫无底线的贪婪中走下去，终将会自食恶果，受到永久性的伤害。这场由环境问题所引发的生存危机，由于市民伦理潜在的私利原则使然，根本无力化解这场岌岌可危的生存险境，因此，务必站在人类立场上正视这场危机，方能扭转颓势。

"生态伦理学"是伴随着全球生态问题而产生于西方学术界的一门研究人和自然环境之间道德关系的交叉性应用伦理学科，其研究范畴涵盖了人与自然环境之间所存在的关系和秩序，以及在这种关系和秩序的影响下人与人之间的道德关系两个方面。对于生态伦理学应该如何研究人类与自然环境之间的道德关系，学术界始终存在着不同的意见，即以挪威学者阿兰奈斯的非人类中心主义的生态伦理学要求突破传统伦理学将道德关系仅限于人与人之间，主张人和自然之间也存在着道德关系，由此他们提出了"自然权利论"和"自然价值论"的主张。而另一种主张人类中心主义的生态伦理学虽然也批判人类中心论的诉求，但却反对非人类中心主义生态伦理学对人类权益的消弱，提出人类的整体利益和长远利益才是生态运动的基础和根本动力。两类观点争议的焦点，其实就是一个立场和重心的问题，前者渴望突出的是自然的立场，反对任何形式的人类对自然的干预和控制，而后者则更看重人类立场，强调人类在与自然环境之间的道德关系中所应当起到的主观能动性。"城市生态伦理"便是在"生态伦理学"的基础上，将之引入城市学的研究当中。但需要辨别的是，城市作为人类文明的重要形式，已经先在地印上了人的主观能动性，因此，"城市生态伦理"在本质上是肯定人类立场的，因为城市的生态问题自始至终都关系到人类的长远利益，所以它不适用于非人类中心主义生态伦理学。

"城市生态伦理"产生于二十世纪八十年代，国际生态城市会议在 1990、1992、1996、2000 年一共召开了四次，却并没有对这一概念进行过明确的学术界定。有学者认为，"生态城市是根据生态学原理，综合生态工程、环境工程、系统工程等现代科学技术手段协调现代城市经济系统与生物的关系，保护和合理利用自然资源与能源，提高资源再生和综合利用水平，提高人类对城市生态系统的自我调节、修复、维持和发展能力，使居民、自然、环境融为一体，互惠共生"[①]，这构成了城市生态伦理的框架和价值引导。可以说，城市生态伦理是将城市空间视为生态系统的重要场域，重视空间结构和景观在生态系统中与城市居民理应保持的关系，以及城

---

① 匡卫红:《我国城市生态学的发展趋势》,《城市学刊》,2015 年第 4 期。

市居民在城市生态系统中理应发挥的作用，它最终所希望的是在城市社会中建构一种类似于契约原则或道德功能的生态意识及其生态文明。

1.走向"荒原"：城市生态的失衡

人与生存空间的关系自西方工业革命后的"焦炭城"始就已经失衡，主要表现为日益突出的城市生态伦理的问题。卡尔维诺在1972年发表的实验作品《看不见的城市》中就展现了一个个超现实却又无比真实的画面：垃圾成堆、环境污染、资源匮乏、人口拥挤、规划无序……而这一切也在几十年后的中国，成了触目惊心的现实。王诺曾指出，"生态文学是以生态整体主义为思想基础、以生态整体利益为最高价值的考察和表现自然与人之关系和探寻生态危机之社会根源的文学"[①]，它批判的是人类中心主义的神话，而城市作为人类征服自然空间的胜利品首当其冲。马克思曾使用过一个术语叫"人化自然"，即"由于人的对象活动使越来越多的天然生态系统变为人工生态系统的过程"，而城市空间对自然空间的扩张就是"人化自然"的过程，它等同于人类现代性诉求的实践过程。申霞艳在其专著的开篇写道，"在现代性的叙事中，城市成为了必然的选择。乡土是古代国家的根，而城市才是现代民族国家的基本细胞"[②]，她指出了现代性诉求中城市所起到的现代意义。但是，由于幅员辽阔的中国有着特殊的现实背景，城市化进程并不平衡，一些地方正经历着"人化自然"，而另一些地方却早已步入了通属城市，拓展到了列斐伏尔断言的"自然空间的消逝"的"文明悲剧"里。换言之，这场现代性追逐的持久战役最终会走向它的反面，引发一种"新的风险场景（risk profile）"，这便是狄更斯在《现

---

① 王诺：《欧美生态文学（修订版）》，北京大学出版社2011年版，第11页。

② 申霞艳：《消费、记忆与叙事——新世纪文学研究》，中国社会科学出版社2011年版，第1页。

代性的后果》中指出的"生态威胁是社会地组织起来的知识的结果，是通过工业主义对物质世界的影响而得以构筑起来的"[①]，他预言了通属城市会遭遇到的最大危机。这场危机在中国在工业化与城市化的道路上取得重大成就的同时，如期而至。

　　长期以来，城市发展与生态主义理论互为悖论，市民为了追求经济效益而肆无忌惮地对空间资源进行大量索取，而人与自然空间之间又缺乏相应的道德约束机制，从而引发了大量的城市生态问题。可以说，城市在某种层面上是反生态的空间形式，这直接导致了中国文学在城市生态题材上的创作乏善可陈。一方面，由于国人的现代性焦虑依然存在，而目前的城市生态问题还不是现代性追求的焦点。因此，在城市书写中，作家的伦理立场还处在游离于"精英意识"与"市民伦理"之间，对市民身份与伦理的认同并未完成，也就难以站在"超市民"的人类立场上去思考城市的生态伦理危机及相应的救赎之策；另一方面，也由于很多作家根深蒂固的原乡情结，他们对城市的感知和认识不全面、不深刻，在作品中也难以深入到城市文明的内核去辩证地思考城市的问题，往往只是浮光掠影，因此即便是生态文学创作，城市也不过是在生态批判视野下的反面教材，更无从建构完善的城市生态观。

　　但，这并不表示中国的城市生态书写是空白！

　　早在二十世纪五六十年代，我国就提出了"与天斗其乐无穷，与地斗其乐无穷"的口号，在"大跃进"的时代风潮下，人与自然的关系本就处在一种征服与被征服的丛林链条上，生态环境开始遭到大面积的破坏。于是，在二十世纪八十年代，关注城市生态问题的文学作品也便开始零星地出现。但如今我们若以生态批评的角度来看这些作品，其实并没有建构一个完整的城市生态观，而只是将城市空间作为生态恶化的罪魁祸首在文学中予以警示。不过值得一提的是，最早反映城市生态问题的作品并非虚构类文学，而是更具

---

① （英）安东尼·吉登斯:《现代性的后果》，田禾译，译林出版社 2011年版，第 96 页。

真实性的报告文学。1986年沙青发表的报告文学《北京失去平衡》被誉为"开启了中国生态文学的大门"，这部作品描写了首都北京正在发生着水资源匮乏的生态危机，由于工业生产与消耗、水资源的污染与浪费、对地下水不合理无节制地开采等，种种行为直接威胁着北京的生态平衡，以及在这种危机下诸种尴尬窘迫的众生相。紧接着在1987年，沙青又发表了《皇皇都城》，再次对北京的生态问题敲响了警钟。这部作品对城市的垃圾现象提出反思，并呼吁人们关注城市污染与环境保护。沙青在二十世纪八十年代写作的这两部报告文学，其价值不仅仅是单纯地将城市的生态危机转述为文学性的文字，更是将其与人类的精神立场进行了相关的勾连，由现实的生态危机引向了人类的精神危机，可谓是城市生态文学的前奏。

改革开放以后，"发展才是硬道理"的国策将国人的伦理诉求全身心地投入到了市场经济的浪潮中。为了能在市场竞争中拔得头筹，逐利欲望在法制建设相对滞后和生态伦理系统尚未形成之际迅速地恶性膨胀，在抢夺个人生存的制高点时也正在悄然断绝着作为人类本身所留给自己的后路。2001年吴岗的《善待家园》全方位触及了中国的地质灾害。海南省文昌市曾以沿海珊瑚礁多而成为远近驰名的旅游城市，城市在珊瑚礁的呵护下多年来承受住了大海波涛的袭击。可是络绎不绝的旅游者们经常会买些当地的纪念品带回去，于是，看到商机的当地市民们便挖来一些形状奇特的珊瑚礁卖给游客，同时当地还兴起了以珊瑚礁作为原料的石灰窑，"用珊瑚礁烧石灰，没有成本，原料容易弄，来钱也快"，这种石灰窑达到百余个，它们一天至少要消耗300吨以上的珊瑚礁。这两种行为完全合乎市民伦理的经济吁求，当地市民将珊瑚礁变成钞票揣进口袋，意气风发地踏上了淘金之路的同时，整个城市却失去了珊瑚礁的庇护而遭到了海水入侵，家园岌岌可危。2014年哲夫的"江河三部曲"则写到了工业化（城市化）对江河水系的污染：《长江生态报告》的开篇就讲述了作为长江入海口的上海正在发生的让人触目惊心的水污染问题，"涌动着化学泡沫、色如黑酱、浊臭熏天"；

《黄河生态报告》讲述了沿河流域对黄河水的过度开采，以及工业污水和生活污水大量未经处理就排放进了黄河；《淮河生态报告》则批判了淮河流域的地方政府只顾眼前的经济利益，放任各种企业和工厂将污水排入淮河中，从而引发河水污染造成人畜因饮用污水而死亡的惨剧。除此之外，讲述武汉市汉口北十万居民不堪污染维权纪实的长篇报告文学《铲除毒瘤，他们在路上》，以及讲述环境治理的《奇迹就这样诞生》等作品，都直击了当下城市所面临的生态危机，并在不同程度上反思了市场经济时代与人类生存环境恶化间的关系。

在虚构文学方面，哲夫的城市生态书写依旧较为突出。他以人与自然的关系为轴，以人类的生存空间为线，勾勒出了繁华都市背后的"黑色荒原"，也表达了宏远深邃、深省惊人的生态意识。1989年完成的《毒吻》讲述了某化工厂一对长期生活在剧毒环境中的年轻夫妇喜得贵子，生下了一个分泌物含有剧毒物质的孩子。他们在亲吻孩子之后命丧九泉，被毒孩吻过的动植物也都会相继死去。有毒的孩子长大后爱上了一位姑娘，却在忘情一吻后也毒死了她，悲痛万分的孩子觉得自己不属于这个世界。他最终吃掉了自己。整个故事弥漫着现代派文学的荒诞和末世感，但却又有着深远的警示意义。文明的缔造让人类具备了对自然万物巧取豪夺的资本，他们用高超的智慧尽可能地把自然改造成无所不能的城市。只是当人类还在继续得意洋洋地沉醉在征服自然的快感里时，自然也将无声无息地报复着人类。哲夫预见到了在人类沾沾自喜的智慧里所蕴含的能够杀死一切的剧毒，所以他用惊世骇俗的语言宣告了"人类是个毒孩子"，而天理循环报应不爽，人类也会如毒娃般终将自我毁灭。哲夫的另一部"黑色生态系列作品"《黑雪》，也同样有着立意高远的生态意识。千年煤城H城下了一场千古罕见的黑雪，它象征着人类罔顾自然法则，一味满足自身欲望，污染环境，毁灭森林，过度开采资源，蚕食自然，吞噬地球后自食恶果的缩影。作者把人类的金钱欲、权力欲和性欲都聚焦在环保这个显微镜下进行了透视和批判，具有一定的超验性，他的文字如一个悬置在人类头顶上的金箍，对不知节制的贪婪之欲敲响了警钟。

从时效性来说，徐则臣在 2017 年发表的新作《王城如海》虽不算是一部严格意义上的城市生态文学之作，但却有着更为深远的立意：它不似哲夫以一幕幕危言耸听的黑暗画面强硬而直接地表达着人类在欲望、城市、文明的重叠场域下作茧自缚的生态危机，而是借用"现代性的症候"之一的雾霾，作为现实层面的生态危机和文学层面的生存气韵，贯穿文本的始末，在城市中无处不在地对市民们进行了密不透风的十面埋伏，无论是中产阶级还是底层市民，都难以逃脱这挥之不散的雾霾的入侵，"雾霾无处不在，渗透进生活中的角角落落，影响着生活，也同时支配着生活于其中的人们的行为"①，同时，作者更是将雾霾作为一种隐喻意象与人性之恶巧妙地嫁接、融合，从而完成了一部具有生态意识且更为复杂的城市书写。作家用一支成熟的笔，挑开了雾霾之下"新北京"的新世相，也挑开了真实生活中种种残酷的景象。

另外，还有着明显生态意识的作品有：楚尘的《行走在天上》，批判的是城市噪音对人类精神的摧残；徐坤的《热狗》讽刺了现代建筑的盲目扩张对城市人文生态的破坏；金涛的《冰原迷踪》诉说了人类的铁蹄踏入了原本和谐安宁的南极洲，在那里开采资源并建立了冰下城市，最终导致了南极的迅速消融，成为了冰崩地裂的人间炼狱；邓一光的《红雾》讲述了一次不明原因的核污染将一个 500 万人口的城市拖入了高科技伴生的危机与困厄光临的极端恐怖中……这些作品都触及或预见了当下或未来正在发生和可能发生的城市生态危机。从表面上看，现代科技、工业建设、经济发展是直接威胁城市生态的罪魁。但事实上，祸首却源自于人类欲望的蠢蠢欲动。早在生态运动开展之初，罗马俱乐部就对欲望表示了担忧，舒马赫在《小的是美好的》中指出了贪欲和嫉妒是威胁生态平衡的终极杀手。为了解决生态问题，学者们提出了与"欲望动力论"相

---

① 谢尚发：《撕裂的城市风物观察——评徐则臣〈王城如海〉》，《文学报》，2016 年 8 月 25 日。

对的责任原理，如克里考特的"道德责任论"等，用以强调人类在欲望满足之外还应承担的生态的责任，他们主张依靠道德理性维系生态平衡。只是反观我们的文学作品，绝大多数只停留在对城市空间中的生态问题所引发的现象进行描绘，却无力从生态正义的角度对城市空间提出合理化的建设，在作品的思想内涵上，对于欲望动力论的认识和批判尤为不足，至于如何解决问题，建构生态伦理意识则更是极少涉及，也几乎不在文本和超文本中体现现代法律、理性和道德责任对欲望的约束。

在城市生态问题上，除了最直观的环境生态问题之外，生态学家 P. 迪维诺伊在《生态学概论》中还提出了"精神污染"，并指出了生态污染与精神污染之间其实互为因果关系，由此可以间接推论出城市在生态批评中所承载的双重属性，即作为环境污染的实体空间和精神污染的欲望空间。无独有偶，二十世纪九十年代，鲁枢元先生就曾将生态研究从"人与物""人与自然"拓展到了"人与人""人与己"的维度，即社会生态与精神生态①共同构建的人文生态伦理。这种新的生态伦理的提出是将传统生态伦理的"和谐""健康""平等""互惠共识"等价值追求从人与自然的关系中移植到人与社会、人与精神的维度里，企图在人类社会的内部建构一种健康自然的伦理关系，也就是说，此时的生态研究已经不再仅限于人与外在环境的关系，开始关注人的精神的生态健康问题。

二十世纪九十年代以来以"欲望都市"为题材的城市文学其实并没有明显的生态意识，但却又无意识地触及了由欲望动力论所引发的精神污染，这在无形当中与生态批评达成默契。文学中的城市是供应欲望的天堂，也沦为了精神堕落的地狱，邱华栋、朱文、何顿们发现了城市虚有其表之下的污浊不堪："每座楼都像是一座变形金刚，仿佛随时要把我吃掉"（《环境戏剧人》），这是城市空间对心灵的挤压；"世界上钱最大，钱可以买人格买自尊买卑贱买笑脸，还可买杀人"（《生活无罪》），这是拜金主义的痴迷；"我虽然很有

---

① 鲁枢元:《生态文艺学》，陕西人民教育出版社 2000 年版，第 1 页。

钱，但是我很孤独，我们过一种实实在在的生活，你恩我爱的，行吗"（《天堂鸟》），这是纯爱的堕落；"我无法融入这个社会，就像我至今没学会抢劫杀人放火坑蒙拐骗一样"（《我是一头逃亡的狼》），这是对城市人文环境的反讽……他们抓住了精神污染的源泉，即欲望，并对其进行了批判。但他们所论及的欲望只是一种浅层次的需求，没有上升到自我实现和自我超越的层面，更不曾把欲望的满足建立在对某一群体的生存威胁之上，因此这些作品并没有涉及真正的城市生态问题，也没有建构起完整的城市生态观，并且，还往往陷入无休止的欲望纠缠中，缺乏更深入的挖掘，这也极大地限制了文学的表现维度和深度。

2. 明日的田园城市：生态伦理的想象性建构

当下有着鲜明生态意识的作家如迟子建、红柯、张炜、刘亮程等，他们的生态书写多以乡野空间为实践对象，城市则作为生态失衡的反面教材而显得无药可救。如果将列斐伏尔的"空间生产"与城市空间的扩张对等，那么乡野便可归为自然空间与之对立，列斐伏尔认为这两种空间不是简单的并列，而是相互插入、组合、叠加，甚至抵触。自然空间封闭自足，时间的有效性被屏蔽抽空，因此完整的生态平衡便能在相对静止的场域内周而复始，而城市却是时间与空间合谋后的产物，现代时间的神奇效应在不断满足人类无休止的欲望的同时，也附送了生态失衡的恶果，因此，形象地说，自然空间与城市空间虽为对立关系，但本质上却又共同构成了时间之箭的头和尾，所以斯宾格勒才说"世界的历史即是城市的历史"。这或许为作家提供了一条解决城市发展与生态文明的悖论的策略：以回退的方式从时间之城逃逸去空间之地。所以我们看到了自然空间里的和谐、神性、活力与城市里的丑陋、功利和罪恶。即便是在迟子建们理想化的生态世界的背后，也都有一个潜在的城市为前提，即只有在一双城市的目光凝视之下，"生态乌托邦"才有可能在自然空间中复活。他们在感受到了现代时间下的城市对自然空间

莫言与当代中国文学创新经验研究

的掠夺后，直接放弃了对城市本身的生态建构，而是选择将远离城市之外的乡野充当各自的生态空间，这种"去城市化"或"反城市化"的写作虽与生态主义理论契合，但往往又存在着矫枉过正的危险，不能客观地感知城市，公正公平地评价城市，更不适用于解决城市生态问题。

但赵本夫的"地母三部曲"的终结本《无土时代》却是一个特别的文本。小说写了草儿洼村的后人进入大都市木城之后所发生的奇遇，不仅展现了城市生态环境被破坏后的种种荒诞景观，更重要的是，作者提供了一条如何在现代城市中建构生态伦理的新路径。诚然，这部小说同样具有主观化的浪漫主义和理想主义色彩，但赵本夫却不再似他人选择在乡野空间中建构生态理想，而是直面生态失衡的都市荒原，潜心"治疗"，最终使城市焕发新的生机。

文中的木城是钢筋的丛林，本能地拒绝着植物的生长。每当太阳落山，木城便开始燃烧，旷日持久的大火几十年未曾熄灭。天色暗下来后，阴风骤起，整个城市和楼房变得模糊，成千上万只蝙蝠不知从哪里钻出来，"在马路上空和楼房之间的空隙里吱吱飞行"[①]，数万只黄鼠狼也会在街上集结。健康的生态在木城失衡，城市人也患上了积重难返的"城市病"："木城人所有身体和精神的疾病，如厌食症、肥胖症、高血压、性无能、秃顶、肺病、肝病、癌变，以及无精打采、哈欠连天、心浮气躁、紧张不安、焦虑失眠、精神失常、疑神疑鬼、心理阴暗、造谣诬陷、互相攻讦、窥视、告密、歇斯底里，等等。"[②]他们分不清东南西北，讨厌自然季节的更替，而且还造成了整个城市社会的道德水平的下降，充斥着"卖淫、嫖娼、吸毒、贩毒、拐卖人口、强奸、偷窃、黑社会性质的团伙、渎职……"

如何解决都市空间与都市人双重的生态失衡？赵本夫首先发现了生态失衡的罪魁祸首。"大地是一个能吸纳、包容、消解万物的

---

① 赵本夫:《无土时代》，人民文学出版社 2008 年版，第 1 页。
② 赵本夫:《无土时代》，人民文学出版社 2008 年版，第 6 页。

无与伦比的巨大磁场。但在城市里，一层厚厚的水泥地和一座座高楼，把人和大地隔开了，就像电流短路一样，所有污浊之气、不平之气、怨恨之气、邪恶之气、无名之气，无法被大地吸纳排解，一丝丝一缕缕一团团在大街小巷漂浮、游荡、汇集、凝聚、发酵，瘴气一样熏得人昏头昏脑，吸进五脏六腑，进入血液，才有了种种城市文明病，才有了丑陋的城里人。"[①]顺着作者的思维逻辑分析，可以理解为城市里的伦理失序主要是因为物理空间的生态失衡，而后者的诱因却又是因为城市断绝了人类与土地间的联系，就像花朵失去了供给养分的沃土，变得枯竭。理查德·利罕在《文学中的城市：知识与文化的历史》一书中指出："因为丧失了与大地的联系，丧失了与自然节律和自然中的精神营养的联系，城市也丧失了其精神上的意义。"[②]所谓的"无土时代"，其实就是"丧失了与大地联系"的城市时代，自然时间被科技所篡改，土地也被人造水泥地所替代，而殊不知土地却又是一切生态平衡的基石，美国学者奥尔多·利奥波特曾在他的《沙乡年鉴》中提出以"土地伦理学"来概括人与大地、环境三者间的关系，他将"土地伦理"的基本原理论述为"当一个事物有助于保护生物共同体的和谐、稳定和美丽的时候，它就是正确的，当它走向反面时，就是错误的"，城市之所以如利罕所言"丧失了其精神上的意义"，是由于自以为是无法无天的人类对自然空间的大肆掠夺而造成了物极必反，若想自救，就必须"构建一种全新的、以土地为整体的伦理观。这种伦理观就是把已有的人与人之间、人与社会之间的伦理关系扩展到土壤、水、植物和动物等。也就是说，曾作为'万物之灵'出现的人，必须毫无条件地退回到与'众生平等'的位置，重新担当起土地生物群中的一般成员和公民角色，进而在彼此竞争和彼此合作中获得最大的可持续发展"，这是利奥波特在"无土时代"中对人类的警告和建议，可以说，他的"土地伦理学"与生态主义理想相得益彰，而这种伦

① 赵本夫：《无土时代》，人民文学出版社 2008 年版，第 6 页。

② （美）理查德·利罕：《文学中的城市：知识与文化的历史》，吴子枫译，上海人民出版社 2009 年版，第 176 页。

理应该如何在以人为绝对中心地位的城市中实践,《无土时代》给出了创建性的答案。

小说的开篇题记写道:"花盆是城里人对土地和祖先种植的残存记忆。"这句话是柴门的话,提供给我们的讯息是,"面朝黄土背朝天"的乡土时代一去不复返,"土地伦理"被城市空间中的钢筋水泥所破坏,城市人对土地的记忆被封印在了小小的花盆中。在现代汉语的默认语境中,"土"是一个与城市相对的词,城市是舶来品,空间中的植物只能作为土地的装饰,而不会是土地意志的流露和赞美,这本身就无比荒谬,汪民安在一篇关于城市与植物的文章中就曾指出,城市的物理空间经过精心设计、规划,有着自身的伦理秩序和美学观念,而作为城市空间装饰物的植物,也必须契合物理空间的秩序和美观,不能任其自然生长。可以说,城市空间的伦理秩序是人类中心主义对抗自然的终极胜利品,唯我独尊的人类不仅可以将土地的痕迹在城市中完全清除,甚至可以篡改自然时间,控制自然空间,并为我所用,使其符合自身意志,最终也将自食恶果。小说中的柴门认为人类最大的失误便是建造了城市,"城市是生长在大地上的恶性肿瘤",而要解决城市、人类、环境三者间的矛盾。城市学家埃比尼泽·霍华德在其著作《明日的田园城市》中就曾提出过大胆的设想:"城市和乡村必须成婚。"[①]即建立"城市—乡村"共同体,"把一切生动活泼的城市生活的优点和美丽、愉快的乡村环境和谐地组合在一起"。霍华德从城市学的角度对田园城市提出了大胆的假设性构想,无非是将城市与乡村各自的优缺点进行一种理想式的互补,而赵本夫的《无土时代》便是对"明日的田园城市"做出的文学式回应。

如何将生态失衡的木城改造成宜居的、理想化的田园城市?首先,必须要做到的便是在城市空间中重拾对土地的联系,重建生态主义的"土地伦理"。于是,在小说中,两个来自草儿洼的农民

---

① (英)埃比尼泽·霍华德:《明日的田园城市》,金经元译,商务印书馆 2000 年版,第 9 页。

石陀和天柱便是重构"土地伦理"的执行者，他们打破了城市物理空间固有的秩序准则，扒开水泥地，让泥土露了出来，使人们可以真正脚踏实地。身为木城园林绿化队队长的天柱还在城市中种植了三百多亩麦子及蔬菜，让花草树木在城市的各个角落"自由地生长"。他们依靠着"在城市里种庄稼"的方式唤醒了人们对于土地的原始记忆，扭转了木城的生态危机，于是"自从木城树木结构发生了变化，又种了那么多庄稼瓜果蔬菜，特别是一系列对大气污染、光污染、噪音污染的管制措施出台后，木城环境明显净化。有人统计，说城区出现了几十种鸟类，白鹭、喜鹊一片片落在树上。很多树上甚至家庭阳台上都筑有鸟巢。过去从未见过的蝴蝶、蜜蜂也成片成群出现，在花草间忙得不可开交"[①]。一个霍华德所憧憬的田园城市就此诞生。

整部作品中，最精彩的部分便是作者对土地的召唤。"土地"是小说的中心意象，也是"土地伦理学"的根基，若以最简要的语言来概括这部小说主线，那便是寻找土地。作品中有两条寻找的线索：第一条是木城出版社总编辑石拓对柴门的寻找；第二条是草儿洼村村长方全林对天易的寻找。柴门在作品中没有真正出现过，他本身就仿佛是一种召唤，一直在荒野中流浪，偶尔涉足城市，但不逗留，人们只能通过他人的口头相传以及柴门本人的文字去揣摩他的思想，他的作品"能让人感受到大地的气息，对世人向往的都市文明，则充满了批判精神"[②]。显而易见，柴门是土地的化身，他身在荒野中流浪极少进城，这是因为"在今日的城市中，泥土一劳永逸地消失了"[③]；他批判城市，批判城市文明，因为城市侵吞了土地，所以，寻找柴门，便是寻找土地。另一条线索是方全林来到木城对天易的寻找，因为天易"带走了大瓦屋家的魂魄"。可做一种假设，如果天易没有离土出走，天柱就不会为了寻找他而留在城市打工，草儿洼村的青年们也就不会跟着离开，所以，天易便是牵一

①　赵本夫：《无土时代》，人民文学出版社 2008 年版，第 360 页。
②　赵本夫：《无土时代》，人民文学出版社 2008 年版，第 11 页。
③　赵本夫：《无土时代》，人民文学出版社 2008 年版，第 132 页。

发而动全身的关键。之后，整个村子由于人口的大量外流而走向衰落。联系前因后果，我们亦可认定天易同样是土地的象征。他的出走可视为城市空间对乡土社会的侵蚀，就像是农民进城一样，是现代性的必然，因此，天易的失踪是"早晚的事"[①]。漂泊在外的柴门与离土的天易皆暗示着"无土时代"的最终到来。在两段寻找的故事中，石拓是关键人物。身在城市的他却赏识一个传说中的城市"他者"——柴门；他还会偷偷用锤子砸开马路边上的水泥地，只是希望能有一棵小草长出来……他的行为完全有违城市人的寻常行为，仿佛是人类无意识深处的焦虑。众所周知，人类自古便是土地上繁衍的生灵，现代人的祖先们曾把土地奉为神，护佑着一方的风调雨顺、五谷丰登，使人们免受饥饿之苦。千百年来人类对土地一直保有着崇敬，他们在土地上耕作、建设、生活、繁衍，生生不息，土地是人类的根。可是，不知从什么时候开始，城市便割裂了人类与根的联系，以土地为中心的农耕伦理渐渐被置换成了以市场经济为中心的市民伦理，土地被判出局，而石拓的存在，就如同城市里的花盆，是人类在集体无意识中对土地所残存的最后记忆。

　　赵本夫的《无土时代》之所以别具一格，就在于它脱离了寻常生态文学中"去城市化"或"反城市化"的倾向，不再以逃逸乡野的方式全盘否定现代时间，弃绝城市，而是在肯定人类在维系生态平衡时所发挥的主观能动性的基础上，通过乡土与城市的交融，以传统的生态美学规划现代城市空间，致力于建构一种新的城市生态伦理，从而完成对城市生态失衡的救赎，建构了一个梦幻般的田园城市。从整体故事的立意来说，作者的伦理立场已经完全超越了重利轻义的市民伦理而上升到人类意识的层面，他所担忧的不再是作为市民的人在城市交往体系中所本该拥有的生存和享乐的权利，而更关注的是作为人类，与城市本体之间的关系问题，人类对城市生态系统给予道德关怀，从根本上说也是对人类自身的道德关怀。

　　总之，城市生态问题已经是不能忽视的现实，特别是在城市

---

① 赵本夫:《无土时代》，人民文学出版社 2008 年版，第 34 页。

污染越发普遍和严重的当下，因此，生态题材将会是城市书写中重要的版图之一。然而无论是利奥波德的"大地伦理学"，还是"生态正义论"，其本身都存在着一定的理论缺陷，即考夫曼在生态批评中所提出的"解构人类中心主义"。当生态主义遭遇城市后便很容易演变成剑拔弩张的批判，所以对于作家来说，在处理城市生态问题时必须突破传统的生态批评模式，从辩证的角度思考城市、生态和人三者之间的关系。同时，还必须突出个人德性和法律理性意识，以此修缮生态主义中人的缺席，从而才能创作出更为完善，也更为现代的城市生态书写。

余论：伦理学视野下城市书写的思考和启示

城市，是现代人的生存空间，也是文学必须直面的对象。作为处于不断流变状态中的复杂的实体空间和文化能指，城市不仅构成了作家笔下直观的描写对象，还决定着一种新的叙事伦理的生产和普及，甚至从根本上影响了文学的主题内容和审美机制。考察和研究文学中的城市伦理问题，一方面是将城市叙事中所呈现出复杂多面的社会现象置于伦理学批判的范畴内考察并分析，从而把握城市伦理的流变轨迹以及城市人群的伦理诉求和伦理困境；另一方面，也是将城市伦理（主要指市民伦理）作为一种"激起文学主体新的想象，并同时获得展示新的想象的方式"[①]，辨析其对文学叙事的影响，即涉及文学研究范畴内，作家如何想象城市的伦理立场。本文的出发点正是着眼于这两方面，结合不断生长和变化的城市与市民社会的动态过程为客观现实所深入展开的研究，有助于通过文学叙事考察城市的同时，也是对现代性视域下的想象主体进行文学和文化的全方位考察。由于研究视野和研究方法较之于以往有不同程度的创新，从而对城市书写的把握也有可能更为深入和宏观，丰富了城市文学的研究成果。

一、城市书写的伦理向度

聂珍钊教授的"文学伦理学批评"理论阐述了文学与伦理学之

---

① 席扬、温左琴：《"城市化"思潮中文学的无奈与可能》，《河南师范大学学报（哲学社会科学版）》，2005 年第 1 期。

间密切的关联性，"文学是因为人类伦理及道德情感或观念表达的需要而产生的"①，任何文学叙事都不会也不可能脱离对人类伦理和道德的表达。那么，作为二十世纪八十年代以来的城市书写也就必定会在不同程度上反映社会转型阶段城市内部的伦理秩序和伦理道德。它的伦理向度主要呈现如下特点。

首先，二十世纪八十年代初期的市井叙事重塑了契合世俗现代性特征的伦理吁求，即享乐意识的旧事重提。"市井传统"是中国城市之"魂"，在市井文学中所缔造的一方偏离于政治国家体系之外的烟火世界，本身所蕴含的伦理体系便是一种迎合平民趣味、褒扬主体私欲，且被"义务论"等官方伦理话语所长期压抑的享乐意识。刘心武、邓友梅、陆文夫、冯骥才等人的创作，正是在政治伦理向市民伦理转型的真空期内，无形当中开启了对民俗文化精粹的追溯热潮，在不知不觉中重新唤醒了人们对于市井享乐意识的怀念。这种意识作为人类的"需要的体系"，饱含着现代民本主义色彩，最直观的作用便是有效缓解了政治伦理对个人主体的控制，冲击了"义务论"对本真人性的压抑，继而彰显某种独特的现代性价值和意义。这类小说一方面接续了中国古代传统的市井叙事，它所关注的在市井社会中所衍生的"享乐意识"，作为一种具有现代性价值和意义的伦理诉求，也贯穿在了二十世纪九十年代至今的城市文学或都市文学中，与后者共同组成了具有完整历史脉络的整体。

诚然，享乐意识的贯穿，存在着"小与内""大与外"两种范式。其中，"小与内"主要是指源自于传统市井空间的享乐意识在进入二十世纪九十年代高速发展的城市化进程和消费狂潮之后，在发生了"空间位移"与"时间位移"的市井社会中继续开花结果。诸如贾平凹、何顿、王安忆、金宇澄等人笔下的城市书写，严格意义上仍属于市井小说的范畴，在文本中所流露出的依旧是具有浓厚的日常享乐意识的市井伦理，而不是以市场经济为中心、以个人生存为目的的现代市民伦理。而"大与外"则是指这种享乐意识跨越

① 聂珍钊：《关于文学伦理学批评》，《外国文学研究》，2005 年第 1 期。

了市井局限，延伸至现代都市空间与市民社会中。从心理学的角度来说，享乐意识属于马斯洛的"五大需求理论"中的低层需求，在人类社会发展史中，总是被源源不断的权威力量所刻意压抑和排斥，只能在一方狭窄而逼仄的市井空间里才能获得一丝存在的合法性。可当它进入现代城市以后，却突然化身为现代性感性层面的深层动因，发挥着"脱圣入俗"的祛魅效用。无论是马克思认为的物质欲望，还是松巴特认为的性欲，均与享乐意识唇齿相依。鉴于此，在二十世纪九十年代以来关于城市"异托邦"空间与"新富人"阶层的想象这样中产阶级趣味浓厚的都市文学中，对拜金主义的痴迷，对极致奢靡的物欲追求，以及放荡不羁的情欲体验，皆可视为是一种作为"常性"的伦理诉求在遭遇市场经济和消费主义之后，与之合谋而生成的结晶。

除了"常"之外，还存在着一种"变"的伦理诉求，即市场经济敦促下个体生存呼求的凸显。谋生，是现代城市伦理的主要内容，发生在以市场经济为中心的职业生活中，成为了城市伦理书写的新命题。早在二十世纪八十年代后期的新写实小说中，对市民生存呼求的伦理表达就已初露头角。池莉、方方、刘震云等人的作品中出现了大量整日算计如何在体制内利用"旁门左道"谋求个人发展，以满足自身在日常生活方面的需求的人物形象。他们心心念念的"发展"不是在政治体系内寻求个人理想与价值的实现，而是寄希望于借助职业谋求物质和私利为最终目的。这类人物形象可谓是建国以来首批将"岗位意识"转化为"职业谋生意识"的城市主体，他们的出现意味着城市伦理正在发生转向，意味着原有的伦理体系（政治道义、文化道义）开始禅让、解体，意味着对个人日常生存问题的重视代替了对个人超越价值的追寻。

当然，二十世纪八十年代末九十年代初，市场经济尚未形成气候，市民的生存空间仍只是以平面化的市井为主战场，所以差异并不明显，而随着市场经济的高速发展与"新意识形态"的迅速普及，以社会经济链条为标尺所划定的立体式的空间分层与居住隔离，逐渐切割了平面化的市井而成就了二十世纪九十年代以来多元化倾向的城市书写。空间的分割如蝴蝶效应推动着市民伦理诉求的多样发展。于是也就有了贾平凹、王安忆、金宇澄等这样沉浸在过去的时光里怀念着"动静"结合的市井日常伦理的创作，也有卫慧、棉棉、安妮宝贝、郭敬明等沉醉在都市消费伦理与资产阶级趣味的商业化书写；既有邱华栋、何顿、张欣等倾诉着城市的"恶之原罪"，也有曹征路、陈应松、孙惠芬等低吟着苦难之殇的底层书写……不同类别的城市书写所呈现出的不同形态的城市空间，也都有着各不相同的伦理秩序和伦理标准，它们共同组成了复杂化的城市伦理。

面对如此复杂和立体的城市，以"善""正义"和"幸福"为终极追求的伦理学审判则变得迫在眉睫。如果将二十世纪八十年代以来的城市书写置入文学史的脉络中，便可轻易地发现一种清晰的正在"下沉"的伦理向度，即由"善"到"恶"的演变轨迹。所谓"善"，来自于对怀旧气息和世俗之情的市井赞颂，而"恶"的滑落却恰恰因为依靠着有情的市井挣脱了政治枷锁的城市又迅速跌入了市场经济的巨大漩涡里，被另一种幕后黑手所操控。这种"恶性"的伦理书写主要体现在空间正义的缺失、道德品性的式微、法律理性的缺席、生态伦理的危机等多个方面，着实抓住了当下城市化进程中难以调和的弊端，同时，也从侧面反映了作家对待城市的立场和态度的转向，即"有情"的书写到"无情"的批判。

二、城市书写的伦理价值和意义

二十世纪八十年代以来的城市书写已然在主题、内容、思想及审美等层面上突破了五十至七十年代文学创作趋于僵化的表达模式，呈现出了与众不同的一面。首先这是因为政治权威和民族主义严控局面的全面退潮，恢复了文学创作的主体性和作家的主体意识；其次，由于随即而来的市场经济与城市化热潮，将刚刚从政治漩涡中挣脱出来的人们又迅速带入了另一种意识形态的幻象中，而文学的叙述方式紧跟时代背景的转型，至此，文学创作进入了众神狂欢的时代。

细化到伦理学视域下二十世纪八十年代以来的城市书写的价

值，笔者认为：首先，从"文学城市"的研究范畴来说，它建构了一系列并不道德、正义但又无比真实复杂的城市社会，即将城市作为新的伦理实体而高度重视。在我们熟知的五十至七十年代的文学环境是，持有绝对道德正义的文学引领、实践和建构绝对道德化的城市。以当时的社会背景而言，私有制和剥削制的取缔，无论是在现实层面还是文学层面，都建构起了表里如一的空间同一性，培养了集体主义的道德激情，从而化"不道德的城市"为无形。而二十世纪八十年代以后，政治革命伦理寄予的乌托邦式的想象外衣逐渐剥离，渐渐恢复了作家应有的主体性原则，基于这一点，我们便有充分的理由相信，文学中的城市伦理形态可直接代表着作家对城市最真实的伦理感受和体验，这其中便包含了作家对于城市与市民两者关系的基本认知和判断。而这种认知和判断通过文本与超文本中涉及的城市的对外扩张与对内建构、市民的享乐与生存等方面来体现的同时，也便不可避免地涉及公平与正义、善良与邪恶、权利与义务、德性与法理等伦理学的基本问题在文学中的表达，为文学注入了一层道德审美元素。鉴于此，可以说，二十世纪八十年代以来的城市书写与现实城市之间的关系，是理查德·利罕所言的"持续不断的双重建构"[1]关系。

第二，矫正了五十至七十年代城市书写中唯政治伦理是从的绝对道德模式，直言不讳地表达了被遮蔽已久的以个人主体性为中心的市民的伦理诉求（主要集中在享乐意识和生存吁求两个方面），从而揭示了从政治社会过渡到市民社会后，整体性伦理向度的时代变迁，即由政治伦理走向市民伦理。这一伦理书写的转向从文学史的角度来说，是对"文学是人学"的回归，即开始正视人们的私人吁求，注重对个人伦理情感的关注和抒发，从日常生活中捕捉时代和社会的变迁，从而使得复杂的本真人性在文学中得以复活。并且，从文学发展史的角度来说，二十世纪八十年代以来的城市书写

---

① （美）理查德·利罕:《文学中的城市：知识与文化的历史》，吴子枫译，上海人民出版社 2009 年版，第 3 页。

在某种程度上更承担和发挥着"主流文学"所理应传达的主流伦理价值认同和审美引导的双功能。所谓的"主流文学",在邵燕君看来,是一种必须掌握"文化领导权"的文学。[①]"文化领导权"自然是葛兰西所提出的理论,指的是统治阶级的文化必须建立起一套完整的伦理价值体系并对大众发挥着领导力的功能,而拥有"文化领导权"的"主流文学"一方面承担着向大众宣扬这种主流的价值观并使其获得认同的伦理功能,另一方面也必须引领大众的审美趋向。然而众所周知,以标榜"形式革命"的先锋文学的出现和走红,使得文学集体"向内转",在重视所谓的文学艺术性的同时,也背弃了读者,不再承担伦理认同和审美引导的双项功能,从而自弃文化领导权,由引领大众的"主流文学"浓缩为曲高和寡的"纯文学"。我们知道,五十至七十年代的主流伦理是一种绝对化的政治意识形态,而在二十世纪八十年代以后则变成由市场经济所主导,国家意志和执政党意志以及个人意志共同推导的商业意识形态和以个人生存和享乐为中心的市民伦理,那么,城市文学对于商业意识形态与市民伦理关注和书写,对于"欲望都市"和"消费城市"的美学式描写,在很大程度上实现了对普通大众在伦理层面和审美层面上的双重引领,重获"文化领导权"。并且,城市文学对市场经济和市民伦理的书写和认同,更是符合"当代性"的历史要求,就连身为"文化左翼"的孟繁华先生都曾说过:"如果没有市场经济,没有商业化,没有大众文化等,我们所期待的'多元文化'如何实现?"城市文学涉及的题材所流露的"当代性",这是值得肯定的创作取向,显示着作家对于城市生活介入的热情和勇气,无论是批判还是认同,都要为迎接至善至美的生活服务。

第三,众所周知,文学是现实的一面镜像,所以当城市书写将城市本身作为一种伦理实体来观照时,自然而然便会折射出当下城市空间中大量非公平、非正义的社会现象,诸如居住分异、空间剥

---

① 参见邵燕君:《网络时代:"新文学"传统的断裂与"主流文学"的重建》,《南方文坛》,2012年第6期。

夺、空间异化这样的空间失序问题，和市民们在"炸裂"的欲望深渊下对丑陋的人性本相的考量，主要体现在了对道德品性的式微、法律理性的缺席等伦理现象的批判和反思，其中更包括了站在人类生存立场上关注的城市生态伦理的危机……这些对城市伦理现状的描述，在某种层面上拓宽了文学伦理学的现实意义，具有一定的警示作用。同时，城市伦理书写的转向也意味着文学创作已经彻底摆脱了单一的"革命现实主义"的束缚，走向了具有主体意识的、更为深远的"批判现实主义"，这代表着一种艺术深度的强化。此外，在处理社会正义的伦理问题上，逐渐打破善恶对立的二元模式，从多个角度多个层面反思了固有的伦理立场，具备一定的思辨色彩和意义。诚如李建军所言，"成熟的小说家在写小说的时候，从不掩饰自己对政治、信仰、苦难、拯救、罪恶、惩罚以及爱和希望等伦理问题的焦虑和关注"[1]，这些都属于"正义"的话题，然而却很少关注由正义所引申的这些伦理问题本身的可存疑性。而让人惊喜的是，在新世纪以后的一些城市书写中，部分作者开始注意"城市正义"本身所存在的弊端，譬如法律规约与生存呼求之间的冲突，对国家保障制度的质疑，对理性和传统的质疑等，并呼吁一种关怀伦理作为情感的"填补剂"，以填补城市正义在市民社会中的盲点。从本质上来说，在这样的城市书写中，我们读到了更多来自于作家主体的伦理启蒙意识对于文学创作的介入，在反映和批判了社会伦理问题的同时，更延伸了文学的道德审美价值，亦有可能在无形当中逆向影响现实社会中城市伦理的发展。

三、城市书写的伦理局限和反思

"艺术源于生活却又高于生活"，这是车尔尼雪夫斯基的名言。

---

[1] 李建军：《小说伦理与"去作者化"问题》，《中国社会科学》，2012年第8期。

所谓的"高于生活"指向的是艺术经过创作者的提炼和思考，将生活层层剥开，发现其中的真相或本质，并将其通过艺术的形式表现出来。因此，在艺术创作中，创作者的主体性起着至关重要的作用。文学中的伦理叙事等同于作家的现实伦理认知后的再创作，必然包含了作者主观化的伦理立场。需要注意的关键前提在于一个先后或主次的关系，即作者主观化的伦理立场必须源自于对现实的城市生活中伦理的情感体验，而不是先入为主的介入或判断。

可是，二十世纪八十年代以来的城市伦理书写中最重要的问题便在于作者的伦理立场并非从客观的现代城市所延伸的伦理价值中而来，而是源自于一种经验化的历史文化语境，这类似于法兰克福学派和利维斯主义的精英立场的提前预设，创作者从一开始便以一种居高临下的"他者"姿态审视并不符合自身想象的城市生活和市民伦理，从而便造成了创作主体与城市客体之间的紧张关系——市民社会的内在机制和发展需求与作者预先设定的伦理立场和伦理价值的矛盾、对立和冲突，即市民伦理 VS 精英伦理，最终形成了难以调和的悖论，而城市书写便就是在这样一种内在的伦理悖论中发生，必然有着属于自身的问题和局限。

首先，自二十世纪八十年代中后期始，贯穿于整个二十世纪九十年代以来的城市书写的伦理向度中，丑化罪恶的城市、批判和反思城市的原罪似乎成为了一种文学想象城市的主流方式。一方面我们经常在文本中读到非正义的城市对市民合理吁求的限制，以及在渐次弱化的德性伦理之后变成了一幕幕剑走偏锋的罪恶行为。另一方面，通过对市民特别是底层市民艰难的生存和伦理困境的情感化感知，从而顺其自然地导向了对城市文明与现代文明弊端性的反思。作家秦岭就曾发表文章呼吁一种作家的伦理精神，"既然作家永远面对的是读者，首要的文学伦理应该是良知"[①]。他强调的应该是作家在进行写作时主体意识中所预设的伦理观和立场。但如果细细分析便会发现，除了普遍的人性与人道主义的同情之外，更多

---

① 秦岭：《文学伦理的秩序与良知》，《文学报》，2010 年 7 月 22 日。

的其实还是精英思维和精英伦理所建构的"良知"。他们并没有真正深入城市的内核,从市民和市民伦理的角度去思考现代城市应该如何去满足市民生存吁求的权利(契约精神、法律理性等),也没有跳出主观化的伦理立场站在客观的历史发展脉络中来辩证地探讨城市的利弊,发现市民社会内在的伦理变迁的因果联系,而是一味从主体的立场出发,将自身所建构的"良知"(意义与超我的追求等精英伦理)一股脑地横亘在整个城市与市民社会之上,于是,那些市民们本应该在城市中拥有的合理的日常生存欲望和世俗化的发展诉求也便在这种精英化的"良知"体系下成为了旁逸斜出的"恶之花",受到了无情的批判。可事实上,这种批判是平面化的,是不客观的,它表面上似乎"高于生活",其实却缺乏对生活现象进行更为历史化和学理化的分析,即前文中说的"源于生活"的过程。因此,在八十年代以来的城市书写中,我们读到了大量的城市之"恶",却极少见到城市之"善"的一面。我们知道,在十九世纪末二十世纪初,城市作为现代文明的结晶,"被视为光明之源,代表着自由民主、高等教育、知识进步、现代民族国家、启蒙和现代科学技术等几乎所有的先进观念"[1],这些都属"城市善"的一面,可惜在当下却较少有人问津,无疑算是文学创作的缺失,在某种程度上更易造成读者对城市化进程本身的合理性和现代性的怀疑。

其次,由于先在的精英伦理的立场,作家们在书写不同的城市空间形态时,过于沉醉于某种个人体验和经验中,从而导致了伦理书写趋于模式化的倾向。例如,在书写传统的市井空间时,往往陷入一种怀旧式的美化而忽略了市井作为一种衔接传统和现代的过渡空间本身所具备的藏污纳垢性;在书写城市异托邦空间和现代"新富人"阶层时,则总是诉诸一种决绝的批判和反讽,而无法正视其在现代化进程中理应被体现的历史合理性价值;在书写缝隙化空间和底层市民时,更多地表现为一种同情和悲悯式的苦难写作,却从

---

① 黄继刚:《空间的现代性想象:新时期文学中的城市景观书写》,武汉大学出版社 2017 年版,第 3 页。

未思考过任何实际性的方式去拯救苦难……这样的伦理叙事不仅使得作品叙述模式逐渐趋于单一和僵化，在审美高度上也不能有所突破。从整体上来说，城市书写已经越来越沦为一种经验性的复制写作，作家个性的张力越发薄弱，文本的表征也趋于彼此雷同。

再者，美国批评家特里林曾指出，"它的伟大之处和实际效用在于其孜孜不倦的努力，将读者本人引入道德生活中去，邀请他审视自己的动机，并暗示现实并不是传统教育引导他所理解的一切"[①]，也就是说，他更重视小说中所呈现出的伦理观在现实层面的引导价值。然而，二十世纪八十年代以来的城市书写，却更多强调德性伦理的引导而忽略了更为现代性的法律理性在现代城市中所理应发挥的作用，也从未将其视为一种现代性的伦理规约对市民社会进行普及和启蒙，从而也就造成了城市书写与现实城市之间在伦理上的错位，即现代化的城市空间的渲染 VS 传统式的伦理道德的歌颂。这似乎成为城市书写普遍的通病。从黑格尔对市民社会的描述中可知，市民社会其实是一个以契约精神为核心的经济社会，人与人之间的伦理关系是建立在契约性基础上的经济交往关系。所谓的契约本身代表着一种法理精神，维系着市民之间权利和义务关系的对等缔结，以保证人与人之间的平等互利与市民社会稳定、和谐的运转。但是，由于许多作家的创作视野相对狭隘，所坚持的精英伦理观与来自市场经济的市民伦理格格不入，于是，我们经常便会在文本中读到大量的对昨日德性伦理的怀念，试图拯救今日逐渐滑向罪恶深渊的城市，却很少看到以契约精神为中心的法律理性，在欲望都市中理应起到的伦理规范作用，所以，最终所呈现的城市书写只能是以一种"只看病不处方"的姿态呈现给读者，并不能"将读者本人引入道德生活中去"。

总而言之，二十世纪八十年代以来的城市伦理书写的确存在着诸多不足之处，其根源主要在于作家对现代城市缺乏根本的认识

① （美）莱昂内尔·特里林：《知性乃道德职责》，严志军、张沫译，译林出版社 2011 年版，第 119 页。

和深入完善的了解，从而导致了作家和城市的关系始终保持着一种"观看"与"被看"的姿态，而难以形成一种"互动"关系。李欧梵就曾指出："城市从来没有为中国现代作家提供陀思妥耶夫斯基在彼得堡或者乔伊斯在都柏林所找到的哲学体系，从来没有像支配西方现代派文学那样支配中国文学的想象力。"①换言之，李氏主要强调的是城市作为一种敞开的文化中心所带给文学创作的能动性启发。而中国的作家大部分只是将城市作为一种现代文明的外在结构来描写和审视，却并没有走进城市的内在精神，即从未真正思考过一个原点性的问题："城市"究竟是什么？再由此基础上进行城市文学的创作。这自然与作家各自的成长背景、知识结构、文学观、伦理观有着密切的关系，同时，也与中国的传统文化结构不无关联，因笔者的能力和精力有限，对这方面的研究和探索并未充分地展开，只能期望在日后的研究中完善。

最后，关于城市书写未来的发展和走向的预见。由于城市化进程仍旧处于一种复杂而又"未完成"的状态，表现城市现状和城市伦理的书写也会更为多样化，但是笔者希望，作者在关注城市的同时，首先应该尊重并热爱城市，尊重城市的伦理规则和人伦人情，才能真正地发掘现代城市的善与美，从而也才能在文学中更为辩证地看待城市、描写城市、评价城市，以更为现代的方式去引导和处理城市所面临的伦理困境，最终提升城市书写的社会价值和伦理意义。

---

① 李欧梵、邓卓：《论中国现代小说（摘要）》，《中国现代文学研究丛刊》，1985 年第 3 期。

参考文献

1. 理论专著

国内：

[1]《马克思恩格斯选集》，人民出版社，1995 年。

[2] 包亚明：《后大都市与文化研究》，上海教育出版社，2005 年。

[3] 包亚明：《现代性与空间的生产》，上海教育出版社，2003 年。

[4] 曹文轩：《二十世纪末中国文学现象研究》，作家出版社，2003 年。

[5] 曾一果：《中国新时期小说的"城市想象"》，北京大学出版社，2014 年。

[6] 陈思和：《陈思和自选集》，广西师范大学出版社，1997 年。

[7] 陈晓兰：《文学中的巴黎与上海——以左拉和茅盾为例》，广西师范大学出版社，2006 年。

[8] 杨宏海：《全球化语境下的当代都市文学》，社会科学文献出版社，2007 年。

[9] 陈晓明：《中国当代文学主潮》，北京大学出版社，2009 年。

[10] 陈泽环：《道德结构与伦理学：当代实践哲学的思考》，上海人民出版社，2009 年。

[11] 邓正来、（英）J.C. 亚历山大编著：《国家与市民社会：一种理论的研究路径》，中央编译出版社，1999 年。

[12] 杜素娟：《市民之路：文学中的中国城市伦理》，北京大学出版社，2014 年。

[13] 樊浩：《中国伦理精神的现代建构》，江苏人民出版社，

1997 年。

[14] 甘阳:《社会主义——后冷战时代的思索》,香港牛津大学出版社,1995 年。

[15] 高巍等:《四合院——砖瓦建成的北京文化》,学苑出版社,2003 年。

[16] 高兆明:《制度公正论:变革时期道德规范研究》,上海文艺出版社,2001 年。

[17] 贺仲明:《中国心像——20 世纪末作家文化心态考察》,中央编译出版社,2002 年。

[18] 黄怡:《城市社会分层与居住隔离》,同济大学出版社,2006 年。

[19] 金耀基:《从传统到现代》,中国人民大学出版社,1999 年。

[20] 敬文东:《灵魂在下边》,河南大学出版社,2009 年。

[21] 康少邦、张宁等:《城市社会学》,浙江人民出版社,1986 年。

[22] 李洁非:《城市像框》,山西教育出版社,1999 年。

[23] 李欧梵:《上海摩登——一种新都市文化在中国 1930—1945》,毛尖译,北京大学出版社,2001 年。

[24] 李肃东:《个体道德论》,华中理工大学出版社,1994 年。

[25] 李泽厚:《伦理学纲要》,人民日报出版社,2010 年。

[26] 刘俊文、黄约瑟:《日本学者研究中国史论著选译》,中华书局,1992 年。

[27] 刘祖云:《从传统到现代——当代中国社会转型研究》,湖北人民出版社,2000 年。

[28] 卢海元:《走进城市:农民工的社会保障》,经济管理出版社,2004 年。

[29] 鲁枢元:《生态文艺学》,陕西人民教育出版社,2000 年。

[30] 陆学艺:《当代中国社会流动》,社会科学文献出版社,2004 年。

[31] 罗国杰:《人道主义思想论库》,华夏出版社,1993 年。

[32] 孟繁华:《文学革命终结以后——新世纪文学论稿》,现代

出版社，2012 年。

[33] 孟繁华：《众神狂欢——当代中国的文化冲突问题》，今日中国出版社，1997 年。

[34] 南帆：《文学的维度》，上海三联书店，1998 年。

[35] 秦红岭：《建筑的伦理意蕴——建筑伦理学引论》，中国建筑工业出版社，2006 年。

[36] 任致远：《解析城市与城市科学》，中国电力出版社，2008 年。

[37] 申霞燕：《消费、记忆与叙事——新世纪文学研究》，中国社会科学出版社，2011 年。

[38] 孙艺剑：《城市与人——当代中国城市小说的社会文化考察》，云南人民出版社，1989 年。

[39] 童强：《空间哲学》，北京大学出版社，2011 年。

[40] 汪民安、陈永国、张云鹏：《现代性基本读本：上》，河南大学出版社，2005 年。

[41] 王海明：《伦理学原理》，北京大学出版社，2009 年。

[42] 王晓明：《在新的意识形态的笼罩下——90 年代的文化和文学分析》，江苏人民出版社，2000 年。

[43] 王一川、唐宏峰等：《京味文学第三代——泛媒介场中的 20 世纪 90 年代北京文学》，北京大学出版社，2006 年。

[44] 杨秀香：《当代中国城市伦理研究》，辽宁师范大学出版社，2004 年。

[45] 张晨：《城市化进程中的"过渡型社区"：空间生成、社会整合与治理转型》，广东人民出版社，2014 年。

[46] 张京详等：《体制转型与中国城市空间重构》，东南大学出版社，2007 年。

[47] 张柠：《土地的黄昏——中国乡村经验的微观权力分析》，东方出版社，2005 年。

[48] 张清华：《中国当代先锋文学思潮论》，江苏文艺出版社，1997 年。

[49] 张文红：《伦理叙事与叙事伦理：90 年代小说的文本实践》，

社会科学文献出版社，2006年。

[50] 张志忠：《1993：世纪末的喧哗》，山东教育出版社，1998年。

[51] 赵园：《北京：城与人》，北京大学出版社，2002年。

[52] 周宪：《审美现代性批判》，商务印书馆，2005年。

[53] 杨新刚：《20世纪90年代中国新都市小说论稿》，山东人民出版社，2013年。

国外：

[54]（德）奥斯瓦尔德·斯宾格勒：《西方的没落：世界历史的透视》（第二卷），吴琼译，上海三联书店，2006年。

[55]（德）本雅明：《发达资本主义时代的抒情诗人：论波德莱尔》，张旭东等译，生活·读书·新知三联书店，1989年。

[56]（德）哈贝马斯：《公共领域的结构转型——论资产阶级社会的类型》，曹卫东译，学林出版社，1999年。

[57]（德）黑格尔：《法哲学原理》，范扬、张企泰译，商务印书馆，1982年。

[58]（德）克劳斯·黑尔德编：《生活世界现象学》，倪梁康、张廷国译，上海译文出版社，2006年。

[59]（德）马克思·韦伯：《民族国家与经济政策》，卜永坚译，生活·读书·新知三联书店，1997年。

[60]（德）马克思·韦伯：《新教伦理与资本主义精神》，于晓等译，生活·读书·新知三联书店，1987年。

[61]（法）保罗·贝罗克：《城市与经济发展》，肖勤福等编译，江西人民出版社，1991年。

[62]（法）让·波德里亚：《消费社会》，刘成富、全志钢译，南京大学出版社，2000年。

[63]（法）加斯东·巴什拉：《空间的诗学》，张逸婧译，上海译文出版社，2009年。

[64]（法）居伊·德波：《景观社会》，王昭凤译，南京大学出

版社，2007 年。

[65]（法）米歇尔·福柯:《规训与惩罚:监狱的诞生》，刘北成、杨远婴译，生活·读书·新知三联书店，2003 年。

[66]（法）皮埃尔·布迪厄、（美）华康德:《实践与反思——反思社会学导引》，李猛、李康译，中央编译出版社，1998 年。

[67]（法）雅克·德里达:《书写与差异》，张宁译，生活·读书·新知三联书店，2001 年。

[68]（美）A. 麦金太尔:《德性之后》，龚群等译，中国社会科学出版社，1995 年。

[69]（美）R.E. 帕克、E.N. 伯吉斯、R.D. 麦肯齐:《城市社会学——芝加哥学派城市研究》，宋俊岭、郑也夫译，商务印书馆，2012 年。

[70]（美）爱德华·W. 索亚:《后现代地理学:重申批判社会理论中的空间》，王文斌译，商务印书馆，2004 年。

[71]（美）安东尼·奥罗姆、陈向明:《城市的世界——对地点的比较分析和历史分析》，曾茂娟、任远译，上海人民出版社，2005 年。

[72]（美）理查德·利罕:《文学中的城市:知识与文化的历史》，吴子枫译，上海人民出版社，2009 年。

[73]（美）大卫·哈维:《巴黎城记:现代性之都的诞生》，黄煜文译，广西师范大学出版社，2010 年。

[74]（美）大卫·哈维:《希望的空间》，胡大平译，南京大学出版社，2006 年。

[75]（美）大卫·哈维:《新帝国主义》，初立忠、沈小雷译，社会科学文献出版社，2009 年。

[76]（美）凯文·林奇:《城市意象》，方益萍、何晓军译，华夏出版社，2001 年。

[77]（美）刘易斯·芒福德:《城市发展史——起源、演变和前景》，宋俊岭、倪文彦译，中国建筑工业出版社，2005 年。

[78]（美）E. 希尔斯:《论传统》，傅铿、吕乐译，上海人民出

莫言与当代中国文学创新经验研究

版社，1991年。

[79]（日）北冈诚司：《巴赫金——对话与狂欢》，魏炫译，河北教育出版社，2002年。

[80]（苏）巴赫金：《拉伯雷研究》，李兆林、夏忠宪等译，河北教育出版社，1998年。

[81]（以色列）里蒙·凯南：《叙事虚构作品》，姚锦清等译，生活·读书·新知三联书店，1989年。

[82]（意大利）伊塔洛·卡尔维诺：《看不见的城市》，张密译，译林出版社，2012年。

[83]（英）埃比尼泽·霍华德：《明日的田园城市》，金经元译，商务印书馆，2000年。

[84]（英）安东尼·吉登斯：《现代性的后果》，田禾译，译林出版社，2011年。

[85]（英）本·默海尔：《日常生活与文化理论导论》，王志宏译，商务印书馆，2008年。

[86]（英）戴维·佩珀：《生态社会主义：从生态学到社会正义》，刘颖译，山东大学出版社，2006年。

[87]（英）戴维·英格利斯：《文化与日常生活》，张秋月、周雷亚译，中央编译出版社，2010年。

[88]（英）阿兰·德波顿：《身份的焦虑》，陈广兴、南治国译，上海译文出版社，2007年。

[89]（英）雷蒙德·威廉斯：《现代主义的政治——反对新国教派》，阎嘉译，商务印书馆，2004年。

[90]（英）迈克·克朗：《文化地理学》，杨淑华、宋慧敏译，南京大学出版社，2003年。

[91]（英）斯科特·拉什、约翰·厄里：《符号经济与空间经济》，王之光、商正译，商务印书馆，2006年。

[92]（英）西莉亚·卢瑞：《消费文化》，张萍译，南京大学出版社，2003年。

[93]（英）约翰·伦尼·肖特：《城市秩序：城市、文化与权力

导论》，郑娟、梁捷译，上海人民出版社，2015 年。

2. 期刊论文

[1] 幽渊：《城市文学理论笔谈会在北戴河举行》，《光明日报》，1983 年 9 月 15 日。

[2] 雷达：《关于城市与文学的独白》，《天津文学》，1986 年第 10 期。

[3] 晓华、汪政：《一种文学两种文化——论城市和乡村两种文化意识》，《文艺争鸣》，1987 年第 4 期。

[4] 蒋守谦：《城市文学：一个有意义的文学命题》，《文学自由谈》，1988 年第 1 期。

[5] 张韧：《现代都市意识与城市文学》，《开拓》，1988 年第 1 期。

[6] 李庆西：《寻根：回到事物本身》，《文学评论》，1988 年第 4 期。

[7] 张炯：《〈大上海沉没〉与城市文学勃兴》，《当代》，1989 年第 4 期。

[8] 丁永强：《新写实作家、评论家谈新写实》，《小说评论》，1991 年第 3 期。

[9] 吴亮：《城镇、文人和旧小说——关于贾平凹的〈废都〉》，《文艺争鸣》，1993 年第 6 期。

[10] 陈晓明：《末日寻踪：在都市与历史之间——一九九〇年〈花城〉中篇小说综评》，《花城》，1991 年第 5 期。

[11] 王守中：《关于中国古代城市起源的两个问题》，《山东社会科学》，1992 年第 1 期。

[12] 司徒杰、钟晓毅：《圆梦都市文学》，《广州文艺》，1995 年第 2 期。

[13] 孙先科：《"新写实"小说中的市民与新市民形象及其意识形态》，《天津文学》，1996 年第 8 期。

[14] 戴锦华：《想象的怀旧》，《天涯》，1997 年第 1 期。

[15] 肖巍：《女性道德的心理学关照：〈不同的声音——心理学理论与妇女发展〉评介》，《女性研究论丛》，1997 年第 1 期。

[16] 王一川：《重复模式与日常生活——几部"新写实"小说的市民形象》，《求是学刊》，1997 年第 5 期。

[17] 李洁非：《城市文学之崛起：社会和文学背景》，《当代作家评论》，1998 年第 3 期。

[18] 葛红兵：《在主流与非主流之间》，《广州文艺》，1998 年第 5 期。

[19] 徐春萍：《我眼中的历史是日常的——与王安忆谈〈长恨歌〉》，《文学报》，2000 年 10 月 26 日。

[20] 丁帆：《"现代性"与"后现代性"同步渗入的文学》，《文学评论》，2001 年第 3 期。

[21] 葛红兵：《构建都市精神与发展城市文学》，《文艺报》，2001 年 8 月 14 日。

[22] 李洁非：《都市文学游走在中国现实中》，《社会科学报》，2002 年 2 月 7 日。

[23] 陈思和：《论海派文学的传统》，《杭州师范学院学报》，2002 年第 1 期。

[24] 倪伟：《论"七十年代后"的城市"另类"写作》，《文学评论》，2003 年第 2 期。

[25] 叶立新：《卑微的幻想，放纵的欲望——试析当下都市文学中的酒吧意象群》，《当代文坛》，2003 年第 5 期。

[26] 杨绍军：《20 世纪 90 年代以来都市文学研究综述》，《云南社会科学》，2005 年第 15 期。

[27] 聂珍钊：《关于文学伦理学批评》，《外国文学研究》，2005 年第 1 期。

[28] 尚杰：《空间的哲学：福柯的"异托邦"概念》，《同济大学学报（社会哲学版）》，2005 年第 3 期。

[29] 李敬泽：《在都市书写中国》，《当代文坛》，2006 年第 4 期。

[30] 刘士林：《中国都市文化研究三题议》，《中华读书报》，

2006 年 4 月 12 日。

[31] 王安忆:《城市与小说》,《文学评论》, 2006 年第 5 期。

[32]（法）福柯:《另类空间》, 王喆译,《世界哲学》, 2006 年第 6 期。

[33] 周和军:《空间与权力——福柯空间观解析》,《江西社会科学》, 2007 年第 4 期。

[34] 陈惠芬:《空间、性别与认同——女性写作的"地理学"转向》,《社会科学》, 2007 年第 10 期。

[35] 洪治纲:《底层写作仅仅体现了道德化的文学立场》,《探索与争鸣》, 2008 年第 5 期。

[36] 成海鹰:《文艺伦理还是文学伦理——论文学伦理成立的基础》,《湖南师范大学学报》, 2009 年第 1 期。

[37] 朱寿桐:《论现代都市文学的期诣指数与识名现象:兼论上海作为都市空域的文学意义》,《社会科学辑刊》, 2009 年第 3 期。

[38] 汪行福:《空间哲学与空间政治——福柯异托邦理论的阐释与批判》,《天津社会科学》, 2009 年第 3 期。

[39] 蒋平:《也谈我国的"宅男宅女"现象——一个空间社会学的分析视角》,《中国青年研究》, 2009 年第 8 期。

[40] 王鹏程:《一件拙劣的仿制古董——由读〈金瓶梅〉对〈废都〉艺术性的质疑》,《名作欣赏》, 2009 年第 22 期。

[41] 甘绍平:《论契约主义伦理学》,《哲学研究》, 2010 年第 3 期。

[42] 高春花、孙希磊:《城市空间的伦理学批判及其意义——以大卫·哈维为例》,《石家庄学院学报》, 2011 年第 5 期。

[43] 谢军:《以权利为基础的市民社会伦理秩序》,《中国政法大学学报》, 2011 年第 6 期。

[44] 宋雷等:《都市家宅之空间诗意》,《山西建筑》, 2011 年第 7 期。

[45] 李杨:《"帝国梦"与"市井情"——〈清明上河图〉中的中国故事》,《海南师范大学学报（社会科学版）》, 2012 年第 2 期。

[46] 李建军:《小说伦理与"去作者化"问题》,《中国社会科学》,

2012 年第 8 期。

[47] 陈政：《正义范式的转换：从社会正义到城市正义》，《东岳论丛》，2013 年第 5 期。

[48] 吴细玲：《城市社会空间批判理论的正义取向》，《东岳论丛》，2013 年第 5 期。

[49] 张清华、曾娟：《文学的巨人时代可能一去不返——文学评论家张清华谈中国文学生态》，《投资时报》，2014 年 8 月 30 日。

[50] 王亚丽：《"老西安""古典"传统与"招魂"写作——论贾平凹的西安城市书写》，《文学评论》，2015 年第 1 期。

[51] 张屏瑾：《日常生活的生理研究：〈繁花〉中的上海经验》，《上海文化》，2012 年第 6 期。

[52] 孟繁华：《从高加林到涂自强——评方方的中篇小说〈涂自强的个人悲伤〉》，《芒种》，2013 年第 23 期。

[53] 谢尚发：《撕裂的城市风物观察——评徐则臣〈王城如海〉》，《文学报》，2016 年 8 月 25 日。

3. 博士学位论文

[1] 王斌：《意义与结构——新时期以来大陆城市小说的现代性诉求》，暨南大学，2003 年。

[2] 聂伟：《中国 90 年代都市小说中的民间世界》，复旦大学，2003 年。

[3] 巫晓燕：《审美现代性视野下的中国当代都市小说》，山东师范大学，2005 年。

[4] 宋冰：《九十年代以来小说中的城市书写与想象——以北京和上海为例》，山东师范大学，2007 年。

[5] 冒建华：《从城市欲望到精神救赎——当代城市小说欲望与审美关系研究》，兰州大学，2007 年。

[6] 焦雨虹：《消费文化与 20 世纪 90 年代以来的都市小说》，复

旦大学，2007 年。

[7] 郭海波：《新世纪都市文学中"生存空间"的想象与建构》，山东师范大学，2009 年。

[8] 谢有顺：《中国小说叙事伦理的现代转向》，复旦大学，2010 年。

[9] 徐杨：《20 世纪 90 年代以来都市小说婚恋叙事研究》，东北师范大学，2011 年。

[10] 张惠苑：《1980 年代以来文学中的城市研究》，华东师范大学，2012 年。

[11] 赵坤：《中国城市文学中的建筑书写》，武汉大学，2012 年。

[12] 王兴文：《城市化的文学表征：新世纪小说城市书写研究》，兰州大学，2013 年。

[13] 唐伟：《小说湖南与当代中国：湘楚文化视野下的 1978—2013 湖南小说研究》，吉林大学，2014 年。

[14] 孟汇荣：《1980 年代小说中的城市空间生产》，首都师范大学，2016 年。

4. 文学作品

二十世纪八十年代：

[1] 陆文夫：《小贩世家》，《雨花》，1980 年第 1 期。

[2] 陆文夫：《美食家》，《收获》，1983 年第 1 期。

[3] 邓友梅：《那五》，《北京文学》，1982 年第 4 期。

[4] 李国文：《花园街五号》，《十月》，1983 年第 4 期。

[5] 冯骥才：《神鞭》，《小说家》，1984 年第 3 期。

[6] 邓友梅：《烟壶》，《收获》1984 年第 1 期。

[7] 刘心武：《钟鼓楼》，人民文学出版社，1985 年。

[8] 陈建功：《找乐》，《钟山》，1985 年第 4 期。

[9] 刘索拉：《你别无选择》，《人民文学》，1985 年第 3 期。

[10] 徐星：《无主题变奏》，《人民文学》，1985 年第 7 期。

[11] 路遥：《平凡的世界》，《花城》，1986 年第 6 期。

[12] 池莉：《烦恼人生》，《上海文学》，1987 年第 8 期。

[13] 方方：《风景》，《当代作家》，1987 年第 5 期。

[14] 王朔：《顽主》，《收获》，1987 年第 6 期。

[15] 范小青：《裤裆巷风流记》，作家出版社，1987 年。

[16] 吴晔等：《北京失去平衡》，华岳出版社，1988 年。

[17] 池莉：《不谈爱情》，《上海文学》，1989 年第 1 期。

[18] 刘震云：《单位》，《北京文学》，1989 年第 2 期。

[19] 王朔：《一点正经没有》，《中国作家》，1989 年第 4 期。

[20] 孙力、余小惠：《都市风流》，浙江文艺出版社，1989 年。

[21] 哲夫：《毒吻》，北岳文艺出版社，1989 年版。

二十世纪九十年代：

[22] 林坚：《别人的城市》，《花城》，1990 年第 1 期。

[23] 池莉：《太阳出世》，《钟山》，1990 年第 4 期。

[24] 哲夫：《黑雪》，北岳文艺出版社，1990 年。

[25] 刘震云：《一地鸡毛》，《小说界》，1991 年第 1 期。

[26] 王朔：《我是你爸爸》，《收获》，1991 年第 3 期。

[27] 张欣：《绝非偶然》，《小说界》，1991 年第 5 期。

[28] 王朔：《谁比谁傻》，《花城》，1995 年第 5 期。

[29] 方方：《一唱三叹》，《广州文艺》，1992 年第 1 期。

[30] 张欣：《永远的徘徊》，《十月》，1992 年第 6 期。

[31] 贾平凹：《废都》，北京出版社，1993 年。

[32] 陈染：《无处告别》，时代文艺出版社，1993 年。

[33] 何顿：《生活无罪》，《收获》，1993 年第 1 期。

[34] 张欣：《伴你到黎明》，《中国作家》，1993 年第 3 期

[35] 何顿：《弟弟你好》，《收获》，1993 年第 6 期。

[36] 韩东：《房间与风景》，《花城》，1994 年第 3 期。

[37] 张欣：《女性误区》，《中篇小说选刊》，1994 年第 2 期。

[38] 李治邦：《天堂鸟》，《上海文学》，1994 年第 9 期。

[39] 王安忆：《父系和母系的神话》，浙江文艺出版社，1994 年。

[40] 池莉：《池莉文集》，江苏文艺出版社，1995 年。

[41] 陈建功：《北京滋味》，作家出版社，1995 年。

[42] 池莉：《紫陌红尘》，江苏文艺出版社，1995 年。

[43] 朱文：《我爱美元》，《小说家》，1995 年第 3 期。

[44] 邱华栋：《手上的星光》，《上海文学》，1995 年第 1 期。

[45] 谬永：《驶出欲望街》，《特区文学》，1995 年第 2 期。

[46] 何顿：《就是这么回事》，《花城》，1995 年第 2 期。

[47] 何立伟：《你在哪里》，《花城》，1995 年第 6 期。

[48] 王安忆：《长恨歌》，作家出版社，1996 年。

[49] 卫慧：《纸戒指》，《小说界》，1996 年第 4 期。

[50] 邓友梅：《邓友梅》，人民文学出版社，1996 年。

[51] 徐坤：《游行》，云南人民出版社，1996 年。

[52] 邱华栋：《把我捆住》，中国华侨出版社，1996 年。

[53] 潘向黎：《无梦相随》，《上海文学》，1996 年第 6 期。

[54] 唐颖：《丽人公寓》，《上海文学》，1996 年第 6 期。

[55] 陈建功：《鬃毛》，北京燕山出版社，1997 年。

[56] 邱华栋：《城市战车》，作家出版社，1997 年。

[57] 范小青：《城市民谣》，花山文艺出版社，1997 年。

[58] 刘心武：《胡同串子》，北京燕山出版社，1997 年。

[59] 王安忆：《重建象牙塔》，上海远东出版社，1997 年。

[60] 何顿：《草原上的阳光》，光明日报出版社，1997 年。

[61] 邱华栋：《哭泣游戏》，长江文艺出版社，1997 年。

[62] 张欣：《你没有理由不疯》，《上海文学》，1997 年第 6 期。

[63] 周梅森：《财富天下》，《当代》，1997 年第 6 期。

[64] 张欣：《婚姻相对论》，《十月》，1998 年第 5 期。

[65] 邱华栋：《蝇眼》，长春出版社，1998 年。

[66] 池莉：《来来往往》，作家出版社，1998 年。

[67] 毕飞宇:《那个夏季　那个秋天》,《江南》,1998 年第 2 期。

[68] 刁斗:《证词》,《收获》,1998 年第 6 期。

[69] 池莉:《小姐你早》,作家出版社,1999 年。

[70] 卫慧:《像卫慧那样疯狂》,珠海出版社,1999 年。

[71] 卫慧:《蝴蝶在尖叫》,湖南文艺出版社,1999 年。

[72] 何顿:《人生瞬间》,北京师范大学出版社,1999 年。

新世纪:

[73] 卫慧:《水中的处女》,华山文艺出版社,2000 年。

[74] 王安忆:《妹头》,南海出版公司,2000 年。

[75] 王安忆:《富萍》,湖南文艺出版社,2000 年。

[76] 陈染:《私人生活》,陕西旅游出版社,2000 年。

[77] 朱文颖:《高跟鞋》,《作家》,2001 年第 6 期。

[78] 安妮宝贝:《彼岸花》,南海出版社,2001 年。

[79] 尤凤伟:《泥鳅》,《当代》,2002 年第 5 期。

[80] 吴玄:《发廊》,《花城》,2002 年第 10 期。

[81] 陈丹燕:《上海的风花雪月》,作家出版社,2002 年。

[82] 何立伟:《跟爱情开玩笑》,新世界出版社,2002 年。

[83] 徐坤:《春天的二十二个夜晚》,春风文艺出版社,2002 年。

[84] 邱华栋:《花儿花》,作家出版社,2002 年。

[85] 李肇正:《傻女香香》,《清明》,2003 年第 8 期。

[86] 何立伟:《跟爱情开玩笑》,新世纪出版社,2002 年。

[87] 王朔:《王朔精编作品集》,新疆人民出版社,2003 年。

[88] 许春樵:《放下武器》,人民文学出版社,2003 年。

[89] 何顿:《发生在夏天》,《作家》,2004 年第 6 期。

[90] 魏微:《异乡》,《人民文学》,2004 年第 10 期。

[91] 池莉:《武汉故事》,昆仑出版社,2004 年。

[92] 盛可以:《北妹》,长江文艺出版社,2004 年。

[93] 哲夫:《黄河生态报告》,花山文艺出版社,2004 年。

[94] 夏天敏：《接吻长安街》，《山花》，2005 年第 1 期。

[95] 方方：《中北路空无一人》，《上海文学》，2005 年第 5 期。

[96] 孙惠芬：《民工》，作家出版社，2005 年。

[97] 陈应松：《太平狗》，《人民文学》，2005 年第 10 期。

[98] 邱华栋：《北京的显性和隐性生活》，《中国作家》，2006 年第 10 期。

[99] 陆文夫：《陆文夫文集》，古吴轩出版社，2006 年。

[100] 安妮宝贝：《莲花》，作家出版社，2006 年。

[101] 徐则臣：《跑步穿过中关村》，《小说月报》，2007 年第 1 期。

[102] 熊育群：《无巢》，《十月》，2007 年第 1 期。

[103] 孙惠芬：《吉宽的马车》，《当代》，2007 年第 4 期。

[104] 吴君：《亲爱的深圳》，《中国作家》，2007 年第 7 期。

[105] 贾平凹：《高兴》，作家出版社，2007 年。

[106] 邱华栋：《教授》，长江文艺出版社，2008 年。

[107] 王安忆：《王安忆小说》，吉林文史出版社，2008 年。

[108] 张欣：《张欣自选集》，海南出版社，2008 年。

[109] 赵本夫：《无土时代》，人民文学出版社，2008 年。

[110] 贾平凹：《贾平凹文集》，陕西人民出版社，2008 年。

[111] 郭敬明：《小时代 1.0 折纸时代》，长江出版集团，2008 年。

[112] 王刚：《福布斯周瑜》，《当代》，2009 年第 1 期。

[113] 陈希我：《母亲》，《小说月报》，2009 年第 4 期。

[114] 吴君：《复方穿心莲》，《大家》，2009 年第 7 期。

[115] 徐则臣：《2008 年中篇小说精选：天上人间》，长江文艺出版社，2009 年。

[116] 曹征路：《问苍茫》，人民文学出版社，2009 年。

[117] 孙甘露：《此地即他乡》，《语文教学与研究：学生版》，2010 年第 1 期。

[118] 何顿：《我们像葵花》，湖南文艺出版社，2010 年。

[119] 刘庆邦：《到城里去》，花城出版社，2010 年。

[120] 北村：《北村文集：愤怒》，上海三联书店，2010 年。

[121] 邱华栋：《北京印象》，广西师范大学出版社，2010 年。

[122] 徐则臣:《居延》，金城出版社，2010 年。

[123] 贾平凹:《贾平凹作品》，译林出版社，2012 年。

[124] 孙频:《菩提阱》，《人民文学》，2012 年第 5 期。

[125] 许春樵:《屋顶上空的爱情》，作家出版社，2012 年。

[126] 金宇澄:《繁花》，上海文艺出版社，2013 年。

[127] 余华:《第七天》，新星出版社，2013 年。

[128] 方方:《涂自强的个人悲伤》，《十月》，2013 年第 2 期。

[129] 阎连科:《炸裂志》，上海文艺出版社，2013 年。

[130] 何立伟:《出入都正街》,《长沙晚报》，2016 年 1 月 28 日。

[131] 郝景芳:《孤独深处》，江苏凤凰文艺出版社，2016 年。

从『平面市井』到『折叠都市』